Sergio Dudli
CREEPY CHRONICLES
Vorsicht, Halsabschneider!

Sergio Dudli ist Schweizer, Werbetexter und Fußball-Nerd. Er mag keine Horrorfilme, hat es aber zum Glück gewagt, seine erste Reihe »Creepy Chronicles« zu schreiben, ohne den Kopf zu verlieren.

Falk »Zapf« Holzapfel wohnt, lebt und zeichnet in Wien. Sein Spezialgebiet sind Wesen mit Hörnern, mehr als zwei Augen und Hunger auf Menschen.

Sergio Dudli

Creepy Chronicles

Vorsicht, Halsabschneider!

Mit Illustrationen
von Falk »Zapf« Holzapfel

dtv

MIX
Papier aus verantwortungsvollen Quellen
FSC® C014496
www.fsc.org

Originalausgabe

Umschlag- und Innengestaltung: Falk »Zapf« Holzapfel
Gesetzt aus der Sabon Next LT Pro
Satz: Satz für Satz, Wangen im Allgäu
Druck und Bindung: GGP Media GmbH, Pößneck
Printed in Germany · ISBN 978-3-423-76399-8

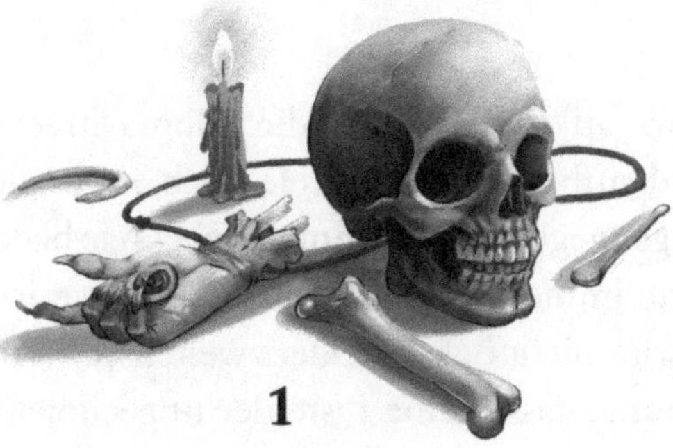

1

Padraig

Zombie-Dad im Seerosenteich

Es gibt Orte, die sind einfach nicht für die Monsterjagd gemacht. Museen beispielsweise. Da besteht immer die Gefahr, etwas Wertvolles kaputt zu machen. Dumm nur, wenn dieses unheimlich wertvolle und unheimlich kaputte Ding eine echte Rarität ist, weshalb sich ein verschrobener alter Mann mit Monokel und Seidenschal tagelang in den Schlaf weinen muss. Aber woher sollte ich, ein erstklassiger BEAST-Agent, ahnen, dass ausgerechnet der winzige Knochen an der Ferse das ganze Skelett eines Tyrannosaurus Rex zum Einsturz bringt? Okay, Brandon hätte es bestimmt gewusst und mir den lateinischen Namen für den Knochen rückwärts buchstabiert. Aber als mir dieses kleine Missgeschick unterlief, glaubte der noch an Vampire und war damit beschäftigt, sich an seiner Schule möglichst unbeliebt zu machen.

Einkaufszentren gehörten ebenfalls in die Kategorie der ungeeigneten Jagdreviere. Vor zwei Jahren hatte ich mit Dad einen Säurespucker durch ein Geschäft für Bademode gejagt. Als wir ihm den Kopf abschlugen, trug er einen quietschgelben Badeanzug.

Als wir an diesem Abend die Paloma Street verließen und zur Jagd aufbrachen, begleitete mich ein ungutes Ziehen in der Magengegend. Das konnte zwei Dinge bedeuten. Erstens, ich hatte immer noch nicht kapiert, dass mir scharfe Sauce im Burrito nicht bekam. Oder zweitens, es war eine dumpfe Vorahnung, dass meine Liste der ungeeigneten Jagdreviere bald um einen Ort erweitert werden könnte.

»Wusstet ihr, dass der Royal Botanic Garden in Edinburgh der zweitälteste botanische Garten in Großbritannien ist?« Brandon schob die Brille auf den Nasenrücken. Sein Atem verwandelte sich in Wolken, als wir gegen neun Uhr abends durch die parkähnliche Anlage schritten. »Der Garten musste seinen Standort aufgrund der Luftverschmutzung durch die Industrialisierung mehrmals wechseln. Hier in Inverleith besteht er seit zweihundert Jahren.«

Ein längliches Konstrukt aus Glas und Metallstreben ragte vor uns aus der Dunkelheit. Es sah aus wie ein gläserner Verteidigungswall, dessen Inneres mit Bäumen vollgestopft war.

»Bei der Anzahl Burritos mit scharfer Sauce, die du vorhin verdrückt hast, steht die nächste Luftverschmutzung für die Pflanzen unmittelbar bevor«, kommentierte ich – und verschwieg das verdächtige Grummeln in meinem Magen.

Brandon schnitt eine Grimasse. »Keine Sorge«, versicherte er gelassen und zurrte den Rucksack fest. »Damit warte ich, bis wir wieder zu Hause sind.«

»Zum Glück schlafe ich auf dem Dachboden«, meinte Hannah. Sie schlenderte mit den Händen in den Taschen ihres Pullovers neben mir her. »Dort bin ich in Sicherheit.«

»Da muss ich dich leider enttäuschen«, warf Brandon ein. »Warme Luft weist eine geringere Dichte auf und steigt deshalb nach oben.«

»Dann schläfst du heute wohl draußen!«

»Und zwar sowas von!« Ich schwang meinen Gehstock, in dem sich ein hauchdünner Degen verbarg. »Sonst ergeht es uns wie diesem botanischen Garten und wir müssen umziehen.«

»Ich will nicht umziehen.« Hannah verzog das Gesicht. »Ich mag mein kleines Dachzimmer.«

Die terrakottafarbenen Bodenplatten knickten nach links ab und folgten der Glasfront. Palmen, Stauden und fremdartige Tropengewächse drückten sich gegen die angelaufenen Scheiben, an denen Wassertropfen kondensierten.

»Bevor wir uns Gedanken über meinen heutigen Schlafplatz oder einen möglichen Umzug machen, müssen wir erst einmal diese Nacht überleben.« Brandon holte ein in schwarzes Leder gebundenes Buch aus seiner Tasche und aktivierte die Taschenlampe des Smartphones. Das fahle Licht ließ seine Haut noch bleicher und kränklicher wirken als ohnehin schon. »Und in Anbetracht dessen, was uns da drinnen erwartet«, er nickte zum gläsernen Gebäude, »ist das alles andere als garantiert. Mit einem Schreckwandler ist nicht zu spaßen.«

Schreckwandler

Art: hybrides Monster

Vorkommen:

Regenwälder von Costa Rica; versteckt sich in stehenden Gewässern wie Tümpeln und Teichen

Nahrung:

erwürgt Opfer mit seiner langen, dicken und klebrigen Zunge; fängt größere Fische, Schildkröten, Affen, Tapire und Menschen (vor allem Kleinkinder, selten verirrte Touristen)

Besonderheiten:

injiziert über die Zunge ein Gift und löst so panische Halluzinationen aus → Ängste des Opfers werden über unbekannte chemische Prozesse auf die Haut des Schreckwandler projiziert (→ nimmt für den Betrachter eine andere Gestalt an) Anm. von Emmerett: ihm unbedingt Haut und Zunge mitbringen!

Töten:

durch feuchte Haut praktisch immun gegen Feuer, reagiert aber empfindlich auf Salz; Zunge direkt mit dem Hirn verbunden → abschneiden tötet Schreckwandler sofort! !!!

Hannah sah vom Bestiarium auf und musterte das Gewächshaus. »In dem botanischen Garten sitzt ein Froschmensch aus dem Urwald in Costa Rica?«

»In den Akten ist von einer Lieferung aus Mittelamerika die Rede, die in den letzten Tagen hier angekommen ist.« Ich kratzte mich mit dem Griff meines Stocks an der Stirn. »Seither haben drei Wachmänner seltsame Beobachtungen gemeldet. Möglich, dass der Schreckwandler in einer der Transportkisten saß.«

»*Seltsame Beobachtungen* ist maßlos untertrieben«, stellte Brandon klar. Er stopfte das zerfledderte Buch in eines der Seitennetze seines Rucksacks. »Ein Wachmann hat behauptet, seine Schwiegermutter sei aus einem der Teiche aufgetaucht. Der zweite will einen Yeti auf einer Seerose gesehen haben und der dritte sprach von einem Mann im Anzug mit dem Kopf einer Fliege.«

Der Herbst goss gespenstische Nebelschwaden aus einem unsichtbaren Eimer, die sich wabernd auf die Wiesen und die Bodenplatten legten. Ein Schild wies den Weg zum Eingang des Glashauses.

Hannah zog die Kapuze enger, die ihre Locken im Zaum hielt. Ihre Miene war so ausdrucklos wie immer. »Der Schreckwandler hat die Wachmänner also mit seiner giftigen Zunge berührt und dadurch die Halluzinationen hervorgerufen?«

»Entweder das«, begann ich, »oder eine Schwiegermutter, ein Yeti und eine Fliege im Anzug feiern seit Tagen eine abgedrehte Party.« Ich zuckte mit den Schultern, was die Eisenkette unter meinem Trenchcoat rasseln ließ. »Lustiger wäre die Party-Meute, aber da mache ich mir keine großen Hoffnungen. Regel Nummer drei besagt nicht umsonst: *Rechne stets mit dem Schlimmsten und Unmöglichsten, dann wirst du nicht mehr so überrascht, wenn es noch viel schlimmer und unmöglicher kommt.«*

Plötzlich musste ich an Dad denken, der mir ständig mit seinen Regeln in den Ohren gelegen hatte. Vier Monate waren vergangen, seit er im Keller unter dem Friedhof in Little Worrington die Sigille gezogen hatte, die ihn und die Monster, die uns töten wollten, in die Schattenwelt gebracht hatte – eine Parallelwelt, in der ewige Dunkelheit herrschte und der Tod in vielen Gestalten gierig und rastlos über abgestorbene Erde wandelte.

»Immerhin deutet diese Regel nicht an, dass uns grausige Kreaturen den Schädel spalten, Körperteile ausreißen oder Organe zerquetschen werden«, holte mich Brandon aus den Gedanken. »Das tun nämlich fast alle Regeln deines Dads.«

»Apropos, denkt daran«, ich hob meinen Zeigefinger, »wir töten den Schreckwandler am schnellsten, indem wir ihm die Zunge abschneiden.«

Wir erreichten den Eingang zum Glashaus. Ich überprüfte die Salzkugeln an meinem Waffengurt, der sich neben der Eisenkette um meine Brust schlang. Auf das Weihwasser und das Feuer des Prometheus hatte ich heute verzichtet.

Ich wandte mich Hannah zu. »Spürst du schon etwas?«

Sie schloss die Augen und atmete ruhig. Auch wenn ihre Hörner unter der Kapuze verborgen lagen, erwischte ich mich dabei, wie mein Blick zu ihrer Stirn wanderte. Es war mir nach wie vor ein Rätsel, wie sie mit *den* Dingern Emotionen fühlen konnte.

»Das Glas macht es schwierig, die Spuren zu lesen«, meinte Hannah. Sie öffnete die Augen und spähte durch die gläserne Fassade. »Wir müssen rein, damit ich die Gefühle erkennen kann.«

Ich nickte und kramte den Schlüssel aus der Tasche. Wir hatten ihn vor unserem nächtlichen Einsatz bei BEAST, der *Behörde für eigenartige Angelegenheiten und superobskure Tierwesen* abgeholt. Die Behörde der Monsterjäger besaß die Zugangsschlüssel zu den meisten öffentlichen Gebäuden.

Die schwere Glastür schwang geräuschlos auf und wir traten ein. Kurz raubte mir die stickige, feuchte Luft den Atem. Der schnelle Wechsel von Temperatur und Luftfeuchtigkeit stellte die Härchen auf meinen Unterarmen auf. Das nervöse Prickeln entlang der Wirbelsäule gab es kostenlos dazu.

Brandon erschauderte und fluchte leise, weil seine Brillengläser beschlugen. Hannah hingegen stand ungerührt da, die Hände in den Taschen, und schaute sich mit gelangweiltem Ausdruck um.

Brandon nahm die Brille ab und putzte sie mit dem Ärmel sauber. Seine Augen verkleinerten sich auf die Größe von ausgedörrten Rosinen. »Bei welchem der Teiche haben sich die Spukgestalten rumgetrieben?«

»Bei dem mit den großen Seerosen«, erklärte ich.

»Die Seerosen müssen wirklich riesig sein, wenn ein Yeti darauf sitzen kann.« Brandon setzte sich die Brille auf. Kaum berührte sie seine Nase, beschlugen die Gläser erneut. »Verfluchte Bril–«

»Hier steht eine Maschine, die deine Brillengläser mit einer Schicht versiegelt.« Hannah zeigte auf ein Gerät neben der Tür.

Brandon murrte, hielt seine Brille aber unter den Apparat. Die Maschine sprühte eine Flüssigkeit auf die Gläser, die in wenigen Sekunden trocknete. Brandon setzte die Brille auf – und nickte anerkennend. »Schon besser. Also, wo geht's zum Seerosenteich?«

Ich knipste eine Taschenlampe an. Brandon friemelte einen Stift aus der Hosentasche und kritzelte etwas auf seine Handfläche. Als er fertig war, glomm ein helles blaues Licht auf. Er grinste breit und streckte die Hand aus, die wie ein Scheinwerfer leuchtete.

»Ist das dein neuester Party-Trick?« Hannah zog kaum merklich eine Augenbraue hoch.

»Hat mir Mrs Chandra diese Woche beigebracht.« Brandon gelang es nicht, seine kindliche Freude an der Sigille zu verbergen.

Seit ein paar Wochen bildete ihn Elsha Chandra zu einem Sigillisten aus. Er hatte bei unserem Fall in Port Willow ein beachtliches Talent für das Ziehen magischer Symbole an den Tag gelegt. Was wohl daran lag, dass er gerne Comics zeichnete. Zudem wurde ich den Verdacht nicht los, dass seine Begabung etwas mit seinem verstorbenen Großvater zu tun hatte. Grandpa Duncan hatte nicht nur eine mit Sigillen verzierte Vase gehört, er hatte Brandon außerdem bereits als Kind auf den Geschmack von Monstern gebracht und ihn damit vom Rest seiner religiösen Familie entfremdet.

»Diese Sigille beschwört ein Licht herauf«, erklärte Brandon stolz und streckte den Arm wie ein Polizist aus, der ein Auto aufhalten wollte.

»Ach, was du nicht sagst …«

»Eigentlich ist es gedacht, um Höhlen, Grüfte und andere finstere Räume zu erleuchten.« Brandon zuckte mit den Schultern. »Aber so ist es cooler.«

»Es ist völlig albern.«

»Schon ein wenig.«

»Ihr seid doch nur neidisch!«

Wir betraten die grüne, dicht bewachsene Welt, die einem

Regenwald glich. Stauden von Bananenbäumen wuchsen wie schützende Hände über den betonierten Weg, der sich durch die Pflanzen schlängelte. In das Grün und Braun der Bäume und Sträucher mischten sich Farbtupfer von Blumen, Knospen und anderen Gewächsen, die aussahen wie von einem weit entfernten Planeten.

Unter einem Baum stand eine Informationstafel, die die einzelnen Bereiche des Glashauses aufzeigte. Der Teich mit den Seerosen lag im hinteren Teil.

Der Weg führte vorbei an sonderbaren Bäumen, Sträuchern und Pflanzen. An manchen Stellen fielen sie wie Vorhänge von dicken Ästen, an anderen sprossen sie wie krauses Brusthaar an Baumstämmen. Der Geruch in der Luft war frisch und modrig zugleich und kitzelte mich unangenehm in der Nase.

Nachdem wir vier weitere Türen passiert hatten, tat sich der Teich mit den Seerosen vor uns auf. Sie waren groß wie die Räder von Traktoren und trieben wie kreisrunde Flöße auf dem Wasser.

»Monsterscheiße, sind die riesig«, sagte Brandon erstaunt. »Darauf könnte man ein Nickerchen halten!«

»Du würdest untergehen wie die Titanic, wenn du einen Fuß daraufsetzt.« Ich trat näher an den Teich. Mit der Spitze meines Gehstocks stupste ich eine Seerose an. Sie schwankte sanft hin und her. »Ab jetzt gilt höchste Konzentration. Hannah, hast du eine Ahnung, wo sich unser ungebetener Gast aufhält?«

Sie öffnete gerade die Augen. »Ich bin mir nicht sicher, aber ich glaube, er ist noch da drin.« Sie zeigte auf den Teich. »Ich nehme eine Spur wahr, aber das Wasser dämpft ihre Kraft.«

Brandon stellte seinen Rucksack ab und öffnete ihn. Darin steckten Einmachgläser mit aufgemalten Sigillen. Er nannte sie MEGs, *Magische Einsaug-Gläser*. Seit er damit am Tag nach unserem Kennenlernen einen Angstzehrer eingesaugt hatte, trug er sie ständig mit sich herum. Dummerweise war ihre Reichweite begrenzt. Man musste also ziemlich nahe an ein Monster herankommen, damit sie wirkten. Mir waren sie ein wenig suspekt, weshalb ich nach wie vor eine scharfe Klinge bevorzugte!

»Will jemand ein MEG?« Brandon hielt eines der Gläser hoch.

»Kannst du das Licht wieder ausmachen?« Ich schirmte die Augen ab. »Du leuchtest damit überall hin wie ein Suchscheinwerfer, der vergessen hat, wonach er sucht.«

Brandon zog die Lippen kraus. »Nein, dafür müsste ich eine der Linien der Sigille unterbr–«

Wie aus dem Nichts schnellte ein Schatten aus dem Wasser, schlang sich um das Einmachglas in Brandons Hand und riss es mit einem dumpfen *Pflutsch!* in den Teich.

»Was zum Teufel?«

Wir fuhren herum. An der Stelle, wo das Glas untergetaucht war, breiteten sich kreisförmige Wellen aus und ließen die Seerosen schaukeln.

Ich legte die Lampe auf den Boden und streifte hastig den Trenchcoat ab. Dann zückte ich die spindeldürre Klinge, die sich in meinem Gehstock verbarg, und warf Hannah eine der faustgroßen Salzkugeln zu. Sie fing sie lässig mit einer Hand und steckte sie in die Tasche ihres Pullovers. Dort bewahrte sie auch meinen alten Dolch auf, der jedes Monster erstarren ließ, sobald der Stahl seine Haut durchbohrte.

Brandon wühlte aufgeregt in seinem Rucksack. Er holte

zwei gläserne Ampullen hervor. In einer schwappte eine violette Flüssigkeit, in der anderen waberte grünstichiger Rauch. Seit er meinem Onkel Emmerett hin und wieder beim Sezieren von Monstern half, kam er mit allerhand merkwürdigen Waffen um die Ecke.

»Achtet auf die Zunge«, warnte ich. »Sie ist nicht nur giftig, sondern erwürgt euch innerhalb von Sekunden – sofern euch der Schreckwandler nicht direkt den Kopf abreißt, versteht sich.«

»Tolle Rede«, meinte Hannah knapp.

»Er weiß einfach, wie man seiner Truppe Mut macht«, ergänzte Brandon.

»Eine meiner vielen Stärken.« Ich zwinkerte ihnen zu, aber ihre Blicke waren auf das Wasser gerichtet.

Brandon steckte die beiden Ampullen und ein neues MEG in seinen Gürtel, dann leuchtete er mit der Hand über den Teich.

Das Wasser war wieder glatt wie ein schwarzer Spiegel. Irgendwo quakte ein Frosch, in den Bäumen hinter uns raschelte es.

»Wir verteilen uns entlang des Teichs«, beschloss ich. »Hannah, du bleibst hier und meldest dich, wenn du eine Spur wahrnimmst. Brandon, du gehst nach links, ich nach rechts. Noch Fragen?«

»Nein.«

»Nö.«

»Gut, da–«

Etwas Feuchtes berührte mich am Hals. Es ging so schnell, dass ich mir zuerst unsicher war, ob es wirklich geschehen war. Erst das hysterische Geschrei von Brandon verscheuchte sämtliche Zweifel.

»Die Zunge!«, rief er und leuchtete mir ins Gesicht. »Sie kam genau in deine Richtung. Hat sie dich berührt?«

Ich fuhr mir über den Nacken. An meiner Hand klebte eine Flüssigkeit, die wie Spucke aussah und zähe Fäden zog.

»Monsterscheiße!« Das bläuliche Licht verlieh Brandon einen besorgten Ausdruck. Er schaute mich mit aufgerissenen Augen an. »Der Schreckwandler hat dich erwischt!«

Hannah legte den Kopf schief. »Wie fühlst du dich?« Sie sprach gelassen. Im Gegensatz zu Brandon wusste sie, dass uns Panik nicht weiterbrachte.

Ich wischte die Hand am Hosenbein ab. »Mir geht es gut, aber wir beeilen uns besser. Vielleicht bleiben mir ein paar Minuten, bevor die Wirkung einsetzt.«

Hannah wies hinaus auf den Teich. »Ich glaube, unser Froschmensch hat genug vom Versteckspielen.«

Zwischen zwei Seerosen schob sich ein froschartiger Kopf aus dem Wasser. Weit abstehende Glubschaugen reflektierten das Licht aus Brandons Hand. Die Haut des Schreckwandlers war voller Warzen wie bei einer Kröte. Sie war jedoch nicht bräunlich oder grün, sondern schimmerte durchsichtig wie der Sabber, der jetzt an meiner Hose klebte.

»Das Ding hat ja noch mehr Warzen als Farchie«, flüsterte Brandon unheilvoll. »Und das will etwas heißen, schließlich ist euer Hauself ein Warzentreiber!«

»Er mag es nicht, Hauself genannt zu werden!«, zischte Hannah.

»Deshalb sag ich es ja«, erwiderte Brandon.

Der Schreckwandler schoss mit einem Satz aus dem Wasser. Er landete federleicht auf einer Seerose. Seine kauernde Haltung erinnerte an einen Frosch. Die Backen bliesen sich auf wie ein Blasebalg. Als die Luft entwich, erklang ein tiefes Quaken. Die rosafarbene Zunge hing wie bei einem hechelnden Hund ein Stück aus dem Mund. Aus der Entfernung sah das Monster aus, als wäre ihm die Haut abgezogen und die Knochen und Muskeln darunter mit Gelatine überzogen worden.

Brandons Blick schnellte zwischen dem Monster und mir hin und her. »Was siehst du auf der Seerose?«

»Dich.«

»Echt?« Er schob erstaunt seine Brille nach oben. »Du hast Angst vor mir? Wie sehe ich denn aus?«

»Nun ja, eigentlich wie immer«, sagte ich. »Wie eine Mischung aus Mensch und Frosch mit unzähligen Warzen.«

Brandon seufzte. »Vielen Dank auch.«

Ich lächelte Hannah verstohlen zu und richtete den Blick zurück auf den Schreckwandler. Aber es war kein Wandler mehr da. Stattdessen saß Dad auf der Seerose.

Er sah furchtbar aus. An seinen ausgemergelten Gliedern haftete die Kleidung, die er in der Nacht seines Verschwindens getragen hatte. Das Haar hing ihm in das verschwitzte Gesicht, der altmodische Schnauzer schwebte schief über den blutigen Lippen, die Wangen waren zersetzt, die Sehnen unter der zerfressenen Haut gespannt wie Gitarrensaiten. Das rechte Auge war zugeschwollen, über dem linken fehlte ein Stück des Schädelknochens. Dad bleckte die vergilbten Zähne, von denen die Hälfte ausgeschlagen war. Jemand hatte ihm den rechten Arm unterhalb des Ellbogens ausgerissen. Durch den Stofffetzen, der um den Stummel gebunden war, triefte Blut.

»Dad«, murmelte ich schwach. »Was … was haben sie dir getan?«

In der nächsten Sekunde sprang der Zombie auf mich zu. Ich blieb wie gelähmt stehen.

»Padraig!«

Ein kraftvoller Stoß warf mich zur Seite. Ich geriet ins Straucheln, verlor das Gleichgewicht – und landete im Teich. Das Wasser war warm und reichte mir bis zu den Hüften. Sofort saugten sich meine Kleider voll und klebten an mir wie eine zweite Haut.

Vor dem Teich schraubte sich die Zombie-Version meines Vaters in die Luft. Mit den Füßen voran schoss er auf Hannah zu. Sie wich mit einem Sprung aus und rollte sich ab. Der Schreckwandler verfehlte sie, prallte aber mit voller Wucht gegen Brandon. Der stürzte und knallte mit dem Kopf gegen den abgelegten Rucksack. Das unschöne Scheppern von Glas schwappte über den Teich. Stöhnend richtete sich Brandon auf – keine Sekunde zu früh, um sich schreiend unter den Fuß zu ducken, der auf seinen Kopf zielte.

Dad landete hinter ihm, quakte und sperrte das Maul auf. Bevor er die giftige Zunge um Brandons Hals legen konnte, rammte ihm eine Schulter gegen die Schläfe und er taumelte zurück. Hannah rieb sich den Oberarm, verzog das Gesicht und holte die Salzkugel aus der Tasche. Aus der Dunkelheit schnellte die Froschzunge hervor und zog ihr das Bein weg. In letzter Sekunde hob sie die Hände schützend vor das Gesicht. Mit einem unschönen Geräusch klatschte sie auf den Bauch. Die Salzkugel rollte unverrichteter Dinge auf den Teich zu.

Meine Gedanken wurden langsam klarer. Ich wollte eine der übrigen Salzkugeln vom Gurt lösen, aber meine Hand griff ins Leere. Wahrscheinlich hatte ich die Kugeln beim Eintauchen ins Wasser verloren. Mit siedend heißem Kopf fiel mir auf, dass auch der Degen nirgends zu sehen war. Hektisch blickte ich mich um. Zu meiner Erleichterung steckte er wie ein großer Zahnstocher in einer Seerose. Ich kämpfte mich zum Degen, packte den Griff und schnitt das schwimmende Blatt entzwei. Auf dem Gehweg stemmte sich Hannah mühsam auf. Zombie-Dad näherte sich ihr quakend.

Ich watete quälend langsam auf den Beckenrand zu. Plötzlich stürzte sich Brandon mit lautem Kampfgebrüll auf den Schreckwandler. Er schleuderte ihm die Ampulle mit den grünlichen Rauchschwaden entgegen. Leider war Brandon ein miserabler Werfer und eine Niete in allem, was auch nur entfernt mit Sport zu tun hatte. Er verfehlte das Monster meilenweit. Die Ampulle prallte gegen einen Baum, blieb dabei auf wundersame Weise heil, flog in hohem Bogen zurück und zersprang vor Hannah, die in einer grünen Rauchwolke verschwand.

»Monsterscheiße!«

Es folgte ein Chaos aus Hustern, Entschuldigungen und erregtem Quaken, das höhnischem Gelächter glich.

Das Husten verebbte schlagartig, als Hannah regungslos aus dem Rauch kippte und zu Boden sackte.

»Brandon!« Das Wasser ergoss sich aus meinen Hosenbeinen, als ich mich schwerfällig über den Rand des Teichs hievte. »Was hast du getan?«

Brandon starrte auf Hannah hinab und hielt seine Hand schützend vor den Mund, um keine Dämpfe einzuatmen. Ihm blieb keine Zeit, um mir zu antworten. Der Schreckwandler hüpfte mit einem riesigen Satz über die Rauchwolke und schoss auf ihn zu.

Kurzerhand warf ich den Degen wie einen Speer. Er segelte durch die Luft, streifte den verstümmelten Arm meines Dads und bohrte sich dahinter in ein Bambusrohr.

Brandon machte eine überraschend geschmeidige Hechtrolle nach vorne. Der Wandler landete hinter ihm, drehte sich um und schwang die Zunge wie eine Peitsche. Brandon hob geistesgegenwärtig den Rucksack auf. Die Zunge prallte daran ab wie an einem Schutzschild.

Ich hastete über den Betonboden auf den Bambuswald zu, der sich hinter dem Weg auftat. Mit einer ruckartigen Bewegung zog ich den Degen aus dem Rohr.

»Padraig, hinter dir!«

Instinktiv duckte ich mich noch in der Drehung – und sah aus den Augenwinkeln einen Schatten über mich hinwegfliegen. Die Bambusrohre hinter mir schlugen gegeneinander wie riesige Schlagzeugstöcke.

Schwer atmend drehte ich mich um. Dad klebte wie eine Echse am Bambus. Sofort preschte ich mit erhobenem Degen auf ihn zu. Kurz bevor die Klinge den Rücken des Zombies durchbohren konnte, stieß sich das Monster ab. Es machte einen Rückwärtssalto und landete hinter mir.

»Achtung!«, rief Brandon. Er sprang über die bewusstlose Hannah, wobei er ihr versehentlich den Schuh gegen den Kopf knallte, und hetzte mit dem Rucksack vor dem Gesicht am Beckenrand entlang. Die leuchtende Hand richtete er auf den Schreckwandler.

Das Monster wandte sich geblendet ab. Einen Wimpernschlag später machte es Bekanntschaft mit dem Rucksack. Zombie-Dad krachte zur Seite und Brandon warf sich mit seinem ganzen Gewicht auf ihn. Sie verstrickten sich in ein Durcheinander aus Armen, Beinen und dem Lichtstrahl, der nervös hin und her zuckte.

Als Brandon oben lag, zog ich ihn vom Schreckwandler und wir rannten davon. Doch unserer Flucht wurde ein abruptes Ende gesetzt und wir fanden uns eng umschlungen wie ein Liebespaar wieder.

»Die Zunge!«, rief Brandon und schaute an sich hinab. »Ich kann meine Hände nicht bewegen!«

Die Zunge spannte sich wie ein Drahtseil und schnürte uns zusammen. Wir zerrten an den fleischigen Fesseln, aber es war zwecklos. Zombie-Dad näherte sich hüpfend.

»Tu doch was!«, schrie Brandon panisch.

Ich versuchte, mir mit kleinen Bewegungen ein wenig Raum zu verschaffen. Brandons Angstschweiß kroch mir in die Nase und vermischte sich mit der stickigen Luft.

»Ich ... schaff ... es ... nicht«, presste ich hervor.

»Musst du auch nicht.«

Hannah stand mit dem Dolch in der Hand neben mir. Eine Schramme an ihrem Kopf zeugte von Brandons Fußtritt. Ohne weitere Worte holte sie aus.

Ein schmerzvolles Quaken hallte über den Seerosenteich und ich beschloss, botanische Gärten in die Liste der unbeliebtesten Jagdreviere aufzunehmen.

2

Brandon

Halten oder ziehen?

»Und da sitzen die Giftdrüsen.« Emmerett O'Sullivan drückte die Zunge zur Seite und leuchtete mit einer grellen Lampe ins Maul. »Siehst du sie? Gleich am Zungenansatz. An der Stelle befinden sich bei uns die Speicheldrüsen.«

Der Schreckwandler lag steif und ziemlich tot auf einer metallenen Bahre. Die schlaffe, um eine Armlänge gekürzte Zunge reichte bis zu den weißen Fliesen, die auch Decke und Wände des kargen Labors bedeckten. In dem sterilen Raum war es eiskalt, was die herumliegenden Monsterleichname daran hinderte, zu verwesen und faulige Gase zu bilden.

Mein Gesicht näherte sich vorsichtig dem Froschkopf. Aus der Nähe waren seine erblassten Adern zu sehen, die durch die fahle Haut drückten. Der Gestank nach verfaultem Fisch beförderte mein Frühstück nach oben.

»Sind es diese Wucherungen kurz vor dem Gaumen?«, hakte ich nach und unterdrückte das Aufstoßen.

»Genau«, bestätigte Emmerett. Er nahm die Finger aus dem Monstermaul und wischte sie an der fleckigen Lederschürze ab. Padraigs Onkel griff nach einem Holzstab, der neben weiteren Instrumenten auf einem blechernen Tablett lag. »Kannst du bitte die Pipette nehmen?«

Ich streifte Gummihandschuhe über – schließlich wollte ich nicht versehentlich einen Giftspritzer abbekommen. Zwar war der Schreckwandler seit über zwölf Stunden tot, aber sein Gift wirkte noch immer. Während Emmerett mit einer Hand das Maul des Monsters aufdrückte und mit der anderen darin herumstocherte, nahm ich die Pipette.

»Wie lief es mit den neuen Waffen?«, fragte Emmerett, ohne den Blick vom Schreckwandler abzuwenden. Wieder drückte er die Zunge zur Seite und tastete mit dem Holzstab im Maul herum. »Hat euch das Gas des Tibetischen Traumfressers geholfen?«

»Nun ja«, machte ich zögernd und dachte an den grünen Rauch, der Hannah nach meinem missglückten Wurf außer Gefecht gesetzt hatte. »Streng genommen hat es bestens funktioniert. Die Dosis genügt, um einer mittelgroßen weiblichen Person für zwei Minuten das Bewusstsein zu nehmen.«

»Du hast es an Menschen getestet?« Emmerett drehte an einer fernrohrartigen Vorrichtung, die er auf das rechte Brillenglas geklemmt hatte. »Hat euch eine Wärterin überrascht?«

»Jap«, log ich. »Plötzlich stand sie da. *Puff*, wie aus dem Nichts! Ich hielt sie für ein Monster, also habe ich das Glas geworfen.«

Emmerett hielt sein Gesicht noch näher an das Maul des Wandlers. »Brandon, wir waren uns einig, dass du unsere Waffen nur an Monstern ausprobierst.«

»Es war keine Absicht.« Ich sah die Pipette böse an, als würde sie die Schuld an dem Schlamassel tragen. »Immerhin gab es keine nennenswerten Nebenwirkungen. Weder eine partielle Amnesie noch, wie befürchtet, den sofortigen Tod aufgrund einer zu hohen Dosierung.«

»Jetzt habe ich dich!«, rief Emmerett. Er winkte mich mit energischen Handbewegungen zu sich. »Schnell, beeile dich. Ich habe den Druckpunkt gefunden, um die Giftreste aus der Drüse zu pressen. Hast du die Pipette?«

Ich stellte mich mit der Pipette auf die andere Seite der Bahre und hielt den Atem an.

»Du musst diese wässrige Flüssigkeit aufsaugen«, wies Emmerett mich an. »Sobald ich den Druck verstärke, tritt das Gift aus. Achtung …«

Ich spähte in den Rachen. Tatsächlich sonderte die Drüse einen durchsichtigen Saft aus, der sich in einer Lache sammelte. Mit ausgestrecktem Arm und abgewandtem Gesicht sog ich das Gift auf.

»Wunderbar«, frohlockte Emmerett. Er nickte über seine Schulter. »Schütte das Gift in den Glaskolben da drüben. Und dann nimmst du die zweite Pipette.«

Nachdem ich meine Hand ein weiteres Mal in das Maul des toten Monsters gesteckt und dessen Gift aufgesaugt hatte, atmete ich erleichtert aus. Ich war von Giftspritzern verschont worden, hatte nichts verschüttet und war bei Bewusstsein geblieben (was ich von meiner allerersten Sezierung nicht behaupten konnte).

Emmerett nahm das seltsame Konstrukt von der Brille und legte das Holzstäbchen zurück in die Schale. Danach hielt er den Glaskolben prüfend unter das Deckenlicht. »Rund einhundert Milliliter reines Schreckwandler-Gift – eine wahre Seltenheit!«

Emmerett summte eine fröhliche Melodie, verkorkte das Gefäß und notierte etwas auf einem Etikett, das er um den

Kolben wickelte. Bestens gelaunt schritt er auf einen Metallschrank am Ende des Raums zu und sperrte die Tür auf. Darin stapelten sich Gefäße in verschiedensten Formen und Größen, jedes fein säuberlich mit einem Etikett versehen. In jedem Glas blubberten, dampften oder schwappten Flüssigkeiten in allen erdenklichen Farben.

»Wie lief es mit dem Gas des N'Galogians?« Emmerett schob ein paar trapezförmige, mit schwefelartigem Dampf gefüllte Kolben beiseite, um Platz für seine neueste Errungenschaft zu machen. »Konntest du sie in deinem Feldversuch direkt am Objekt überprüfen?«

»Nein, leider nicht.« Ich trat zu einem Waschbecken, das unter einem quadratischen Spiegel an den Fliesen befestigt war. Das blonde Haar hing mir strähnig in die Schutzbrille, die ich über meiner eigentlichen Brille trug. »Ich wollte nicht riskieren, dass das violette Gas den halben Garten verätzt.«

»Verständlich«, murmelte Emmerett und sperrte den Schrank ab. »Es wird sich sicher bald eine Gelegenheit ergeben, die ätzenden Darmgase des N'Galogians zu testen.«

Ich drehte den Hahn auf und wusch die Pipetten aus. »Ist es nicht merkwürdig, mit den eingefangenen Fürzen eines Monsters andere Bestien zu jagen?«

Emmerett blickte mich verwirrt an. Die Frage schien für ihn keinen Sinn zu ergeben. »Warum sollte es seltsam sein? Auch in unseren Körpern entstehen Gase während der Verdauung.«

»Das mag sein.« Ich stellte die Pipetten zum Abtropfen auf eine Ablage und trocknete die Hände an einem Tuch ab. »Aber der N'Galogian besitzt, soweit ich informiert bin, keine Verdauungsorgane. Er verdaut seine Nahrung ausschließlich mit dem violetten Gas. Und wir jagen damit andere Monster. Die ersticken praktisch an den Flatulenzen eines Kollegen.«

Emmerett legte den Kopf schief und musterte mich wie eine Eule. »Worauf willst du hinaus?«

»Ach, egal.« Ich winkte ab und schaute auf die Uhr über der Eingangstür. »Oh, ich muss los. In einer halben Stunde beginnt der Sigillen-Unterricht bei Mrs Chandra. Vorher wollt–«

Emmerett klatschte in die Hände. »Genug Zeit, um mir bei einer letzten Sache zu assistieren. Ich würde es ja allein machen, aber mit vier Händen geht es eindeutig besser.« Er trat an die Bahre und griff dem Schreckwandler unter die Achseln. »Ganz schön schwer, der Bursche. Willst du halten oder ziehen?«

Ich sah zu, wie Emmerett das Monster zurück auf die Bahre plumpsen ließ und nach dem Skalpell griff.

»Wie meinst du das, halten oder ziehen?«

»Nun ja.« Emmerett setzte die Klinge am Hals des Wandlers an und zog bis zur Hüfte einen fein säuberlichen Schnitt. »Der eine hält das Monster in einer aufrechten Position, der andere zieht ihm die Haut ab. Ohne sie nützt mir das Gift wenig. Also«, er lächelte mich an, »willst du halten oder ziehen?«

Mrs Elsha Chandra trug einen dunkelgrünen Sari, ein traditionelles Kleid aus ihrer indischen Heimat. Der Saum des Rocks und die Ränder der Schärpe, die von der linken Schulter bis zur rechten Hüfte reichte, waren mit goldenen Verzierungen bestickt. In der einen Hand trug sie eine Art Vogelkäfig, der mit Sigillen überzogen war.

»Du bist spät dran«, merkte Mrs Chandra in einem strengen Tonfall an, der typisch britisch klang und nichts von ihrer indischen Herkunft verriet. Sie stand regungslos da und sah zu, wie ich schwer atmend durch den Raum stolperte. Aus dem Käfig drang ein nervöses Scharren.

Der Unterrichtsraum war groß, aber komplett unmöbliert. Stählerne Träger ragten aus dem Boden und stützten die Decke, die mit Sigillen versehen war. Auf dem Boden war ein Kreis gezeichnet, der von komplexen Symbolen gesäumt war. In seiner Mitte stand Mrs Chandra – und neben ihr ein Mädchen.

»Entschuldigen Sie«, keuchte ich und rang nach Luft. Ich schwitzte, meine Hände stanken nach Fisch und letzte Reste von Froscheingeweiden klebten an meinen Fingern. »Ich bin aufgehalten worden.«

»Lass mich raten«, seufzte Mrs Chandra. »Emmerett O'Sullivan?«

»Wir haben einen Schreckwandler gehäutet.« Ich zog die Jacke aus und fächerte Luft unter meinen Pullover, auf dem ein aufgerissenes Maul mit spitzen Eckzähnen zu sehen war. »Falls Sie ihm mal dabei assistieren und er fragt, ob Sie halten oder ziehen möchten, sagen Sie um Gottes willen *halten*.«

»Ich werde mich mal mit dem Leiter der Forschungsabteilung für Monster und Kreaturen unterhalten müssen«, brummte die Sigillistin. »Schließlich bist du mein Schüler und keiner seiner wissenschaftlichen Assistenten. Aber lasst uns nicht noch mehr Zeit verlieren.« Mrs Chandra streckte den freien Arm aus und wies auf das Mädchen. »Brandon, darf ich dir Primrose Klimt vorstellen? Sie wird meine zweite Schülerin. Primrose hat um einen Ausbildungsplatz gebeten und sich als fähig erwiesen. Sie verfügt ebenfalls über die Gabe der ruhigen Hand.«

»Hi, Brandon.«

Primrose machte unsicher einen Schritt nach vorne. Sie war ungefähr in meinem Alter und trug eine cremefarbene Bluse, die sie sich in die Jeans gesteckt hatte. Die Jeans wiederum reichte bis zum Bauchnabel. Meine Schwester Penelope hätte bestimmt Gefallen an der Hose gefunden. Das braune Haar fiel Primrose in weichen Wellen bis zur Schulter. Hinter ihrem rechten Ohr klemmte ein Bleistift. Mit gekreuzten Armen hielt sie ein zitronengelbes Notizbuch an die Brust gepresst.

»Hallo, Primrose«, begrüßte ich sie und streckte ihr die Hand entgegen. Auf halbem Weg erinnerte ich mich an den fischigen Geruch, hielt inne und winkte unbeholfen.

Ein Lächeln erhellte ihr Gesicht, das in erster Linie aus Sommersprossen zu bestehen schien. »Meine Freunde nennen mich Prim. Du kannst mich auch so nennen, wenn du magst. Primrose klingt so altertümlich. Keine Ahnung, was sich meine Eltern dabei gedacht haben.«

»Es erinnert mich an eine edle Weinsorte.« Ich räusperte mich und täuschte einen französischen Akzent vor. »Garçon, bitte eine Flasche *Primrose* für zwei Personen.«

Kaum hatte ich den Satz zu Ende gesprochen, kam ich mir wie ein Idiot vor. Ich spürte, wie meine Ohren und Wangen rot anliefen. Warum hatte ich das gesagt?

»Tut mir leid«, warf ich hinterher.

Prim kicherte in ihr Notizbuch. »Es klingt tatsächlich wie ein Wein. Das ist mir noch nie aufgefallen.«

Ich grinste sie dankbar an und kratzte mich verlegen am Hinterkopf.

Elsha Chandra verdrehte genervt die Augen. »Bevor Brandon die Situation noch peinlicher macht – was bei ihm durchaus denkbar oder sogar wahrscheinlich ist – beginnen wir besser mit dem Unterricht. Grundsätzlich üben wir das Ziehen neuer Sigillen zuerst im Kreis.« Elsha Chandra wandte sich Prim zu, übergab ihr ein Stück Kreide und wies mit ausladender Geste auf den Kreis. »Die Zeichen um den Kreis herum bannen die Wirkung eurer Sigillen. So könnt ihr die Symbole praktizieren, bis ihr sie perfekt beherrscht. Erst danach gestatte ich euch, sie außerhalb des Schutzkreises anzuwenden.«

Ich stellte mich zu Prim in den Kreis. Sie lächelte mich unsicher an, als ich neben ihr stehen blieb.

»*Du* sollst nicht in den Kreis, Brandon.« Mrs Chandra winkte mich energisch zu sich. »Zeig mir deine Fortschritte mit der *Sigille des Lichts*. Zeichne sie an die Wand da. Wenn du sie zu meiner Zufriedenheit ziehst, widmen wir uns deinem ersten Bannkreis.«

Prim blätterte eifrig durch ihr gelbes Notizbuch und nahm den Stift hinter dem rechten Ohr hervor. Im Vorbeigehen erhaschte ich einen flüchtigen Blick auf die detaillierte Zeichnung eines männlichen Gesichts. Es sah fast aus wie eine Fotografie. Das Mädchen schien tatsächlich talentiert zu sein.

»Was ist in dem Käfig?«, fragte ich. Der Eisenkäfig stand zwei Meter entfernt. Wieder vernahm ich ein leises Kratzen – als würden Krallen von innen gegen das Metall schaben.

»Fragen haben die schlechte Eigenschaft, den natürlichen Fluss der Gedanken zu blockieren.« Mrs Chandra stellte sich hinter mich, um mich beim Ziehen der Sigille zu beobachten. »Flammt eine Frage in unserem Kopf auf, dreht sich alles um sie.« Die Sigillistin musterte mich. »Warum müssen unsere Gedanken stets ungehemmt fließen, Brandon?«

Ich wippte auf den Fußballen. »Weil Konzentration auf das Wesentliche einen klaren Kopf bedingt. Der freie Fluss der Gedanken lenkt unsere Hände beim Ziehen von Linien, Kreisen und Symbolen und prägt die Kraft der Sigillen.«

Das Kratzen von Stift auf Papier hallte leise durch den kargen Raum. Prim hing eine Haarsträhne in das Notizbuch. Mit einer raschen Handbewegung strich sie sie hinter das Ohr. Sofort setzte das kratzende Geräusch wieder ein.

Mrs Chandra räusperte sich. »Deine Konzentration scheint heute irgendwo anders zu sein.«

»E-entschuldigen Sie.«

Ich nahm eine Kreide von Mrs Chandra entgegen, trat an die Wand und schloss für einen Moment die Augen. Mit tiefen Atemzügen holte ich meine Gedanken ins Hier und Jetzt. Die einströmende Luft kühlte die Innenseite meiner Nasenflügel. Ein alter Trick von Dad, den er von Grandpa Duncan hatte. Ich wandte ihn an, wenn ich nachts nicht schlafen konnte oder mit einer Situation konfrontiert war, die mir unbehaglich war.

Mein Puls verlangsamte sich und ich spürte das Gewicht der Kreide in meiner Hand. Ich schlug die Augen auf und begann, die Sigille zu ziehen. Nach wenigen Sekunden leuchtete ein bläuliches Licht auf.

Ich grinste zufrieden. *Ihr hättet sehen müssen, wie das Ding in meiner Hand geleuchtet hat*, dachte ich.

»Sehr gut«, lobte Mrs Chandra und löste die verschränkten Arme. Die goldenen Kettchen daran klimperten. »Wenn du den Fokus künftig auch ohne meine mahnenden Worte auf das Ziehen der Zeichen legst, werden deine Sigillen an Kraft und Stärke gewinnen.«

Ich blickte verstohlen an Mrs Chandra vorbei. Prim

schaute mich mit großen Augen an. Sie schien beeindruckt zu sein. Ein breites Grinsen zwängte sich auf mein Gesicht, ohne dass ich etwas dagegen tun konnte.

»Vielen Dank«, sagte ich möglichst gelassen, als wäre das Lob eine Selbstverständlichkeit. »Ich werde weiterhin an meiner Technik arbeiten.«

Die Sigillistin nickte anerkennend. »Ich möchte, dass du Primrose die Sigille des Lichts beibringst. Dadurch lernst du, Wissen weiterzugeben. Wenn du die Fehler der anderen erkennst, bedeutet das, dass du selbst von ihnen befreit bist.«

»Oh«, machte ich. Unsicher blickte ich das Mädchen mit den vielen Sommersprossen an. »Also, ich weiß nicht ... wissen Sie ... ich ... ähm ...«

»Zuerst«, unterbrach Mrs Chandra mein Stottern, »zeige ich dir aber wie versprochen deinen ersten Bannkreis.« Sie nahm den Käfig und drückte ihn mir in die Hand.

»Was soll ich damit?«

»Ihn auf dem Kopf balancieren.«

»Veralbern Sie mich gerade?«

»Natürlich tue ich das. Du sollst das tun, was man mit einem Gegenstand macht, der einem gereicht wird: ihn halten.«

»Besser als ziehen«, murmelte ich.

Prim kicherte.

Der Käfig sah aus wie eine große Laterne. Nur gab es keine Glaswände mit Blick auf eine flackernde Kerze. Stattdessen waren die metallenen Außenflächen mit eingeritzten Symbolen versehen. Im Inneren bewegte sich etwas.

Elsha Chandra kniete sich hin und zeichnete einen Kreis. Um ihn herum zog sie sieben Zeichen, die den Buchstaben eines fremden Alphabets glichen. Jede noch so unbedeutend wirkende Linie musste die perfekte Länge und Dicke sowie die richtige Position haben, um die Sigille zu komplettieren.

Nach dem siebten Symbol erhob sich Mrs Chandra und blieb im Kreis stehen. Die Handflächen presste sie vor der Brust zusammen, als würde sie ein Gebet sprechen.

»Stelle den Käfig auf den Boden und öffne die Tür«, befahl sie gelassen. »Und geh zu deiner eigenen Sicherheit zu Prim in den Kreis, sobald die Tür offen ist.«

»Ähm, Mrs Chandra?«

»Ja, Primrose?«

Prim blickte unsicher auf den Kreis, das Notizbuch an den Körper gedrückt. »Sind wir hier drin sicher vor … was auch immer *da* drinsteckt?«

»Aber natürlich.« Kaum sichtbare Falten zerfurchten die sonst glatte Stirn von Mrs Chandra. »Meinen Schülerinnen und Schülern geschieht nie etwas.«

»Hatten Sie vor uns überhaupt welche?«, hakte ich nach.

»Nein«, antwortete die Sigillistin. »Deshalb ist bisher auch keinem etwas geschehen. Und nun öffne endlich den Käfig, Brandon.«

Ich unterdrückte weitere Fragen und stellte die eiserne Laterne ab. Ein Metallstift hielt die Tür in den Angeln. Vorsichtig zog ich ihn heraus.

Noch bevor der Stift ganz draußen war, flog die Tür auf und ein huhnartiges Wesen stürzte heraus. Die merkwürdig gackernde Kreatur stürzte auf den Kreis und Mrs Chandra zu. Im letzten Moment machte die Frau im grünen Seidenkleid einen Schritt zur Seite und trat aus dem Kreis. Das Monsterhuhn übertrat die Linie – und knallte auf der anderen Seite gegen eine unsichtbare Barriere.

Sichtlich verwirrt hielt das Wesen einen Augenblick inne. Es schüttelte sich, plusterte sein blutrotes Gefieder auf und senkte den Kopf wie ein Stier. Auf dem Schädel wuchs ein messerscharfer Kamm. Das Monsterhuhn stieß eine Mischung aus Gackern und Wolfsgeheul aus und scharrte mit den bekrallten Füßen. Dann stürmte es los – und krachte mit dem Kamm erneut gegen eine Wand, die für unser Auge unsichtbar war.

»Was ist das denn für ein Ding?«, fragte ich erstaunt und rief mir alle Einträge des Bestiariums in Erinnerung. Ein Monsterhuhn war mir darin nicht untergekommen.

»Die BEAST-Agenten nennen es einen *Blutroten Gackerer*«, erklärte Mrs Chandra. Sie schaute zu, wie das gefiederte Monster immer und immer wieder versuchte, die unsichtbaren Mauern zu durchbrechen. »Der Bannkreis ist stark genug, um seinen Angriffen standzuhalten. Für stärkere Monster ist er zu schwach. Sie könnten einfach hindurchgehen.« Elsha Chandra schritt um den Kreis. »Für mächtige Kreaturen muss der Kreis mit mehr Sigillen verstärkt werden. Aber je mehr Symbole, desto größer die Gefahr für Fehler.« Sie blieb stehen und schaute auf den Blutroten Gackerer herab, der wütend aufheulte. »Ein Fehler genügt und die unsichtbaren Mauern reißen, bevor ihr euch in Sicherheit bringen könnt.«

»Wie geht es deiner Hand?« Prim schritt neben mir die Treppen aus den oberen Stockwerken nach unten. »Dieser Gackerer hat dich echt voll erwischt.«

Ich sah hinunter auf das große Pflaster, das auf meinem Handrücken klebte. »Sieht schlimmer aus, als es ist«, log ich. In Wahrheit brannte die Wunde wie Feuer. »Ich dachte echt, ich hätte den Bannkreis auf Anhieb perfekt hinbekommen.«

Wir erreichten den überdachten Innenhof des BEAST-Hauptquartiers, das im verlassenen Industrieviertel von Edinburgh stand. In der Mitte des Hofs prangte ein Springbrunnen aus weißem Marmor, der ein geflügeltes Pferd mit vier Schwingen darstellte. Fahlgraues Licht fiel durch die gläserne Kuppel. Über die vier Stockwerke verteilt, gab es eine Vielzahl an kuriosen Geschäften und Läden, die alles für den täglichen Gebrauch eines Agenten anboten. Von Waffen und Eisenketten über verkorktes Weihwasser und Ampullen mit loderndem Feuer bis zu Schutzkleidung und Notrationen.

Prim hielt ihr Notizbuch umklammert. Sie hatte die ganze Stunde bei Mrs Chandra immer wieder Dinge darin notiert. Als ich ihr die Sigille des Lichts gezeigt hatte, hatte sie das Symbol fein säuberlich auf einer ganzen Seite abgezeichnet.

»Na ja«, sagte Prim, als wir den Brunnen umrundeten, »am Ende der Stunde hat dein Bannkreis immerhin drei Angriffe des Gackerers ausgehalten.« Sie sah enttäuscht auf ihre Schuhe. »Meine Sigille hat nicht einmal ein kurzes Aufflackern hervorgebracht.«

Da ich mich mit Mädchen nicht so auskannte – Penelope und Hannah waren die einzigen, die je mehr als zwei Worte mit mir gesprochen hatten –, wusste ich nicht genau, wie man eines tröstete.

»Bei mir hat es einen Monat gedauert, bevor die Sigille heller geleuchtet hat als ein Glühwürmchen«, versuchte ich es. »Das musst du erst mal übertreffen!«

Ein scheues Lächeln mischte sich unter die Sommersprossen. »Ich werde mir Mühe geben!«

Wir liefen stumm nebeneinander weiter. Mit jedem Meter

schien die Temperatur um ein Grad zu steigen. Ich spürte den Schweiß auf der Stirn. Ich wollte Prim etwas fragen, wusste aber nicht, was.

»Bis–«

»Woh–«

Wir redeten beide gleichzeitig und verstummten sofort wieder.

»Was wolltest d–«

»Du zuerst«, forderte Prim.

Ich schob die Brille nach oben. »Sind deine Eltern auch Agenten? Oder wie bist du hierhergekommen?«

Prim warf einen Blick in eines der Schaufenster. Hämmer, Speere, Schwerter und andere tödliche Waffen lagen darin ausgestellt. Hinter der Kasse stand ein alter Mann, der uns freundlich zuwinkte. Mr Lockwood war eine Koryphäe auf dem Gebiet der Schmiedekunst.

Prim hob die Hand und winkte zurück. »Ich bi–«

»Brandon, da sind Sie ja!«, unterbrach uns eine piepsige Stimme. »Ich habe endlich die Unterlagen aus Deutschland erhalten, die Sie gesucht haben.«

Eine kleine, rundliche Frau wuselte auf uns zu. Sie trug mehrere Schichten aus altrosafarbenen Strickjacken, einen farblich passenden Rock und violette Schuhe. Um ihren Hals hingen zwei Brillen und ein Bund mit unzähligen Schlüsseln, die bei jeder Bewegung klimperten. In den Händen hielt sie eine Mappe aus gelbem Papier.

»Hallo, Mrs Love-Wobbley«, begrüßte ich die ältere Dame, die in dem unterirdischen Archiv dafür sorgte, dass alle Unterlagen und Fallakten katalogisiert wurden. »Sie sind wirklich erfolgreich gewesen?«

Mrs Love-Wobbley gesellte sich zu uns. Obwohl ich einen

Kopf kleiner als Padraig war, reichte mir die Archivarin kaum bis zur Schulter. Ganz in Rosa sah sie aus wie eine Kaugummiblase mit Pudelfrisur.

»In der Tat, das war ich«, bestätigte sie und streckte mir die Mappe entgegen. »Wochenlang musste ich meine Kollegin bei DAEMON, dem *Deutschen Amt für Eigenartiges und Monster*, bearbeiten. Die alte Mrs Rumpeldinger ist nicht gerade die Schnellste, wenn es darum geht, Informationen zu besorgen.« Sie setzte eine ihrer Brillen auf. »Aber so leicht lasse ich nicht locker!« Ihr Blick fiel auf Prim und ihr rosiges Gesicht hellte sich schlagartig auf. »Oh, wer ist denn Ihre hübsche Begleiterin, Brandon?«

Ich nahm die Akte entgegen. »Das ist Primrose Klimt, die neue Schülerin von Mrs Chandra. Sie wird wie ich in der Kunst der Sigillen ausgebildet.«

»Ach wie schön«, frohlockte Mrs Love-Wobbley. Sie packte Prims Hand und schüttelte sie energisch. »Endlich wieder eine Frau in diesem Männerschuppen!« Sie beugte sich vor und fuhr im Flüsterton fort: »Es gibt eindeutig zu viele Männer hier, wenn Sie mich fragen, Primrose.«

»Was ist mit Mrs Hazle-Finch?«, bohrte ich nach. »Immerhin hat eine Frau die Leitung von BEAST inne.«

Mrs Love-Wobbley funkelte mich über den Rand ihrer Brille finster an. »Die alte Hexe zählt nicht.«

Ich war mir ziemlich sicher, dass die Archivarin einige Jahre älter als die BEAST-Leiterin war, behielt diesen Gedanken aber für mich.

»Ich muss weiter, die Pflicht ruft«, warf Mrs Love-Wobbley ein. Sie strahlte Prim herzlich an. »Es hat mich gefreut, Ihre Bekanntschaft zu machen. Und Sie, Brandon, passen gefälligst auf.« Sie tippte auf die Akte. »Viktor Frankenstein war ein gefährlicher Fanatiker, an dessen Händen das Blut unschuldiger Menschen klebt. Es gibt gute Gründe, weshalb meine Vorgänger alle Akten zu den Vorfällen vernichtet haben.« Mrs Love-Wobbley nahm die Brille ab und schaute gedankenverloren ins Nichts. »Der Mann hat nicht nur Grenzen überschritten und ein Monster erschaffen – er war selbst eines.«

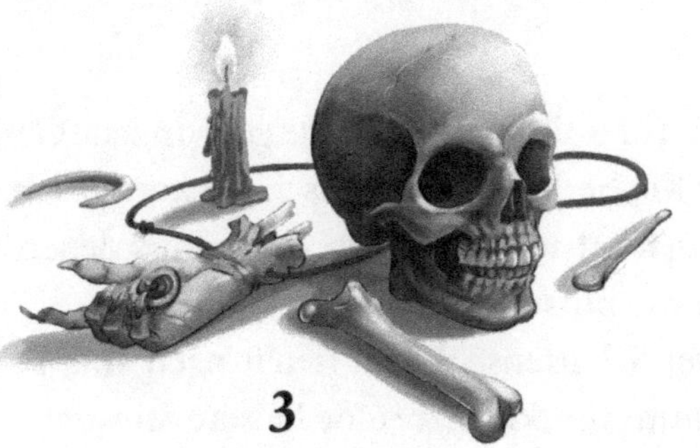

3

Padraig

Der Tag, an dem ein Mann den Tod besiegte

Der Schlüssel war schwerer, als er aussah. Er war so lang wie ein Kugelschreiber und bestand aus einem schimmernden Stein als Griff und einem Bart aus acht verschraubten Gliedern. Wenn man diese auseinanderbaute und seitlich in den eingefassten Stein schraubte, verwandelte sich der Schattenschlüssel in einen spinnenförmigen Anhänger. In dem Anhänger hatte bis vor vier Monaten ein Parasit gelebt, der Brandons Mutter befallen und sie benutzt hatte, um Penelope und deren beste Freundin Cassie in eine düstere Höhle zu schleppen. Zum Glück hatten wir sie rechtzeitig entdeckt, bevor sie von einem Spinnenmonster bei lebendigem Leib verdaut werden konnten. Die Sigillen, die das Monster zur Strecke gebracht hatten, hatte Brandon im Bestiarium gefunden. In den letzten Monaten hatten wir sie an anderen Kreaturen getestet, aber aus welchen Gründen auch immer schienen sie nur bei dieser vielbeinigen Bestie zu wirken. Nach wie vor hatte ich übrigens keinen Schimmer, wie Dad an die Symbole gekommen war …

Die Tür quietschte und eine gedrungene Gestalt humpelte in die Küche. Vom Küchentisch aus konnte ich nur einen fast kahlen Kopf voller Warzen sehen, aus denen wenige Haarfäden wie borstiges Gras sprossen.

»Der Schattenschlüssel riecht nach Tod, Dunkelheit und Verdammnis«, krächzte eine heisere Stimme.

Sie gehörte zu Farchie, einem vorlauten, aber ergebenen Warzentreiber, dem Dad vor langer Zeit das Leben gerettet hatte. Seither diente er unserer Familie, auch wenn er mich nicht ausstehen konnte.

Er hüpfte auf mich zu – mit einem Bein die einzig mögliche Fortbewegungsart. »Es ist mir nicht geheuer, wenn Ihr den Schlüssel hervorholt, junger Meister O'Sullivan.«

Ich legte ihn auf den Tisch. »Du müsstest ihn eigentlich mögen«, entgegnete ich. »Immerhin ist er der einzige Weg, deinen Meister aus der Schattenwelt zurückzuholen. Jetzt müssen wir nur noch die anderen drei Schlüssel finden, mit denen wir das verborgene Tor zu der Welt der Monster aufschließen können, damit du nicht auf ewig mit mir hier herumsitzen musst.« Ich verschränkte die Arme vor der Brust. »Und das willst du doch nicht, oder?«

Farchie schmatzte und popelte mit den Fingern seines einzigen Arms in der Nase. Sein Zyklopenauge vergrößerte sich freudig, als er fündig wurde. Ein kleiner, haariger Klumpen klebte auf dem Zeigefinger. Der Warzentreiber leckte sich gierig über die spröden Lippen.

»Ich hoffe, Ihr erinnert Euch, dass Ihr mir noch einen Gefallen schuldet.« Farchie steckte sich den Popel in den Mund und schmatzte genüsslich. »Oder ist diese Kleinigkeit durch das großlöchrige Sieb gefallen, das Ihr Euer Gehirn nennt?«

Natürlich hatte ich nicht vergessen, wie uns Farchie dabei geholfen hatte, die unsichtbare Schrift im Bestiarium zu entziffern. Erst dank dieses verborgenen Hinweises waren wir dem Schattenschlüssel in Port Willow auf die Spur gekommen.

»Ich erinnere mich an unsere Abmachung«, sagte ich knapp. »Aber was hat dieser Gefallen mit den Schattenschlüsseln und Dads Rettung zu tun?«

Farchie wandte mir sein runzeliges Gesicht zu, das mehr Falten warf als das Hinterteil eines Elefanten. »Wenn Ihr bei der Suche nach meinem einzig wahren Meister scheitert, finde ich Mittel und Wege, meine endlose Enttäuschung über Euer Unvermögen zu lindern.«

»Ob du es glaubst oder nicht.« Ich erhob mich und trat zum Kühlschrank. »Meinen Vater zu finden, ist das Einzige, das mich antreibt.« Ich trank eine Flasche Wasser in einem Zug leer und wischte mir mit dem Handrücken über den Mund. »Vielleicht finde ich sogar Mum in der Schattenwelt. Schließlich wurde sie kurz nach meiner Geburt von einem Ortswechsler dorthin entführt.«

Plötzlich machte Farchie einen Satz zur Seite, warf einen Stuhl um und kraxelte auf den Tisch.

»Haltet mir diese elende Bestie vom Hals!«, fauchte er mit aufgerissenem Auge. »Ich ertrage es nicht, wenn sich diese Kreatur lautlos wie ein scheues Reh an mich heranpirscht, nur um mir in einem Moment der Unachtsamkeit die Kehle aus dem Leib zu reißen und sich genüsslich an meinen Überresten zu laben.«

Ein schwarzer Kater, den wir kürzlich Mr Hide getauft hatten, schmiegte sich an das Tischbein und schnurrte. Er hatte mich vor unserem Abenteuer in Port Willow zu Hannah geführt, die ich in einem verlassenen Hangar vor zwei Hautsammlern gerettet hatte. Seither waren Mr Hide und Hannah ein Herz und eine Seele. Tagsüber jagte der Kater in der Sackgasse vor unserem Haus in der Paloma Street Ratten und Mäuse oder ließ sich weiter vorne an der Hauptstraße von Passanten streicheln. Nachts rollte er sich zufrieden in einer Ecke von Hannahs Feldbett zusammen.

»Mr Hide tut dir nichts«, versicherte ich und schloss den Kühlschrank. »Seine Krallen und Zähne sind viel zu klein, um deine dicke Haut zu durchdringen.«

Der Warzentreiber schielte skeptisch über die Tischkante. »Wesen mit vier Beinen sind mir suspekt. Erst recht, wenn sie sieben Leben besitzen.«

»Beklagt sich Farchie wieder über Mr Hide?« Hannah betrat die Küche. Der Kater sauste auf sie zu. Hannah streichelte ihn. »Er tut keiner Fliege was zuleid.«

Farchie stolperte rückwärts über den Tisch und sprang auf die Küchenzeile. »Einer Fliege vielleicht nicht. Aber wer weiß, was er mit einem Warzentreiber anstellt, wenn keine armseligen Zweibeiner in der Nähe sind.«

Er bewaffnete sich mit einem Kochlöffel. »Das Biest soll mich in einem ehrenwerten Kampf umbringen, statt sich in meinem Rücken anzuschleichen!«

Hannah scheuchte den Kater in das angrenzende Wohnzimmer. Dort machte er es sich auf dem Sofa bequem. »Bist du jetzt zufrieden?«

Farchie warf den Holzlöffel weg und spuckte angewidert in die Spüle. »Zufrieden bin ich, wenn diese haarige Bestie in einem Loch liegt und ich die letzte Schippe Erde auf ihr Grab schaufle.« Er hüpfte von der Küchenzeile und hinkte zur Tür, die in den Flur führte.

»Farchie, warte!« Ich packte den Schattenschlüssel in ein ledernes Tuch und steckte das Päckchen in eine metallene Dose mit einem Vorhängeschloss, das eine komplexe Sigille zierte. »Nimm den hier mit. Bei dir im Keller ist er am sichersten. Stell ihn zu dem goldenen Zylinder, den du von Dad hast.«

Farchie lebte im Keller des Hauses. Eine Tür am Ende der Treppe führte in sein Reich. Ich hatte es weder betreten noch je einen Blick hineingeworfen. Mein Verdacht war ja, dass der Warzentreiber im Verborgenen einen Plan ausheckte, wie er die Weltherrschaft an sich reißen und alle Lebewesen mit mehr als einem Bein, Arm oder Auge bestrafen konnte. Auch ein illegales Spielcasino, eine Wetthöhle oder ein Umschlagplatz für fast ausgestorbene Tierarten lagen im Bereich des Möglichen. Aber höchstwahrscheinlich war es einfach nur ein dreckiges Loch.

»Wie Ihr wünscht, junger Meister«, säuselte Farchie. Er machte sich nicht die Mühe, sein Unbehagen zu verstecken. Mit mürrischem Gesichtsausdruck griff er nach der Dose und streckte sie von sich, als wäre sie eine volle Windel. Er verbeugte sich so tief, dass wir die Warzen auf seinem Rücken sehen konnten. In einer fremden Sprache fluchend trat er aus der Küche.

»Ich mag ihn nicht«, gestand Hannah, als die Kellertür ins Schloss fiel. Sie stellte den umgekippten Stuhl auf und holte eine Erbsenpackung aus dem Gefrierfach. »Ich spüre seine Wut auf mich.«

»*Du* verteidigst ihn doch immer, wenn ihn Brandon als Hauself bezeichnet«, meinte ich.

Hannah setzte sich mir gegenüber und presste die gefrorene Tüte an eine dicke Beule auf ihrer Stirn. »Jemanden nicht zu mögen oder sich ihm überlegen zu fühlen, bedeutet nicht, ihn schlecht behandeln zu müssen.«

Ich stützte das Kinn auf den Händen ab und brummte vor mich hin. »Wie geht es deinem Kopf?«

Hannah betastete die Beule – ein Überbleibsel von letzter Nacht, als sie unliebsame Bekanntschaft mit Brandons Schuh gemacht hatte. »Die Schmerzen lassen nach. Hoffentlich hat Brandon dieses Heilkraut aus dem Laden von Mr Rumple nicht vergessen.«

Unten ging die Haustür auf.

»Hey, ich bin's«, schallte Brandons Stimme durch das Haus. »Ich habe leider dieses Grünzeug vergessen. Sorry!«

Hannah schloss die Augen und rieb sich die Schläfe. »Wenigstens hat er ein schlechtes Gewissen. Die Spur ist unverkennbar.« Sie horchte auf und runzelte die Stirn. »Aber da ist noch ein Gefühl.« Der Hauch eines Lächelns breitete sich auf ihrem Gesicht aus. Es gab den Blick auf die schmale Zahnlücke zwischen ihren vorderen Schneidezähnen frei.

»Wenn es Freude ist, hat er bestimmt wieder heimlich ein Törtchen bei der Bäckerei um die Ecke gekauft.« Ich beugte mich zu Hannah. »Übrigens fasse ich es nicht, dass er dich mit diesem Monstergas ins Land der Träume geschickt hat. Wir sollten ihn nie wieder etwas werfen lassen.«

Hannah betrachtete die Erbsenpackung und schüttelte den Kopf. »Sollten wir nicht.«

Brandon kam schnaufend die Treppe herauf. Seine Hose mit ihren tausend Taschen rutschte ihm bedenklich weit unter die Hüfte. Wie immer trug er einen uncoolen Pullover mit Monstern drauf. Heute war es ein blutunterlaufenes Augenpaar, darunter ein Gebiss mit spitzen Eckzähnen. Das Haar hing ihm verstrubbelt in die Stirn, die Hamsterbacken stellten ein breites Grinsen zur Schau. Er wedelte aufgeregt mit einer Mappe aus gelblichem Papier.

»Mrs Love-Wobbley konnte die Unterlagen aus Deutschland organisieren, nach denen ich so lange gesucht habe!« Er warf die Akte auf den Tisch. »Ich bin den ganzen Weg vom alten Industriegebiet bis zur Paloma Street gelaufen, um sie euch zu zeigen.« Brandon schob die Brille nach oben. Die Augen dahinter funkelten wie Diamanten. »Es ist in der Tat unglaublich, was da drinsteht.«

»Setz dich erst mal hin«, sagte ich zu Brandon und schob einen Stuhl zurück. »Ich kann es kaum erwarten, bis du uns erzählst, was in dieser alten, staubigen Akte drinsteht.« Es gelang mir mit Mühe, ein Gähnen zu unterdrücken.

Brandon lief zum Kühlschrank, der wie immer seine erste Anlaufstelle war. »Zuerst muss ich etwas essen.«

Hannah schnupperte in der Luft. »Bilde ich mir das ein, oder riecht es hier plötzlich nach Fisch?«

Brandon roch an seinen Händen. »Ich habe mit Emmerett den Schreckwandler seziert. Prim hat gesagt, dagegen hilft nur eine Zitro–«

»Prim?« Ich hob einen Arm über die Lehne und drehte mich nach hinten. »Wer ist Prim?«

Brandon schubste die Kühlschranktür mit der Hüfte zu. In den Händen balancierte er drei Eier und eine Packung Speck. »Sie ist meine neue Mitschülerin bei Mrs Chandra. Sie heißt Primrose Klimt, aber ihre Freunde dürfen sie Prim nennen.« Er schlenderte verträumt zum Herd. »Ich musste ihr die Sigille des Lichts beibringen. Ach, und Mrs Chandra hat mir den ersten Bannkreis vorgeführt.« Brandon hielt inne und sah mich fragend an. »Kennst du den Blutroten Gackerer?«

»Ist das ein Pirat?«

»Nein, ein Monsterhuhn.«

»Ein Pirat wäre cooler gewesen.«

»Eindeutig.«

Hannah zeigte auf ein Pflaster an Brandons Hand. »Er muss wunderbar funktioniert haben, dein Bannkreis.«

»Der doofe Bannkreis interessiert doch keinen«, warf ich ein. »Erzähl uns mehr von dieser Prim.« Ich grinste Brandon an und legte das Kinn in meine aufgestützten Hände. »Wie ist sie so?«

Brandon drehte den Herd auf, holte eine Pfanne hervor und schlug die Eier auf. »Sie ist … ziemlich cool.« Mir entging nicht, dass sein Gesicht eine tomatenrote Farbe annahm. »Aber um sie geht es nicht! Haltet euch fest: Ich habe herausgefunden, wo sich möglicherweise der zweite Schattenschlüssel befindet!«

Ich verschluckte mich an meiner eigenen Spucke. Prustend stolperte ich zum Wasserhahn. Brandon schlug mir mit voller Wucht auf den Rücken, was weder den Husten besänftigte, noch das Trinken erleichterte. Nach einer Minute stand ich keuchend da, mit kratzendem Hals, schmerzendem Rücken und nassem Gesicht.

»Verdammt, Brandon!« Ich stützte mich an der Küchenzeile ab. Der Duft von gebratenem Speck und Rührei erfüllte die Luft. »Warum hast du das nicht gleich gesagt?«

Brandon würzte das Ei und wendete den Speck. »Das wollte ich«, erwiderte er. »Aber dir ist beinahe das Gesicht eingeschlafen, als ich die Akte erwähnt habe! Und danach hast du mit Prim angefangen!«

»*Du* hast doch vom Duftnoten-Hackerer erzählt!«

»Das Ding heißt Blutroter Gackerer!«

»Wie auch immer …«

»Zankt euch nicht schon wieder.« Hannah legte die Erbsenpackung beiseite. »Was steht in der Akte?«

»Einen Augenblick noch.« Brandon schaufelte den Speck und das Rührei auf den Teller. Er nahm sich Besteck und setzte sich auf einen freien Stuhl. Nach vier gehäuften Gabeln stöhnte er erleichtert auf und rieb sich den Bauch. »Jetzt habe ich gerade so genügend Energie, um zu sprechen.«

»Dann lass dich nicht länger bitten«, drängte ich. »Was hast du herausgefunden? Warum sind wir dem zweiten Schattenschlüssel auf der Spur?«

Brandon verharrte mit der Gabel vor dem Mund. »Wie ihr wisst, habe ich sowohl in der Bibliothek als auch im Archiv nach einer Spur zu Viktor Frankenstein gesucht, nachdem Genova Schmidt und der Koteletten-Typ sein Tagebuch geklaut haben. Aber offensichtlich sind alle Unterlagen vernichtet worden.«

»Außer dem Tagebuch«, wandte Hannah ein.

»Genau.« Brandon pustete vorsichtig über das heiße Essen. »Das Buch war aber – wie ich euch schon erzählt habe – in einem falschen Einband versteckt. Deshalb hat es nie jemand entdeckt.«

»Das wissen wir doch alles schon!« Ich verdrehte genervt die Augen. »Wie auch dass Viktor Frankenstein die *Abteilung für Monster und Kreaturen* gegründet hat, die Emmerett jetzt leitet.«

»Genau, und zwar vor mehr als zweihundert Jahren.« Brandon tippte die Akte an. »Von deinem Onkel wissen wir auch, dass Frankenstein in Ingolstadt studiert und gute Kontakte zur deutschen Monsterbehörde unterhalten hat. Da kam ich auf die Idee, in Deutschland nach Unterlagen zu fragen.«

»Was Mrs Love-Wobbley getan hat?«

Brandon nickte Hannah mit vollem Mund zu. »Sie kennt die deutsche Archivarin noch aus ihrer Ausbildung.«

»Das muss kurz vor dem Zerfall des Römischen Reichs gewesen sein«, murmelte ich. »So alt wie die gute Mrs Love-Wobbley ist.«

»Du tust es schon wieder«, bemerkte Hannah.

»Was?«

»Herablassend sein.«

»Offenbar«, kam Brandon zurück zum Thema, »pflegte Viktor eine briefliche Korrespondenz mit einem seiner ehemaligen Professoren für Naturwissenschaften.«

»Briefliche Korrespondenz?«, wiederholte ich. »Geht das ein bisschen verständlicher?«

Brandon seufzte. »Sie waren Brieffreunde.«

»Und diese Briefe sind in der Akte?«, fragte Hannah.

»Die Kandidatin erhält einhundert Punkte!« Brandon spießte einen Speckstreifen auf. »Es sind über zwanzig Stück, die im Verlauf mehrerer Jahre verfasst wurden. Viktor erzählt darin von seinen Forschungen. Der Typ hatte echt einen Knall!« Brandon fuhr sich durch das Haar. »Bis vor wenigen Monaten dachte ich noch, Frankenstein sei eine Erfindung der Literatur.«

»Du dachtest auch, es gäbe Vampire, Sirenen, Werwölfe und Geister.« Ich rutschte unruhig auf dem Stuhl hin und her. »Was hat Frankenstein denn nun mit den Schattenschlüsseln zu tun?«

»Also«, Brandon kratzte die letzten Reste auf dem Teller zusammen, »aus den Briefen geht hervor, dass Viktor den

Menschen unsterblich machen wollte. Daher experimentierte er mit elektrischem Strom. Er jagte ihn durch tote Organe und abgetrennte Gliedmaßen.«

»Wie im Film«, erinnerte sich Hannah. Wir hatten uns den Klassiker vor einigen Wochen gemeinsam angesehen, weil sie keine Ahnung von Frankenstein gehabt hatte.

»Genau«, bestätigte Brandon. Er schob den leeren Teller weg und wischte sich den Mund ab. »Wahrscheinlich war es sein Ziel, die BEAST-Agenten unverwundbar zu machen. Wären sie auf der Jagd verletzt worden, hätte er abgetrennte Finger, abgeschnittene Ohren, zerfetzte Beine und zerstochene Organe austauschen können.«

Ich trommelte mit den Fingern auf die Tischplatte. »Und wann kommt der Schattenschlüssel ins Spiel?«

»Eines Tages«, Brandon senkte die Stimme, »schrieb Viktor seinem ehemaligen Professor von der Legende eines Schlüssels aus einer fremden Welt, der angeblich den Tod bezwingen konnte.«

Ich setzte mich gerade hin. »Er wusste von den Schattenschlüsseln?«

Brandon nickte. »Ein halbes Jahr später war er im Besitz eines Schlüssels. Im Brief macht er keine Angaben, wie er an ihn rangekommen ist, aber scheinbar hat er funktioniert.«

Hannah drückte die Erbsen wieder an die Stirn. »Er hat mit dem Schlüssel tote Körperteile wiederbelebt?«

»Das behauptet er zumindest in einem der Briefe.« Brandon zeigte auf die dünne Mappe. »Viktor erkundigte sich bei dem Professor, ob er es für möglich halte, einen künstlichen Menschen zu erschaffen.«

Ich lehnte mich nach vorne. »Du willst uns nicht ernsthaft

weismachen, dass Frankenstein wahrhaftig einen Menschen aus Leichenteilen zusammengenäht hat?«

Brandon zog die Akte zu sich heran. »Wenn ich es nicht selbst gelesen hätte, würde ich es nicht glauben.« Er zog das oberste Blatt aus der Mappe. »Aber schau selbst. Das ist der letzte Brief von Viktor Frankenstein.«

Mein getreuer Herr Waldmann

Der Tag ist gekommen, an dem ein Mann den Tod besiegt. Antoine hat mir geholfen, im Schutz der Dunkelheit die Leichen auszugraben. Der Geruch der Verwesung klebt an unseren Händen, genauso wie der Gestank der Gräber und der fauligen Erde. Aber unsere unverzeihlichen Schandtaten dienen einem größeren Zweck, der unseren Verstand von unlauteren Gedanken reinigt. Der Schlüssel aus der fremden Welt wird seinem Ruf gerecht. Er besitzt Kräfte, die vor vielen Monden jenseits unseres beschränkten Horizontes erblüht sind.
Blut und Leid haften ihm an, doch ich führe ihn seinem angestammten Sinn zu.

Meine Schöpfung ist bereit, und sie ist wunderschön. Noch schöner als in meinen kühnsten Träumen. Es erforderte viel Geschick und einsame Stunden. Zum Glück wusste ich Antoine an meiner Seite. Unsere Finger sind wund, die Gedanken getrübt vom Duft der Toten und ihren stillen Schreien. Aber das Licht, in das wir alle gehen, erleuchtet unseren Weg. Statt ewiger Finsternis wartet ein unendliches Leben an dessen Ende. Ein Dasein, in dem physischer Schmerz vergänglich ist, Leid und Trauer in längst vergessenen Schauermärchen weiterleben.

Jedes Ende ist ein neuer Anfang. Jedoch steht diesem Anfang kein Ende bevor. Heute Nacht tun wir das, woraus die Träume der Menschheit gemacht sind. Wir schaffen Leben – und das ist erst der Anfang.

Herzlichst
Ihr Viktor Frankenstein

»Viktor Frankenstein hatte den zweiten Schattenschlüssel«, flüsterte ich. Mein Herzschlag beschleunigte sich und eine nagende Unruhe machte sich in mir breit. Sie zwang mich auf die Beine und ließ mich umhertigern wie ein eingesperrtes Tier. »Wenn wir herausfinden, was er mit dem Schlüssel verbrochen hat, finden wir ihn vielleicht!«

Hannah sah vom Brief auf. »Wir scheinen nicht die Einzigen zu sein, die Frankenstein auf der Spur sind. Warum sonst sollten Genova Schmidt und der Mann mit dem Backenbart das Tagebuch gestohlen haben?«

»Du hast recht«, brummte ich. »Das Buch ist die einzige Möglichkeit zu erfahren, was damals geschehen ist.«

Brandon steckte den Brief zurück in die Mappe. »Wir können aber mit Sicherheit davon ausgehen, dass der Versuch, den zusammengenähten Menschen zum Leben zu erwecken, gewaltig nach hinten losgegangen ist.«

Ich legte den Kopf schief und schaute zu Brandon. »Warum?«

Der zuckte mit den Schultern. »Weil BEAST alles, was mit Frankenstein und seiner Forschung zusammenhing, vernichtet hat. Wäre er erfolgreich gewesen, säße ich jetzt mit Armen so dick wie Baumstämme und einem Waschbrettbauch hier, die mir jemand angenäht hat.«

»Du könntest trainieren«, schlug ich vor.

Brandon winkte ab. »Einfach annähen wäre mit deutlich weniger körperlichem Aufwand verbunden. Und ich *verabscheue* körperlichen Aufwand.«

Hannah legte die Erbsenpackung auf den Tisch und steckte die Hände in die Bauchtasche ihres Hoodies. »Vielleicht gibt es eine weitere Möglichkeit, mehr über Frankenstein und den Schlüssel zu erfahren.«

Ich hob eine Augenbraue. »Und die wäre?«

»Antoine.«

»Wer?«

»Aber natürlich!« Brandon klatschte sich mit der Handfläche auf die Stirn. »Das wäre eine plausible Option! Gut aufgepasst, Hannah.«

»Danke.«

»Moment, Moment.« Meine Augen huschten zwischen den beiden hin und her. »Wovon redet ihr?«

Brandon kam zu mir und klopfte mir auf die Schulter. »Du solltest aufmerksamer lesen. In dem Brief schreibt Viktor von Antoine, seinem besten Freund.« Brandons Gesicht hellte sich auf. »Es lohnt sich bestimmt, ein wenig mehr über ihn herauszufinden. Möglicherweise hat auch er Buch über die Experimente geführt.«

»Antoine«, murmelte ich. Meine Lippen und Fingerspitzen kribbelten vor Aufregung. Ob der beste Freund eines verrückten Wissenschaftlers uns auf die Spur des zweiten Schattenschlüssels bringen konnte?

4

Brandon

Der unterirdische Friedhof von Paris

Die Hand des Hoia-Wisperers war eklig und faszinierend zugleich. In der schwarzen, verschrumpelten Handfläche wuchs ein kleines Ohr, das wie ein Telefon funktionierte. Was in eine abgehackte Hand gesagt wurde, drang aus der anderen als Flüstern wieder heraus. Kein BEAST-Forscher konnte erklären, wie dieses Monstertelefon funktionierte. Im Gegensatz zu einem Smartphone musste die Hoia-Hand jedenfalls nicht aufgeladen werden und hatte selbst tief unter der Erde Empfang. Dafür verfügte mein Handy über Internetzugang und roch nicht nach halbtoter Oma.

Nach unserer Besprechung in der Küche funkte Padraig mit der mumifizierten Hand, die er an einer silbernen Kette um den Hals trug, seinen Onkel an. Emmerett wusste sofort, dass es sich bei dem Freund von Frankenstein um Antoine Favre handelte. Er versprach, sich im Lauf des Tages im Archiv und in der Bibliothek umzusehen. Natürlich hätten wir das selbst in die Hand nehmen können, aber Padraig und Hannah wollten Viktors Briefe lesen. Sie hielten es für möglich, dass ich etwas übersehen hatte, was ich wiederum für einen ziemlich abstrusen Gedanken hielt. Und um es gleich vorwegzunehmen: Sie entdeckten nichts.

Es dauerte bis in den späten Nachmittag, ehe ein Flüstern durch das Wohnzimmer drang.

»Padraig, bist du da?«

Hannah und ich schreckten auf wie Erdmännchen. Padraig nestelte hastig die Kette unter dem Rollkragenpullover hervor.

»Emmerett! Endlich!« Die Ungeduld hatte sich in Padraigs kantige Gesichtszüge gemeißelt. Wir stellten uns zu ihm, um die geflüsterten Antworten seines Onkels zu verstehen. »Was hast du herausgefunden?«

»Nicht viel«, kam es aus der Hand. »Es scheint, als wären auch alle Informationen über Antoine verschwunden.«

»Verflucht!« Padraig ballte die Faust. »Du hast nicht den kleinsten Hinweis? Es können unmöglich zwei Menschen wie vom Erdboden verschluckt sein!«

»Ich habe nicht gesagt, dass ich *keinen* Hinweis habe«, entgegnete Emmerett. »Sondern lediglich, dass ich *nicht viel* herausgefunden habe. Das ist nicht dasselbe.«

»Merkwürdig«, sagte Padraig und schaute mich an. »Wenn Brandon nicht neben mir stünde, hätte ich glatt behauptet, er rede in dieser Sekunde mit mir.«

Ein Lachen schallte aus dem Ohr. »Wir verbringen viel Zeit gemeinsam im Labor. Vielleicht färbt er auf mich ab.«

»Einer von der Sorte genügt mir.« Padraig zwinkerte mir zu. »Dann hast du einen Anhaltspunkt für uns?«

»Den habe ich tatsächlich.« Emmerett räusperte sich und ein leises Rascheln erklang, als würde Papier aneinanderreiben. »Angeblich hat Antoine Favre ebenfalls ein Tagebuch geführt.«

Wir tauschten aufgeregte Blicke.

»Aber es gilt als verschollen.«

Unsere Schultern sanken ein wie ein zusammengefallenes Soufflé.

»In einer Akte wird darauf hingewiesen, dass das Buch im Falle seines Auffindens zerstört werden soll«, erklärte Emmerett. »BEAST geht wohl davon aus, dass sich darin ebenfalls brisante Details zu Viktors Experimenten befinden. Diese dürfen nicht in die falschen Hände geraten.«

Padraig zog die Lippen kraus. »Gibt es eine Vermutung, wo sich Antoines Tagebuch befindet?«

»Nein.« Emmerett zögerte kurz, bevor er den nächsten Satz aussprach. »Aber wenn es um verschwundene Dinge geht, gibt es einen Mann, der euch weiterhelfen kann.«

Eine nachdenkliche Falte zog sich wie ein Canyon über Padraigs Stirn. Darunter verengten sich seine Augen zu Schlitzen. »Du meinst …«

»… Gawain D'Amaurey«, vollendete Emmerett den Satz. »Eine der zwielichtigsten Gestalten in unserer Branche.«

»Wer ist dieser Gawain?«, hakte ich nach.

»Monsieur D'Amaurey«, begann Emmerett, »ist ein Händler und Sammler. Er betreibt seine Geschäfte in den Katakomben von Paris.«

Hannah beugte sich über die Hoia-Hand. »Womit handelt er denn?«

»Mit Monstern«, kam Padraig seinem Onkel zuvor. »Nicht-Agenten betreiben illegalen Handel mit Elfenbein, Gawain macht dasselbe mit bösartigen Kreaturen und Gegenständen.«

»Genau«, bestätigte Emmerett. »Dieser Mann sammelt alles, was unter dem Radar der Agenten und Forscher durchfliegt. Zähne, Schädel, Knochen, Bücher, Aufzeichnungen – es gibt nichts, was dieser Halsabschneider nicht besitzt oder auf dubiosen Wegen beschaffen kann. Wenn jemand über den Aufenthaltsort eines besonderen Artefakts wie dem Tagebuch Bescheid weiß, dann er.«

Mr Hide strich um meine Beine und schnurrte. »Wir können doch nicht einfach nach Paris fliegen, um bei Kaffee und Kuchen mit einem Unterweltboss zu plaudern!«, erwiderte ich und verscheuchte den Kater.

Padraig sah mich mit diesem Blick an, der selten etwas Gutes zu verheißen hatte. Es verging keine Monsterjagd ohne dieses Funkeln in seinen Augen. In den meisten Fällen folgte zeitnah zu dem Aufglimmen eine waghalsige Idee, die an Leichtsinn nicht zu überbieten war.

»Wir müssen nicht fliegen«, sagte Padraig verschwörerisch. Er hielt die Hand des Hoia-Wisperers wie ein Funkgerät vor den Mund und grinste. »Emmerett, welche Tür war es gleich, die nach Paris führt?«

Der Raum der tausend Türen war eine Ansammlung von vielen – jetzt kommt's – *Türen*. Sie reihten sich auf wie ein stummes Heer. In dem Raum gab es weder Decke noch Wände. Immer acht Türen bildeten eine Reihe. Es gab bunte und naturbelassene Türen, solche aus Holz, Metall oder Stein. An einigen hing ein Klopfer, aus anderen ragten rostige Klinken oder abgegriffene Knäufe. Die eine sah aus wie der Zugang zu einem Palast, die nächste wie der Eingang zu einem Spukhaus.

Schwärze hüllte uns ein und eine dünne Wasserschicht bedeckte den Boden. Woher das Wasser kam, wusste niemand. Und erst recht wusste niemand, wie der Raum funktionierte. Man trat durch eine Tür – und kam an einem anderen Ort irgendwo auf der Welt heraus.

Einfach so.

Ob es genau tausend Türen waren, zweifelte ich seit meinem ersten Besuch an. Zu gerne hätte ich sie katalogisiert und eine Karte erstellt. Aber die Agenten verließen sich beim Aufsuchen der richtigen Tür lieber auf ihr Gedächtnis oder die Auskunft eines Kollegen – was in meinen Augen töricht war. Aber wie ich zu meinem Leidwesen feststellen musste, interessierte meine Meinung niemanden.

Wir schritten seit zehn Minuten schweigend durch den Raum der *vielleicht-oder-vielleicht-auch-nicht-tausend* Türen.

»Das muss sie sein.« Padraig zeigte nach vorne. »Schlichte Tür, marineblau, mit einem goldenen Briefkastenschlitz.« Er blieb vor dem Rahmen stehen, der die Tür an Ort und Stelle hielt, und musterte das zerkratzte Klingelschild. »Ja, hier sind wir richtig.«

Zehn Sekunden später standen wir in einer schmalen Gasse. Padraig stupste die Tür mit seinem Gehstock zu. Es war kalt und in der Luft hing der Geruch von nassem Hund und dem, womit er sein Revier markierte.

»Willkommen in Paris.« Padraig zog mit seinem Stock einen unsichtbaren Halbkreis und wies in die triste Gasse. Er kam mir vor wie der Besitzer einer Schießbude, der Rosen aus Plastik als sensationelle Gewinne anpries. »Die Stadt der Baguettes, der gezwirbelten Schnurrbärte und dieser merkwürdigen Sprache.«

Hannah zog die Kapuze enger. »Du meinst Französisch.«

Padraig schnippte mit dem Finger. »Das war's!«

»Ist Paris nicht die Stadt der Liebe, des Eiffelturms und der Mona Lisa?«, fragte ich.

Padraig schaute sich um. »Sieht's hier aus wie in der Stadt der Liebe?«

Ich musterte die angelaufenen Steinwände, die mich an die gepanzerten Schuppen eines altersschwachen ergrauten Drachen erinnerten. Einige waren herausgerissen worden, um Platz für verglaste Einbuchtungen zu schaffen, die den Namen *Fenster* nicht verdienten – *Guckloch* wäre da schon passender gewesen. Die Farbe der hölzernen Fensterläden blätterte ab, der Rost fraß sich wie eine Hautkrankheit durch die metallenen Balustraden der Balkone.

»Nein, es sieht nicht aus wie in der Stadt der Liebe«, gab ich zu. »Mehr wie im Innenhof eines Gefängnisses.«

»Der Ort, den wir gleich aufsuchen, ist noch hässlicher.« Padraig zeigte nach Norden. »Wir müssen da lang.«

Die Gasse spuckte uns an einer wenig befahrenen Straße aus. Eine digitale Uhr in einem schmutzigen Schaufenster zeigte kurz vor sechs an. Da es Herbst war, näherte sich die Sonne bereits dem Horizont.

Ich reckte den Kopf nach dem Eiffelturm, aber die vielen hohen Häuser, die alle aus demselben grauen Stein erbaut waren, versperrten die Sicht. Der Wind zog wie der eisige Hauch eines Phantoms durch die Gassen. Die Menschen trugen Schwarz wie die trauernden Gäste einer Beerdigung, hatten die Häupter gesenkt und warteten mit ausdruckslosen Mienen auf den Bus.

Wir überquerten eine Eisenbrücke, die über ein nicht mehr betriebenes Bahngleis führte. Grasbüschel sprossen aus dem Schotter zwischen den Schienen, die hundert Meter weiter von einem Tunnel verschluckt wurden. Schichten aus Efeu und wuchernden Ranken überdeckten die Wände zu beiden Seiten der Gleise. Die freien Stellen zierten farbige Graffitis. Eine comicartige Illustration eines Vampirs mit Schnauzer, Schiebermütze und gestreiftem Shirt, der mit aufgerissenen Augen in ein Baguette biss, fiel mir ins Auge.

»Da müssen wir runter«, meinte Padraig auf der anderen Seite der Brücke. Eisensprossen waren in die Wand eingelassen und führten zu den Schienen.

Nacheinander stiegen wir hinab. Das Kiesbett knarrte unter unseren Schuhen, als wir auf den Tunnel zuliefen.

»Wo hast du gleich gesagt, betreibt D'Amaurey seine Geschäfte?« Die Träger des Rucksacks schnitten in meine Schultern, weshalb ich die Daumen einhakte. Das Tageslicht wich den ersten Schatten.

»Der Sammler hat ein Flair für verlassene Orte.« Padraig stellte den Kragen seines dunkelblauen Trenchcoats hoch und wickelte den gestrickten Schal enger um den Hals. Wie immer sah er aus, als wäre er aus einem Magazin für die angesagte Herrenmode von morgen gefallen. »Dad hat erzählt, dass Gawain früher von Friedhof zu Friedhof tingelte, um Waren zu erwerben oder an seine illustren Kunden zu verkaufen. Aber vor vielen Jahren ist er in den Katakomben von Paris sesshaft geworden.«

Meine Beine streikten plötzlich. Mir war es ein Rätsel, warum ich der Tatsache, dass wir einen Monstersammler besuchten, der in den unterirdischen Gängen von Paris lebte, bisher so wenig Beachtung geschenkt hatte.

»Warum bleibst du stehen?«, fragte Padraig.

Hinter ihm und Hannah ragte der steinerne Tunnel auf wie ein zahnloses Maul. Die letzten Ausläufer des Tageslichts schälten weggeworfene Plastiktüten und leere Glasflaschen aus der Dunkelheit.

»Dieser Tunnel …« Ich zeigte darauf, als wüssten meine Freunde nicht, wovon ich sprach. »… führt hinab in die Katakomben.«

»Jaaaaa«, machte Padraig gedehnt. »Du hast hervorragend aufgepasst, Brandon, als wir in den letzten Stunden über nichts anderes gesprochen haben.«

Mit diesen Worten drehte er sich um und trat in den Tunnel. Hannah schlenderte mit den Händen in den Taschen gelangweilt hinterher.

Der Gedanke, unter der Erde durch Gänge zu schleichen, behagte mir nicht. Aber ich hatte mich für dieses Leben entschieden, da gehörten solche Dinge wohl dazu. So wie es ebenfalls Teil meines neuen Lebens war, dass ich gemeinsam mit Hannah bei Padraig lebte. Meine Eltern gingen davon aus, dass ich eine elitäre Schule in Edinburgh besuchte – eine kleine Notlüge, die BEAST eingefädelt hatte.

»Schlägst du Wurzeln?«, hallte Padraigs Stimme aus dem Tunnel. »Wir könnten deinen neuen Party-Trick brauchen. In den Katakomben ist es nämlich verdammt finster, unheimlich und eng.«

»So machst du ihm Angst.« Hannah flüsterte, aber ich hörte sie trotzdem. Die Tunnelwände wirkten wie ein Trichter, der den Schall kanalisierte.

»Ach was«, entgegnete Padraig. »Der kommt schon, wart's nur ab.«

Ich holte tief Luft, kramte den Stift aus der Tasche und kritzelte die Sigille auf meine Hand. Der Lichtstrahl riss Padraig und Hannah aus der Dunkelheit. Sie standen über eine schmale Spalte zwischen Wand und Boden gebeugt.

»Siehst du«, Padraig lächelte Hannah an, »da ist unsere wandelnde Taschenlampe schon.« Er zeigte auf das Loch und montierte eine Stirnlampe. »Da müssen wir runter. Hoffentlich erinnere ich mich an den Weg. Die Katakomben sind ein verfluchtes Labyrinth aus Gängen, Gabelungen und Sackgassen.«

»Na toll«, murrte ich.

Hannah knipste eine Taschenlampe an. Sie leuchtete in den Spalt, danach in den Tunnel. »Es geht zwei Meter runter, dann folgt der Weg den Gleisen.«

»Ich gehe voraus«, bestimmte Padraig. »Schließlich kenne ich den Weg.«

»Du *hoffst*, dass du den Weg kennst«, korrigierte ich und streckte die leuchtende Hand aus.

Padraig trat zurück und wies in den Spalt. »Ich lasse dir gerne den Vortritt, wenn du alles besser weißt.«

»Jetzt geh schon runter!«

Padraig steckte den Gehstock in die Vorrichtung an seinem Gürtel und zwängte sich in den Spalt.

Kurz darauf standen wir in einem stollenartigen Gang, der sich durch das raue Felsgestein fraß. Auch an diesen Wänden hatten sich mäßig begabte Künstler mit Spraydosen verewigt. Figuren aus Cartoons, Beleidigungen in allen Sprachen und längst vergangene Jahreszahlen standen Spalier. Schutt und Steine versperrten den Weg, der wie ein Zellentrakt stur geradeaus führte. Die Wände standen so eng beisammen, dass meine angewinkelten Ellbogen daran schabten. Es roch nach einer Vergangenheit, in der Menschen ihre Abfälle in die schlammigen Flussläufe vor den Stadttoren warfen.

Wir zwängten uns durch einen Irrweg aus Gängen. Unsere Lichter schnitten wie Schwerter durch die Schwärze. Je tiefer wir in das unterirdische Paris vordrangen, desto niedriger wurde die Decke. Bald gingen wir gebückt wie Greise und schweigsam wie Gräber. Jeder war bedacht, die aufkeimende Panik in eine Ecke weit hinten in seinem Kopf zu verbannen.

»Hier geht es nach rechts.« Der Stollen schluckte Padraigs Flüstern. »Wir haben es bald geschafft.«

In den Stein gehauene Stufen führten uns tiefer in diese verborgene Welt. Am Ende der Steintreppe schloss sich ein gefluteter Korridor an. Das Wasser tropfte von der Decke und bahnte sich in Rinnsalen einen Weg über die Felswände. Wir wateten durch das kniehohe Wasser und wirbelten die aschgrauen Staubpartikel darin auf.

Nach weiteren fünf Minuten änderte sich die Umgebung. Die Gänge wurden breiter, das Gestein wechselte die Farbe von Grau zu einem sandigen Braun. In den Wänden öffneten sich fensterartige Bögen, in denen früher vielleicht mal Kerzen geflackert hatten.

Padraig untersuchte eine der Aussparungen genauer. Sie bohrte sich wie ein Luftschacht ins Gestein.

»Wir kommen näher«, meinte er.

Ich leuchtete auf den Boden, um nicht versehentlich auf eine Ratte zu treten. »Hat dir das eine gruselige Stimme durch diesen Schacht zugeflüstert?«

»Nein.« Padraig lief weiter. »Aber je mehr Knochen wir finden, desto näher ist Gawain.«

»Knochen?«, wiederholte ich unsicher. »Wie … wie meinst du das?« Mit einem unguten Gefühl blieb ich vor einer Nische in der Wand stehen. Zögernd hob ich meine leuchtende Hand – und stieß einen spitzen Schrei aus.

Der Stollen war mit Knochen gefüllt, die sich wie alte Schriftrollen bis unter die Decke stapelten. Anhand der Dicke und Form tippte ich auf Oberschenkelknochen, aber ich wollte nicht unbedingt ein zweites Mal hinsehen, um meine Annahme zu überprüfen.

Ich drückte mich gegen die Wand und presste die Augenlider fest aufeinander. »Monsterscheiße, warum liegen da drin Knochen?!«

Padraigs Stimme entfernte sich. »Weil die Friedhöfe in Paris vor zweihundert Jahren überfüllt waren. Da hat man die Toten in die Stollen unter der Stadt gebracht.«

»Das sagst du mir erst jetzt?« Das Blut schoss mir in den Kopf. Ich tastete mich mit dem Rücken an der Wand entlang. Als ich sicher war, den Knochenstollen hinter mir gelassen zu haben, öffnete ich die Augen.

»Du weißt doch sonst immer alles.« Padraig stand neben Hannah in einem Torbogen. Hinter ihnen öffnete sich eine niedrige Höhle. »Woher soll ich ahnen, dass du ausgerechnet das nicht weißt?«

Ich wischte mir mit dem Handrücken den Schweiß von der Stirn. »Wie viele bis auf die Knochen abgenagte Leichen liegen hier unten?«

»Fünf Millionen. Oder waren es sechs Millionen?« Padraig zuckte mit den Schultern. »Ganz genau weiß ich es nicht mehr.«

»Sechs Millionen?« Die weggesperrte Panik in meinem Kopf war kurz davor, jubelnd aus der Ecke zu rennen und die Party ihres Lebens zu feiern.

Mit aufgeklapptem Kiefer sah ich zu, wie Padraig und Hannah die Schwelle zur Höhle überschritten.

Während ich meine Atemübung anwandte, um den Puls

zu senken, steckte Hannah ihren Kopf zurück in den Stollen.

»Kleine Vorwarnung.« Sie zeigte mit dem Daumen nach hinten. »In dem Raum liegen mehr Tote als Port Willow Einwohner hat.«

Ich zwang die Panik zurück in die Ecke. Vor der Schwelle verharrte ich für einen letzten tiefen Atemzug, dann betrat ich den Raum.

Die Knochen waren überall. Vom Boden bis zur Decke – so weit das Auge reichte. Die Wände waren ausgehöhlt und bis oben damit vollgestopft. Die meisten Knochen waren lang und dürr. Speichen, Ellen und Gebeine. Viele waren intakt, nur wenige entzweigebrochen. In regelmäßigen Abständen mischten sich Schädel mit leeren Augenhöhlen und hämischem Grinsen darunter. In der Mitte des Raums bildeten die Totenköpfe eine Art Vase. Sie neigte sich gefährlich nach vorne – ein Kampf, den die Schwerkraft früher oder später gewinnen würde.

All die Knochen in diesem Raum waren einst von Fleisch und Muskeln umgeben und von Sehnen zusammengehalten worden. Sie hatten das Gerüst eines Menschen gebildet, der über diesen Höhlen durch die Stadt spaziert war. Jetzt waren es einfach nur noch Knochen. Aufgeschichtet zu Haufen, vergessen unter dem pulsierenden Leben einer Metropole.

»Welcher war es doch gleich«, murmelte Padraig. Er schritt eine Wand mit einer Steintafel ab. Darauf standen einige Zeilen auf Französisch. Mit den Fingern strich er über die grinsenden Schädel.

Hannah richtete den Lichtkegel auf die Knochenhaufen. »Was suchst du?«

Padraig verlangsamte seinen Schritt und blieb stehen. »Ich

glaube, es ist der hier.« Er zeigte auf einen Totenkopf, der aussah wie alle anderen. »Wollen wir doch mal sehen …«

Er steckte Mittel- und Zeigefinger in die Augenhöhlen und zog den Schädel ein Stück aus der Knochenwand. Ich vernahm ein leises Klicken.

Zufrieden wischte sich Padraig die Finger an den Jeans ab. »Ganz schön staubig, der alte Kollege. Der Zugang scheint schon lange nicht mehr benutzt worden zu sein.«

Ich trat widerwillig näher und beschien die Stelle rund um den Totenschädel. »Ich mag mich täuschen, aber die Wand sieht aus wie vorher.«

Padraig ließ die Schultern kreisen, dann stemmte er sich gegen die Wand und drückte sie auf. Dahinter gähnte ein weiterer Stollen. Modrige Luft schlug uns entgegen wie der Mundgeruch eines alten Mannes. Aus weiter Ferne drang ein Rauschen.

Padraig wies mit der Hand in den Durchgang und deutete eine Verbeugung an. »Bitte, die werten Herrschaften. Einfach den Gang entlang und dem Wasserrauschen folgen. Sie können es nicht verfehlen.«

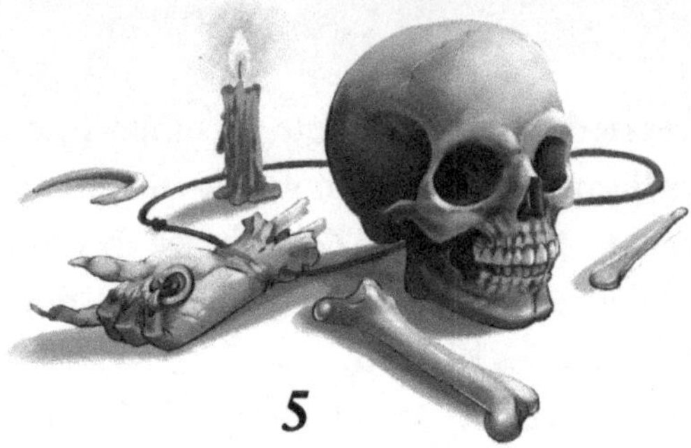

5

Padraig

Das Walross auf dem Knochenthron

Natürlich musste ich vorangehen. Als Brandon die Wände aus Totenköpfen erblickte, trat er murmelnd zurück und gewährte mir den Vortritt.

In den Augenhöhlen der Schädel zitterten Spinnweben in der Zugluft. An der Decke glommen Sigillen, die dem Gang mit ihrem bläulichen Licht eine gespenstische Atmosphäre verliehen. Jeder unserer Schritte wirbelte Staub auf. Die Körnchen schwebten wie winzig kleine Fruchtfliegen durch die Luft. Das Rauschen schwoll mit jedem Meter an.

»Woher kommt dieser Lärm?« Hannah ging dicht hinter mir, Brandon bildete den Schluss.

»Das siehst du gleich«, versprach ich. Vor uns erblickte ich das Ende des Gangs. Ich löste meinen Stockdegen vom Gürtel. »Gawain D'Amaurey mag es extravagant. Er liebt große Auftritte.«

»Dann soll er doch in einen prunkvollen Palast ziehen, statt in diesem stinkenden Loch zu hausen«, kam es von

Brandon. »Mit einer gehörigen Portion Tageslicht, damit man den Prunk auch sieht!«

»Gawain ist für seine diskreten Geschäfte bekannt. Da wäre ein strahlender Palast wohl kaum hilfreich.« Ich streifte versehentlich einen Totenschädel, der aus der Wand ragte. Er fiel zu Boden und brach mit einem hässlichen Knacken auseinander. Der Kiefer schlitterte mir vor die Füße. »Ups«, machte ich und stieg über die Knochenteile. »Da hat sich wohl jemand den Kopf zerbrochen.«

Niemand lachte, was mich ein wenig kränkte.

Der Geheimgang führte in einen Saal, der ebenfalls in den nackten Stein gehauen war und die imposanten Maße einer Bahnhofshalle aufwies. Von der hohen Decke hing der größte Kronleuchter, den ich je gesehen hatte. Seine goldenen Arme bogen sich wie die Hälse von Schwänen. An ihren Enden waren leuchtende Kugeln angebracht, die Licht wie flüssiges Gold ausströmten. Ein roter Teppich führte durch die Halle auf einen Thron zu, der in einem Bannkreis stand. Erst auf den zweiten Blick fiel mir auf, dass auch der Thron aus Knochen gefertigt war. Die Lehne sah aus wie das aufgefächerte Rad eines Pfaus, dessen Rand mit Schädeln verziert war.

Das Rauschen kam von einem Wasserfall, der sich aus einem riesigen Rohr in ein steinernes Becken ergoss. Von dort floss das Wasser in künstlich angelegte Bahnen weiter, die sich durch die Halle zogen. Zwischen den Wasserläufen und dem Teppich standen Vitrinen. Darin waren Dinge ausgestellt, die Emmerett vor Neid hätten erblassen lassen.

»Hey, seht mal da«, zischte Brandon und nickte zu einer Vitrine. »Ist das nicht der Schwanz des Granitschwänzlers? Ihr wisst schon, das Monster, das vor vier Monaten tot an die

Küste der Nordsee gespült wurde. Scheinbar ist das härteste Material der Welt ein gutes Tauschobjekt.«

Tatsächlich war vor dem Einbruch bei BEAST ein leb- und schwanzloser Granitschwänzler aufgefunden worden. Videos davon hatten sich im Internet verbreitet.

»Gut beobachtet«, lobte ich Brandon. »Damit hätten wir auch dieses Rätsel gelöst.«

Auf dem Thron saß breitbeinig ein Mann – Gawain D'Amaurey. Wäre ich ihm freundlich gesinnt gewesen, hätte ich gesagt, er sei *beleibt*. Da ich das nicht war, konnte ich offen und ehrlich sagen, dass er aussah wie ein gestrandetes Walross, das jemand zur Belustigung seiner Gäste in einen zu engen Anzug gesteckt hatte. Die weiße Rose in seinem Revers lebte in ständiger Angst, im Doppelkinn zu versinken. Die wurstartigen Finger mit den protzigen Klunkern gruben sich in die knöchernen Armlehnen. Das nach hinten geklatschte Haar glänzte schwarz und klebrig wie Öl. Auch das gedunsene Gesicht mit den Knopfaugen und den hängenden Mundwinkeln glich einem Walross.

Neben D'Amaurey standen zwei lebende Kleiderschränke. Sie hielten es aus unbekannten Gründen für angebracht, tief unter der Erde schwarze Sonnenbrillen zu tragen.

»Qui êtes-vous?« Gawain klang wie ein aufgescheuchter Truthahn. *»Vous n'avez pas l'air de devoir être ici!«*

»Was hat er gesagt?« Brandon sah mich fragend an. »Spricht er nur Französisch?«

Gawain hob seinen stummelhaften Zeigefinger. Ein goldener Siegelring blitzte auf. »Wer seid ihr? Das hier ist kein Ort für *enfants*«, sagte er mit französischem Akzent.

»Guten Abend, Monsieur D'Amaurey«, grüßte ich. Wir liefen auf den Knochenthron zu. »Wir haben einen weiten Weg auf uns genommen, um Sie zu treffen.«

Gawain lachte auf. Backen und Doppelkinn wabbelten wie Götterspeise in dem haarlosen Gesicht, das mich an ein Riesenbaby erinnerte. »Was sucht ihr Halbstarken *dans les catacombes de Paris?*«

Die Vitrinen säumten den Teppich wie eine Allee. Sie waren unterschiedlich groß. Im Vorbeigehen nahm ich eine Schale voller Augen, eine Art hölzerne Orgel und eine lebensgroße Puppe wahr, die ein Schachbrett in den Händen hielt.

»Wir sind hier, weil wir etwas suchen.« Mein Stock kam dumpf auf dem Teppich auf. »Ihr Ruf, von Dingen zu wissen oder zu erfahren, eilt Ihnen voraus.«

Gawain griff nach einem Weinglas, das auf der Armlehne des Knochenthrons stand. Er trank es gierig leer. Die Hälfte lief ihm über das Kinn. »Dann wisst ihr sicherlich auch, dass ich mich gut bezahlen lasse. *J'adore l'odeur de l'argent* – ich mag den Geruch des Geldes.«

Das Französisch ging mir bereits auf den Keks. Bei dem Gesäusel wunderte es mich nicht, dass wir Briten keine Fremdsprachen mochten. Warum auch? Schließlich verstand fast jeder Mensch auf der Welt unsere Sprache.

Der Teppich endete kurz vor dem Knochenthron. Er war so konstruiert, dass Gawain erhöht saß. Damit waren seine Besucher gezwungen, zu ihm aufzusehen. Die Kleiderschränke in den Anzügen rührten sich nicht. Ihre Schusswaffen trugen sie gut sichtbar auf Hüfthöhe.

Gawains Lippen verzogen sich. Wahrscheinlich war es ein Lächeln, aber ganz sicher war ich mir nicht.

»Ich mag deinen Stock«, gackerte er wie ein Huhn kurz

vor dem Eierlegen. »Ein altes Stück, *n'est-ce pas*? Anhand des Holzes würde ich es auf das frühe siebzehnte Jahrhundert datieren.«

»Wir wollen etwas über den Aufenthaltsort eines Buches erfahren«, ignorierte ich Gawain. »Sagt Ihnen der Name Antoine Favre etwas, Monsieur?«

»*Naturellement* kenne ich Monsieur Favre«, höhnte Gawain. »Er war ein begnadeter Uhrmacher aus der Schweiz und der beste Freund von Viktor Frankenstein. Ich habe Stücke von ihm in meiner Sammlung. Woran seid ihr interessiert?«

»Wie ich bereits gesagt habe«, wiederholte ich, »wollen wir nichts aus Ihrer Sammlung.«

»*Quelle tragédie!*« Gawain D'Amaurey bleckte seine gelben Zähne. »Ihr hättet euch sowieso nichts leisten können.«

»Wir suchen Favres Tagebuch«, präzisierte ich und wählte die folgenden Worte mit Bedacht. »Angeblich führte er Buch über seine Zeit bei der Monsterbehörde des Britischen Königreichs.«

»Wusste ich doch, dass du ein Agent bist.« Gawain sah mich aus seinen schwarzen Augen an, die zwischen Hamsterbacken und hervorquellender Stirn zu ertrinken drohten. »Agenten sind der schlimmste Haufen von allen. Dein Glück ist, dass der schlimmste Haufen zufällig mein Lieblingshaufen ist.« D'Amaurey streckte den Arm aus und wies auf die Vitrinen zu seiner Linken. »Wer sonst hätte mir all diese wunderbaren Dinge verkauft?«

Ich spürte Hannahs und Brandons Blicke. Aber die Andeutung von Gawain, abtrünnige Agenten versorgten ihn mit seltenen Artefakten, ließ mich kalt. Regel Nummer einundvierzig von Dad lautete schließlich: *Wenn dich jemand provozieren will, lass die Worte an dir abprallen – außer der Kerl übertreibt, dann prügle ihn windelweich!*

»Monsieur D'Amaurey, es interessiert mich nicht, woher Sie Ihre Waren beziehen«, sagte ich gelassen. »Aber ich schlage Ihnen ein Geschäft vor.« Mit dem Stockdegen zeigte ich auf Brandons Rucksack. »Wir sind im Besitz magischer Gläser, mit denen sich Monster einfangen lassen. Das würde Ihre Geschäfte vereinfachen, nicht wahr?«

»Was? Moment mal!« Brandon streckte die Hände nach vorne, als wollte er einen Wagen zum Abbremsen zwingen. »Davon war nie die Rede!«

»Die Gläser funktionieren bei schwachen und mittelstarken Monstern«, übertönte ich ihn. »Man muss nahe an sie herankommen, aber das dürfte für einen Mann Ihres Formats kein Problem sein.«

Der Sammler saß plötzlich aufrecht. Das Blitzen in seinen Knopfaugen verriet ihn endgültig – er hatte angebissen.

»Alooors«, sagte Gawain lang gezogen und fuhr sich über den nicht vorhandenen Hals. »Zeig mir ein magisches Glas. Ich möchte sichergehen, dass es einwandfrei funktioniert. Das versteht ihr bestimmt, oder?« Er legte den Kopf schief und lächelte. »Dann verrate ich euch, was ich über den Verbleib des Tagebuchs weiß.«

»Am Ende wissen Sie überhaupt nichts.« Ich verschränkte die Hände auf dem Stockknauf. »Nein, wir machen es anders. Zuerst sagen Sie uns, was Sie wissen. Wenn es mir gefällt, erhalten Sie ein Glas.«

Ein hysterisches Lachen übertönte den Wasserfall. Gawain D'Amaurey schüttelte sich auf seinem Knochenthron wie ein Wackeldackel. »Ihr seid in meinem Reich. In den Katakomben gelten meine *règles*.« Er gab ein Handzeichen und die beiden Kleiderschränke zückten ihre Waffen.

»Monsterscheiße!« Brandon hob die Hände. »Wir sollten ihn ein Glas austesten lassen. Das sage ich nicht, weil zwei Revolver auf mich gerichtet sind, sondern mehr so ... ganz allgemein.«

»Das sind keine Revolver«, erklärte ich. »Sonst wären die Patronen in einer Trommel. Sie sind aber in einem Magazin, also handelt es sich um Pistolen.«

Brandon stand stocksteif da. »Ich bin mir ziemlich sicher, dass der korrekte Begriff meine Überlebenschancen nicht erhöht, wenn eine Kugel aus *Was-auch-immer* meinen Schädel durchschlägt.«

»Mes jeunes amis.« Gawain hob beschwichtigend die Hände. Er kostete die Situation sichtlich aus. »Wir wollen doch nicht streiten. Meine Wächter haben nervöse Zeigefinger und wenig Geduld.« Zum Beweis entsicherten die Kahlköpfe ihre Waffen. »Wir testen ein Glas. Erfüllt es eure Versprechen, sind wir im Geschäft. *D'accord*?«

»Die Männer sind gehorsam«, flüsterte mir Hannah zu. »Sie würden keine Sekunde zögern, uns zu erschießen.«

Ich presste die Lippen zusammen. Im Gegensatz zu Brandon fand ich es albern, die Hände hochzuhalten. »In Ordnung«, gab ich nach. »Haben Sie ein Testobjekt?«

Gawain klatschte zweimal in die Hände. Aus einem Nebengang trat ein dritter Kleiderschrank. Er schleifte eine rostige Eisenkette hinter sich her. Das angekettete Monster sah aus wie ein steinerner Gymnastikball auf Stummelbeinen. Seine Haut schimmerte wie Anthrazit, ein Maul voller stumpfer Zähne spannte sich über das Gesicht. Darüber leuchteten Augen wie glühende Tennisbälle. Die Arme waren genauso stummelartig wie die Beine. Der Mann betrat den Schutzkreis und ging in die Knie. Das Monster blieb leise fauchend davor stehen. Es musterte uns aus den roten Augen und fletschte die Zähne.

»Ein Walisischer Steinkopf«, erkannte ich. »Die Gläser dürften ihn problemlos einsaugen. Brandon, demonstrierst du unserem Gastgeber ein MEG?«

»Kann ich die Hände runternehmen? Sonst muss ich es mit den Füßen machen und dabei könnte ich nicht garantieren, dass das Glas unversehrt bleibt.«

Mit hektischem Händewedeln gab Gawain zu verstehen, dass die Vorführung beginnen konnte.

Brandon senkte die Hände. Er schob die Brille hoch, nahm den Rucksack ab und kniete sich hin.

»Albert«, zischte Gawain seinem Handlanger mit der Kette zu. »Befreie das Monster!«

Der Mann zückte einen Schlüssel und nestelte an der Kette herum. Sie fiel klirrend zu Boden, noch bevor Brandon ein Glas in der Hand hielt. Der Steinkopf glotzte ungläubig auf seine losen Fesseln. Dann scharrte er mit den Füßen und preschte auf den knienden Brandon zu.

»Achtung, Brandon!«, rief ich und wollte ihm zu Hilfe eilen.

»Halt!«, schrie Gawain. »Sonst bist du tot.«

Ich blieb abrupt stehen und dachte an die Waffen, die auf mich gerichtet waren.

Brandon schrie auf und stolperte rückwärts. Der Steinkopf machte drei schnelle Schritte und sprang. In der Luft kauerte er sich zu einer Kugel zusammen, prallte auf den Boden und rollte auf Brandon zu. Einen Wimpernschlag vor der schmerzhaften Kollision warf sich Brandon zur Seite.

Das Monster zischte wie ein zum Leben erwachter Ball an ihm vorbei, zog ungebremst einen Halbkreis und nahm Fahrt auf. Mit rasender Geschwindigkeit hielt der Steinkopf auf Brandon zu. Der kam endlich auf die Füße und nahm die Beine in die Hand.

Gawain brach in schallendes Gelächter aus. Er klopfte sich auf die fetten Oberschenkel, das Doppelkinn schwabbelte hin und her wie Wackelpudding. Hannah und ich mussten tatenlos mit ansehen, wie der Steinkopf näher und näher an Brandon herankam. Fieberhaft sah ich mich nach einer Möglichkeit um, ihm zu helfen. Aber der bewaffnete Kleiderschrank hatte mich im Visier.

Brandon rannte auf die Vitrinen zu. Er huschte wie ein Slalomfahrer zwischen ihnen durch. Der Steinkopf hingegen wählte den direkten Weg. Als die erste Vitrine umkrachte, eine bekrallte Monsterhand herausfiel und sich eine Welle aus Scherben über den Boden ergoss, blieb D'Amaurey das Lachen im Halse stecken. Leider verfehlte der Walisische Steinkopf die restlichen Vitrinen. Brandon segelte über einen der Bachläufe. Wasser spritzte wie eine Fontäne, als sich das Monster hindurchpflügte. Brandon hetzte auf die Wand zu und blieb davor stehen. Er ging leicht in die Knie. Kurz bevor ihn der Steinkopf überfahren konnte, sprang er hoch und das Monster knallte mit voller Wucht in die Wand. Die Halle erzitterte und der Kronleuchter schaukelte bedenklich hin und her. Der Steinkopf plumpste auf sein Hinterteil und grummelte wütend.

Im Vollsprint rannte Brandon zum Rucksack. Es sah nicht besonders elegant aus, aber da er noch nicht platt gewalzt war, verzichtete ich auf die Stilnote. Allerdings zweifelte ich an seinem Verstand, als er ein zusammengefaltetes Blatt Papier aus dem Rucksack zog. Er breitete es wie einen Gebetsteppich vor sich aus und strich die Kanten glatt.

»Brandon, was tust du da?«, rief ich. »Du sollst ein Glas benutzen, kein Stück Papier!«

An der Wand hatte sich der Steinkopf erholt. Er grunzte wütend, machte ein paar schnelle Schritte und rollte sich wieder zu einer Dampfwalze zusammen.

»Brandon, pass auf!« Dieses Mal war es Hannah, die ihn warnte. »Es kommt zurück!«

Brandon reckte den Daumen in die Höhe. Er stand röchelnd vor dem ausgerollten Papierbogen. Der Steinkopf preschte auf ihn zu.

Hannah zog ihre Kapuze über die Augen und wandte sich ab. Ich starrte wie gebannt auf den Steinkopf, der rasend schnell näher kam.

Da schaute Brandon auf und zwinkerte mir zu.

Das Monster überrollte das Papier – und knallte donnernd gegen eine unsichtbare Wand. Wie ein Rad, das im Schlamm feststeckte, drehte sich der Steinkopf an Ort und Stelle.

Seelenruhig und mit einem triumphierenden Lächeln, das Brandon gut zu Gesicht stand, öffnete er den Rucksack. Er nahm eines der Gläser heraus, warf es betont lässig in die Luft – und griff daneben. Mit einem lauten Scheppern zersprang es auf dem Boden. Hannah sah erschrocken auf und ich hätte schwören können, dass sie bei Brandons Anblick kurz lächelte.

»Sorry!« Brandon hob entschuldigend die Hand, kratzte sich verlegen am Hinterkopf und holte ein neues MEG. Damit trat er vor den gefangenen Steinkopf und öffnete es. Das Wesen löste sich in schwarzen Rauch auf und das Glas saugte die Schwaden wie ein Staubsauger ein. Dann drehte Brandon den Deckel zu, schob die Brille zurück auf den Nasenrücken und schlenderte zu Gawain.

»Hier, bitte schön.« Brandon streckte das Glas in die Höhe.

Gawain holte ein Stofftuch aus einer Tasche und tupfte den Schweiß ab, der sich als glitzernde Kügelchen auf seiner Stirn sammelte. Nicht abwischen konnte er die Enttäuschung in seinem Gesicht. Dem Sammler war anzusehen, dass er auf einen anderen Ausgang gehofft hatte. Seine Schweinsäuglein huschten zwischen der zerstörten Vitrine und dem MEG hin und her.

Schließlich steckte er das Tuch ein und streckte die Hand aus. »Gebt mir dieses magische Glas und zwei weitere, dann sind wir im Geschäft.«

»Wir geben Ihnen zwei der Gläser«, sagte ich rasch. »Und das auch erst, nachdem Sie uns erzählt haben, was Sie über das Tagebuch von Antoine Favre wissen.« Es war an der Zeit, das Walross nach meinen Regeln tanzen zu lassen. »Sie haben gesehen, wozu die Gläser meines Freundes fähig sind. Und ich bestehe darauf, keine Waffe mehr auf mich gerichtet zu haben.«

»*Bien sûr.*« Gawain hob die Hand, die Waffen verschwanden in den Holstern. »Ich bin ein ehrenwerter Mann, der seine Versprechen hält.« Es folgte ein nachdenkliches Schweigen. Ich bildete mir ein, das Rattern der Zahnräder in Gawains Gehirn zu hören. Dann seufzte er und setzte sich aufrecht hin. »Die Künste deines Freundes sind durchaus achtbar, *jeune chasseur de monstres*.«

»Ich weiß«, erwiderte ich und klopfte Brandon auf die Schulter. »Deshalb ist er in meinem Team.«

Brandon sah mich irritiert an. Bestimmt erwartete er einen sarkastischen Kommentar, der das Lob zunichtemachte. Aber dieses Mal verzichtete ich darauf. Ich hatte die Sigillen erkannt, die auf das ausgelegte Papier gezeichnet waren. Ein transportabler Bannkreis! Zugegeben, eine gute Idee! Warum war ich nicht darauf gekommen?

»Antoine Favre.« Gawain sprach den Namen langsam, beinahe zögernd aus. Wahrscheinlich hoffte er auf einen Einfall in letzter Sekunde, um uns nichts erzählen zu müssen. Aber da ihm dieser Wunsch verwehrt blieb, fuhr er fort. »Uhrmacher und Sigillist aus der Schweiz. Mit Viktor Frankenstein in Genf aufgewachsen. Sie forschten gemeinsam daran, den Tod zu überwinden.« D'Amaurey hob das leere Weinglas und klopfte mit dem Finger daran. Der helle Klang drang durch die Halle. Ein Mann im altertümlichen Frack kam mit einer Flasche angelaufen und füllte es auf. »Gerüchte besagen, dass sie im Besitz eines besonderen Schlüssels waren, der Organe wiederbeleben konnte«, fuhr Gawain D'Amaurey fort. Er ließ den Wein mit Drehbewegungen aus dem Handgelenk rotieren. »Frankenstein wollte ihn testen und nähte einen Menschen aus Leichenteilen zusammen.«

»So weit wissen wir Bescheid«, sagte ich. »Danach geschah etwas Unvorhergesehenes, die beiden waren wie vom Erdboden verschluckt.«

Gawain hielt die rot angelaufene Nase tief ins Weinglas. »Ihre Schöpfung hat nicht richtig funktioniert. Der Mensch ist auferstanden, *oui*, aber das menschliche Hirn«, Gawain tippte sich mit dem Zeigefinger an die Schläfe, »ist so komplex, dass es nicht einmal dieser Schlüssel vom Tod zurückbringen konnte. Ihre Schöpfung drehte durch, war unkontrollierbar.«

»Moment«, bat Brandon mit wischenden Gesten. »Frankenstein und Favre haben tatsächlich ein Monster aus Leichenteilen erschaffen? Und das Ding hat *gelebt*?«

»Das besagen *les rumeurs*.« Gelbe Zähne blitzten auf. »Ob es wahr ist, weiß niemand.«

»Was geschah danach?«, wollte ich wissen.

»Nun, ihre Schöpfung tötete mehrere Forscher, bevor das Hirn ein zweites Mal verweste. Viktor und Antoine flohen und blieben jahrelang verschwunden. Favre tauchte irgendwann in einem Dorf in der Schweiz auf. Seine Verfolger erfuhren das erst nach seinem Tod. Unerkannt widmete er sich den Rest seines Lebens der Mechanik und entwickelte komplexe Automaten, puppenähnliche Maschinen, die ihrer Zeit im neunzehnten Jahrhundert weit voraus waren.« Gawain nahm schlürfend einen Schluck und schmatzte. »Seine Werke sind heute in einem Museum in dem Dorf ausgestellt, in dem er gehaust hat. Niemand hat damals geahnt, wer der Mann in ihrer Mitte ist.«

»Und was ist mit Viktor?« Hannah prüfte den Sitz der Kapuze. »Tauchte er ebenfalls wieder auf?«

»Non, ma chérie.« Der Monstersammler stellte das Glas ab. »Seine Spur verliert sich.«

»Monsieur D'Amaurey«, ich trat einen Schritt vor, »Sie haben uns eine interessante Geschichte erzählt, aber das entscheidende Detail vergessen. Wo steckt das Tagebuch von Antoine Favre?«

»Viele haben in den vergangenen zweihundert Jahren danach gesucht, aber niemand weiß, wo es ist oder ob es überhaupt existiert.« Gawain lehnte sich in dem Knochenthron zurück. »Es ist *une légende*, eine Sage. Aber wenn es irgendwo ist, dann wahrscheinlich an dem Ort, an dem Antoine den Rest seines Lebens verbracht hat.«

»Und wie heißt dieser Ort?«

Gawain beugte sich vor. Seine verschwitzte Visage hob sich von seinem dunklen Anzug ab wie ein speckiger Mond vom schwarzen Nachthimmel. »Jetzt ist der Zeitpunkt gekommen, mir die Gläser zu geben, *n'est-ce pas*?«

6

Brandon

Das entstellte Mädchen von Sainte-Croix

Die Schweiz war grün und ländlich.

Das mochte ich.

Und sie war voller Hügel, die sich wie grasbewachsene Kamelhöcker durch die Landschaft zogen.

Das mochte ich nicht.

Okay, auf Ansichtskarten sah es hübsch aus, keine Frage. Aber Hügel waren gleichbedeutend mit mühsamen Aufstiegen. Immerhin schien die Sonne an diesem späten Nachmittag. Plüschige Wolken warfen ein Schattenspiel auf die Berge am Horizont, deren Gipfel das ganze Jahr über von Schnee bedeckt waren. Der Anblick war nach dem gestrigen Tag in den Katakomben von Paris eine willkommene Abwechslung. Und laufen mussten wir zum Glück auch nicht – noch nicht. Wir saßen in einem gelben Bus, der sich eine kurvenreiche Straße hinaufschlängelte. Er wurde von der nationalen Post betrieben. Warum sie das Bedürfnis verspürte, neben dem Austeilen von Briefen auch Menschen zu transportieren, war mir ein Rätsel. Zu allem Übel nannten die Menschen das Fahrzeug auch noch *Post*auto, obwohl es eindeutig Personen und keine Post transportierte.

»Du denkst zu viel nach.« Hannah saß neben mir und schaute aus dem Fenster. »Das tust du oft.«

»Hey!« Ich drehte mich zu ihr um. »Du sollst nicht in meinen Gedanken herumstochern.«

»Ich stochere nicht herum.« Hannahs Miene hellte sich auf, als sie ein paar Kühe auf einem Feld erblickte. »Ich spüre nur, dass sie unruhig sind.«

Zugegeben, als ich Hannah kennengelernt hatte, fand ich es ziemlich witzig, wenn sie meine Gedanken erahnen konnte. Aber je mehr ich darüber nachdachte – welch Ironie – desto deutlicher kam ich zum Entschluss, dass ich es nicht mochte. Ich fühlte mich irgendwie … beobachtet. Natürlich nicht im herkömmlichen Sinne, sondern auf einer Art mentalen Ebene.

»Du tust es schon wieder.« Hannah sprach leise und halb abwesend, wie sie es immer tat. Das Postauto fuhr um eine Kurve und ließ die Kühe hinter sich. Der Hauch des Lächelns verschwand aus ihrem Gesicht.

»Ja ja, ich hör schon auf«, murrte ich.

Zum Glück machten mir kurvenreiche Autofahrten nichts aus. So konnte ich mir die Zeit mit dem Bestiarium vertreiben. Ich suchte nach einem ganz bestimmten Wesen. Auf den hinteren Seiten fand ich es.

Walisischer Steinkopf

Art: elementares Monster

Vorkommen:

In den Gebirgen von Wales; lebt in Höhlen und Felsspalten

Nahrung:

Ernährt sich von Steinen; je älter der Steinkopf, desto härtere Mineralien frisst er; zermalmt Steine mit seinen mühlenartigen Zähnen; frisst keine Menschen → tötet sie aber, wenn er sich bedroht fühlt

Besonderheiten:

gemäß Emmerett härter als Stahl

Haut besteht aus steinähnlichem Material; Steinkopf rollt sich beim Angriff zu einer Kugel zusammen; leben in großen Horden → Weibchen besorgen Nahrung, Männchen verteidigen Revier (Berichte von platt gewalzten und zerquetschten BEAST-Agenten)

Töten:

Feuer, Salz und Eisen wirkungslos; Weihwasser frisst sich durch die harte Haut; Alternative: Klinge ins Auge oder ~~aufgesperrten Mund stechen~~ (einzige Stellen, die nicht von der Haut bedeckt werden)

funktioniert nicht, hab's versucht

Eine knarzende Durchsage riss mich aus den Gedanken. Die Worte des Busfahrers verstand ich nicht. Aber als ich den Namen *Sainte-Croix* aufschnappte, schaute ich zu Hannah hinüber.

»Hast du gehört?« Ich zeigte zu den Lautsprechern. »Wir sind gleich da.«

Sie stützte den Kopf auf einer Hand ab. »Hier ist es schön«, meinte sie. »Ich mag das Grün der Hügel.«

Der Bus überholte ein Moped. Es knatterte wie ein alter Rasenmäher und blies eine beunruhigende Menge schwarzer Rauchwolken aus. Auf dem Gefährt hockte ein älterer Mann, dessen üppiger Bart im Wind wehte. Der Greis hob die Hand, der Busfahrer winkte zurück. Man kannte sich offenbar.

»Ich mag keine Hügel«, gestand ich. »Sie bedeuten körperliche Anstrengung. Und die versuche ich, so gut es irgendwie geht, zu vermeiden.«

Jetzt lächelte Hannah wieder – zum zweiten Mal in wenigen Minuten. Ein neuer Rekord! Ihre Zahnlücke blitzte auf. »Dafür hast du dich gestern gegen den Steinkopf gut geschlagen.«

Ich winkte ab. »Zum Glück war die Höhle nicht zehn Meter länger. Dann hätte er mich platt gedrückt wie ein Törtchen.«

Als wir die ersten Häuser des beschaulichen Sainte-Croix erreichten, weckten wir Padraig. Er griff gähnend nach Trenchcoat und Stock und wir traten aus dem Bus. So hoch in den Bergen war die Luft frisch und kühl. Vor unserer Abreise hatte ich mir eine Karte der Region auf das Handy geladen und die Adresse des Museums abgespeichert, das die Werke von Antoine Favre ausstellte.

»Es sind nur fünf Minuten«, stellte ich erleichtert fest und schulterte den Rucksack. Dieses Mal hatte ich auf meine Sammlung an MEGs verzichtet. Die Gefahr, dass sie Padraig erneut als Währung einsetzte, war zu groß. Stattdessen war – neben Brötchen und Getränken – Padraigs Waffengurt darin verstaut. Er war der Meinung, der Gurt sei zu auffällig für ein so kleines Dorf. Da das Tragen von Rucksäcken oder Taschen nicht seinem Modeverständnis entsprach, blieb es an mir hängen, seine Sachen herumzuschleppen.

Die Karte führte uns zu einem schlichten dreistöckigen Haus. Es stand an der Hauptstraße, die quer durch Sainte-Croix verlief. Auf einer Tafel neben der Treppe stand in Großbuchstaben der Name des Museums: *Internationales Museum für Mechanische Kunst*.

Da ich als Einziger von uns daran gedacht hatte, Geld in der lokalen Währung mitzunehmen, bezahlte ich die Eintritte. Ich fragte Padraig nach dem Spesenreglement bei BEAST. Er antwortete mit einem prustenden Lachen.

Schon im Empfangsraum stand der erste Automat. Er war von blauen Neonröhren eingerahmt, die mich an ein amerikanisches Diner erinnerten. Hinter einer Scheibe standen ein Saxofon, ein Schlagzeug, ein Akkordeon und Glocken. Auf Knopfdruck spielten die Instrumente wie von Geisterhand einen Marsch.

»Wonach suchen wir eigentlich?«, fragte Hannah im ersten Ausstellungsraum.

Padraig wies auf eine Frau mit blumentopfartiger Frisur, die wie eine Skulptur vor der Tür zum nächsten Raum stand. »Am besten fragen wir sie, wo wir die Automaten von Antoine Favre finden.«

Blumentopffrisur erklärte sich freudig bereit, uns durch

das Museum zu führen. Immer wieder blieb sie stehen, um in schier endlosen Monologen zu erklären, was wir da vor uns sahen. Wir liefen an riesigen Maschinen vorbei, die aus Riemen, Zahnrädern, Federn und Hebeln zusammengesetzt waren. In einem Raum hing eine Schaufensterpuppe waagerecht über unseren Köpfen. Drahtseile wuchsen aus ihrem Rücken und schlangen sich um eine Vorrichtung aus Stangen, die unter dem Dach befestigt war.

Im angrenzenden Ausstellungsraum schlug uns der Geruch von alten Kleidern, Öl und Metall entgegen. Schwere Vorhänge verdeckten die hohen Torbogenfenster wie pelzige Augenlider und sperrten die Sonnenstrahlen aus. Von der Decke hingen riesige Glühbirnen. Sie erschufen Lichtkreise, die wie leuchtende Monde in der Luft schwebten. Unter den hellen Flecken starrten bleiche Gesichter mit aufgemalten roten Lippen, schwarzen Lidstrichen und leblosen Augen ins Leere.

»Das sind die Automaten von Antoine Favre«, piepste die Museumsmitarbeiterin. »Sie stammen aus dem früheren neunzehnten Jahrhundert.«

Acht Puppen waren in einem Halbkreis im Saal platziert. Sie trugen Kleider mit Rüschen oder aufgestellten Krägen und lockige Perücken wie Richter aus dem viktorianischen England. Eine der Figuren stellte einen gruseligen Clown mit roter Plastiknase dar, der sein weiß geschminktes Gesicht zu einem unheimlichen Lachen verzog. Zwei Haarbüschel standen seitlich von seinem Kopf ab. Der gelb-rote, hochgeschlossene Einteiler war ergraut und hing schlaff an seinem Körper. In den klammen Fingern der rechten Hand hielt der Clown einen Teddybären, in der linken ein Messer.

»Was genau macht der Clown?«, fragte ich zaghaft.

»*Le clown non drôle*, der nicht-lustige Clown«, übersetzte die Mitarbeiterin den Namen des Automaten. Sie trat auf ihn zu. »Leider kann ich ihn euch nicht vorführen, sonst muss ich einen neuen Teddybären kaufen.« Sie senkte die Stimme und zeigte auf das Messer. »Er schneidet ihm nacheinander die Gliedmaßen ab.«

Padraig betrachtete das Messer aus der Nähe. »Antoine muss ein spaßiger und lebensfroher Mann gewesen sein.«

Die Frau erklärte uns nacheinander die Automaten. Wir hakten bei jeder Puppe nach, ob etwas an ihr verdächtig sei.

»Verdächtig? Wie genau meint ihr das?«, erkundigte sie sich mit hochgezogener Augenbraue.

»Vielleicht sagt eine der Puppen ein Rätsel auf«, nannte ich ein Beispiel.

»Oder trägt verborgene Zeichen unter der Kleidung«, schlug Hannah vor.

»Oder hat einen abschraubbaren Kopf mit einem Geheimfach, in dem etwas versteckt ist«, kam es von Padraig.

Ich sah Padraig von der Seite an. »Was hast du bloß mit abgetrennten Gliedmaßen?«

Er strich sich eine Strähne aus dem Gesicht. »Berufskrankheit.«

Blumentopffrisur drehte sich erstaunt zu ihm um. »Als was arbeitest du denn?«

»Ich bin … Jäger«, erwiderte Padraig, was streng genommen nicht einmal gelogen war.

Die Mitarbeiterin sah ihn verwirrt an. Dann huschte ihr Blick zu einem Automaten, der ein wenig abseits stand.

»Verborgene Zeichen oder Geheimfächer haben die Automaten nicht.« Wieder musterte die Frau die einsame Puppe in den Schatten. »Aber zum Thema Rätsel passt *La fille défigurée de Sainte-Croix*. Sie zeichnet Linien und Kreise. Aus den Symbolen ist bisher aber niemand schlau geworden.«

Ich spitzte die Ohren.

»*La fille défigurée de Sainte-Croix*«, wiederholte Padraig in einer Sprache, die er für Französisch hielt. »Was heißt das?«

Blumentopffrisur suchte nach den richtigen Worten. »Ich würde sagen«, sie kniff angestrengt die Augen zusammen, »in etwa *Das entstellte Mädchen von Sainte-Croix*.«

»Klingt sympathisch«, befand Padraig.

»Gehe ich richtig in der Annahme, dass es sich dabei um den Automaten dort hinten handelt?« Ich zeigte auf die Silhouette im Zwielicht.

»Richtig.« Die Frau wies uns mit einer Geste an, ihr zu folgen. »Wir haben *La fille* bewusst ein Stück nach hinten geschoben. Es gab immer wieder Kinder, die sich bei ihrem Anblick furchtbar erschrocken haben.«

»Na, da bin ich aber gespannt«, murmelte ich.

Die Frau wuselte am Tisch vorbei auf die Wand zu. Dort hing ein Kasten. Sie öffnete ihn und hantierte daran herum. Nach einem leisen Klicken glomm über der Puppe eine weitere Glühbirne auf.

Die Puppe saß zusammengesunken im Stuhl, den Kopf zur Seite weggeknickt. Sie trug ein verdrecktes weißes Kleid mit einer roten Schleife um die Hüften. Am Hals zeichneten sich schwarze Striemen ab, als wäre das Mädchen an einem Strick über den Waldboden gezogen worden. Eine Hälfte der kahlen Schädeldecke war entfernt worden. Durch das Loch konnte man in den Kopf sehen. Ein Gewirr aus Zahnrädern, Walzen und Gewinden blitzte hervor. Das Oberlicht warf Schatten auf das darunterliegende Gesicht, aus dem ein trübes Glasauge auf den Tisch gerichtet war. Die zweite Augenhöhle gähnte leer. Das entstellte Mädchen hielt eine Schreibfeder in der rechten Hand, der linke Arm fehlte. Auf dem Tisch standen eine Laterne und ein Tintenfass, davor lag ein leeres Blatt Papier.

»Monsterscheiße, ist das Teil gruselig!«, entfuhr es mir. »Wenn ich der Leiter des Museums wäre, würde ich die Puppe noch ein wenig weiter wegstellen. Auf die Straße vor einen heranbrausenden Schwertransporter beispielsweise.«

Padraig trat um den hölzernen Tisch herum. »Darf man sie berühren?«

Die Frau schüttelte energisch den Kopf. »Tut mir leid, diese Stücke sind die wertvollsten Ausstellungsgegenstände des Museums. Wenn sie jeder Besucher anfassen würde, blieben sie uns viel zu kurz erhalten.«

Hannah ließ die Hand unauffällig wieder in der Tasche des Kapuzenpullovers verschwinden. In seltenen Fällen konnte sie Spuren auch an Gegenständen fühlen – wenn sie starken Emotionen ausgesetzt gewesen waren. Dafür musste sie die Objekte allerdings berühren.

Padraig stellte sich hinter die Puppe und blickte durch das Loch im Kopf auf die Mechanik. »Sie haben gesagt, der Automat zeichnet merkwürdige Symbole aus Linien und Kreisen, richtig?«

»So ist es.« Die Mitarbeiterin ließ Padraig nicht aus den Augen. Offenbar traute sie ihm zu, die Puppe zu berühren, wenn sie ihm auch nur für eine Sekunde den Rücken zuwandte. Womit sie wahrscheinlich absolut richtiglag. »Wollt ihr es sehen?«

Wir bejahten. Padraig kam hinter der Puppe hervor und gesellte sich zu uns. Blumentopffrisur trat an den Tisch, öffnete eine Schublade und holte eine Kurbel hervor. Damit schritt sie zum nicht vorhandenen linken Arm der Puppe und krempelte die Ärmel des Kleids zurück. Darunter kamen ein metallener Stift und ein Hebel zum Vorschein. Sie verband die Kurbel mit dem Stift.

»Achtet auf das Blatt.« Die Mitarbeiterin betätigte die Kurbel. Das Licht in der Laterne auf dem Tisch flackerte auf. Nach ein paar Sekunden stoppte die Frau. »Achtung, es geht los.«

Sie zog an dem kleinen Hebel. Die Mechanik des Automaten setzte sich in Gang. Die Puppe hob den Arm und tauchte den Federkiel in das Tintenfass. Offenbar diente das Drehen der Kurbel zum Spannen einer Feder. Der Hebel setzte diese in Gang, was wiederum die Bewegungen der Figur auslöste. Die Hand der Puppe glitt über das Papier. Die anderen Automaten beobachteten das Geschehen mit ausdruckslosen Gesichtern.

»Beeindruckend«, sagte ich ehrfürchtig. In der Tat war es bemerkenswert, mit welcher Präzision und Leichtigkeit das entstellte Mädchen zeichnete. »Stellt euch vor, wie viel Arbeit es gewesen sein muss, diese Mechanik zu bauen. Jede Bewegung ist das Resultat von automatisierten Mechanismen. Das ist eine der technischen Errungenschaften der Menschheit, wie sie dama–«

»Brandon?«

»Ja, Padraig?«

»Halt die Klappe.«

Strich für Strich setzten sich die Muster zu einem Symbol zusammen. Es glich einem aufgestellten Trapez mit einem Kreis in der Mitte und mehreren Linien, die wie gebrochene Lichtstrahlen von den Außenseiten des Trapezes abgelenkt wurden. Der Kreis wiederum war von Wellen durchzogen.

Mir war sofort klar, dass es sich bei dem Zeichen um eine Sigille handelte. Wir waren auf einer heißen Spur! Favre war Sigillist, das hatte Emmerett erzählt. Nicht-Agenten sahen in den magischen Symbolen nur wirre Zeichen. Das erklärte, warum niemand in dem Museum wusste, was die Kritzeleien bedeuteten.

Ich rückte näher an das Blatt. Irgendwie kam mir das Symbol bekannt vor. Bloß woher?

Ich spähte zu Padraig. Seine hochgezogenen Augenbrauen verrieten, dass auch er erkannt hatte, was das Mädchen zeichnete. Ob er den Zweck des Symbols kannte?

»Jetzt folgt eine zweite Zeichnung«, sagte die Frau. Sie schien Gefallen daran zu finden, wie ehrfürchtig wir die Vorführung beobachteten. Bestimmt kamen viele Schüler ins Museum, die ihre Vorträge mit Furzgeräuschen unterbrachen oder Kügelchen in ihre Blumentopffrisur schnippten.

Begleitet vom leisen Surren der Zahnrädchen, tauchte die Puppe den Federkiel ein zweites Mal in das Tintenfass. Nun malte sie ein Herz mit einem Buchstaben in der Mitte.

»V«, las ich. »Was bedeutet das?«

»Das weiß niemand«, gab die Mitarbeiterin zu. »Eine der Theorien ist, dass es eine Hommage von Monsieur Favre an eine unbekannte Person ist, deren Vornamen mit V beginnt. Vielleicht eine geheime Verehrerin. Allerdings lässt sich diese These nicht mit Dokumenten belegen.«

Mir wurde siedend heiß. V wie Viktor Frankenstein. Aber was sollte das Herz? Waren er und Favre ein Liebespaar? Oder war es Zufall und der Buchstabe stand für jemand – oder etwas – anderes?

Die Puppenhand nahm wieder ihre Ausgangsstellung ein. Das Klacken der Zahnräder verstummte ebenso wie das Surren der Federn. Dann ging die Laterne aus und das mechanische Leben war aus dem Automaten gewichen.

»Darf ich?« Padraig zeigte auf das Papier. Falls ihm die Sache mit Frankenstein aufgefallen war, ließ er es sich nicht anmerken. Und Hannah neben ihm ließ sich ohnehin nie irgendetwas anmerken.

»Natürlich, nur zu.«

Padraig nahm das Blatt, hielt es vor die Nase und verfiel in nachdenkliches Schweigen.

»Es macht einen sprachlos, nicht wahr?« Die Frau verstaute die Kurbel in der Schublade. »Favres Automaten gehören zu den besten der Welt.«

»Können Sie uns mehr über ihn erzählen?«, fragte ich. In meinem Kopf ging es drunter und drüber. Ich versuchte, die Gedanken zu ordnen. »Wir haben gehört, dass Monsieur Favre eines Tages wie aus dem Nichts hier aufgetaucht ist und Automaten gebaut hat.«

Die Mitarbeiterin strich ihr Haar mit den Fingern glatt. »Damit wisst ihr fast alles, was über ihn bekannt ist. Er entstammt einer angesehenen und reichen Familie aus Genf, war aber den Großteil seines Lebens im Ausland tätig. Was er dort gemacht hat, ist nicht bekannt.«

Leichen ausgebuddelt. Körperteile abgeschnitten. Einem Verrückten assistiert. Solche Dinge eben.

Padraig schaute vom Papierbogen auf. Irgendetwas an seiner Ausstrahlung hatte sich verändert. Die Nachdenklichkeit war verflogen und seiner selbstgefälligen Art gewichen. »Wo hat Favre die Automaten gebaut?«, wollte er wissen.

»In einer Hütte oben am Berg«, antwortete die Frau. »Sie

steht noch immer, ist aber ziemlich heruntergekommen. Hin und wieder übernachten ein paar Wanderer dort. Favre hat alle zehn Automaten in der Hütte gebaut. Es bedurfte damals vieler kräftiger Männer, um die schweren Automaten hinunter ins Dorf zu schaffen.«

»*Zehn* Automaten?«, wiederholte Hannah. Sie sah sich um und zählte die Puppen. »Hier stehen nur neun.«

Im Licht der Glühbirnen verwandelte sich der Ausdruck der Frau zu einer unheimlichen Fratze. »Der zehnte Automat ist verschollen«, flüsterte sie mysteriös. »Monsieur Favre hat Protokoll über seine Werke geführt. Darin ist die Rede von einer zehnten Maschine. Es war die letzte, die er gebaut hat. Aber sie wurde nie gefunden.«

Padraig betrachtete die Zeichen auf dem Papier. »Sie kennen nicht zufällig den Weg zu dieser Berghütte?«

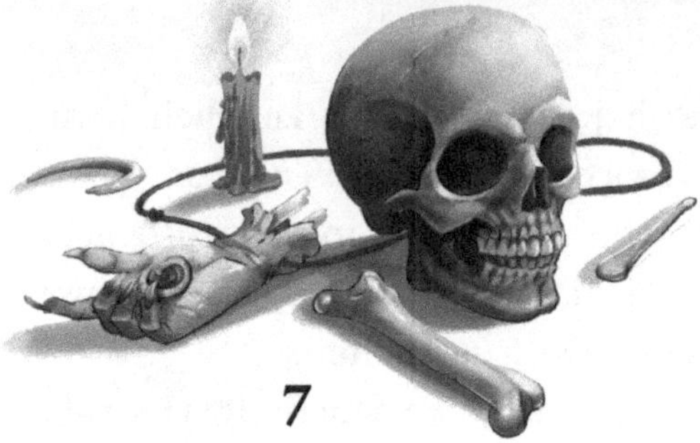

7

Padraig

Die Schatulle des toten Mannes

Der Aufstieg zur Berghütte war lang und steil. Zu Beginn beklagte sich Brandon pausenlos, aber mit den Höhenmetern verstummte er mehr und mehr. Er war zusehends und *zuhörends* damit beschäftigt, seine Lungen mit ausreichend Luft zu füllen. Am Ende glich er einem wandelnden Dudelsack, der pfeifende Geräusche ausstieß.

Der Großteil des Weges führte durch einen Wald. Die Buchen und Fichten schüttelten ihre braun gewordenen Blätter ab. Das verwelkte Laub bedeckte den Boden und raschelte unter unseren Sohlen. Die Sonne verschwand hinter den Hügelkuppen und die Dämmerung setzte ein. Die Vögel in den Bäumen sahen in Brandons Pfeifen eine Herausforderung und versuchten, ihn mit ihrem Gezwitscher auszustechen.

Irgendwann wichen die Bäume einem Wiesenteppich, der sich an die Landschaft schmiegte. Die Feuchtigkeit setzte sich als Tau auf dem Gras ab. Meine Schuhe und die Hosenbeine waren nach wenigen Schritten dunkel vor Nässe.

»Monsterscheiße«, presste Brandon zwischen keuchenden Lauten hervor. Er ging gebückt wie ein Greis, gezeichnet von der Last eines langen Lebens. »Wo ist die elende Hütte? Ich habe die Nase voll von Bäumen, Wiesen und Hügeln!«

»Ich hoffe, wir finden sie vor Einbruch der Nacht.« Hannah sah zum dunkelroten Horizont, vor dem sich eine bergige Silhouette abzeichnete. »Ich schätze, uns bleibt eine halbe Stunde, bevor es dunkel wird.«

Wir kamen an einen hölzernen Zaun, der sich über die Wiese zog. Dahinter stand eine leere Badewanne. Wahrscheinlich diente sie den Kühen, die hier oben in den Sommermonaten grasten, als Trog.

»Laut der Tante im Museum sollte es nach dem Wald nicht mehr allzu weit sein.« Ich stieß ein Gatter auf und ließ die anderen passieren. Hannah schlüpfte wortlos vorbei, Brandon hob dankend die Hand. »Falls es vorher dunkel wird, haben wir Taschenlampen und Brandons Party-Trick.«

»Apropos Party-Trick.« Brandon streckte den Rücken durch und putzte am Jackenzipfel seine Brille. »Du hast uns noch nicht verraten, was es mit der Sigille des entstellten Mädchens auf sich hat.«

Ohne Sonne sanken die Temperaturen rasch und die Kälte verwandelte sich in feinen Nebel, der über die Grashalme waberte.

»Erinnert ihr euch an den Keller des Waisenhauses?« Das Ende meines Gehstocks versank in der aufgeweichten Wiese. »An das Regal voller Spinnweben?«

»Wie könnte ich das je vergessen«, sagte Brandon mürrisch. Er zog im Gehen mühsam den Rucksack vor die Brust und holte ein belegtes Brötchen hervor. »Hat noch jemand Kohldampf und möchte ein Sandwich?«

Hannah und ich schüttelten den Kopf. Brandon zuckte mit den Schultern und biss in das Schinkensandwich.

»Wir haben den Geheimgang zur Höhle mit den Kokons dank einer Markierungssigille entdeckt«, führte ich aus. »Um eine solche zu aktivieren, muss dasselbe Symbol in einem bestimmten Radius ein zweites Mal gezogen werden. Stimmen die Zeichen überein, beginnen beide zu leuchten.«

Wir passierten ein zweites Gatter. Brandon schlug sich mit der freien Hand auf die Stirn. »Natürlich!«, rief er zwischen zwei Bissen. »Wusste ich doch, dass mir die Art des Zeichens bekannt vorgekommen ist.«

»Du glaubst, Antoine Favre hat in seiner Hütte etwas markiert?«, fragte Hannah.

»Ich halte es zumindest für möglich.« Hinter dem Zaun stieg der Weg steil an. »Immerhin hat Antoine sein Leben hier oben in der Einsamkeit verbracht und zehn Automaten gebaut.«

»Wovon einer nie gefunden wurde«, ergänzte Hannah.

»Was ist, wenn die zehnte Puppe die Hütte nie verlassen hat?« Ich vergrößerte meine Schritte, um die Steigung zu erklimmen. »Antoine wird sie kaum irgendwo hingetragen haben. Blumentopffrisur hat gemeint, dass dafür mehrere Männer nötig wären.«

Brandon hatte das Sandwich in eine der Seitentaschen des Rucksacks gesteckt. Er musste so oft Luft holen, dass ihm die Zeit zum Abbeißen fehlte. »Dann – hat – die – zweite – Zeichnung«, er brachte nach jedem Atemzug nur ein Wort hervor, »vielleicht – etwas – mit – der – zehnten – Puppe – zu – tun.«

Wir erreichten schnaufend die Hügelkuppe. In der Senke reflektierte die glatte Wasseroberfläche eines Bergsees die ersten Sterne. Nebelschwaden umgaben sein Ufer und ein Felsen lugte wie eine riesige Glatze aus dem Wasser.

»Wenn die Zeichnung des Herzens etwas mit der Sache zu tun hat, finden wir es gleich heraus«, meinte ich und zeigte nach unten. Neben dem See stand ein kleines Haus.

»Na endlich«, stöhnte Brandon erleichtert. »Ich habe mich noch nie so gefreut, eine verlotterte Hütte zu sehen.«

Hannah trottete den Hügel hinunter. »Das letzte Mal, als wir es mit einer einsamen Hütte in der Nähe eines Gewässers zu tun hatten, nahm es kein gutes Ende.«

»Kein gutes Ende?« Da es nicht mehr bergauf ging, hob sich Brandons Laune. »Wir haben das Bootshaus von Brunhilde Swan samt einer Million Spinnen und der Leiche der Besitzerin niedergebrannt!«

»Für die Hütte war es vielleicht kein gutes Ende, aber wir sind lebend rausgekommen«, hielt ich fest. »Und haben dabei vorbildlich Regel Nummer dreiundzwanzig eingehalten.«

Brandon seufzte. »Und wie lautet die?«

Ich gab ihm ein paar Sekunden Zeit, um einen bescheuerten Vorschlag zu machen. Ich wurde nicht enttäuscht.

»Besser ein brennendes Haus als eine Monsterkralle im Auge?«

»Dein Tipp?«, fragte ich Hannah.

Sie hob die Achseln. *»Nur ein Feuer, das aus dem Weltall zu sehen ist, ist ein richtiges Feuer?«*

Wir liefen auf die Hütte zu. Sie bestand aus einfachen Holzbalken. Die Vorderseite mit ihrer Tür und den beiden Fenstern starrte uns an wie ein erschrockenes Gesicht.

»Schöne Vorschläge«, lobte ich. »Aber beide sind falsch. Die Regel lautet: *Ein Feuer gilt erst dann als Feuer, wenn es nicht mehr von zehn pinkelnden BEAST-Agenten gelöscht werden kann.*«

Brandon gab ein seltsames Geräusch von sich. »Eine eigenartige Definition.«

»Gibt es eigentlich BEAST-Agentinnen?«, fragte Hannah.

»Natürlich.« Ich blieb vor der Tür stehen. Sie war aus Brettern zusammengezimmert und machte keinen besonders stabilen Eindruck. »Vor allem seit Glynnes Hazle-Finch die Leitung übernommen hat. Ich mag sie nicht, aber man muss ihr zugutehalten, dass sie den Laden in dieser Hinsicht ein wenig umkrempelt.«

Die Tür zur Berghütte war unverschlossen. Wahrscheinlich, weil sie manchmal als Übernachtungsstätte für Wanderer diente. Mit etwas Glück war sie leer und wir konnten sie ungestört durchsuchen.

Ich hielt mit der heruntergedrückten Klinke in der Hand inne. »Seid ihr bereit?«

Hannah nickte und zog zum Beweis den Griff meines alten Dolchs aus der Tasche. Brandon schlug die Jacke zurück und streichelte demonstrativ seinen Gürtel. Daran klimperten die Ampullen mit den bunten Flüssigkeiten und wabernden Dämpfen. Meinen eigenen Waffengurt hatte ich von Brandon während des Aufstiegs zurückbekommen – sonst hätte er wahrscheinlich auf halber Strecke schlapp gemacht.

»Kannst du fühlen, ob jemand drin ist?«, erkundigte ich mich bei Hannah.

Sie schloss die Augen. »Die Luft ist rein.«

Die Tür schwang knarzend auf. Die Hütte erwachte aus ihrem Schlaf und gähnte uns stickige Luft entgegen. Im Innern war es stockfinster.

Ich kramte die Taschenlampe hervor und leuchtete die wenigen Quadratmeter ab. Die Hütte war kaum größer als unser Wohnzimmer in der Paloma Street. Die niedrige Decke ließ den einzigen Raum eng und gedrungen wirken. Ich zog instinktiv den Kopf ein. An jeder Seite gab es zwei Fenster. Dunkelheit sickerte hinein wie zähflüssiges Wasser.

Brandon trat an die Wand rechts der Tür. Er nestelte an der Jackentasche herum. »Leuchtest du mal auf die Stelle zwischen den Fenstern?«

Mit Kreide zog er im Schein meiner Lampe die Sigille des Lichts. Das Symbol glomm bläulich auf. Mittlerweile malte er das Zeichen so präzise, dass das Licht einen ganzen Raum erhellte.

»Sehr gut«, lobte ich und knipste die Lampe aus. »Du machst Fortschritte! Wer hätte gedacht, dass aus dem Comic-Zeichner ein Sigillist wird!«

»Danke.« Brandon steckte die Kreide ein. »Viel zu bestaunen gibt es hier drin aber nicht.«

Tatsächlich war die Hütte bis auf einen schiefen Tisch, zwei einfache Etagenbetten aus Holz und ein Regal mit zerfledderten Büchern leer. In den Ecken sammelte sich trockenes Laub, Spinnweben klebten an der Decke und an den Fenstern haftete der Schmutz der vergangenen Jahrzehnte.

»Niemand da«, stellte Brandon fest.

Hannah trat an den Tisch und strich mit den Fingerspitzen über das Holz. Sie berührte die Stühle und Betten, fuhr mit dem Zeigefinger über die Absätze unter den Fenstern und zog Bücher aus dem Regal. Schließlich vergrub sie die Hände in den Taschen und schüttelte den Kopf.

»Die Bücher sind zu neu, um von Favre zu stammen. Dasselbe gilt für die Möbel. Ich kann keine Spuren wahrnehmen.«

Brandon hievte den Rucksack auf den Tisch und ließ sich auf einen Stuhl plumpsen. Staub wirbelte auf und kratzte im

Hals. »Ich weiß nicht, wie es euch geht, aber ich finde, in der Hütte erweckt nichts einen verdächtigen Eindruck.«

Ich zog das Papier mit den Symbolen des entstellten Mädchens aus der Gesäßtasche und hielt es Brandon hin. »Wenn es kein Geheimnis gäbe, hätte Antoine Favre keine Markierungssigille hinterlassen.«

Brandons Brillengläser verkamen durch das blaue Leuchten zu einer spiegelnden Fläche. »Was soll ich damit?«

»Essen«, antwortete ich. »Dann wirst du zu einer lebenden Wünschelrute für Sigillen.«

Brandon zögerte, das Papier zwischen Daumen und Zeigefinger geklemmt. »Im Ernst? Und das soll funktionieren?«

Sein verdutztes Gesicht amüsierte mich prächtig. »Nein, aber ich fände es lustig, wenn du ein Blatt Papier essen würdest.«

»Idiot.«

»Sagt der, der beinahe ein Papier gegessen hätte.«

»Zieh bitte die Sigille, Brandon«, schaltete sich Hannah ein. »Wenn Padraig recht hat, leuchtet irgendwo in diesem Raum ein identisches Symbol auf.«

Brandon entfaltete den Zettel und besah das Zeichen. »Das sieht kompliziert aus.« Er nahm die Kreide und hob sie wie einen mahnenden Finger. »Ich brauche absolute Stille, sonst kann ich mich nicht konzentrieren.«

»Wir schweigen wie zwei Gräber«, versicherte ich.

Brandon schloss die Augen und atmete tief ein und aus. Das Ritual hatte ich schon öfters bei ihm beobachtet. Es half ihm, seine Nerven zu beruhigen. Nach einer halben Minute öffnete er die Augen, nahm das Papier und zog die Sigille auf den Tisch. Das quietschende Geräusch der Kreide ließ mich frösteln.

Kaum hatte Brandon die letzte Linie gezogen, strahlte das Zeichen ein pulsierendes Licht aus. Es war schwächer als die Lichtsigille an der Wand, aber Brandon grinste über beide Ohren.

Jetzt mal im Ernst, sein Talent war echt beachtlich! Vielleicht war es doch kein Zufall, dass der beste Sigillist, den BEAST je hervorgebracht hatte, denselben Vornamen trug wie Brandons Großvater. Duncan Dunkrik war ein schrulliger Kerl, der vor meiner Zeit als Monsterjäger tätig gewesen war, bis er eines Tages spurlos verschwand. Was, wenn Brandons Grandpa und der fähigste Sigillist der letzten Jahrhunderte ein und dieselbe Person waren? Da sollte ich echt mal Nachforschungen anstellen, auch wenn Archivarbeit sonst eher in Brandons Aufgabenbereich fiel.

»Ha!«, stieß Brandon hervor und schlug auf den Tisch. »Ich habe es geschafft!«

Noch bevor ich ihm freundschaftlich auf den Rücken klopfen konnte, flackerte mitten im Raum eine weitere Sigille auf. Sie glomm noch schwächer als Brandons Markierung, war aber deutlich auf dem Fußboden zu erkennen.

Mit vier großen Schritten war ich da. Hannah kniete bereits am Boden und suchte die Stelle ab.

»Bilde ich mir das nur ein«, sie fuhr mit der Hand über die Dielen, »oder sind da Fugen wie bei einer Falltür?«

Ich kauerte mich neben Hannah, legte den Stock beiseite und holte die Taschenlampe heraus. Damit leuchtete ich den Boden rundherum ab. »Tatsächlich!«

Brandons Gesicht erschien neben mir. »Vielleicht handelt es sich um eine Luke. Viele alte Häuser wurden früher über Kellern errichtet, die in die Erde gegraben waren.«

»Dann müsste ich die Luke aufhebeln können.« Ich

zückte den Degen und steckte die Spitze in eine der Ritzen. Die dünne Klinge bog sich, aber die Hebelkraft genügte nicht, um die Luke zu öffnen.

»Vielleicht geht es mit meinem Dolch. Der ist kürzer und stabiler«, schlug Hannah vor.

Als sich die Luke auch mit dem Dolch nicht öffnen ließ, scheuchte uns Brandon aus dem Weg. »Macht mal Platz, ich habe eine Idee.«

Er legte die Hände auf die Luke, verlagerte sein Gewicht nach vorne und presste auf die Dielen, als würde er eine Herzdruckmassage ausführen. Es gab ein Klicken – und die Luke sprang nach oben wie diese Küchenschränke, die mit leichtem Gegendruck zu öffnen waren. Aus dem Spalt wehte ein kühler Luftzug.

»Heute scheint mein Abend zu sein.« Brandon verschränkte zufrieden die Arme und grinste. »Zuerst erklimme ich einen Berg …«

»Höchstens einen steilen Hügel!«

»… dann ziehe ich eine perfekte Markierungssigille …«

»Sie flackert wie eine Lampe mit fast leeren Batterien.«

»… und zur Krönung öffne ich eine Geheimluke.«

»Die ich notfalls eingetreten hätte.«

Hannah brachte uns zum Schweigen, indem sie kurzerhand die Luke aufzog. Eine Holztreppe führte in einen dunklen Raum unter der Erde. Es war zu finster, um Details zu erkennen. Drei Köpfe und eine Taschenlampe zwängten sich durch die Luke. Mein Lichtkegel fiel auf eine zerfressene Werkbank, die an der hinteren Wand stand. Ein Bein war eingeknickt, rostige Hämmer, Schraubenschlüssel und Zangen verteilten sich wie die Ausläufer einer metallenen Lawine über den Boden. An den Wänden waren schiefe Holzbretter befestigt. Eine dicke Staubschicht klebte an Gewinden, Sprungfedern und Drähten, die sich darauf türmten. An der linken Wand glitt das Licht über einen Stuhl.

»Monsterscheiße!« Brandon schreckte zurück. »Da sitzt jemand – und hat ein Messer im Kopf!«

Das grau gelockte Haar stand der Gestalt wie einem verrückten Professor vom Kopf ab. Ein länglicher Gegenstand ragte aus seinem Schädel. Dass es kein Messer war, erkannte mein geübtes Auge sofort. Der Professor saß mit dem Rücken zu uns vor einem schweren Schreibtisch aus dunklem Holz. Die Haut am Hals schimmerte gespenstisch hell und war viel zu glatt für eine Leiche. Feine Brillenbügel blitzten unter dem Haar auf.

»Das ist kein Toter«, sagte ich. »Es ist noch nicht mal ein Mensch.«

»W-wie meinst d-du das?«, stotterte Brandon.

Hannah lehnte sich zurück. »Das ist ein Automat. Es ist eine Kurbel, die aus seinem Kopf ragt, und kein Messer.«

»Der *zehnte* Automat«, präzisierte ich. »Sie haben ihn all die Jahre gesucht und nicht gefunden. Dabei lag er direkt unter ihren Füßen.«

»Spätestens wenn sie die Hütte abgerissen hätten, wäre die Puppe entdeckt worden«, meinte Hannah.

»Tja, jetzt haben eben wir sie entdeckt. Mir soll's recht sein.« Ich trat vorsichtig auf die erste Stufe. Sie hielt meinem Gewicht stand. »Kommt, wir sehen nach.«

Brandon kam widerwillig mit nach unten, denn er musste für Licht sorgen. Da er nicht auf die erdigen Wände zeichnen konnte, zog er mehrere Sigillen auf die Tische und die Regalbretter.

Der zehnte Automat trug vornehme Kleidung. Der dunkle

Anzug mit den Silberknöpfen und dem weißen Kragen war voller Staub und Dreck. Auf der Spitze seiner vogelartigen Nase saß eine Brille mit winzigen Gläsern. Das Gesicht kam mir im Vergleich zu den Automaten im Museum lebendiger vor. Seine Augen und der Mund wirkten beinahe menschlich. Es gab keine dicken Lidstriche, keine aufgemalten roten Lippen, keine übertriebene Fratze. Der Automat sah aus wie ein Greis, aus dem plötzlich alles Leben gewichen war.

Hannah streckte die Hand aus. Sie berührte die Finger des Automaten und schloss die Augen.

»Merkwürdig«, murmelte sie.

Brandon, der sich im Hintergrund gehalten hatte, trat näher. »Was hast du gespürt?«

Hannah zog die Hand zurück. »Ich glaube, Antoine hatte … Angst vor dieser Puppe. Es haften Qualen, Tod und Schmerz an ihr.« Ihre Augenbrauen zogen sich zusammen. »Und dennoch ist da ein Hauch der Erleichterung und das Gefühl, eine richtige Entscheidung getroffen zu haben.«

Brandon nahm die Kurbel in Augenschein, die aus dem Kopf ragte. »Was wohl geschieht, wenn ich daran drehe?«

»Finde es heraus«, forderte ich. »Irgendetwas muss der Automat ja können.«

Brandon war die Sache nicht geheuer, das verrieten sein angespannter Gesichtsausdruck und die zusammengekniffenen Augen. Trotzdem umfasste er die Kurbel – vorsichtig, als könnte sie Strom durch seine Glieder jagen. Als er sie drehte, war aus dem Innern des Automaten ein Quietschen zu hören, als würde jemand mit den Fingernägeln über eine Tafel kratzen.

»Weiter geht es nicht«, sagte Brandon nach ein paar Umdrehungen. »Die Feder ist wohl voll gespannt.«

Er ließ die Kurbel los. Mit einem leisen Ticken wie von ineinandergreifenden Zahnrädern drehte sie sich in die entgegengesetzte Richtung – und der Automat erwachte zum Leben.

Der Mann hob die Arme. Mit der linken Hand packte er sein Jackett und zerrte daran. Offenbar handelte es sich um Druckknöpfe, denn sie lösten sich mit einem dumpfen *Plopp*. Unter dem Jackett kam eine glatte hautfarbene Brust zum Vorschein.

Brandon stieß ein gezwungen klingendes Kichern aus. »Zieht sich der Alte jetzt aus?«

Ich schwieg und beobachtete, wie der Automat beide Hände auf die Brust legte. Seine Finger verkrampften sich und kratzten über die ebene Fläche, als würde die Stelle jucken.

»Was zum Teufel tu–«

Weiter kam Brandon nicht. Die Hände des Automaten öffneten die Brust wie einen Küchenschrank. Zwei Flügel klappten zur Seite und gaben einen Hohlraum frei. Dann stoppte der Automat und sank in sich zusammen. Zwar ohne Messer im Kopf, dafür mit aufgerissener Brust.

»Monsterscheiße, das war echt unheimlich!«

Wortlos trat ich um den Stuhl. Das Licht der Sigillen verlieh dem Gesicht des Automaten eine ungesunde Blässe. Das Loch in der Brust war so groß wie ein kleines Tresorfach. Darin entdeckte ich zwei Gegenstände.

»Was ist das?« Hannah hatte sich von der anderen Seite des Stuhls genähert und spähte in den Hohlraum.

»Ein Buch«, sagte ich. »Und eine Schatulle.«

»Ist es Antoine Favres Tagebuch?« Brandons Stimme klang aufgeregt. »Sag schon, sag schon!«

Ich griff in das Fach und nahm das Buch heraus. Ein nussbrauner Ledereinband hüllte es ein. Ich schlug die erste Seite auf und musste niesen, weil mir eine dichte Staubwolke entgegenquoll.

»*Journal d'Antoine Favre*«, las Hannah die ersten Worte.

Brandon warf jubelnd die Fäuste in die Luft. »Wir haben es gefunden! Wir haben es tatsächlich gefunden!«

Ich blätterte durch die vergilbten Seiten. Die Handschrift war schief und schnörkelig, aber lesbar. Jeder Eintrag war mit einem Datum versehen. Das Buch war fast bis zur letzten Seite vollgeschrieben.

»Hier«, sagte ich und reichte es Brandon. »Du liest am schnellsten. Wenn ich es mir recht überlege, bist du der Einzige von uns dreien, der überhaupt liest. Such nach Informationen über den Schattenschlüssel.«

Brandon hielt das Buch ehrfürchtig in beiden Händen, als wäre es ein originalverpackter Superhelden-Comic aus den frühen Dreißigern oder wann diese Heftchen auch immer auf den Markt gekommen waren.

»Alles klar«, murmelte er. »Aber zuerst möchte ich wissen, was in dem Kästchen ist.«

Hannah hielt die Schatulle in den Händen. Sie schloss die Augen – und stieß einen erstickten Schrei aus. Das hölzerne Kästchen fiel klappernd zu Boden. Hannah taumelte zurück, bis sie gegen die Wand prallte, und schlug die Hände vor das Gesicht.

»Hannah!« Brandon eilte zu ihr und stützte sie. »Was ist los? Hey, sprich mit mir.«

Überfordert mit der Situation, blieb ich an Ort und Stelle stehen. Das Kästchen lag vor meinen Füßen. Es bestand aus dunklem, fast pechschwarzem Holz. Kunstvolle Schnitzereien zierten es. Während Brandon auf Hannah einredete und sie beruhigte, zog mich die Schatulle magisch an. Ich hob sie auf. Bildete ich mir das nur ein oder pulsierte sie? Ich klappte den Verschluss auf und öffnete den Deckel.

Auf ein rotes Tuch gebettet lag ein kohlrabenschwarzes Herz – und es pochte.

8

Brandon

Warum ich keinen Hummer mehr esse

»Es tut mir leid.« Hannah saß auf einem der Stühle in der Hütte. Sie hatte ihre Fassung wiedererlangt und wirkte so kontrolliert wie eh und je. Nichts erinnerte an den kurzen Gefühlsausbruch unten im Keller. Nichts, außer ihrem glasigen Blick, der einem nur auffiel, wenn man genau hinsah. »Die Spur war so stark, dass sie mir nicht gut bekommen ist.«

Padraig hockte am anderen Tischende. Das schwarze Kästchen lag vor ihm. Er starrte es unentwegt an. Ich wollte ihn fragen, was sich darin befand, aber das konnte warten. Zuerst musste ich mich um Hannah kümmern.

»Von was hängt es ab, wie fest ein Gegenstand mit Gefühlen aufgeladen wird?« Ich saß ihr gegenüber und ließ sie nicht aus den Augen.

Der gleichgültige Ausdruck auf Hannahs Gesicht passte nicht zu ihren sanften Gesichtszügen. Sie überlegte kurz. »Es sind verschiedene Dinge, die eine Spur beeinflussen«, sagte sie. »Negative Emotionen sind einfacher zu spüren. Sie sind wie Wellen, die über dir zusammenbrechen. Gefühle wie Liebe und Vertrauen sind feiner und daher schwieriger zu erkennen.«

Ich glaubte, die Erklärung zu verstehen. Wut staute sich an, bis sie irgendwann explodierte. Trauer entlud sich auf einen Schlag, weil ihr ein Verlust oder eine Enttäuschung vorausging. Dinge wie Liebe hingegen – so stellte ich es mir zumindest vor – gediehen im Laufe der Zeit. Sie waren subtiler, beständiger und weniger impulsiv.

»Aber auch der Gegenstand selbst spielt eine Rolle«, fuhr Hannah fort. »Je größer seine Bedeutung für die Person, desto besser spüre ich das.« Sie malte mit dem Zeigefinger unsichtbare Kreise auf den Tisch. »Ein Tagebuch ist mit mehr Persönlichkeit gefüllt als der Tisch, auf dem es geschrieben wurde. Ein Instrument ist stärker gezeichnet als der Notenständer, obwohl ein Musiker beides zum Spielen benötigt.«

Ich spähte zur Schatulle. Padraig strich nachdenklich über seine Wangen. Ich stellte mir vor, wie ihn eine schimmernde Aura von Emotionen umgab, die nur Hannah sehen konnte.

»Und die Schatulle war mit so starken Gefühlen aufgeladen, dass du«, ich suchte nach dem richtigen Wort, »Angst bekommen hast?«

Hannah zog die Kapuze enger. Wieder ließ sie sich Zeit mit der Antwort. »Manchmal, bei kraftvolleren Spuren, fühlt es sich an, als würden sich fremde Emotionen in meinem Körper einnisten und mit meinen Gedanken verschmelzen.«

»Das muss anstrengend sein«, fand ich. Hannahs Fähigkeiten waren beeindruckend. Aber beneidete ich sie darum?

Es war schon schwierig, mit meinen eigenen Gefühlen klarzukommen. Da wollte ich nicht auch noch fremde Emotionen aufsaugen und mich mit ihnen beschäftigen müssen. »Dann strahlt das Kästchen eine starke Spur aus?«

»Die Spur haftet nicht an der Schatulle.« Hannah vermied es, an das andere Tischende zu schauen. Stattdessen blickte sie an mir vorbei zum Fenster. »Sie strömt von dem aus, was sich *darin* befindet. Ich habe noch nie etwas so abgrundtief Böses gespürt. Was auch immer da drin ist, besteht nur aus Hass, Wut und Abscheu.«

»Hass, Wut und Abscheu«, wiederholte ich und spürte, wie sich ein unbehagliches Gefühl in mir ausbreitete. »Ich schätze mal, dass da kein süßes, flauschiges Babymeerschweinchen drin ist, das fortan nicht mehr von meiner Seite weicht, oder?«

Padraig schob die Schatulle über den Tisch.

Hannah zuckte, als das Kästchen zwischen uns zum Stehen kam.

»Schaut am besten selbst hinein«, schlug er vor. »Ihr würdet mir sowieso nicht glauben. Aber eines kann ich euch verraten: Es ist kein süßes, flauschiges Babymeerschweinchen.«

Die schwarze Box lag vor mir. Ein metallener Verschluss hielt den Deckel geschlossen. Ich ließ ihn aufschnappen und zögerte einen Augenblick. Aber schließlich überkam mich die Neugier und ich öffnete die Schatulle.

Zuerst dachte ich, Padraig hätte sich einen geschmacklosen Scherz erlaubt und eine tote Ratte hineingelegt – was einem Babymeerschweinchen sogar einigermaßen nahegekommen wäre, nur in hässlich und eklig statt süß und flauschig. Aber dann bemerkte ich, dass dieses schrumpelige Ding irgendwie … lebte. Es schlug im Takt einer Uhr, langsam und regelmäßig. Es war ein faustgroßer Fleischklumpen, schwarz und ledrig wie die Hand des Hoia-Wisperers. Die Enden von verkümmerten Schläuchen wuchsen daraus. Ganz vorsichtig legte ich einen Finger auf die verschrumpelte Oberfläche. Der Klumpen pochte wie ein …

»Monsterscheiße!« Hastig zog ich den Finger weg und fiel beinahe rückwärts vom Stuhl. »Das ist ein Herz! Ein totes Herz, das … lebt!«

»Ich habe nachgedacht«, meinte Padraig seelenruhig. Er entfaltete den Zettel aus dem Museum und zeigte auf die zweite Zeichnung. Darauf waren das Herz und der Buchstabe *V* zu sehen. »Ich halte es für möglich, dass es das Herz von Viktor Frankenstein ist.« Als er mein schockiertes Gesicht sah, hob er die Hände. »Bevor du mir Löcher in den Bauch fragst: Ich habe keinen blassen Schimmer, warum es immer noch schlägt.«

»Das ist unmöglich!« Ich klappte die Schatulle zu. Das Pochen, das bei offenem Deckel zu hören war, verstummte. »Ein Herz kann nicht einfach aus dem Körper geschnitten werden und trotzdem weiterschlagen.«

Padraig wies auf das Kästchen. »Offenbar schon. Und du vergisst, dass Viktor im Besitz eines Schattenschlüssels war. Warum sollte er ihn nicht bei seinem eigenen Herz eingesetzt haben?«

»Wie um alles in der Welt soll er das gemacht haben?«, rief ich aufgebracht.

Padraig lächelte, als läge da kein totes Herz, sondern ein Stück Schokokuchen. »Die Antwort darauf steht bestimmt in Antoines Tagebuch.« Er spitze seine Lippen. »Wenn jemand weiß, was und wie Viktor Frankenstein es angestellt hat, dann sein bester Freund.«

Das Buch lag neben der Schatulle. Padraig griff danach und blätterte durch die Seiten. »Mit etwas Glück steht die Geschichte der beiden hier drin.« Er stutzte. »Oh, Mann, das ist alles auf Französisch!«

»Die Frau im Museum hat gesagt, Antoine stammte aus Genf«, erinnerte ich mich.

»Na und?«

»Dort sprechen sie Französisch.«

Padraig klappte das Buch zu und legte es zurück auf den Tisch. »Du schaffst das schon mit der Übersetzung.«

Ich wollte Padraig gerade mit Flüchen eindecken, als ein rötliches Glimmen aus der Luke drang. Unsere Köpfe drehten sich gleichzeitig zu der Öffnung.

»Was soll das jetzt?« Padraig fand die Sprache als Erster wieder. Er stand auf und spähte in den Keller. »Das Licht kommt vom Schreibtisch. Brandon«, er wedelte mit der Hand, »wir sehen nach. Hannah hält die Stellung.«

Widerwillig erhob ich mich und stieg mit ihm ein zweites Mal in den Keller. Das Glühen warf rote Flächen an die erdigen Wände. Der zehnte Automat, der vor wenigen Minuten schlaff wie eine Leiche in den Stuhl gesunken war, saß über den Tisch gebeugt.

»Der alte Mann bewegt sich«, stellte ich fest. »Er macht etwas mit der Hand.«

Wir traten um den Stuhl. Die spitzen Fingernägel der Puppe hatten einen Kreis in die Tischplatte geritzt, den mehrere Symbole umgaben.

»Das ist ein Bannkreis«, kam mir Padraig zuvor. »Und ein mächtiger noch dazu. Offenbar war die Sache mit der Brust erst die Hälfte der Vorstellung.« Er musterte die Sigille und zeigte auf eine Lücke im Kreis. »Siehst du das?«

Ich trat von der anderen Seite an den Tisch. Ein gutes Stück des Kreises fehlte. So sah er aus wie ein Armreif, den sich Frauen über das Handgelenk stülpten.

»Wenn ein Bannkreis nicht geschlossen wird«, erklärte Padraig, »entfaltet er die gegenteilige Wirkung.«

»Die gegenteilige Wirkung?«

»Dieses Symbol hebt einen anderen Bannkreis auf.« Padraig sah angespannt aus. »Wenn in der Nähe der Hütte etwas gebannt war, ist es jetzt frei.«

Der Automat drehte den Oberkörper ratternd nach rechts und zog neben dem Bannkreis einen weiteren Kreis. Dieser war allerdings vollständig geschlossen.

»Du meinst ...« Ich sah mich in der kleinen Werkstatt um. »... hier ist irgendwo ein Monster?«

»In der Werkstatt wohl kaum, die ist viel zu klein. Aber draußen vielleicht.« Padraig strich sich die Strähnen aus dem rot erleuchteten Gesicht. »Aber wir dürfen nicht außer Acht lassen, dass der Automat seit zweihundert Jahren hier verschollen ist. Wenn Favre ein Monster festgehalten hat, ist es wahrscheinlich längst tot.«

»Stimmt«, sagte ich erleichtert. »Vielleicht war es damals eine Sicherheitsmaßnahme zum Schutz der Hütte.«

Padraig beobachtete den Automaten. Er ritzte einen Namen in den zweiten Kreis. Nach dem letzten Buchstaben setzte sich die Puppe gerade in den Stuhl – und erstarb.

»*Erica*«, las Padraig vor. »Wer ist das?«

»Keine Ahnung«, gestand ich. »Vielleicht stoßen wir im Tagebuch auf den Namen. In den Akten von DAEMON, der deutschen Monsterbehörde, wird jedenfalls keine Erica erwähnt.«

»Padraig? Brandon?«, kam es von oben.

»Ja?«, riefen wir gleichzeitig.

Hannah klang beunruhigt. »Ihr solltet besser nach oben kommen. Der See … Er glüht rot.«

Padraig und ich tauschten überraschte Blicke aus, dann eilten wir die schmale Treppe hoch. Tatsächlich glommen die Fenster, die zum See zeigten, im selben Rot wie die Sigille im Keller.

»Brandon, nimm das Kästchen!«, befahl Padraig und nahm den Stock vom Tisch. »Hannah, du schnappst dir das Tagebuch. Wenn die Situation es erfordert, verschwindet ihr damit, verstanden?«

Wie immer spielte er den Helden. Da ich nicht besonders scharf auf diese Rolle war – zumal sie oft mit Schmerzen und Gefahren einherging –, gestand ich ihm den Moment im Scheinwerferlicht gerne zu.

»Woher kommt dieses Leuchten?« Hannah ließ das Buch in der Tasche des Pullovers verschwinden. »Was habt ihr im Keller entdeckt?«

»Einen Anti-Bannkreis«, sagte ich gehetzt. Die Schatulle steckte ich in die Jackentasche. »Das Symbol hebt Bannkreise in der Nähe auf. Der Automat hat ihn in den Tisch geritzt, zusammen mit einem weiteren Kreis, in dem der Name *Erica* steht.«

»Wer ist Erica?«

»Wissen wir nicht.«

Hannah öffnete die Augen. »Da draußen ist etwas erwacht. Entweder war es vorher nicht da oder seine Spur war blockiert.«

»Wahrscheinlich ist es durch den Anti-Bannkreis aufgewacht«, mutmaßte ich.

Padraig warf die Eisenkette, die er auf dem Tisch abgelegt

hatte, rasselnd über die Schulter. »Kannst du sagen, was es für ein Wesen ist?«

»Kein Mensch«, entgegnete Hannah. »Und es ist ziemlich hungrig. Ich glaube, es hat schon sehr lange nichts mehr gegessen. Sehr, *sehr* lange.«

»Na wunderbar.« Ich seufzte schwer. Es existierten also doch Monster, die zwei Jahrhunderte ohne einen einzigen Happen überlebten.

Wir postierten uns vor der Tür. Ich prüfte die gläsernen Ampullen am Gürtel. Neben dem grünen Rauch des Tibetischen Traumfressers, der Hannah im Gewächshaus in den Schlaf geschickt hatte, und den Blähungsgasen des N'Galogians war ich besonders gespannt auf die eingekochte Toxidusa. Diese Monster glichen Quallen und lebten vor der Küste Indonesiens. Eine pürierte Toxidusa genügte, um eine halbe Fußballmannschaft zu vergiften.

»Bereit?« Padraig umfasste den Türgriff.

»Ja.«

»Nein, aber meine Meinung interessiert eh keinen.«

»Dann los!«

Wir stürmten auf den See zu, der strahlte wie radioaktiv verseuchtes Abwasser eines Atomkraftwerks.

»Das Licht scheint unter diesem Stein zu sein.« Padraig wies mit dem Stock auf den Felsen im See.

»Vielleicht greift er uns an«, scherzte ich. »Ein Monsterstein!«

Das Schlimme war nicht, dass niemand über meinen Scherz lachte, sondern dass sich der Felsen bewegte, kaum hatten die Worte meine Lippen verlassen. Wie die überdimensionale Flosse eines Haifischs glitt er über den See. Ein dunkler Schatten war unter der Wasseroberfläche zu erkennen.

»Ähm«, unsicher wich ich zurück. »Ist es in der Welt der Monsterjäger normal, dass Steine zum Leben erwachen? Abgesehen von dem Steinkopf, versteht sich. Wobei es sich bei dem strenggenommen einfach um ein Monster mit einer steinernen Haut handelt, nicht um einen Stein an sich.«

»Das ist kein Stein.« Padraig zog den Degen. Die Klinge reflektierte das Licht und blitzte rötlich auf. »Das ist ein Gepanzerter Riesenscherler!«

Beine tasteten wie gekrümmte Finger eines Riesen über das Ufer. Im Krebsgang krabbelte eine Kreatur aus dem See. Das Wasser perlte an der schalenartigen Haut ab. Kaum war das Wesen vollständig herausgetreten, erlosch das Glimmen im See. Der Name des Wesens leuchtete mir sofort ein, weil a) der Felsen auf dem Rücken ein *Panzer* war, b) seine Arme *Krebsscheren* glichen und c) eine dieser Scheren verdammt *riesig* war!

»Die Sigille!«, rief ich und zeigte auf die Unterseite des Panzers. Dort war dasselbe Symbol wie auf der Tischplatte zu sehen. »Favre hat sie in den Panzer geritzt! Vielleicht konnte er den Scherler damit an den See binden!«

Das Krabbenmonster bewegte sich seitlich auf uns zu und ließ die Schere knallend zuschnappen. Die Stielaugen standen wie Antennen vom Kopf ab.

»Schwärmt aus!« Padraig drückte uns je eine Salzkugel in die Hand. »Durch den Krebsgang kann er uns nicht alle gleichzeitig im Blick haben.«

Hannah und ich hasteten zur Seite, Padraig bildete den Mittelpunkt. Die Kreatur baute sich vor dem Bergsee auf. Sie sah aus wie ein Lieferwagen auf abgeknickten Stelzen, dem ein Felsbrocken aufs Dach gekracht war.

»Wie können wir ihn besiegen?« Hannah zückte den Dolch, was den Ernst der Lage verdeutlichte.

»Keinen Schimmer.« Padraig ging leicht in die Knie. »Aber ihm richtig feste eins über die Rübe zu ziehen, wäre schon mal ein guter Anfang.«

»Die Salzkugeln sind am effizientesten.« Endlich lohnte es sich für mich, oft im Bestiarium gestöbert zu haben. »Feuer bringt nichts, Weihwasser und Eisen sind so lala.«

»Woher weißt du das?«, rief Hannah herüber.

»Ich habe mir die einhundertdreiundfünfzig Einträge des Bestiariums eingeprägt.«

»Du bist ein Spinner, weißt du das?«

»Aber einer, der euch den Allerwertesten rettet«, hielt ich dagegen und rief mir den Eintrag des Gepanzerten Riesenscherlers in Erinnerung.

Gepanzerter Riesenscherler

Art: animalisches Monster

Vorkommen:

in großen Seen (überlebt nur im Süßwasser); je kälter das Wasser, desto größer der Riesenscherler und dessen Schere

Nahrung:

ja, auch Menschen*

frisst alles, was zu nahe an seinen See kommt; sehr langsamer Stoffwechsler, kann daher ~~monatelang~~ jahrelang ohne Nahrung im See ausharren

Besonderheiten:

harter Panzer gleicht einem Felsen; eine Schere ist riesig und hart wie Stahl, die andere hingegen ist klein und verkümmert (nutzt die Riesenschere als Schutzschild, kann damit aber auch Autos knacken); kann sich nur im Krebsgang vorwärts bewegen

Töten:

Feuer wirkungslos, Weihwasser und Eisen eingeschränkt wirksam → SALZ am effizientesten; Unterseite des Scherlers ist weich !!!

laut Emmerett am besten Stielaugen abtrennen, da Panzer fast undurchdringlich

* Padraig ist als Baby mal in einen Scherler-See gefallen – ich kam gerade noch rechtzeitig (allerdings hatte der Kleine dem Scherler bereits ein Auge ausgerissen)

Bevor wir uns eine ausgeklügelte Strategie zurechtlegen konnten, griff der Riesenscherler an. Mit trippelnden Schritten bewegte sich das Monster auf Padraig zu. Den Scherenarm hielt es drohend in die Luft.

Padraig löste eine weitere Salzkugel vom Waffengürtel und schleuderte sie auf das herankrabbelnde Monster. Schneller als ein Wimpernschlag hielt es die Schere vor das Gesicht. Die Salzkugel prallte an dem Schutzschild ab und wurde von einem Krabbenbein aufgespießt. Im nächsten Moment schwang der Riesenscherler den Arm wie einen Baumstamm durch die Luft. Padraig duckte sich in letzter Sekunde, löste die Kette und schlang sie um eines der Glieder. Das Eisen fraß sich zischend durch die gepanzerte Haut des Monsters. Der Riesenscherler gab ein wütendes Gurgeln von sich. Er hob den Arm, bis Padraig wie ein zappelnder Fisch über dem Boden schwebte.

»Padraig, lass die Kette los!«, rief Hannah.

Aber es war zu spät. Der Riesenscherler warf den Arm wie ein Katapult nach vorne. Die Eisenkette rutschte über die Schere – und flog mit Padraig durch die Nacht. Mit einem dumpfen Aufprall landete er in der Wiese, überschlug sich mehrmals und verschwand im hohen Gras.

Das Monster kreischte triumphierend und hetzte seiner Beute hinterher.

»Monsterscheiße!« Mit zitternden Händen löste ich eine mit N'Galogian-Gas gefüllte Ampulle und preschte los. Ich musste das Monster ausschalten, bevor es Padraig in zwei Hälften schnitt!

Zu meiner Rechten holte Hannah zum Wurf aus. Der Dolch segelte durch die Finsternis – und bohrte sich in ein Hinterbein des Riesenscherlers. Kurz glomm blaues Licht auf, dann fuhr ein Ruck durch das Wesen. Das Bein erstarrte und brachte den Riesenscherler ins Straucheln. Sein Kopf donnerte zu Boden, aber die restlichen Beine schoben den Körper wie eine Dampflokomotive weiter über die Wiese. Der Schädel schrammte über den Boden und schob einen größer werdenden Erdhaufen vor sich her. Nach zehn Metern verhedderten sich die Beine ineinander und knickten ein.

»Brandon, jetzt!« Hannah machte eine Armbewegung, als wollte sie ein Auto vorbeiwinken.

Ich hastete über die Wiese auf den Riesenscherler zu, der sich wieder hochstemmte. Während ich rannte, blinkte Regel Nummer vierzehn wie eine Leuchtreklame in meinem Kopf. Sie riet BEAST-Agenten, Waffen erst dann zu werfen, wenn sie das Ziel nicht mehr verfehlen konnten.

Das Monster kam auf die Beine, schüttelte sich und schnappte mit der Schere.

Ich bremste, holte zum Wurf aus – und rutschte auf dem feuchten Gras aus. Die Ampulle flog mir aus der Hand und zerschellte vor mir, während ich unsanft auf dem Hintern landete. Der Geruch nach verwesten Eiern wehte mir entgegen und ich wandte instinktiv den Kopf ab. Eine Hand hielt ich schützend vor die Nase, mit der anderen hievte ich mich auf die Beine. Zwei Meter vor mir verwandelte sich die Wiese in einen matschigen Haufen. Die Fäulnis breitete sich kreisrund wie der Haarausfall meines Vaters aus. Zum Glück hatte ich das Gas nicht im Gewächshaus benutzt!

»Brandon!« Hannah stand neben mir und zeigte nach vorne. »Der Riesenscherler ist gleich bei Padraig!«

Ich drückte ihr eine Ampulle mit dem grünlichen Rauch des Traumfressers in die Hand. »Hier, du wirfst besser als ich. Das müsste das Monster ausschalten.«

Hannah stellte keine weiteren Fragen und rannte los. Ich löste das zweite Glas mit den ätzenden Verdauungsgasen vom Gürtel und humpelte ihr hinterher, eine Hand auf mein pochendes Steißbein gepresst. Warum musste Monsterjagen so verflucht anstrengend sein?

Padraig stand wieder auf den Beinen und bombardierte den Riesenscherler mit Salzkugeln. Eine wehrte das Monster mit der Schere ab, die andere verfehlte knapp eines seiner Stielaugen. Das Monster hob den Arm und ließ ihn wie eine Faust heruntersausen. Padraig hechtete nach rechts, die Schere krachte zu Boden. Aus den Bäumen des Waldes stoben kreischende Schatten in den Nachthimmel.

Hannah war keine zehn Meter vom Monster entfernt. »Geh in Deckung, Padraig!«

Das ließ er sich nicht zweimal sagen. Kaum war der letzte Zipfel seines Trenchcoats um die Ecke der Hütte verschwunden, warf Hannah die Ampulle. Es klirrte, aber in der Dunkelheit war nicht zu sehen, ob sie getroffen hatte.

Ich schloss keuchend zu ihr auf. Die Brille hing mir schief im Gesicht. »Hast du ihn erwischt?«

»Ich glaube schon.« Hannah wartete gespannt, ob der Scherler zusammensackte. »Wie lange dauert es, bis die Wirkung einsetzt?«

Das Monster näherte sich der Hütte.

»Bei einem Menschen nur wenige Sekunden.«

»Die Dosis ist für einen Menschen ausgelegt?«

Ein aufgeregtes Gurgeln hallte über die Wiese.

»Emmerett meinte, wir sollten uns langsam an das Maximum herantasten, um Risiken auszu–«

Der Riesenscherler riss der Hütte das Dach ab. Holz barst in alle Richtungen, schwere Balken brachen auseinander wie Streichhölzer, Dachschindeln fielen wie Schneeflocken herab.

»Padraig!«

Ich vergaß den Schmerz und das Seitenstechen. Offenbar war die Dosierung zu niedrig, um ein Monster dieser Größe zu betäuben. Gemeinsam mit Hannah hetzte ich auf die Hütte zu. Der Scherler drehte sich um die eigene Achse und hielt die Schere wie ein Degenkämpfer vor sich.

Wie aus dem Nichts sprang plötzlich eine Gestalt zwischen uns und den Riesenscherler. Das Monster verlor keine Zeit und reagierte blitzschnell. Es schwang den Scherenarm – und traf die Gestalt am Kopf. Sie wurde zur Seite gerissen, rumpelte über den Boden und überschlug sich. Mit einem leisen Stöhnen richtete sich der Schatten auf.

»In Deckung!«, rief Hannah der Gestalt zu.

Dieses Mal wich sie der herabsausenden Schere gekonnt aus, erklomm mit federnden Schritten den Arm und schwang sich auf den Kopf der Riesenkrabbe.

Die Kreatur bemerkte, dass jemand auf ihrem Schädel tanzte und versuchte, die Gestalt mit schüttelnden Kopfbewegungen abzuwerfen. Doch sie klammerte sich an den Stielaugen fest, als wären es die Zügel eines widerspenstigen Pferdes.

»Wer ist das?«, fragte ich gebannt. Als keine Antwort kam, sah ich mich überrascht um. »Hannah?«

Ich sah noch, wie sie über einen gebrochenen Holzbalken sprang und um die Ecke der dachlosen Hütte verschwand. Wahrscheinlich kümmerte sie sich um Padraig.

Als ich zurück zum Riesenscherler schaute, schnitt unser unbekannter Helfer ihm gerade die Stielaugen durch. Das

Monster gab einen grauenhaften Laut von sich und wiegte seinen Kopf hin und her – das war meine Chance!

Ich löste die Gläser mit den hochgiftigen Überresten der Toxidusa und sauste auf den Gepanzerten Riesenscherler zu. Die Gestalt auf seinem Kopf sprang ab und wurde von der Dunkelheit verschluckt. Wie ein Basketballspieler segelte ich auf das Monstermaul zu – und versenkte die Gläser mit dem roten Glibber im Schlund. Elegant rollte ich mich ab – genauer gesagt knallte ich auf den Bauch und gab ein erbärmliches Quietschen von mir, aber die Details tun nichts zur Sache.

Der erblindete Riesenscherler schnappte ziellos mit der Schere in alle Richtungen. Ich konnte mich gerade noch vor den stampfenden Beinen in Sicherheit bringen. Doch dann machte der Scherler kehrt und wuselte jaulend auf den See zu, der zweihundert Jahre lang seine Heimat gewesen war. Kurz vor dem Wasser wirkte das Gift. Wie vom Blitz getroffen, versteiften sich die Glieder des Riesenscherlers und er fiel tot um. Der Scherenarm krachte in hohem Bogen in den Bergsee. Das Wasser spritzte auf, dann war der Spuk vorbei.

Mit zitternden Knien sank ich auf die Wiese und schwor mir, nie mehr Hummer zu essen.

»Das war doch ganz witzig«, erklang eine fremde Stimme mit deutschem Akzent. »Wer hätte gedacht, dass ich ausgerechnet euch aus der Patsche helfe, nachdem mich dieser Padraig bei BEAST fast erwischt hätte.«

Ich hob den Kopf. Die Gestalt kam auf mich zu. Auf halbem Weg hielt sie inne und hob einen Gegenstand auf.

»Wie schade.« Die Stimme gehörte einer jungen Frau. Sie warf das aufgehobene Ding in die Luft und fing es wieder auf. »Ich hatte mich darauf gefreut, Frankensteins Herz aus euch herauszuprügeln. Aber jetzt liegt es einfach vor mir im Gras.« Sie seufzte enttäuscht. »Was für ein unglücklicher Zufall.«

Hektisch tastete ich meine Taschen ab – sie waren leer. Die Erkenntnis traf mich wie ein Schlag. Das Kästchen mit dem Herz musste mir beim Kampf aus der Jacke gerutscht sein. Ich suchte weiter, fand aber nur eine Taschenlampe. Die knipste ich an und richtete sie auf die Gestalt.

»Würde es dir was ausmachen, mir nicht direkt ins Gesicht zu leuchten.« Das Licht schälte eine große junge Frau aus der Nacht. Sie war in schwarze Lederklamotten gekleidet und das rote Haar, das ihr bis zu den Hüften reichte, loderte wie Feuer.

»Du bist … du bist diese Genova Schmidt«, dämmerte es mir. »Du hast vor vier Monaten das Tagebuch von Frankenstein aus der BEAST-Bibliothek gestohlen. Du bist eine dreiste Diebin!«

»Dreiste Diebin«, wiederholte Genova. Sie grinste und zwinkerte mir zu. Ein Schnitt teilte ihre Wange in zwei Hälften. Zu meiner Überraschung sickerte kein Blut aus der Wunde. »Wenigstens weißt du, was ein Mädchen wie ich hören will. Ein Pluspunkt für dich!«

»Gib das Kästchen zurück!«

Sie schnalzte mit der Zunge und schüttelte den Kopf. »Na, na, na, Brandon. Du willst deinen Pluspunkt doch nicht gleich wieder verspielen.«

»Du weißt, wie ich heiße?« Möglichst unauffällig schielte ich zu meinem Gürtel. Ein Glas mit grünem Betäubungsrauch hing neben dem wenig hilfreichen Weihwasser.

»Natürlich weiß ich das«, versicherte Genova. »Und ich würde dir raten, mich nicht mit den Ampullen zu bewerfen.

Entweder wirfst du daneben oder ich fange sie und stopfe sie dir in den Rachen. Sind wir uns einig, *Schätzchen*?«

Ich biss mir auf die Zunge. »Keine Ahnung, was *Schätzchen* bedeutet, aber wenn es eine Beleidigung war, dann –«

»Erstens«, unterbrach Genova, »war es keine Beleidigung.« Sie schüttelte das Kästchen. »Und zweitens willst du dich nicht mit mir anlegen. Nichts für ungut, Brandon, aber du verdankst es einzig meiner guten Laune, dass du noch am Leben bist.« Genovas grüne Augen funkelten. »Meiner guten Laune und deinem Pluspunkt natürlich.«

»Brandon!«, rief jemand.

»Oh«, machte Genova. »Wir bekommen Besuch. Darf ich auch jemanden einladen?« Sie stieß einen gellenden Pfiff aus.

Padraig und Hannah stellten sich neben mich. Padraig hatte ein blaues Auge und eine blutende Lippe. Haarsträhnen klebten an seiner Stirn.

»Padraig!« Genova stemmte die Hände in die Hüften und sah ihn mitleidig an. »Verprügelt von einem Monster. Schade um dein Gesicht. Ohne blaue Flecken wäre es fast so hübsch wie meins.«

»Gib die Schatulle zurück!«, forderte Padraig. Der Schalk, der oft in seiner Stimme mitschwang, war verschwunden. »Wir sind drei gegen eine, du hast keine Chance. Übrigens siehst du furchtbar aus. Der Riesenscherler hat dir ordentlich eine reingehauen, was? Ich beneide ihn ein wenig darum, auch wenn ich selbstverständlich keine Frauen schlage.«

Genova lachte. »Nicht nur hübsch, sondern auch witzig und ein Gentleman. Ich mag dich, Paddy! Ich darf dich Paddy nennen, oder?«

»Nein.«

»Also, Paddy«, fuhr Genova fort, »lass uns die Situation betrachten. Du bist verwundet und leicht zu töten. Unser Brandon hier«, sie wies auf mich, »schafft es bestimmt, an einem seiner Gase zu ersticken, bevor ich einen Finger gekrümmt habe. Bleibt die Kapuzen-Lady, deren Gesicht ich nicht erkennen kann.«

Sie machte einen Schritt auf Hannah zu. Padraig zückte blitzschnell den Degen und hielt ihn an Genovas Hals. »Keinen Schritt weiter!«

»Uh, Paddy ist wütend.« Genova hob in gespielter Empörung die Hände. Sie trat einen Schritt zurück und schob die Klinge mit der Fingerspitze zur Seite. »Wenn es um Frauen geht, versteht unser Paddy keinen Spaß. Eine sehr löbliche Einstellung.« Sie spähte in Hannahs Richtung. »Wer bist du, meine Hübsche? Unsere Begegnung bei BEAST war so flüchtig, dass ich dich komplett vergessen habe.«

Hannah hob den Kopf. Silbernes Mondlicht fiel auf ihr Gesicht. »Ich bin Hannah.«

»Hannah, soso.« Genova gähnte gelangweilt. Sie sah zum Waldrand und schnalzte mit der Zunge. »Da kommt mein Gast.«

Von der Seite stellte ich überrascht fest, dass Genovas Wunde kaum noch zu sehen war. Wie konnte sie so schnell verheilt sein?

»Ich dachte, wenn ihr zu dritt seid, bringe ich auch einen Freund mit. Ich hoffe, das geht klar für euch.«

Wir beobachteten, wie eine Laterne heranschwebte. Bald konnte man das schmale Männergesicht des Trägers erkennen. Wuchernde Koteletten sprossen aus den kantigen, ausgemergelten Wangen. Der Mann war ein Hüne, bestimmt zwei Meter groß. Sein alter Tweedanzug flatterte um die dürren Glieder, als wäre er ein lebendes Skelett. Auf dem Kopf saß ein schwarzer Zylinder.

»Guten Abend, meine verehrten Gentlemen.« Der Mann lupfte den Zylinder. »Und ein besonderer Gruß an die Dame dieser illustren Runde.« Er setzte den Hut wieder auf. »Wenn ich mich kurz vorstellen darf? Mein vollständiger Name lautet Sir Cassius Grover Harvey Windsor.« Er deutete eine Verbeugung an. »Und bevor Sie fragen: Ja, ich bin in der Tat über viele Ecken mit dem britischen Königshaus verwandt.«

»Sie sind der Mann, der Genova gerettet und in den Raum der tausend Türen gezerrt hat!«, bemerkte Padraig. »Ohne Ihre Hilfe hätte ich sie geschnappt!«

»Diese Annahme ist gewagt.« Sir Cassius richtete mit der freien Hand seinen Hemdkragen. »Genova kann sich hervorragend zu Wehr setzen, selbst wenn die Situation auf den ersten Blick knifflig scheint.« In seinem Anzug sah Sir Cassius in dieser Umgebung so fehl am Platz aus wie ich in einem veganen Laden, in dem man irgendwelche Sojabohnen mit riesigen Löffeln in Jutesäcke abfüllt.

»Wenn sie sich allein behaupten kann, warum sind Sie hier?« Padraig musterte Sir Cassius abschätzend.

»Nun«, begann der, »wie Sie wissen, haben wir das Tagebuch von Frankenstein in unseren Besitz gebracht.«

»Sie haben es gestohlen«, korrigierte ich.

»Nennt es, wie ihr wollt.« Sir Cassius trat zu Genova, deren Wunde verschwunden war. Sie überreichte ihm das schwarze Kästchen. Er nickte zufrieden und steckte es ein. »In dem Buch fanden wir jedoch nicht alles, was wir zu entdecken gehofft hatten. Glücklicherweise haben wir euch im Auge behalten – und ihr habt uns auf die richtige Spur geführt.«

»Was wollen Sie mit dem Herz?«, fragte Padraig.

»Das werdet ihr früh genug erfahren.« Sir Cassius holte eine Taschenuhr an einer goldenen Kette hervor. »Du meine Güte, schon so spät. Wir sollten aufbrechen.« Er steckte die Uhr zurück in die Hosentasche. Als seine Hand wieder hervorkam, zielte ein Revolver auf uns. »Die Dame und die Herren entschuldigen uns? Und sollte einer von Ihnen auf dumme Gedanken kommen, wären dies seine letzten.«

Genova grinste, als sie an uns vorbeilief. »Bis bald, war nett mit euch«, sagte sie und winkte.

Wir sahen ihnen nach, bis der Schein der Laterne zwischen den Bäumen verschwunden war.

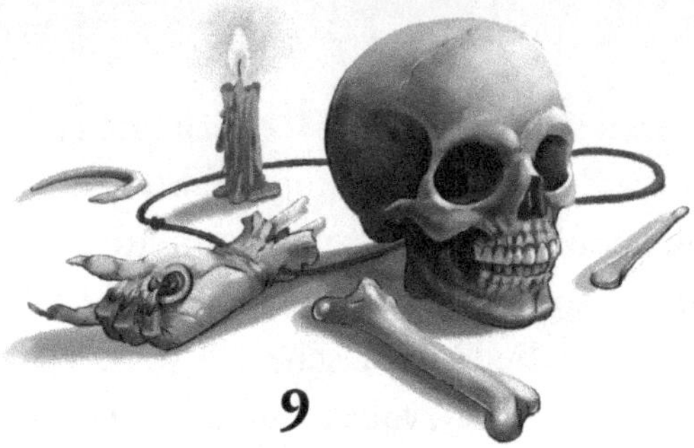

9
Padraig

Ich habe einen Wutanfall und verschaffe Brandon ein Date

»Ein Kapuzenpullover?« Grovel Sartor schnaubte und schlang das Maßband um Hannahs Hüfte. »Sie sind sich bewusst, dass Sie mit diesem Wunsch meine Fähigkeiten beleidigen?«

Hannah stand in der Mitte des Kleidergeschäfts auf einer erhöhten Plattform. Vor ihr ragte ein Spiegel mit goldenem Rahmen auf. Grovel wuselte um sie herum, spannte das Band von Schulter zu Schulter, vom Hals zur Hüfte, vom Ellbogen zum Handgelenk. Hannah ließ es stumm über sich ergehen.

»Ein Kapuzenpullover«, wiederholte Grovel, dessen Laden im vierten Stock des BEAST-Hauptquartiers eher auf elegantere Kleidungsstücke spezialisiert war. »Darf es noch eine Jogginghose dazu sein? Und vielleicht ein Kartoffelsack als Jacke?«

»Der Pullover genügt«, versicherte Hannah.

Der Schneider krempelte den Saum an ihrem Ärmel hoch und pinnte ihn mit einer Nadel fest. »Warum versuchen Sie es nicht mit einem Teil aus meiner Kollektion, meine Liebe?

Kräftige Gelbtöne oder ein leuchtendes Türkis würden Ihrem Teint schmeicheln.«

»Mir gefällt Schwarz«, meinte Hannah. »Und ich mag Kapuzenpullover.«

»Die Kundin ist Königin.« Grovel seufzte schwer. »Auch wenn ich mich frage, wer sich diesen Blödsinn ausgedacht hat. Touristen sagen einem Fremdenführer schließlich auch nicht, welches die schönsten Plätze der Stadt sind.«

»Aber einem guten Fremdenführer kann man sagen, was man sehen will und was nicht.« Hannah beobachtete Grovel misstrauisch.

»Da hat sie recht«, sprang ich ein. »Wenn ich in Paris die Katakomben anstelle des Eiffelturms besuchen möchte, führt er mich da hinunter. Dafür bezahle ich ihn ja.«

Grovel kaute auf einer Stecknadel herum. »Ich mag keine Kunden, die mir widersprechen.«

»Und ich mag keine Schneider, die meine Wünsche nicht erfüllen«, sagte Hannah ungewohnt scharf.

Für einen Augenblick sah es aus, als würde Grovel Hannah mit dem Maßband erdrosseln wollen. Aber er legte es sanft um ihren Hals und lächelte sein faltenloses Lächeln. »Mir gefällt Ihre Schlagfertigkeit, Hannah. Und da ich zu den Besten meines Fachs gehöre und höchste Ansprüche an meine Kreationen stelle, schneidere ich Ihnen den bequemsten und komfortabelsten Pullover, den Sie je getragen haben.«

»Das dürfte nicht schwierig sein.« Ich saß auf einer dunkelgrünen Chaiselongue, inmitten der allgegenwärtigen Wolke aus Parfüm. »Bislang hat Hannah nur meine und Brandons Pullover getragen. Jeder halbwegs talentierte Schneider kann einen bequemeren herstellen.«

Grovel hielt inne und stemmte eine Hand in die Hüfte. »Sie wissen wahrhaftig, wie man Dankbarkeit in Worte fasst. Sie besitzen zweifellos den Charme Ihres Vaters, Padraig.«

Ich lächelte.

»Was in etwa dem Charme eines ausgestopften Elchs entspricht.«

Ich lächelte nicht mehr.

»Arme ausstrecken!«, befahl Grovel.

»Das war nicht sehr freundlich, was Sie über Padraigs Vater gesagt haben«, meinte Hannah, während der Schneider den Umfang ihres Oberkörpers ausmaß.

»Ist schon gut«, sagte ich, bevor Grovel etwas erwidern konnte. »Ganz unrecht hat er nicht. Mein Vater hatte einen … trockenen Humor.«

»Er trug sein Herz auf der Zunge.« Grovel warf das Maßband über die Schulter. »Eine Eigenschaft, die der Menschheit abhandengekommen ist, die ich aber stets zu schätzen wusste. Gibt es Neuigkeiten über James' Verbleib?«

Ein Stich zuckte durch meine Brust. »Leider nicht. Die alte Hazle-Finch versichert mir hin und wieder, dass die Shepards nach ihm suchen.«

Ich selbst hielt die Suche für sinnlos. Ein Funken in mir hoffte zwar, dass ich falschlag und sich Dad irgendwo in unserer Welt herumtrieb. Aber tief in mir spürte ich, dass er in der Schattenwelt gefangen war.

»Ich bin sicher, Sie werden James finden.« Grovel Sartor steckte das Maßband ein. »Er ist der fähigste Agent, den ich je bedienen durfte. Ein zäher Bursche. Die Größe seiner Taten wird einzig von der haarigen Pracht seines Schnauzers übertroffen.« Der Schneider glättete seinen eigenen gezwirbelten Schnauzbart. »James O'Sullivan wird nicht so schnell von einem Monster umgebracht.«

Aber vielleicht von einer Welt voller Monster, dachte ich und stand auf.

»Danke, Grovel.« Den Kloß im Hals würgte ich hinunter wie diese Mischung aus Spucke und Nasenschleim, die bei einer Erkältung im Rachen klebt.

»Es bedarf keines Danks für das Aussprechen der Wahrheit«, meinte Grovel. Mit einer ausladenden Geste wies er Hannah an, vom Podest zu steigen. »Sie können das Kleidungsstück morgen abholen.« Mit schnellen Schritten und kerzengerader Haltung huschte Grovel an uns vorbei. Er ging zur Tür und stieß sie auf. »Jetzt brauche ich Ruhe und Zeit. Meine Kleider nähen sich leider nicht von selbst.«

Hannah und ich traten aus dem Laden. Brandon war seit zwei Tagen wie vom Erdboden verschluckt. Nach unserer Rückkehr hatte er sich das Tagebuch von Favre geschnappt und seine Familie in Port Willow besucht. Dank des Tranks aus dem Gift einer Monsterkröte erinnerten sich seine Mutter und Schwester nicht mehr an die Geschehnisse des Frühjahrs. Für sie war Brandon nach wie vor der Nerd, der gerne Comics las, einen Blog schrieb und Monster mehr verehrte als ihren Gott.

»Ist das Brandon?« Hannah nickte zum Springbrunnen mit dem geflügelten Pferd.

Ich spähte hinunter. »Ja, könnte sein. Aber wer ist die andere Person?« Ich kniff die Augen zusammen. »Ist das ein Mädchen?«

»Du klingst erstaunt«, meinte Hannah.

»Natürlich.«

»Kann er sich nicht mit Mädchen unterhalten?«

»Ähm … wir reden hier von Brandon?«

»Ich weiß.«

»Und die Frage kommt dir trotzdem nicht dumm vor?«

»Nein.«

»Das ist merkwürdig.«

»Deine Ansichten sind merkwürdig.«

»Weißt du, was wirklich merkwürdig ist?« Ich drehte mich zu Hannah um. »Dass wir uns seit ein paar Monaten kennen, ich aber nichts über dich und dein Leben weiß …«

»Du weißt das, was du wissen musst«, behauptete Hannah. Ihre Lockerheit war auf einen Schlag verflogen und sie wirkte abweisend. Zugegeben, mein Themenwechsel war ein wenig plump, aber es wurmte mich schon seit Längerem, dass ich keinen Schimmer hatte, woher Hannah kam und wie ihr Leben vor unserer Begegnung ausgesehen hatte.

»Immerhin habe ich dich gerettet!«, erinnerte ich sie. »Die beiden Hautsammler hätten dir bei unserer ersten Begegnung die Haut vom Kopf gezogen, wenn ich nicht gewesen wäre.«

Hannah trat einen Schritt auf mich zu. »Und aus diesem Grund helfe ich dir bei der Suche nach deinem Vater. Du kannst mir vertrauen.« Ihre Lippen kräuselten sich. »Mehr musst du nicht über mich wissen.«

»Vertrauen?«, entfuhr es mir ein wenig zu laut. Ein Mann drehte sich nach uns um. »Brandon hat mir erzählt, was er in der Nacht unter dem Waisenhaus gesehen hat, als wir den ersten Schattenschlüssel gefunden haben.« Ich ließ die Worte wirken, aber Hannah zuckte nicht mal mit den Wimpern. Diese verschwiegene Art ging mir langsam auf den Wecker. »Du hast dich in ein Monster verwandelt!«, zischte ich, damit uns niemand hören konnte. »Dir sind Hörner gewachsen, als hättest du sie dem Teufel persönlich abgehackt. Und du hast in der Luft geschwebt.« Tief in meinem Innern flammte ein schlechtes Gewissen auf, weil sich meine Wut ohne Vorankündigung entlud. Aber ich wehrte mich nicht dagegen. »Willst du wissen, was Brandon denkt?«

Hannah sah mich an, sagte aber nichts.

»Seine Theorie ist, dass deine Kräfte über das Spüren von Emotionen hinausgehen.« Meine Finger umklammerten den Knauf des Stocks. »Er denkt, du kannst andere Lebewesen Dinge fühlen lassen. Grausame Dinge! Ihnen die schlimmsten Emotionen einpflanzen.«

Ich atmete schwer. Erst jetzt bemerkte ich, dass ich nicht ein einziges Mal Luft geholt hatte. Dafür fühlte sich der Stein in meiner Brust leichter an und die Verkrampfung in meinen Händen löste sich.

Hannah stand ungerührt da. »Bist du fertig?«

»Ja, ich bin fertig«, antwortete ich knapp. »Tut mir leid. Das … musste mal raus.«

»Das verstehe ich.« Hannah nickte. »Was Brandon an diesem Abend gesehen hat …« Eine Pause entstand. Die Stille hing wie ein unsichtbares Gewicht über unseren Köpfen. »Dieser Zustand, wenn meine Hörner wachsen, war der Grund, weshalb mich der Mann mit der weißen Maske eingesperrt hat.« Hannah setzte sich auf die oberste Treppenstufe. Ihr Blick verlor sich im Raum. »Ich kann nicht kontrollieren, wann ich mich verwandle. Der Mann hat unaussprechliche Dinge getan, um mich in dieses Wesen zu verwandeln. Und manchmal, wenn auch nicht oft, ist es ihm gelungen. Wenn ich diese Gestalt annehme, weiß ich nie, ob ich danach wieder *ich* werde.«

Ich setzte mich neben Hannah, überrascht über das, was

sie mir gerade erzählte. Meine Wut schmolz wie getauter Schnee. »Wie meinst du das?«

»Es ... kostet mich viel Kraft, die Verwandlung rückgängig zu machen. Es ist, als wäre jemand in meinem Kopf, der da nicht hingehört.« Gedankenverloren drehte Hannah die Bändel der Kapuze um den Zeigefinger. »Bei jeder Verwandlung fällt es mir schwerer, die Stimme wieder aus meinem Kopf zu verdrängen.«

Ich versuchte, mich zu erinnern, ob Hannah schon einmal länger als gerade eben gesprochen hatte. Das schlechte Gewissen, dem ich zuvor keinen Platz eingeräumt hatte, kribbelte jetzt bis in meine Fingerspitzen.

»Du hast uns in der Höhle gerettet. Das zeigt, dass du immer noch die Herrin über deine Gedanken bist«, meinte ich. »Du warst stark genug, um wieder du selbst zu werden. Warum sollte sich das ändern?«

Hannah ließ das Bändel los. »Brandon hat recht. Ich kann nach der Verwandlung Emotionen hervorrufen. Frag bitte nicht, wie das funktioniert. Aber es ist wahr, ich kann Menschen leiden lassen, sie traurig machen, ihre Gefühle manipulieren.« Sie drehte sich zu mir und sah mich an. »Noch kann ich das kontrollieren. Aber die Stimme wird widerspenstiger, flüstert mir grausame Dinge zu. Was geschieht, wenn sie nicht mehr auf mich hört?« Hannah blickte auf ihre Füße. »Dann läuft eine Bestie frei in der Welt herum, die über die Gefühle jedes Lebewesens bestimmen kann.«

Ich legte ihr eine Hand auf die Schulter. »Hey, wir finden einen Weg, das zu verhindern«, versprach ich. »Du, Brandon und ich. Wenn du wieder zu diesem Ding wirst, helfen wir dir, dein wahres Ich zurückzuholen.«

Hannah schloss die Augen. »Ich darf mich nicht verwandeln. Diese Stimme darf mich nicht aus meinem Kopf drängen. Ich bin eine Gefahr, Padraig!«

»Nein«, sagte ich entschieden und nur dezent überfordert mit Hannahs Ehrlichkeit. »Du bist ein Mensch, ein viel besserer als ich. Du hilfst mir, meinen Dad zu finden. Du glaubst, dass Brandon mehr ist als ein komischer Kauz, der ziemlich schlecht werfen kann. Du nimmst sogar Farchie in Schutz! Das sind nicht die Eigenschaften eines boshaften Wesens, Hannah.«

Hannah öffnete die Augen. Ein zartes Lächeln umspielte ihre Lippen. »Danke.«

Ich lächelte sie an und zog meine Hand von ihrer Schulter. »Ein weiser Mann hat mal gesagt, es bedarf keines Danks für das Aussprechen der Wahrheit.«

»Das war Grovel und er hat es erst vor zehn Minuten gesagt.«

»Da musst du dich täuschen.« Ich sprang auf die Beine und grinste sie an. »Ich bin sicher, das stammt von mir. Es hört sich zumindest nach mir an. Grovel hat bestimmt nur so getan, als wäre ihm das eingefallen.«

»Manchmal redest du fast so viel wie Brandon, wenn er über Comics redet, weißt du das?«

Ich strich mir theatralisch die Strähnen aus der Stirn. »Aber im Gegensatz zu ihm erzähle ich sehr weise Dinge!«

Hannah seufzte. »Lass uns nachsehen, ob er das beim Brunnen ist.«

Es war tatsächlich Brandon, der auf dem Rand des Springbrunnens saß. In den Händen hielt er einen Notizblock. Seine Hand huschte über das Papier. Die Zungenspitze lugte aus seinem Mundwinkel.

Neben ihm hockte ein Mädchen in unserem Alter, das

seine Füße in der Luft baumeln ließ. Je näher wir kamen, desto mehr Sommersprossen erschienen in ihrem Gesicht. Sie waren überall: auf den Wangen, der Stirn, unter den Augen, am Kinn.

Brandon fuhr suchend über eine Spalte seines Notizblocks. »Und was bedeutet *triptyque*?«

»Ich würde sagen, es bedeutet so viel wie …« Das Mädchen entdeckte uns und zuckte zusammen. »Oh.«

»Oh?«, wiederholte Brandon überrascht. »Ein kurzes Wort für einen so langen Begriff.« Er notierte es. »Padraig hatte recht. Französisch ist eine seltsame Sprache, die jeglicher Logik entbehrt«

»Hey, Brandon«, grüßte ich. »Willst du uns nicht deine neue Freundin vorstellen? Autsch!« Hannah hatte mir den Ellbogen in die Rippen gestoßen. »Was soll das?«

Brandon schreckte so schnell hoch, dass seine Brille nach vorne rutschte. »Padraig! Hannah!« Er schob das Gestell zurück auf die Nase. Sein Gesicht nahm einen ungesunden Rotton an. »Was macht ihr denn hier?«

»Lass mich überlegen.« Ich fuhr durch meinen unsichtbaren Kinnbart. »Was machen Monsterjäger im Hauptquartier der Monsterjäger?«

»Wir waren bei Grovel«, erstickte Hannah meine Ironie im Keim. Sie wandte sich dem Mädchen zu. »Du musst Prim sein, nicht wahr?«

Das Mädchen nickte eifrig.

»Ich bin Hannah. Und das ist Padraig.«

»Ihr seid Brandons Freunde!« Prim sah uns mit leuchtenden Augen an. »Er hat mir schon viel von euch und euren Abenteuern erzählt. Er ist wahnsinnig stolz darauf, so coole Freunde wie euch zu haben.«

»Nun ja.« Brandon verzog den Mund und wippte mit dem Kopf. »*Wahnsinnig stolz* scheint mir ein bisschen übertrieben. Und statt *cool* fände ich *›ganz in Ordnung‹* passender.«

»Aber genau das hast du gesagt«, meinte Prim. »Weißt du noch? Gleich nach der ersten Stunde bei Mrs Chandra, als der Blutrote Gackerer deinen Bannkreis durchbrochen und dich attackiert hat.«

»Prim hat mir geholfen, ein paar Wörter zu übersetzen«, wechselte Brandon schnell das Thema und wischte sich ein paar Schweißtropfen von der Stirn. »Sie spricht fließend Französisch.«

»Du hast diese Sprache freiwillig gelernt?« Ich versuchte, die Anzahl der Sommersprossen in ihrem Gesicht abzuschätzen. Es mussten Millionen sein. »Oder war es eine Art Folter? Dann musst du echt etwas Oberfieses angestellt haben, um diese Qualen zu verdienen.«

»Ich musste sie lernen, aber es war keine Folter.« Prim tauchte eine Hand ins Brunnenbecken. »Mein Vater hat darauf bestanden. Er ist streng, aber dafür beherrsche ich mittlerweile sieben Sprachen.« Sie zog die glänzend nasse Hand aus dem Wasser und betrachtete sie, als wäre es das Spannendste, das sie je gesehen hatte. »Französisch mag ich am liebsten. Es ist eine schöne Sprache.«

»Wie man's nimmt.« Ich wandte mich Brandon zu und senkte die Stimme. »Hast du ihr von unserer *Sache*«, ich musterte ihn eindringlich, »erzählt?«

Brandon schüttelte den Kopf. »Aber dank ihrer Hilfe weiß ich jetzt, womit wir es zu tun haben. Und glaub mir«, er sah sich um, als würde er verfolgt werden, »es ist eine verdammt ernste *Sache*.«

»Dann sollten wir keine Zeit verlieren«, meinte Hannah. »Unsere Gegner haben bereits zwei Tage Vorsprung.«

»Hannah hat recht«, betonte ich. »Wir sollten uns auf den neuesten Stand bringen. Am besten an einem ruhigeren Ort als dem hier.«

»In Ordnung.« Brandon steckte den Stift ein, klemmte den Block unter den Arm und stellte sich vor Prim. Er kratzte sich am Hinterkopf. »Ich geh dann mal, wenn es dir nichts ausmacht.«

»Ist schon okay.« Prim schenkte Brandon ein strahlendes Lächeln. »Hat Spaß gemacht, deine Freunde kennenzulernen und dir zu helfen.«

»Danke für deine Hilfe«, sagte ich und wollte mich schon umdrehen, als mir ein Gedanke kam. »Sag mal, Prim, trinkst du zufällig gerne Kaffee?«

Sie wischte die nasse Hand an der Hose ab. »Nein, aber ich mag Chai Latte. Ihr wisst schon, Schwarztee mit Milch und Gewürzen.«

»Unser lieber Brandon hier«, ich schlug ihm so kräftig auf den Rücken, dass er nach vorne stolperte, »lädt dich nach eurer nächsten Unterrichtsstunde auf einen solchen Chai Latte ein. Als kleines Dankeschön für deine Hilfe. Nicht wahr, Kumpel?«

»Ich ... ähm ...«, stammelte Brandon.

»Das war Brandonisch für *›Klar lade ich dich ein‹*.« Ich zwinkerte Prim zu. »Jetzt lernst du eine achte Sprache! Aber Achtung, diese ist kaum zu verstehen.«

Prim lachte herzhaft. Dabei rutschte der Bleistift hinter ihrem Ohr hervor und kullerte zu Boden. Sie glitt vom Beckenrand und hob ihn auf. »Es würde mich freuen, von dir eingeladen zu werden, Brandon.« Sie strich sich die Strähnen aus dem Gesicht. »Aber nur, wenn es für dich auch in Ordnung ist.«

»Ja, m-machen w-wir.« Brandon trat von einem Fuß auf den anderen. »Bis b-bald.«

»Bis bald.« Prim winkte mit dem Bleistift und trippelte davon. Nach ein paar Schritten blieb sie stehen und drehte sich um. »Ach, Brandon?

»Ja?«

»*Triptyque* beutetet nicht ›Oh‹. Es lässt sich mit ›*Dreierlei*‹ übersetzen.«

»Das Dreierlei«, wiederholte Brandon. Hastig nestelte er den Kugelschreiber aus der Hose und kritzelte das Wort auf das Papier. »Danke!«

Ich sah Prim nach und schnaubte. »Mann, das war vielleicht eine peinliche Nummer. Zum Glück habe ich die Situation gerettet und dir ein Date verschafft! Lasst uns zum Raum der tausend Türen gehen.«

Wir liefen los und steuerten die grüne Holztür mit den schweren Eisenbeschlägen am Ende des Innenhofs an.

»Aber ich will gar kein Date!« Brandons Wangen glühten wie eine sonnengereifte Peperoni. »Prim und ich sind … mehr wie Arbeitskollegen.«

»Es gibt keine freundschaftlichen Beziehungen zwischen Frau und Mann«, behauptete ich.

»Was ist mit uns und Hannah?«

»Das ist was anderes.«

»Prim mag dich«, merkte Hannah an. Sie lief neben Brandon, die Hände in den Taschen vergraben.

Brandon riss ruckartig den Kopf herum. »Hast du etwa ihre Spur gelesen?«

Eine Schar BEAST-Agenten kam uns entgegen. Man erkannte sie leicht am grimmigen Gesichtsausdruck – und den Waffen an ihren Gürteln, versteht sich.

Hannah zog die Bändel der Kapuze enger. »Man braucht nicht immer meine Gabe, um die Gefühle von Menschen zu erahnen.«

Wir standen vor der grünen Tür. Ich öffnete sie und trat über die Schwelle. Der feine Wasserfilm plätscherte unter den Schuhen. Hannah und Brandon folgten mir.

»Genug über Gefühle gequasselt«, sagte ich bestimmt. Wir passierten die erste Türreihe. »Erzähl uns besser, was in dem Tagebuch steht. Übrigens gehen wir in die Paloma Street. Dort können wir ungestört reden.«

Brandon blieb stehen. »Das ist die falsche Richtung.«

»Nein, zur Paloma Street geht es ganz sicher da lang.« Ich wies mit dem Stock nach vorne. »Nichts für ungut, aber ich kenne diesen Weg besser als du.«

»Das streite ich ja gar nicht ab. Vor allem nicht, solange ich nicht alle Türen katalogisiert habe«, meinte Brandon. »Aber wir müssen nach Paris.«

»Was? Warum?«

Brandons Ausdruck verfinsterte sich. »Gawain D'Amaurey hat etwas, das wir brauchen.«

10

Brandon

Das Tote Dreierlei

Der Gedanke an die unterirdische Welt der Knochen behagte mir nicht. Aber wenn mich meine Erinnerung nicht täuschte, und das tat sie selten, führte kein Weg an Gawain D'Amaurey vorbei.

Wir nahmen denselben Weg in die Katakomben von Paris wie beim letzten Mal. Hinaus aus der muffeligen Gasse, an der Bushaltestelle vorbei, über die Brücke und die Sprossen hinab zu den Gleisen.

»Erzählst du jetzt endlich, was in dem Tagebuch von Favre steht?« Padraig betrat den Tunnel mit gezückter Taschenlampe und steuerte den Spalt an, der sich zwischen Wand und Boden öffnete. »Warum müssen wir so dringend zu Gawain?«

»Habt ihr schon mal vom *Toten Dreierlei* gehört?« Ich quetschte mich als Letzter durch die Lücke.

Padraig ging voran. »Nein, was soll dieses Tote Dreierlei sein?« Er stolperte über eine leere Bierflasche und ein Klirren hallte durch den Schlund.

Ich bildete das Schlusslicht unserer Kolonne. »Also, ich

habe die letzten zwei Tage in Port Willow vor dem Computer gesessen, um das Tagebuch zu übersetzen.« Ich stieg über die Scherben. »Bei den komplizierteren Begriffen konnten mir zum Glück meine Creeps und Prim helfen. Die Einträge beginnen ein paar Wochen vor dem missglückten Experiment im BEAST-Hauptquartier.«

Hannah drückte sich an einem Stück herabgestürzter Decke vorbei. »Dann stimmt es, was Frankenstein in den Briefen an seinen Professor geschrieben hat?«

»Ja«, bestätigte ich, zog den Bauch ein und schob mich an der Wand entlang. »Favre erzählt, wie er mit Viktor daran forschte, BEAST-Agenten zu heilen. Interessanterweise verfolgten sie zuerst vollkommen unterschiedliche Ansätze. Favre arbeitete an mechanischen Organen und Körperteilen aus Schrauben, Gewinden und Federn. Daraus hat er später ja seine Automaten gebaut.«

Mit jedem Meter im Gang näherten sich Decke und Boden einander an wie Handflächen, die langsam ein Insekt zerdrücken. Bald gingen wir gebückt und meine Oberschenkel begannen zu brennen.

»Frankenstein hingegen beschäftigte sich mit einem naturwissenschaftlichen Ansatz. Bereits während seines Studiums interessierte er sich für die Wirkung von Strom auf organisches Gewebe.«

»Das bedeutet?«

»Er untersuchte, ob Strom tote Körperteile wiederbeleben konnte. Sie arbeiteten aus zwei Richtungen auf dasselbe Ziel hin: Ersatzteile für Menschen herzustellen.«

Der Gang öffnete sich und wir erreichten eine Weggabelung. Padraig entschied sich ohne zu zögern für rechts. »Und wann kommt der Schattenschlüssel ins Spiel?«

»Ihre Ansätze waren zwar vielversprechend«, fuhr ich fort, während das Licht der Taschenlampe weiter vorne über die nackten Steinwände glitt. »Aber der Durchbruch blieb ihnen verwehrt. Frankenstein, der seit jeher einen Hang für das Esoterische und Übernatürliche besaß, wurde mit jedem Rückschlag verzweifelter. Er lag Antoine immer häufiger mit der Sage von der Schattenwelt und den Schlüsseln in den Ohren. Bis er eines Tages mit einem rostigen Schlüssel im Labor stand und behauptete, es sei ein Schattenschlüssel.«

In den Felsen gehauene Stufen führten nach unten. Vom letzten Besuch wusste ich, dass sie in der überfluteten Passage endeten.

»Und der Schlüssel hat funktioniert?« Padraig glitt geräuschlos in die graue Brühe. Das dreckige Wasser schluckte das Licht der Taschenlampe.

»Antoine hat seinen Freund zuerst verspottet und hielt ihn für übergeschnappt. Aber als Viktor Öffnungen in Organe schnitt und den Schlüssel darin drehte, begannen Herzen zu schlagen, Lungen zu atmen und Finger ballten sich zu Fäusten.«

Padraig erreichte den höhergelegenen Absatz am Ende des überschwemmten Flurs und hievte sich hinauf. Er streckte den Arm aus und half Hannah aus dem Wasser. »Das klingt vollkommen verrückt.«

»Das tut es, aber Antoine lässt keine Zweifel offen, dass alles wahrhaftig geschehen ist.« Padraig streckte mir die Hand entgegen und zerrte mich auf die Plattform. »Sie haben sich geschworen, niemandem außer ihren engsten Mitarbeitern vom Schlüssel zu erzählen. Sie haben heimlich geforscht, zu was er fähig war und zu was nicht.«

Hinter dem überfluteten Gang schloss sich der Korridor

mit den Knochenbergen an. Eine Gänsehaut überkam mich. Vor dem Durchgang zum Raum mit der Knochenvase blieben wir stehen.

»Und weiter?«, drängte Padraig.

Ich drückte meine durchnässten Hosenbeine aus. »Viktor war besessen von der Idee, den Tod zu besiegen. Er wollte einen Menschen aus Leichenteilen zusammennähen und zum Leben erwecken.«

Padraig spähte in den Raum mit dem Gebilde aus bräunlichen Knochenschädeln. »Und keinem kam der Gedanke, dass diese Idee absolut hirnrissig war?«

»Doch«, widersprach ich. »Antoine hatte Bedenken. Aber wie Freunde nun einmal sind, halten sie zusammen, selbst wenn einer Grenzen überschreitet.«

»Also haben sie ihren Plan in die Tat umgesetzt?«, fragte Hannah.

»Ja, das haben sie.« Die Kälte breitete sich von meinen Beinen aus. »Über Wochen haben sie Körperteile von Agenten gesammelt, die auf der Jagd umgekommen und begraben worden waren. Als sie alles für einen Menschen beisammenhatten, fügten sie die Teile zusammen – und erweckten ihre Schöpfung mit dem Schlüssel zum Leben.«

Padraig lehnte lässig an einer Wand. Mit dem Degen in der Gürtelschlaufe sah er aus wie das neueste Mitglied der drei Musketiere. »Aber kaum war das Monster erwacht, drehte es durch.«

Ich bewegte mich von einem Bein auf das andere, um Wärme in die klammen Glieder zu bringen. »Das Ding tötete drei Forscher und hätte Viktor fast den Kopf abgerissen, bevor es leblos zusammensackte. Offenbar hatte das Hirn den Geist aufgegeben. Favre und Frankenstein flüchteten und ließen alles außer dem Schlüssel zurück. Bei BEAST reimten sie sich zusammen, was geschehen war, auch wenn sie nichts vom Schlüssel wussten. Damit so etwas nie mehr geschehen würde, vernichteten sie alle Aufzeichnungen.«

»Aber die beiden haben weitergemacht, richtig?«, hakte Hannah nach.

»Antoine war außer sich, aber Frankenstein hatte Blut geleckt.« Das unangenehme Zucken meiner Muskeln ließ nach und mit ihm verschwand das Zittern in meiner Stimme. »Sie setzten sich auf die Orkneyinseln ab und richteten sich ein geheimes Labor ein.«

»Was für ein Spinner«, sagte Padraig abschätzig. »Warum hat ihn Antoine nicht aufgehalten?«

»Weil auch er kurzzeitig dem Streben nach Macht erlag«, erklärte ich. »Und welche Macht ist größer, als Leben zu erschaffen? Sie hatten ihr ursprüngliches Ziel, Agenten zu helfen, völlig aus den Augen verloren.«

Hannah setzte sich auf einen Felsbrocken. »Aber der erste Versuch ging schief. Die Wirkung des Schlüssels hielt nur wenige Minuten an.«

»Hier kommt Antoine ins Spiel.« Ich ging in Gedanken die nächsten Kapitel des Tagebuchs durch. »Das Gehirn war die Schwachstelle ihrer Schöpfung. Es ist komplexer und braucht mehr Energie als alle anderen Organe. Deshalb verrottete es trotz der Wiederbelebung.«

Padraig setzte sich neben Hannah auf den Stein. »Und was hat Antoine damit zu tun?«

»Ganz einfach«, sagte ich. »Er hat ein mechanisches Hirn gebaut.«

Hannah und Padraig sahen mich mit erhobenen Augenbrauen an. Bei Padraig klappte zusätzlich der Mund auf.

Beide suchten nach den passenden Worten, was in diesem Fall selbst Padraig schwerfiel. »Ein mechanisches Hirn«, murmelte er. »Du willst sagen, Favre hat vor zwei Jahrhunderten ein funktionierendes Hirn aus ein paar Schrauben gebaut?«

Ich nickte. »Nachzulesen auf Seite achtundfünfzig des Tagebuchs – sofern du Französisch kannst.«

»Du hast von einem Toten Dreierlei gesprochen«, merkte Hannah an. »Was hat es damit auf sich? Ist das Hirn ein Teil davon?«

»Ich erzähle euch die Kurzform.« Ich räusperte mich und sog den Staub ein, der in der Luft hing. Nach einem kurzen Hustenanfall fuhr ich fort: »Viktors Plan sah vor, dass Antoine das Gehirn baut. Dieses Mal wollte er aber keinen Menschen erschaffen, sondern ein Wesen aus den Einzelteilen der mächtigsten Monster.«

»Moment, Moment.« Padraig hob die Hand. »Er wollte ein Super-Monster zusammennähen?«

»Du hast richtig gehört«, sagte ich. »Er nannte es *›Das Monstrukt‹*. Eine Kreatur, geschaffen aus den grässlichsten Wesen, die auf der Erde wandeln.«

»Was wollte er damit erreichen?« Hannah schlang die Arme um ihre Knie.

»Na, was wohl?«, fragte Padraig. »Eine solche Kreatur wäre unbesiegbar. Bereits ein einzelnes Monster lässt sich nicht leicht töten. Aber ein solcher Hybrid wäre unbesiegbar. Das wusste Frankenstein. Mit einem solchen Wesen hätte er die grausamsten Dinge anstellen können.«

»Aber warum wollte er plötzlich alles mit dem Monstrukt zerstören?« Hannah sah uns fragend an. »War es nicht seine ursprüngliche Idee, Menschen damit zu heilen?«

»Doch«, bestätigte ich. »Aber das Ganze ist ihm zu Kopf

gestiegen. Das glaubt zumindest Antoine. Warum sollte Frankenstein den Menschen etwas Gutes tun, wenn er sie beherrschen kann?«

Padraig horchte auf. »Aber wenn kein Agent jemals vom Monstrukt gehört hat, muss etwas schiefgegangen sein.«

Ich schnippte mit den Fingern. »Gut kombiniert. Die Sache verhielt sich so: Als Viktor das Monstrukt erschaffen hatte und es Antoine zeigte, bekam der es mit der Angst zu tun. Er ahnte, zu was dieses Monstrum fähig war. Zu seinem Glück bat ihn Frankenstein um einen Gefallen …«

»Und der wäre?«, stellte Padraig die Frage, die in der Luft lag.

Meine Kehle fühlte sich trocken an. Ich leckte mir über die Lippen. »Frankenstein wollte sein Herz in das Monstrukt einsetzen.«

»Ach was. Der Typ hatte echt einen Sprung in der Schüssel«, brummte Padraig. »Und nicht nur einen, das sag ich euch.«

»Das Herz in der Schatulle«, flüsterte Hannah. »Es ist tatsächlich das von Frankenstein?«

Ich atmete schwer aus. »Ja, es ist sein Herz. Als Viktor mit der Bitte ankam, wusste Favre, dass seinem Freund nicht mehr zu helfen war. Frankenstein wollte ein Teil seines Meisterwerks sein. Da fasste Favre einen Entschluss. Er versprach seinem Freund, sein Herz in das Monstrukt einzusetzen.«

»Aber er hat es nicht getan«, dämmerte es Padraig. »Deshalb befand sich das Herz in der Berghütte!«

»Haargenau!« Ich wies in den Schädelraum. »Wir sollten zu Gawain. Den Rest der Geschichte erzähle ich auf dem Weg.«

Padraig ging voraus. Ich sah die Vase aus Totenköpfen

angeekelt an. Täuschte ich mich oder war sie in den vergangenen Tagen leicht nach vorne gekippt?

Padraig griff in die Augenhöhlen des Schädels und stieß die Tür auf. Das tosende Rauschen des Wasserfalls erklang in der Ferne.

»Also.« Padraig knipste die Taschenlampe aus und betrat den Geheimgang. Die grinsenden und bis auf den letzten Hautfetzen abgenagten Köpfe beobachteten uns. »Wie lautet das Happy End dieser Monstergeschichte?«

Ich ging zwischen Padraig und Hannah, damit mich beide verstehen konnten. »Frankenstein vollendete das Monstrukt. Favre beschreibt es in seinem Tagebuch als eine Ausgeburt der Abscheulichkeit. Ein vier Meter riesiger Koloss aus zusammengenähten Monstern. Viktor hatte sie über mehrere Monate gejagt und gesammelt. Narben zierten den Leib des Monstrukts wie Flüsse und Wege eine Landkarte, blutgetränkte Binden bedeckten große Teile des Körpers. Fäden so dick wie Regenwürmer hielten die Glieder zusammen.«

»Klingt doch sympathisch«, meinte Padraig.

»Nachdem sich Frankenstein im Glauben umgebracht hatte, sein Freund würde ihr Werk vollenden, verbrannte Antoine seine Leiche. Dummerweise«, ich stieg über eine tote Ratte, »blieb das Herz unversehrt. Es lag in der Glut, schwarz und verkohlt, aber es schlug.«

Am Ende des Ganges glomm goldenes Licht auf, das vom Kronleuchter der unterirdischen Halle ausging.

»Warum ist Antoine nicht einfach kräftig auf das Herz draufgetreten?«, wollte Padraig wissen.

»Er hat alles versucht, um es zu vernichten«, erklärte ich. »Doch es war unzerstörbar. Er ging davon aus, dass Frankenstein etwas mit dem Schlüssel angestellt hatte. Also beschloss Favre, das Herz, das mechanische Hirn und das Monstrukt zu verstecken. Dieser Moment war die Geburt des *Toten Dreierlei*.«

Padraig stieg über einen Schädel. »Die drei Teile sind also das Tote Dreierlei?«

»Genau«, bestätigte ich. »Nach dem Tod von Frankenstein versteckte Antoine das Herz in seinem Schreibtisch, wo wir es dann gefunden haben. Schade, dass es uns gleich wieder abgenommen wurde.« Ich presste verärgert die Lippen zusammen. Aus den Augenwinkeln nahm ich das dumme Grinsen der Totenschädel wahr. »Das Monstrukt steckte er in eine Kiste, deren Wände aus Stahl und einer Diamantschicht bestehen, wodurch sie unzerstörbar ist. Er hat sie irgendwo auf den Orkneyinseln verscharrt. Im Tagebuch schreibt er nichts über den genauen Ort, was wahrscheinlich clever ist.«

»Verrückt. Einfach verrückt«, flüsterte Padraig.

»Bleibt das dritte und letzte Element des Dreierlei: das mechanische Hirn. Antoine brachte es nicht über sich, es zu zerstören. Es war der Höhepunkt seines Schaffens, eine Errungenschaft der Mechanik.«

»Was ist damit geschehen?« Padraig gelang es nicht, die Ungeduld in seiner Stimme zu verbergen.

»Erinnert ihr euch, dass Antoine zehn Automaten gebaut hat?«

»Wir leiden nicht unter Gedächtnisschwund, Brandon«, presste Padraig hervor. »Komm endlich zur Sache!«

»Es gab einen weiteren Automaten«, sagte ich rasch. »Den ersten hat Antoine vor seiner Zeit in der Schweiz gebaut. Deshalb taucht er in den Unterlagen des Museums nicht auf. Antoine Favre hat das mechanische Hirn gedrosselt und in einer Figur namens *Osmanischer Schachspieler* verbaut. Es ist ein Automat mit rotem Filzhut, der ein Schachbrett bei sich trägt.«

Ich konnte förmlich zusehen, wie der Groschen bei Padraig fiel.

»Eine Puppe mit einem solchen Hut steht in einer von Gawains Vitrinen! Zwischen der Holzorgel und einer Schale voller Augen!«

»Alle Achtung, gutes Gedächtnis«, lobte ich. »Ist das auch so eine Regel deines Dads?«

Padraig nickte. »Regel Nummer sechsunddreißig: *Präge dir deine Umgebung ein und merke dir Dinge, die du einem Monster über den Kopf ziehen kannst.*«

Ich überlegte kurz. »Ein Automat mit einem Schachbrett und Filzhut nützt weder als Fluchtweg noch als Waffe.«

»Hat dir schon mal jemand ein Schachbrett auf den Kopf gehauen?«

»Nein.«

»Oder dich mit einem Filzhut geknebelt?«

»Nein.«

»Dann hör auf, die Regel zu hinterfragen«, mahnte Padraig. »Sonst tauchst du mit einer Beule und einem Filzhut im Mund bei deinem Date mit Prim auf.«

»Wir sind also hier, um das Hirn dieses Schachspielers zu holen«, ging Hannah dazwischen und drehte sich zu mir. »Wie hast du dir das vorgestellt?«

Zwei lebendige und unzählige tote Augenpaare richteten sich auf mich. »Wie habe ich mir was vorgestellt?«

»Wie wir an das Hirn kommen.« Hannah sah mich skeptisch an. »Gawain wird es uns nicht ohne Gegenleistung überlassen.«

Die Temperatur im Tunnel stieg plötzlich, als hätte jemand die Heizung angeworfen. »Das … ähm …«, stotterte ich. »Ich dachte, wir fragen einfach, was der Schachspieler kostet.«

»Na toll.« Padraig warf die Hände in die Luft. »Dein Plan lautet ernsthaft, den größten Halsabschneider aller Zeiten zu fragen, was er für ein seltenes Stück aus seiner Sammlung verlangt? Und dabei handelt es sich nicht um *irgendein* Sammlerstück, sondern um ein Drittel der mächtigsten Waffe der Welt! Was Gawain hoffentlich nicht ahnt …«

»Ich dachte, so läuft das mit einem Händler«, piepste ich kleinlaut. »Man sagt, was man erwerben möchte, er nennt seinen Preis – und dann wird gehandelt, bis man sich in der Mitte einig wird. Wie bei diesen Standbetreibern im Urlaub, die illegal gebrannte CDs, gefälschte Luxusuhren, gerahmte Jesus-Bilder und Wassermelonen anbieten.«

Padraig packte einen Totenkopf. Er legte ihn auf seine ausgestreckte Handfläche und blickte ihm in die hohlen Augen. »Hast du das gehört? Mein Freund hier«, er zeigte auf mich, »hat genauso viel Hirn wie du – nämlich keins.«

»Wir sollten es dennoch versuchen«, sagte Hannah. »Du spielst da übrigens mit einem Knochen, Brandon.«

Hastig zog ich den Fuß zurück.

»Na schön«, gab Padraig nach. »Wir gehen zu Gawain und fragen, was er für den Automaten verlangt. Vielleicht können wir ihm mehr MEGs anbieten. Bei unserem letzten Besuch hat das wunderbar funktioniert. Warum nicht auch dieses Mal?«

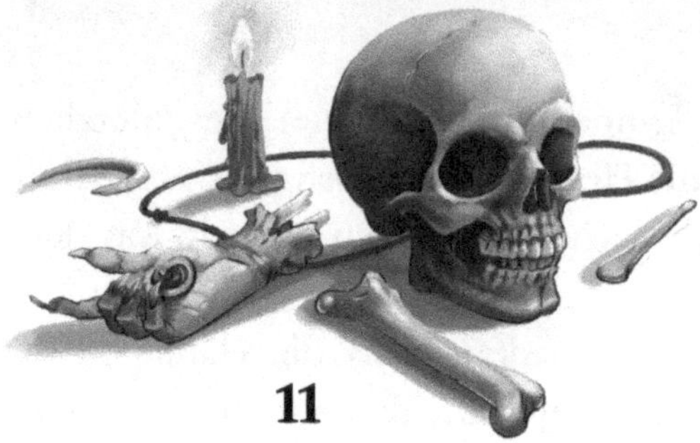

11

Padraig

Die hässlichste Brieftaube der Welt

»*Mon dieu*, was sucht *ihr* schon wieder hier?« Gawain stöhnte und stützte einen Ellbogen auf der Lehne des Knochenthrons ab. Er massierte seine Schläfen, als litte er aus dem Nichts an grauenhaften Kopfschmerzen. »Was immer ihr wollt, *jeunes chasseurs de monstres*, dieses Mal lasse ich euch nicht mit magischen Gläsern davonkommen! Auch wenn sie mir bereits hervorragende Dienste erwiesen haben.«

Brandon warf mir einen vielsagenden Blick zu, während wir über den roten Teppich liefen. Er war bemüht, den Automaten mit dem Schachbrett nicht anzustarren – was ihm nicht mal ansatzweise gelang. Aber wahrscheinlich sollte ich mich glücklich schätzen, dass er mich nicht in die Seite stieß und aufgeregt auf den Schachspieler zeigte.

»Guten Abend, Monsieur D'Amaurey.« Gemächlich schlenderten wir an den Vitrinen vorbei. »Uns interessiert ein Stück aus Ihrer Sammlung.«

Brandon löste sich aus unserer Gruppe und besah sich die ausgestellten Kuriositäten. Die Hände verschränkte er hinter dem Rücken wie ein Museumsbesucher. Vor der Vitrine mit der Schale voller Augen blieb er stehen und schob die Brille hoch. Ohne seine Sehhilfe hätte er nicht mal einen ausgewachsenen Finsterflatterer aus nächster Nähe erkannt. Aber es sah professionell aus, das musste man ihm lassen.

»Dann seid ihr mit der Suche nach dem Buch von Monsieur Favre gescheitert?« Gawains Schadenfreude war unüberhörbar. Er leckte sich über die spröden Lippen. »Und nun wollt ihr euch mit einem meiner Objekte trösten?«

»Die Spur verlief in der Tat im Sand«, log ich und sah geknickt zu Boden. »Favre hat seine Geheimnisse mit ins Grab genommen. Aber wir haben bereits etwas anderes im Auge.«

»Wie erfreulich, wie erfreulich«, säuselte Gawain. Er nahm das Weinglas von der Armlehne und schwenkte es. Die Hälfte des Inhalts schwappte über den Glasrand, ohne dass er es bemerkte. »Die werten Herrschaften und die junge Dame«, er schenkte Hannah ein gelbstichiges Lächeln, »sind also hier, um Geschäfte mit mir zu machen.«

»Wir haben leider nicht viel Zeit mitgebracht«, drängte ich und musterte den Sammler kühl. »Überspringen wir die Höflichkeiten und kommen zu den Verhandlungen.«

Gawain D'Amaurey gab ein trompetendes Geräusch von sich. Es dauerte eine Sekunde, bis ich begriff, dass er lachte. Der Rotwein spritzte in alle Richtungen. Das Doppelkinn wackelte mit dem Kronleuchter um die Wette.

Ich nutzte Gawains Unaufmerksamkeit und spähte zu Brandon. Er schlich um die Vitrine des Schachspielers. Der Automat war kaum größer als ein Kleinkind, besaß aber das Gesicht eines Erwachsenen. Dichtes Haar lugte wie ein Vogelnest unter dem Filzhut hervor. Die Figur trug ein weißes Hemd, darüber eine mohnrote Weste mit goldenen Verzierungen und eine farblich passende Stoffhose. Um die Hüfte war ein verknotetes Tuch gebunden, das als Gürtel diente.

Das Trompeten verstummte, der Kronleuchter pendelte aus. Gawain rang nach Luft und schaute bedröppelt in das leere Glas. Er klatschte in die Hände. Aus einem der Nebengänge hinkte der ältere Mann mit schütterem Haar. Ein Tuch hing von seinem Unterarm. Als der Greis mit gesenktem Haupt zu Gawain trat, zupfte Brandon mich am Ärmel. Ich beugte mich unauffällig zu ihm hinunter.

»Man kann das mechanische Hirn sehen«, flüsterte er. »Der Automat hat eine Klappe im Hinterkopf. Es ist ein Gewirr aus Zahnrädern, Federn und Schrauben wie bei einem Uhrwerk. Allerdings sehe ich keinen Schlüssel, um die Mechanik aufzuziehen.«

»Gut gemacht«, sprach ich, ohne die Lippen zu bewegen. »Jetzt müssen wir nur noch Gawain überzeugen, uns den Spieler zu überlassen.«

Der Diener hatte unterdessen Gawains Glas gereinigt und Wein nachgeschenkt. Mit einer Verbeugung lief er rückwärts denselben Weg zurück.

»*Alors, alors.*« Das Walross auf dem Knochenthron hielt die Knollennase in das Glas und nahm tiefe Atemzüge. »Wenn ein Kunde drängt, sollte man ihm den Wunsch nicht abschlagen.« Gawain wandte sich zu mir und lächelte dümmlich. »Was wollt ihr, ihr Nervensägen?«

Ich hätte Gawain echt gerne mal eine gepfeffert. Wenn man das Doppelkinn richtig erwischte, schwabbelte es bestimmt bis Weihnachten.

Der Sammler lehnte sich zurück. Die Knochen ächzten unter dem Gewicht seines breiten Hinterns. Mit einer ausladenden Geste wies er in den Raum. Die prunkvollen Ringe an seinen Fingern klimperten. »Welches Stück aus meiner *collection* begehrt ihr?«

»Wir möchten den Schachspieler«, sagte Hannah.

»Ah, *le joueur d'échecs.*« Gawain hielt die Fingerspitzen vor dem Bauch aneinander. Über ihm sprudelte das Wasser aus dem Rohr und ergoss sich in das Becken, das die verzweigten Bachläufe im Boden speiste. »Eines meiner Lieblingsstücke. Der *joueur* brachte im neunzehnten Jahrhundert die hellsten Köpfe zur Verzweiflung. Kein Schachspieler, und war er noch so begabt, konnte gegen den Automaten gewinnen. Die um ihr Geld erleichterten Leute verunglimpften den Besitzer als Betrüger. Sie glaubten, jemand aus Fleisch und Blut stecke in den orientalischen Kleidern. Aber da war nichts, außer den Zahnrädern im Kopf, den Eisenstangen in den Armen und den Drähten in den Fingern. Niemand konnte sich damals die Funktionsweise des Automaten erklären. Zuletzt war er im Besitz des berühmten italienischen Monsterjägers Leonardo di Mostro.«

»Kennst du den Kerl?«, fragte mich Brandon.

»Nö, noch nie gehört.«

»So viel zum Thema *berühmt.*«

»Wissen Sie, wer ihn gebaut hat?« Hannah stellte die Frage so beiläufig, als erkundigte sie sich nach dem Wetter.

»Ihr glaubt, er stammt von Monsieur Favre, nicht wahr?« Gawain lächelte überlegen. »Euer Interesse am *joueur* ist kein Zufall.« Der Sammler lehnte sich zurück und strich sich durch das strähnige Haar. Schuppen fielen auf seine Schultern wie Schneeflocken. »Aber ich muss euch leider, leider enttäuschen. Monsieur Favre wäre selbstverständlich imstande gewesen, den Schachspieler zu konstruieren. Aber er war nicht der einzige Automatenbauer seiner Zeit. Das

Exemplar stammt aller Wahrscheinlichkeit nach von einem gewissen Wolfgang von Kempelen.«

Ich lächelte in mich hinein. Wie Gawain auf die Idee kam, dieser von Kempelen hätte den Schachspieler konstruiert, war mir ein Rätsel. Aber uns sollte es recht sein. Gawain hatte keine Ahnung, dass das Hirn der boshaftesten Kreatur der Welt direkt vor seiner Nase stand.

»Das ist schade«, sagte ich mit gespielter Enttäuschung. »Dennoch würden wir ihn gerne erwerben. Brandon hier«, ich schlug ihm kräftig auf den Rücken, »ist ein begeisterter, wenn auch kein sehr guter Schachspieler.«

»Hey!«

»Er hat sich bei unserem letzten Besuch in das Stück verliebt.«

Gawain hob eine Augenbraue und musterte Brandon von Kopf bis Fuß. »Er sieht tatsächlich aus, als würde er Schach spielen.«

»Ich glaube, es liegt an der Brille«, gab ich zu verstehen. »Sie macht seine Augen klein wie Rosinen. Mit so kleinen Augen kann man wunderbar konzentriert auf ein Schachbrett stieren.«

»Er hat wirklich sehr kleine Augen ...«

»Hallo!« Brandon wedelte wie ein Scheibenwischer mit den Armen. »Ich bin da und kann alles hören, was ihr über mich sagt.«

»Oh, hey, Brandon.« Ich tat, als schreckte ich überrascht zurück. »Du auch hier? Hab dich schon lange nicht mehr gesehen. Na, wie geht es dir? Wie läuft's mit deiner Schachkarriere?«

»Jetzt mal ernsthaft.« Brandon sah zum Knochenthron hoch und zeigte auf mich. »Wer findet ihn witzig?«

Die Kleiderschränke hoben sofort die Hand. Gawain schaute zur Decke und wiegte abwägend den Kopf hin und her.

»Ach egal.« Brandon winkte genervt ab, verschränkte die Arme und schmollte. »Ich will's gar nicht wissen.«

Der Sammler stellte das Weinglas ab und fuhr sich mit der Hand nachdenklich über das Kinn. Das Plätschern des Wassers erfüllte die Stille.

»Einer meiner besten Kunden«, begann Gawain und drehte einen goldenen Ring am Finger, »ist mit einem speziellen Auftrag an mich herangetreten.« Seine Augen funkelten auf eine Art, die mir nicht behagte. Wie bei einem Mörder, der seine Hände langsam um die Kehle des Opfers legt. »Wisst ihr, was ein Ventrios ist?«

»Nein«, sagten Hannah und ich wie aus einem Mund.

»Natürlich«, rief Brandon. Er holte das Bestiarium aus der Jackentasche und klappte eine Seite auf.

Ventrios (auch Bauchfresser genannt)

Art: animalisches Monster

Vorkommen:

in einsamen Wäldern, Dschungeln und Sumpfgebieten; auf Sichtungen durch Nicht-Agenten beruht die Legende von Bigfoot (dabei ist ein Bigfoot was ganz anderes...)

Nahrung:

ist trotz Größe von bis zu drei Metern ein hervorragender Jäger; ernährt sich von einheimischen Tierarten wie Rothirschen, Bären oder Bisons; zerreißt Beute in essbare Stückchen Zähne zermalmen sogar Knochen

Besonderheiten:

hat keinen Kopf → die Augen befinden sich auf der Brust, das Maul klafft im Bauch; Fell eines Ventrios ist unzerstörbar und hält selbst Pistolenkugeln stand; Weibchen errichten riesige Steinlabyrinthe weitab der Zivilisation, um darin während drei Wintern ihre Eier auszubrüten

Schale aus purem Gold

Töten:

Waffen bewirken nichts, da Fell unzerstörbar ist; Maul im Bauch als Schwachstelle → Weihwasser oder Salz in den Rachen stopfen (angeblich verfügt OMEGA über spezielle Waffen für den Ventrios)

»Goldene Eier«, murmelte ich und sah hoch. »Ist es das, was Ihr Kunde verlangt, Monsieur D'Amaurey? Die sind bestimmt das ein oder andere Pfund wert – oder welche Währung auch immer Sie hier in Frankreich haben.«

»Beinahe richtig.« Gawain zückte die weiße Rose aus seinem Revers und roch daran. »Aber es sind nicht die Eier der Kreatur, die das Interesse meines Kunden geweckt haben, sondern seine Haut.« Der Sammler wedelte sich den Duft der Blume zu. »Sie ist unzerstörbar. Keine Kugeln und keine Klingen durchdringen das Fell eines Ventrios. Aber für so eine wertvolle Ware wie die Eier gibt es ebenfalls einen Abnehmer – nämlich mich.«

»Monsterscheiße, ich ahne, wohin diese ganze Sache führt!« Brandon klappte das Bestiarium zu. »Sie verlangen im Tausch gegen den Schachspieler, dass wir Ihnen das Fell eines Ventrios samt seinen Eiern bringen!«

Gawain zupfte eine Rosenblüte ab. »Entweder ihr wollt den Schachspieler zu meinen Bedingungen«, er riss die nächste Blüte ab, »oder ihr wollt ihn nicht. Sein Preis ist nicht verhandelbar, *pas de chance*!«

Den nächsten Tag verbrachten wir mit Vorbereitungen für die Jagd. Brandon frischte seine Ampullen bei Emmerett auf und besuchte den Sigillen-Unterricht bei Elsha Chandra. Hannah wühlte sich bei Mrs Love-Wobbley durch die Akten und suchte nach brauchbaren Informationen zum Ventrios, dem Fell und den Eiern. Meine Wenigkeit tingelte den ganzen Nachmittag durch die kuriosen Läden bei BEAST. Bei *Lockwood Chains & Co* ließ ich die Degenklinge schärfen und die Eisenkette ölen. Danach stattete ich *Holly Hollow's Holy Water* einen Besuch ab. Die geschwätzige Besitzerin und Namensgeberin verkorkte fünfzehn Gläser mit Weihwasser und erzählte dabei pausenlos von den Bäuerchen ihrer neugeborenen Enkelin.

In *Hectorious Rumple's Herbal Remedies* deckte ich mich rasch mit schmerzlinderndem Tee ein, bezahlte und floh vor der Wolke aus Weihrauch, fremden Gewürzen und verdorrten Pflanzen, die meine Sinne vernebelte.

Zu guter Letzt holte ich Hannahs neuen Pullover bei Grovel ab. Er war schwarz wie die Nacht, verfügte über eine große Kapuze und fühlte sich so flauschig an wie ein Babyschaf. Nicht, dass ich gewusst hätte, wie sich so eins anfühlte. Aber wenn es nicht mindestens so flauschig wie der Pulli war, wäre ich maßlos enttäuscht.

»Prim hat schon mal von einem Ventrios gehört«, erzählte Brandon am Abend. Er lag bäuchlings auf dem Sofa in der Paloma Street und zeichnete einen Comic. »Sie hat mir beim Chai Latte nach dem Unterricht davon erzählt. Offenbar dauert es Monate, bis die Weibchen ihr Nest gebaut haben und die Eier ablegen.«

»Man redet bei einem Date nicht über die Arbeit!«, tadelte ich Brandon. Der Käse meiner Pizza zog lange Fäden. »Außer du bist Autor, dann kannst du damit angeben, ein Buch geschrieben zu haben.«

Brandon sah mich skeptisch an. »Du liest doch gar keine Bücher.«

»Nein«, gab ich zu und faltete das Pizzastück. »Aber ich habe auch nicht gesagt, dass man damit prahlen kann, eines *gelesen* zu haben – sondern damit, eines *geschrieben* zu haben.«

»Aber du würdest nie im Leben ein Buch schreiben.«

»Nein, aber *wenn*, würde ich damit angeben.«

»Zählt ein Labyrinth aus Steinen überhaupt als Nest?«, kam Hannah zurück zum Thema. Sie saß im Schneidersitz am Rand des Sofas und streichelte Mr Hide. Der schwarze Kater mit dem weißen Fleck über der Nase hatte sich auf dem Kissen wie eine Zimtschnecke eingerollt.

»Es gibt durchaus Vogelarten, die ihre Nester aus Steinen bauen«, erklärte Brandon, ohne den Stift abzusetzen. »Zum Beispiel Regenpfeifer oder Stelzenläufer.«

Ich hielt mit offenem Mund inne, das Pizzastück in der Hand. »Gibt es irgendetwas, das du nicht weißt?«

Brandon tippte mit dem Stift an die Lippen. »Fußball ist nicht mein Spezialgebiet. Wenn ich es mir genau überlege, kenne ich mich mit gar keiner Sportart aus. Mein Dad mag Cricket, aber das finde ich ziemlich langweilig.«

»Ist es auch«, sagte ich und biss ab. »Wenn wir mit der Sache durch sind, besuchen wir zusammen ein Fußballspiel. Das Stadion von Hibernian Edinburgh ist gleich um die Ecke. Dad und ich haben Saisonkarten.«

»Ich war noch nie bei einem Spiel.« Hannah trug den neuen tiefschwarzen Pullover von Grovel. Mit der großen Kapuze sah sie aus wie ein Ninja.

»Dann wird es höchste Zeit, das zu ändern!«, sagte ich. »In einer Woche spielen die Hibs gegen Celt–«

Weiter kam ich nicht. Denn in dieser Sekunde schlug etwas gegen das Fenster.

»Monsterscheiße!« Brandon warf vor Schreck den Bleistift quer durch das Wohnzimmer. »Was soll das?«

Mr Hide war hochgeschossen und machte einen Buckel. Er fauchte und starrte mit seinen gelben Augen auf einen leuchtenden Punkt, der vor dem Fenster schwebte.

»Ist das ein riesiges Glühwürmchen?«, fragte Hannah. Im

Gegensatz zu Brandon und der Katze hatte sie ihre Position nicht verändert und hockte nach wie vor im Schneidersitz da.

Ich stand auf und trat zum Fenster. »Nein, das ist kein Glühwürmchen.«

Vor der Glasscheibe flatterte ein vogelartiges Wesen mit acht Insektenbeinen und Mottenflügeln, die dünn waren wie ein Blatt Papier. Aus der Stirn ragte eine Angel, an deren Ende ein leuchtender Knubbel wuchs. Das Ding erinnerte mich an diese hässlichen Tiefseefische, die mit solchen Laternen kleinere Fische anlockten. In dem gebogenen Schnabel hielt das fliegende Monster einen Brief.

»Das ist ein Mottenleuchter!«, rief Brandon verblüfft. Er zeigte aufgeregt auf den Falter, der mit dem Schnabel ein zweites Mal gegen das Glas klopfte. »Im Bestiarium steht, dass sich diese Nachtwesen bei ihren Flügen an den Sternen und am Mond orientieren. Sie verfügen über einen einzigartigen Orientierungssinn.«

Ich öffnete das Fenster einen Spaltbreit.

»Pass bloß auf!«, warnte Brandon. »Der Schnabel ist voller Zähne, die Ratten und anderen Kleintieren das Fleisch von den Knochen reißen.«

Der Mottenleuchter flatterte hektisch mit den Flügeln und schwebte dadurch wie ein Kolibri an Ort und Stelle. Die Laterne schälte ein pelziges Gesicht aus der Nacht. Zwei Fühler standen wie die Antennen eines alten Fernsehers vom schmalen Kopf ab. Die riesigen runden Augen stierten mich pupillenlos an.

Mit einer schnellen Bewegung packte ich den Brief. Der Mottenleuchter klapperte mit dem Schnabel und flatterte davon. Sein Licht entfernte sich über den Dächern, bis die Dunkelheit es vollständig verschluckte.

Brandon und Hannah sahen mich erwartungsvoll an. Der Brief war mit einem roten Wachsstempel versiegelt. Ich quetschte mich zwischen die beiden auf das Sofa.

»Jemand stellt uns mithilfe eines Monsters einen Brief zu?« Brandon schüttelte ungläubig den Kopf und legte den Comic zur Seite. »Wer ist der Absender?«

Hannah zeigte auf den Stempel. »Hier sind drei Buchstaben eingelassen: GDA – Gawain D'Amaurey.«

»Keine dumme Idee aus Sicht einer dubiosen Gestalt wie Gawain, vertrauliche Informationen mit einem Monster zu verschicken«, gestand ich. »Wenn Mottenleuchter wirklich eine so hervorragende Orientierung besitzen, lassen sie sich bestimmt super als Brieftauben einsetzen.«

Brandon lachte auf. »Dann war das soeben die hässlichste Brieftaube, die ich je gesehen habe.«

Ich brach das Siegel auf und öffnete den Umschlag. Das Briefpapier fühlte sich hochwertig an und war mit schwarzer Tinte beschrieben. Rasch überflog ich die wenigen Zeilen in sudeliger Handschrift.

»Was steht drin?«, drängte Brandon.

»Es sind die Informationen zu unserem Einsatz, die uns Gawain gestern versprochen hat.« Ich faltete den Brief zusammen und stopfte ihn zurück in den Umschlag.

»Und was beinhalten diese Informationen?« Hannah kraulte Mr Hide hinter dem Ohr. Sein Schnurren wirkte beruhigend und einschläfernd zugleich.

Ich warf den Umschlag auf das Tischchen vor dem Sofa und ließ mich in die Polster sinken. »Wir müssen in die Masurischen Sümpfe im Norden von Polen. Gawains Quellen berichten von einem Steinlabyrinth, das dort mitten im Nirgendwo steht.«

»Wir müssen in einen Sumpf in Osteuropa?« Brandon drehte sich zu mir. Er sah alles andere als begeistert aus. »Ist das dein Ernst?«

»Nein, aber Gawains«, sagte ich oberschlau, was Brandons Laune nicht steigerte. Murrend zückte er sein Smartphone und tippte darauf herum.

»Und wie finden wir dieses Labyrinth?« Hannah hörte auf, Mr Hide zu kraulen. Der Kater streckte sich und leckte die Pfötchen. »Hat Gawain eine Karte beigelegt?«

»Hört euch das an«, rief Brandon und las vom Handy ab. »Die Masurischen Sümpfe sind das größte Sumpfgebiet von Europa und gelten aufgrund ihrer Bodenbeschaffenheit als heimtückisch. Im Lauf der Jahrhunderte fanden dort Tausende Menschen und Tiere einen qualvollen Tod, weil sie in der aufgeweichten Erde einsanken und sich nicht mehr befreien konnten.« Er legte eine Pause ein, um die Worte wirken zu lassen. »Es gab sogar mal ein Gefängnis dort«, fuhr er fort. »Eine Flucht durch die Sümpfe galt als unmöglich. Diejenigen, die in ihrer Zelle oder beim Schürfen von Torf starben, warf man einfach in das Moor.«

»Wie auch immer«, sagte ich. »Eine Karte gibt es leider nicht, aber Gawain hat uns zwei Führer organisiert. Wir treffen sie morgen bei OMEGA.«

»OMEGA?«, wiederholte Brandon.

»Das ist die *Osteuropäische Monsterbehörde für ekelhafte Geschöpfe und Angelegenheiten*«, erklärte ich. »Sie ist das Gegenstück zu BEAST. Ihr obliegen sämtliche Monstervorfälle östlich von Deutschland und Österreich. OMEGA verantwortet ein Gebiet bis hinunter zur Türkei.«

»Na wunderbar.« Brandon kaute nervös auf dem Stift herum. »Und wie kommen wir zu OMEGA?«

»Wie BEAST-Agenten überall hinkommen: durch den Raum der tausend Türen.« Angestrengt kramte ich meinen Erinnerungen. »Ich bin erst einmal bei OMEGA gewesen. Das Gebäude liegt weit vor der Küste von St. Petersburg in der Ostsee. Es wurde auf einer kleinen Insel mitten im Meer erbaut. Ein nackter Steinquader ohne Fenster, der nur durch den Raum der tausend Türen zu erreichen ist. Für Nicht-Agenten unmöglich zu finden, weil Sigillen den Quader in dichten Nebel hüllen.«

»Toll, wirklich toll«, meinte Brandon. »Ein Stein auf offener See, der ständig in Nebel gehüllt ist und von Monsterjägern bewohnt wird.« Er gähnte und schob sich zur Tür. »Dann gehe ich mal ins Bett, um für diesen Riesenspaß bestens ausgeruht zu sein.«

12

Brandon

Die Granate des Prometheus

»Die hier muss es sein.« Padraig blieb vor einer Tür aus verrosteten Gitterstäben stehen. Graue Steinquader fassten die Pforte ein. Hinter den Stäben wartete nichts als Finsternis.

»Sieht aus wie der Eingang zu einem Kerker oder einer alten Burg«, fand ich.

»Sie besitzt weder eine Klinke noch einen Klopfer.« Hannah verschmolz in ihrem neuen Pullover mit der Schwärze, die bis in den hintersten Winkel des Raums der tausend Türen floss.

Die Ampullen an meinem Gürtel klimperten, als ich an den Stäben rüttelte. Da sich die Tür nicht rührte, steckte ich den Arm bis zur Achsel hindurch. Meine Hand griff ins Leere.

»Wir brauchen keine Klinke«, versicherte Padraig und schob mich zur Seite. »Wir haben eigene Methoden.« Er klopfte mit dem Stockknauf mehrmals gegen die Gitterstäbe. Die Schläge folgten einem Muster. Nach dem letzten Stoß ertönte ein Rasseln wie von schweren Ketten – und die Tür schwang auf.

Ich stieß einen Pfiff aus. »Ein Klopfzeichen, das einen Mechanismus auslöst – genau wie bei BEAST. Habt ihr euch schon mal überlegt, ein modernes Tastenfeld einzubauen? Dann könntet ihr Passwörter mit Buchstaben, Zahlen und Sonderzeichen benutzen.«

Padraig blieb im Türrahmen stehen. Unter dem dunkelblauen Trenchcoat trug er seinen mit Waffen bestückten Brustgurt. »Dieser ganze moderne Krimskrams lässt sich zu leicht manipulieren. Ein einfaches Klopfzeichen ist sicherer, vertrau mir.«

Es juckte mich in den Fingern, diese haarsträubende These zu widerlegen. Aber wir waren aus einem anderen Grund hier – und er hätte mir ohnehin nicht zugehört.

Wie eine Entenfamilie traten wir nacheinander durch die Pforte und gelangten damit in einem Wimpernschlag an die Küste vor St. Petersburg.

Das Hauptquartier der osteuropäischen Behörde glich dem in Edinburgh in etwa so sehr wie ein Esel einem Satelliten. Während bei BEAST das Tageslicht durch eine gläserne Kuppel fiel und die vier Galerien mit ihrem gepflasterten Innenhof und dem Springbrunnen in hellen Glanz tauchte, versprühte OMEGA den Charme eines ranzigen Kellers. Unsere Schritte hallten durch den Raum und mischten sich mit dem Rascheln der Köpfe, die sich nach uns umdrehten. Die kargen Wände waren aus dunklen Ziegelsteinen, in metallenen Halterungen loderten Fackeln. Es war eiskalt und selbst durch die dicken Mauern waren die Erschütterungen der Wellen zu spüren, die mit gewaltiger Kraft gegen den schmucklosen Steinquader drückten.

In den Wänden klafften höhlenartige Verkaufsräume. Auf den Holztischen lag die übliche Agentenware aus. Ich entdeckte Schwerter, Schilde und Speere. Aus einem der Räume quoll eine gelbliche Wolke, deren beißender Geruch in der Nase brannte.

»Hier würde ich keinen Urlaub machen wollen«, zischte ich. Wir kamen an einem Stand vorbei, an dem uns eine in Lumpen gehüllte Greisin mit zahnlosem Mund ein grünes Kraut entgegenstreckte.

Padraig hob abwehrend die Hände und wimmelte die alte Hexe ab. »Ich hatte OMEGA noch trister in Erinnerung. Bei meinem letzten Besuch gab es noch nicht einmal Fackeln.« Er drehte den Kopf nach links und rechts. »Mit dem Feuer wirkt es im Vergleich zu früher beinahe gemütlich.«

»Mit Gemütlichkeit hat das wenig zu tun«, widersprach ich. Wie zur Bestätigung rotzte ein Mann vor mir auf den Boden.

Zwischen den Läden standen Shepards, stumm und regungslos wie Statuen. Während sie bei BEAST gräuliche Gewänder mit großen Kapuzen zu ihren dreizackigen Speeren trugen, waren die Wächter bei OMEGA mit blutroten Roben und Masken ausgestattet.

»Warum tragen die Shepards andere Kleidung?«, wisperte ich. Ein Mann mit vernarbter Glatze sah mich mit einem verzogenen Lächeln an. Er saß hinter einem lotterigen Tisch, auf dem nichts weiter als ein rundlicher Gegenstand in der Größe eines Handballs unter einem Tuch verborgen lag.

»Jede Behörde hat eigene Farben«, erklärte Padraig. »Die Shepards der deutschen Behörde DAEMON tragen zum Beispiel grüne Roben, die skandinavischen gelbe. Die Masken sind ein Tick der Osteuropäer.«

»Wie wird man eigentlich Shepard?«, fragte Hannah.

Wir steuerten auf ein merkwürdiges Gebilde am Ende des Raums zu, das wie eine riesige Orgel aussah.

»Es ist eine langjährige Ausbildung, die einem Agenten körperlich und mental alles abverlangt.« Padraigs Stock verursachte bei jedem Aufkommen auf dem Steinboden ein leises Klacken. »Nur wenige von uns entscheiden sich für diesen Weg. Ist ein ziemlich schweigsames Leben.«

Um uns herum war es still wie in einer Kirche. Weder die Verkäufer noch die umherstreifenden Agenten sprachen eine Silbe. Und wenn, dann war es kaum mehr als ein Flüstern. Hin und wieder vernahm ich das Rascheln von Geldscheinen oder das Klimpern von Münzen, wenn ein Gegenstand seinen Besitzer wechselte.

Wir blieben vor der seltsamen Orgel stehen. Sie erstreckte sich über eine Länge von etwa zwölf Metern. Aus einem Holzkorpus ragten Dutzende gläserne Röhren. Sie waren unterschiedlich hoch und mit einem Gas gefüllt, das dem ausgeblasenen Dunst einer Zigarre ähnelte. Die meisten der Rauchschwaden waren farblos. Nur wenige glommen dunkelrot, in einem kraftlosen Orange oder einem fahlen Grün. An jeder Glasröhre prangte ein angelaufenes Messingschildchen, in das ein Wort in kyrillischen Buchstaben geritzt war.

Neugierig trat ich zur höchsten Röhre, die bis unter die Decke reichte. Москва stand auf dem Schild geschrieben. Obwohl ich das kyrillische Alphabet nicht beherrschte, konnte ich das Wort entziffern.

»Moskau«, murmelte ich. In dieser Sekunde änderte eine Röhre links von mir die Farbe. Der fast durchscheinende Rauch wirbelte herum, als rührte ihn jemand mit einem unsichtbaren Stab um, und färbte sich orange.

»Was ist das für ein Ding?« Hannah tippte eine Glasröhre mit grünen Schwaden an.

»Es ist ein sogenanntes *Periculum*.« Als Padraig in unsere fragenden Gesichter sah, setzte er zu einer ausführlicheren Erklärung an. »Ein Periculum ist ein Warnsystem. Die Farbe des Rauchs zeigt an, wie stark die Monsteraktivitäten in einer Gegend sind. Was die Farben genau bedeuten, weiß ich nicht. Aber ich würde mal behaupten, Rot ist schlechter als Orange und Grün. Und bevor ihr mich fragt, wie das mit dem Gas funktioniert: Ich habe keinen blassen Schimmer.«

Wieder veränderten zwei Glasröhren ihre Farbe. Eines wurde farblos, ein anderes ging von Orange zu Rot über.

»Ein Farbwechsel bedeutet demnach, dass die Aktivität der Monster zu- oder abnimmt?«, fragte ich.

»Genau«, bestätigte Padraig. »Das Periculum von OMEGA ist das größte seiner Art. Meistens sind sie viel kleiner und zeigen nur an, ob sich im unmittelbaren Umkreis ein Monster befindet. Ich glaube, bei Gawain steht eines in der Vitrine neben dem Schachspieler.«

»Dieses hölzerne Ding?«, fragte ich.

»Richtig.«

Hannah legte den Kopf in den Nacken. »Aber Gawains Periculum besitzt keine Röhren wie dieses hier.«

»Es funktionieren nicht alle Exemplare mit Gas.« Padraig beobachtete, wie sich vor seiner Nase eine Röhre verfärbte. »Ich glaube, das von Gawain funktioniert über Töne. Wenn ein Monster auftaucht, gibt es ein Warnsignal ab. Beim Walisischen Steinkopf haben wir es nicht gehört, weil so viel Radau war und die Scheibe den Alarm dämpft.«

»Wirklich hilfreich, so ein Ding dabeizuhaben«, merkte ich ironisch an. »Dann weiß das Monster ja sofort, wo ich stecke.« Ich dachte an das hölzerne Periculum. »Das Teil feuert als Wiedergutmachung nicht zufällig einen Laserstrahl auf das Monster ab, nachdem es mich verraten hat?«

»Nein.« Padraig lächelte sein Zahnpasta-Lächeln. »Aber das handliche Periculum von Gawain könntest du dem Monster über den Schädel ziehen. Dann hat es dich gewarnt, dir als Waffe gedient und du hast Feuerholz für einen gemütlichen Abend vor dem Kamin mit Prim.«

»Haha«, machte ich.

»Warum wirst du plötzlich rot im Gesicht?«, fragte Padraig und grinste noch breiter.

»Das liegt daran, dass ich vor einer roten Röhre stehe!«

»Die Röhre ist schon vor einer Minute wieder farblos geworden«, bemerkte Hannah.

»Haltet die Klappe!«

»Schaut mal dahinten.« Hannah wies in die Richtung, aus der wir gekommen waren. Einmal mehr bewies sie ihr Talent, im richtigen Moment das Thema zu wechseln. »Da kommen zwei Gestalten auf uns zu.«

»Ob das unsere Führer sind?« Ich spähte durch das dämmrige Licht, konnte aber außer zwei Silhouetten mit merkwürdig verzweigten Hörnern nichts erkennen.

Die Gestalten stellten sich als ein Mädchen und ein Junge heraus. Sie waren höchstens zwei Jahre älter als wir. Beide trugen Pelzmäntel, die wie Flickenteppiche aus dem Fell von unterschiedlichen Tieren zusammengenäht waren. Vom Kopf des Jungen stierten uns die toten Knopfaugen eines Hirschs an. Die Schnauze stand offen, das Geweih schaukelte bei jedem Schritt hin und her. Auf dem Rücken trug der Junge einen riesigen verschrammten Hammer.

Das Mädchen sah aus wie eine weibliche Kopie des Jungen. Vom kantigen Kinn mit Grübchen bis zum braunen Haar glich sie ihm wie ein Ei dem anderen. Nur auf den Hirsch hatte sie verzichtet. An seiner Stelle trug sie eine Fellmütze mit wärmenden Ohrschützern. Um ihre Brust spannte sich ein Ledergurt, der zu einem Köcher auf dem Rücken führte. Ein hölzerner Bogen und Pfeilspitzen lugten hervor.

Das Mädchen und der Junge sahen aus, als hätten sie ihr ganzes Leben in einem Wald fernab der Zivilisation verbracht. Während der Junge lächelte, funkelten uns die Augen des Mädchens misstrauisch an.

»Seid ihr diese Monsterjäger aus Schottland?«, fragte der Junge in verständlichem Englisch. Er kam so abrupt vor uns zum Stehen, dass der Hirschkopf über seine Augen rutschte. Hastig schob er ihn wieder nach oben, stemmte die Hände in die Hüften und streckte die Brust raus.

»Die sind wir«, bestätigte Padraig. Er trat einen Schritt vor und streckte die Hand aus. »Mein Name ist Padraig, das sind meine Freunde Hannah und Brandon. Seid ihr die Führer, die uns zum Labyrinth des Ventrios bringen?«

»Nichts leichter als das.« Der Junge packte Padraigs Hand und schüttelte sie energisch. »Wir haben schon mal so einen zur Strecke gebracht, nicht wahr, Seitse?« Er stieß seiner Begleiterin den Ellbogen in die Rippen.

»Lass das!«, zischte das Mädchen, das offenbar Seitse hieß. Sie schürzte die Lippen. »Wenn du das noch einmal machst, breche ich dir den Arm!«

Der Junge beugte sich zu Padraig vor. »Meine Schwester scherzt nicht«, flüsterte er so laut, dass sie es hören konnte. »Erst letzte Woche hat sie einem kleinen Mädchen einen Zahn ausgeschlagen, weil es uns gefragt hat, ob wir ihre entlaufene Katze gesehen haben.«

»Sie ist wie eine Verrückte aus einem Busch gesprungen!«, verteidigte sich Seitse. Sie besah ihre Faust, die in einem pelzigen Handschuh steckte. »Ich habe sie nicht mal richtig erwischt.«

»Zum Glück, sonst wäre sie jetzt tot«, meinte der Junge. Er hielt eine Hand vor den Mund, mit der anderen zeigte er auf seine Schwester. »Verärgert Seitse einfach nicht, wenn euch eure Zähne und Knochen wichtig sind.«

»Und wenn euch unnötiges Gequassel wichtig ist, haltet euch an Kuus.« Seitse löste den Blick von ihrer Faust und musterte uns nacheinander. »Oder, noch besser, ihr haltet euch generell an meinen Bruder. Dann geht ihr mir weniger auf die Nerven.«

Kuus lachte als Einziger. Der Hirsch fiel ein weiteres Mal in seine Stirn. »Kaum zu glauben, dass wir Zwillinge sind, oder? Sosehr wir uns optisch gleichen, so unterschiedlich sind wir im Charakter.«

»Seitse mag uns nicht«, flüsterte mir Hannah zu. »Ich spüre eine starke Abneigung und Skepsis.«

»Ach, was du nicht sagst«, gab ich zischend zurück. »Falls uns dieser Ventrios nicht auffrisst, besteht immer noch die Gefahr, dass sie es tut.«

»Eure Ähnlichkeit ist wirklich nicht zu übersehen«, meinte Padraig. »Darf ich dich fragen, was es mit diesem Hirsch auf sich hat?«

Kuus lächelte stolz. »Das ist das erste Tier, das ich je erlegt habe. Als kleines Andenken habe ich eine Mütze aus ihm gemacht. Ich nenne ihn Gerald.«

Für ein paar Sekunden wusste keiner, was er zu dieser Geschichte sagen sollte.

»Jetzt kommt euch mein Bruder nicht mehr so normal vor,

was?« Seitse verschränkte zufrieden die Arme und lächelte zum ersten Mal. Im Gegensatz zu Kuus' war ihr Lächeln keines der freundlichen Art.

Kuus sah betreten auf seine abgelatschten Stiefel und schaffte es tatsächlich, noch trauriger auszusehen als Gerald.

»Ich find's ziemlich cool«, sagte ich aufmunternd. Dabei wusste ich selbst nicht, ob es gelogen war oder nicht.

»Ich auch«, stimmte Hannah ein, ohne sehr überzeugend zu klingen. »Es ist ... mal etwas anderes.«

Kuus lächelte dankbar.

Padraig lachte auf. »Mann, Mann, Mann! Ich würde nie im Leben mit einem erlegten Hirsch auf dem Kopf herumlaufen.«

Kuus' Augen vergrößerten sich wieder.

Padraig trat auf ihn zu und klopfte ihm freundschaftlich auf die Schulter. »Aber nur, weil es mir bei Weitem nicht so gut stehen würde wie dir!«

»Ha!« Kuus wandte sich seiner Schwester zu und ballte die Faust. »Da hast du's! Alle außer dir mögen Gerald. Ich muss sagen«, er drehte sich zu uns, »ihr seid nicht so schlimm wie Monsieur D'Amaurey euch beschrieben hat.«

»Ich finde, die Beschreibung passt ganz gut«, widersprach Seitse ihrem Bruder. »Der vorlaute Angeber, die schweigsame Kapuzenträgerin und das oberschlaue Brillengesicht.«

»Ach«, winkte Kuus ab. »Padraig ist nicht vorlaut, Hannah taut bestimmt auf, wenn sie uns besser kennt, und Brandon macht keinen sehr schlauen Eindruck.«

»Hey!«

»Warum arbeitet ihr für diesen Halsabschneider?«, wollte Padraig wissen. »Er ist nicht gerade das, was ich einen angenehmen Zeitgenossen nennen würde.«

»Er bezahlt gut«, antwortete Seitse kurz angebunden. »Sein Charakter tut nichts zur Sache.«

Kuus knüpfte die Bändel unter seinem Kinn fester zusammen, damit Gerald niemandem ein Auge ausstach. »Meine Schwester und ich stammen aus einer Großfamilie von Monsterjägern. Wir arbeiten nicht für OMEGA, weil unsere Eltern … na ja, sie haben merkwürdige Vorstellungen vom Leben.« Er schaute an sich herab. »Deshalb tragen wir andere Klamotten als die Agenten und nehmen fast jeden Job an, der gut bezahlt ist. Es ist nicht einfach, mit so vielen Brüdern und Schwestern über die Runden zu kommen.«

»Wie viele Geschwister seid ihr?«, fragte ich. »Mir reicht eine Schwester, um mich in den Wahnsinn zu treiben.«

»Wem sagst du das.« Kuus seufzte und kassierte einen Schlag auf den Oberarm. »Autsch, das hat wehgetan!«

»Der nächste Schlag geht auf die Nase!«, brummte Seitse und schlug die Faust in die Handfläche.

»Unsere Familie stammt aus Estland. Neben unseren Eltern sind wir elf Kinder«, sagte Kuus und rieb mit schmerzverzerrtem Gesicht die getroffene Stelle am Oberarm. »Seitse und ich sind die Nummern sechs und sieben. Seitse bedeutet Sieben, Kuus ist Estnisch für die Zahl Sechs. Ich bin drei Minuten älter als meine Schwester.«

»Und drei Mal dümmer«, warf diese ein.

»Darüber gehen die Meinungen auseinander«, sagte Kuus diplomatisch.

Ich horchte auf. »Moment, eure Eltern haben ihre Kinder nummeriert?«

»Natürlich nicht.« In dem zusammengeflickten Fellmantel sah Kuus wie ein Mammut auf zwei Beinen aus. »Zumindest nicht alle. Unsere fünf älteren Geschwister haben normale Namen. Danach wurde es unseren Eltern zu blöd, sich weitere auszudenken.«

»Genug von unserer Familiengeschichte«, unterbrach Seitse barsch. »Je eher wir diesen Auftrag erledigen, desto schneller kommen wir an Gawains Geld und sind die drei wieder los.«

Kuus mochte verpeilt sein, aber er trug das Herz am rechten Fleck. Seitse jedoch würde keine Sekunde zögern, uns im Labyrinth des Bauchfressers zurückzulassen, wäre da nicht die Aussicht auf eine stattliche Bezahlung.

»Habt ihr einen Plan, wie wir den Ventrios töten?« Padraig sah auf seinen Brustgurt hinunter. »Unsere Waffen können nichts gegen sein Fell ausrichten.«

»Das ist richtig. Keine Klinge durchdringt den Pelz, kein Feuer steckt es in Brand, kein Weihwasser oder Salz frisst sich hindurch.« Kuus gab uns mit einer Geste zu verstehen, ihm zu folgen. »Deshalb besuchen wir jetzt Wasili Wentov, unseren Waffenbauer. Wir haben eine Bestellung bei ihm aufgegeben.«

Wir liefen denselben Weg zurück, den wir gekommen waren. Es war augenfällig, dass die Zwillinge nicht in diese Welt passten. In ihren Pelzmänteln sahen sie aus wie Tiere, die durchs Hauptquartier streiften. Zu meinem Unbehagen steuerten wir auf den vernarbten Glatzkopf zu, auf dessen Tisch das gewölbte Tuch lag.

Offenbar war Kuus für das Reden zuständig. Was Sinn ergab, da sich seine Schwester wahrscheinlich mit jedem geprügelt hätte.

Nach einem kurzen Wortwechsel zog der Glatzkopf das Tuch vom Tisch. Darunter kam eine Glaskugel zum Vorschein, die mich an das Arbeitsgerät einer Wahrsagerin erinnerte. Eine dünne Glasplatte in der Mitte trennte sie in zwei Hälften. In der einen Kapsel schwappte eine feuerrote Flüssigkeit, in der anderen eine durchsichtige. Es gluckerte leise, als Kuus die Kugel hochhob und in seiner Hand wog. Schließlich nickte er zufrieden und holte einen Lederbeutel aus seinem Pelzmantel. Er leerte einen stattlichen Haufen Münzen auf den Tisch. Der Glatzkopf zählte sie ab, dann nickte auch er und schaufelte die Münzen in seine Tasche.

»Puh«, machte Kuus, als er zu uns zurückkam. Die Glaskugel warf er lässig in die Luft und fing sie wieder auf. »Diese Granate des Prometheus hat mich um unser ganzes Erspartes gebracht!«

Eine behandschuhte Hand schnellte nach vorne und schnappte die Kugel aus der Luft. »Dann hör auf, sie herumzuwerfen!«, presste Seitse hervor. Sie steckte die Granate ein und ließ Kuus mit ausgestreckter Handfläche zurück.

Wir trotteten zur Pforte, die uns in den Raum der tausend Türen brachte.

»Was genau ist diese Granate des Prometheus?«, fragte ich neugierig und hakte die Daumen im Gürtel ein.

Kuus räumte mit Gerald beinahe einen Kronleuchter voller Kerzen ab, der von der Decke baumelte. »Wenn die Kugel zerbricht, mischen sich die Flüssigkeiten. Es gibt einen mächtigen Knall und einen Feuerball, der so heiß ist, dass er selbst Stahl zum Schmelzen bringt.« Kuus machte eine Grimasse, die wohl ein zerlaufendes Gesicht darstellen sollte. »Wir werfen sie dem Ventrios ins Maul – und weil sein Fell auch von innen unzerstörbar ist, verbrennt er innerlich und seine Organe verwandeln sich in einen Matschhaufen.«

»Haltet die Granate bloß von ihm fern.« Padraig zeigte

mit dem Daumen auf mich. »Brandon trifft nicht mal den Hintern einer Kuh aus einem halben Meter Entfernung.«

»Das halte ich für übertrieben«, brummte ich.

»Seitse könnte dir das Zielen beibringen«, meinte Kuus. »Ich kenne niemanden außer ihr, der mit einem Pfeil aus hundert Metern Entfernung einen Apfel spaltet.«

»Wir sind hier nicht im Kindergarten für unfähige Jäger«, erstickte Seitse meine Hoffnung im Keim. Sie musterte uns, die Augen zu Schlitzen verengt. »Erwartet nicht, dass ich euch im Ernstfall rette. Ich bin schon damit ausgelastet, meinen Bruder zu beschützen.«

Mit diesen Worten drehte sich Seitse um und klopfte das Zeichen an die Tür.

»Keine Sorge«, flüsterte uns Kuus zu. »Meine Schwester mag ein wenig grob sein, aber sie hat einen weichen Kern. Ich bin mir sicher, dass sie euch im Notfall das Leben retten würde.« Er neigte den Kopf und tippte sich an die Lippe. »Sagen wir *ziemlich* sicher. Ziemlich sicher, wenn sie einen guten Tag hat. Von denen hat sie allerdings nicht besonders viele. Na ja, wenn ich es mir genauer überlege ...«, er zog die Achseln hoch, »... würde sie euch wahrscheinlich dem erstbesten Monster zum Fraß vorwerfen.«

Ich seufzte. »Na toll.«

»Übrigens haben wir einen langen Weg vor uns«, fügte Kuus an. »Die nächste Pforte liegt am Rand des Sumpfs. Von dort sind es zwei Tagesmärsche bis zum Labyrinth.«

»Moment, ich muss zwei Tage durch einen Sumpf waten?«

»Ja.«

»Monsterscheiße!«

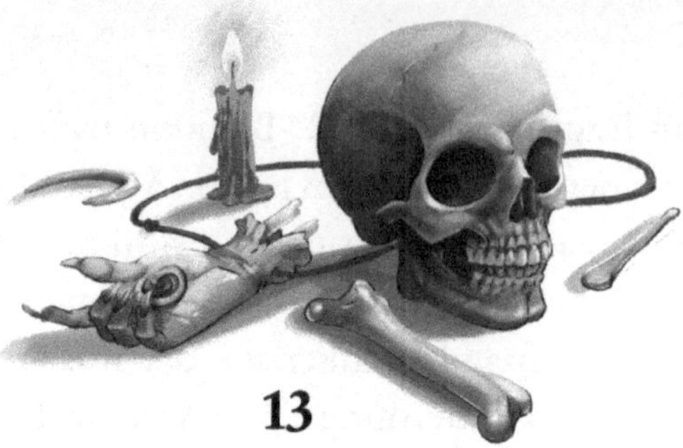

13

Padraig

Die Toten aus dem Moor

»Wisst ihr was?« Ächzend zog Brandon zum wiederholten Mal einen Schuh aus dem Sumpf. Der Schweiß auf seiner Stirn glitzerte im Licht der untergehenden Sonne, die wie eine glühende Scheibe auf den Horizont zusegelte. »Es spielt gar keine Rolle, ob ich das Labyrinth überlebe. Wenn meine Mum diese Schuhe sieht«, mit einem matschenden Geräusch befreite er den Stiefel aus dem Moor, »bringt sie mich ohnehin um.«

»Besteht die Möglichkeit, dass ich die Schuhe nach deinem Tod bekomme?« Kuus streckte Brandon eine Hand hin und half ihm aus dem blubbernden Schlamm. »Meine Stiefel haben vorher meinen älteren Brüdern gehört. Da Seitse das erste Mädchen der Familie war, bin ich bereits der sechste, der sie tragen muss.« Als Beweis streckte er einen Schuh aus. Durch ein Loch lugte der große Zeh, der von einer Schlammkruste bedeckt war.

»Klar, warum nicht.« Brandon schüttelte das Hosenbein, um den Morast loszuwerden.

»Seitse war das erste Mädchen?«, hakte ich nach.

»Ja, bis heute haben unsere Eltern neun Söhne und zwei Töchter.« Kuus rückte Gerald zurecht, der bei der neuerlichen Rettungsaktion von Brandon bedrohlich nach vorne gekippt war. »Unsere jüngste Schwester Üksteist ist neben Seitse das einzige Mädchen.«

»Kein Wunder, dass sie ein kleines Aggressionsproblem hat«, fand ich.

»Sie gesteht sich nur keine Schwächen ein und will in jeder Situation Stärke zeigen.« Kuus glättete das borstige Fell seines Mantels. Weiter vorne kletterte Seitse über einen umgestürzten Baumstamm. »Wenn wir allein sind, ist sie ein komplett anderer Mensch. Ich bin der Einzige, dem sie sich anvertraut. Aber sobald sie sich bedrängt fühlt, verwandelt sie sich in diese unnahbare Person, die alle Probleme mit den Fäusten lösen will.«

Niemand erwiderte etwas darauf. Ich hatte mir nie Gedanken gemacht, wie es wäre, einen Bruder oder eine Schwester zu haben. Für mich gab es immer nur Dad und mich. Aber das hatte mich nie gestört. Wir waren ein gutes Team – und werden es bald wieder sein.

Vor uns breiteten sich Wälder und Wiesen aus, so weit das Auge reichte. Grüne und braune Flicken verknüpften sich zu einer sumpfigen Landschaft. Von einer Anhöhe entdeckten wir schilfbewachsene Seen, die wie riesige Fischaugen in den wolkenverhangenen Himmel starrten.

Doch die Idylle der Landschaft war trügerisch. Ein falscher Schritt – und man steckte bis zur Hüfte im aufgeweichten Boden. Es kam mir vor, als würden die Leichen, die unter dem schweren Morast begraben lagen, nach uns greifen und uns in ihr dunkles Grab ziehen.

»Es wird gleich dunkel«, mahnte Hannah später am Tag, als wir einen matschigen Fluss erreichten. »Wir sollten bald ein Lager aufschlagen.«

Ein Baumstamm führte über die reißenden Wassermassen. Leichtfüßig balancierten Seitse und Kuus hinüber. Hannah setzte vorsichtig einen Fuß auf das Holz und folgte ihnen.

»Wir werden in dieser Gegend wohl kaum ein Zelt aufbauen«, nörgelte Brandon. »Bis zum Morgengrauen würde nicht einmal mehr die Zeltspitze aus dem Sumpf ragen.«

Bei Kuus angekommen, winkte Hannah uns zu sich.

Ich gewährte Brandon den Vortritt. Falls er ausrutschte – was ich für möglich hielt –, konnte ich ihn aus dem Wasser fischen. In weiser Voraussicht verstaute er den Gurt mit den zerbrechlichen Ampullen im Rucksack. Auf wackeligen Beinen schob er sich Stück für Stück über die Rinde. Am Ufer reihten sich Frösche auf und versuchten, Brandon mit ihrem Gequake aus dem Tritt zu bringen.

Sie mussten nicht besonders lange warten. Auf halbem Weg glitt Brandon aus und knallte bäuchlings auf den Stamm. Für bange Sekunden sah es aus, als würde er in den schäumenden Fluss kippen. Aber er klammerte sich mit Armen und Beinen fest. Als er sein Gleichgewicht wiedererlangt hatte, robbte er über die Rinde, bis ihn Hannah und Kuus ans Ufer ziehen konnten.

»Sah sehr elegant aus«, rief ich Brandon zu.

Er quittierte es mit einer abfälligen Geste, an der seine Eltern keine Freude gehabt hätten.

Ich zurrte den Brustgurt fest und schlenderte über den Baumstamm. Nach wenigen Schritten hüpfte ich hinunter auf den festen Boden. Lässig zwirbelte ich den Stockdegen im Kreis.

»Ich dachte, es sei rutschiger«, sagte ich beiläufig, was mir einen stechenden Blick von Brandon einbrachte.

»Angeber«, zischte er und rieb sich den Bauch.

»Willkommen auf der schönen Seite des Bachs.« Kuus und Gerald nickten anerkennend.

Ein gutes Stück weiter vorne stand Seitse auf einem Felsen und schirmte die tiefen Sonnenstrahlen ab. In der freien Hand hielt sie eine Karte. »Hier in der Nähe gibt es ein altes Gefängnis. Dort schlagen wir unser Lager für diese Nacht auf. Es ist das einzige trockene Fleckchen weit und breit.«

»Das Gefängnis hat man hier errichtet, weil eine Flucht unmöglich war, oder?«, erinnerte ich mich an Brandons Worte. »Und wenn einer draufging, haben sie seine Leiche einfach im Moor entsorgt.«

»Alle Achtung!«, lobte Kuus. »Ihr Agenten seid immer so gut vorbereitet!«

»Fall bloß nicht auf ihn rein«, mahnte Brandon. »Das weiß er alles von mir, dem oberschlauen Brillenträger.«

»Nachdem sie das Gefängnis vor hundert Jahren geschlossen haben, geriet es in Vergessenheit«, fuhr Kuus fort. »Wir haben es zufällig bei einer unserer Reisen entdeckt.«

»Macht endlich vorwärts, ihr Schnarchnasen!«, rief Seitse aufgebracht. Der aufziehende Wind ließ ihre Ohrenwärmer nervös flattern. »Ich habe keine Lust, ständig zu warten. Wenn ihr nicht in die Gänge kommt, sinkt ihr noch an Ort und Stelle im Sumpf ein!«

Zehn Minuten später war die Sonne verschwunden und die Nacht färbte den Himmel dunkelblau. Plötzlich hob Seitse die Hand. Sofort blieben wir stehen. Sie hielt einen Finger an die Lippen und bedeutete uns, still zu sein. Leise zog sie den Bogen und einen Pfeil aus dem Köcher. Es war ein selbst gebauter Bogen, kaum mehr als ein biegsamer Ast mit einer gespannten Sehne. Brandon trippelte unruhig von einem Bein auf das andere. Hannah und Kuus spähten über den wuchernden Schilfteppich. Ich suchte das Moor ebenfalls mit Blicken ab, entdeckte aber nichts, das mir verdächtig vorkam. In der Ferne ragte eine kantige Silhouette auf, die nicht in die raue Gegend passte – das alte Gefängnis.

Seitse schlich geduckt nach vorne, richtete sich auf und spannte den Bogen. Sie hielt die Sehne so dicht an ihre Wange, dass der Schaft beinahe auf der Nase auflag. Vier Atemzüge vergingen, dann surrte der Pfeil durch die Nacht und tauchte in die Wand aus Dunkelheit ein.

»Worauf hast du geschossen?«, fragte Brandon, als Seitse den Bogen senkte und die Anspannung sich löste.

Sie steckte die Waffe zurück in den Köcher. »War ja klar, dass es niemand von euch gesehen hat, obwohl es direkt vor unserer Nase herumgesprungen ist.«

»Was gesehen?«, hakte Brandon nervös nach. »Es war doch nicht etwa ein Monster?«

»Nein.« Seitse musterte Brandon abschätzig von Kopf bis Fuß. »Obwohl … dich würde es trotzdem auffressen.«

»Hast du überhaupt getroffen?« Kuus starrte noch immer mit zusammengekniffenen Augen über das Moor.

Seine Schwester zog die Mütze tiefer ins Gesicht. »Habe ich mein Ziel je verfehlt?«

Ohne eine Antwort abzuwarten, lief sie auf einen Teich zu, an dessen Ufer hohe Schilfrohre wuchsen.

»Sag mal«, wandte sich Brandon an mich, als wir Seitse mit dem üblichen Abstand folgten, »wie fühlt es sich eigentlich so an?«

»Wie fühlt sich was an?«

Brandon nickte zu Seitse. »Wenn nicht mehr alle nach deiner Pfeife tanzen.«

Mit einer schnellen Handbewegung streckte ich den Stock aus. Brandon stieß mit dem Bauch dagegen. Er wollte gerade zu einem Fluch ausholen, als er das Schlammloch zu seinen Füßen bemerkte.

»Es ist ganz angenehm«, sagte ich. »So kann ich mich darauf konzentrieren, dass du lebend durch den Sumpf kommst.«

Brandon murrte Unverständliches, schob den Stock zur Seite und umrundete die sumpfige Stelle. »So oft, wie ich heute eingesunken bin, nimmst du diese Aufgabe nicht sonderlich pflichtbewusst wahr.«

»Das liegt nur daran, dass ich es witzig finde, dich im Schlamm herumwühlen zu sehen.«

Kuus trat mit der Taschenlampe auf seine Schwester zu, die vor dem See kauerte. Seitse stand auf – und hielt einen toten Hasen in der Hand. Er baumelte an einem Bein, den Kopf von dem Pfeil durchbohrt. Blut rann durch die Einschusslöcher über das braune Fell. Mit einem Ruck zog Seitse den Pfeil aus dem Schädel.

»Hier, fang!«

Sie schleuderte Brandon den leblosen Hasen zu. Er fing ihn verdattert auf. Es dauerte eine halbe Sekunde, bis Brandon bemerkte, was er da in den Händen hielt.

»Monsterscheiße!«, entfuhr es ihm. Vor Schreck warf er den Hasen in die Höhe und stolperte rückwärts. Er verhakte sich in einer Wurzel, verlor das Gleichgewicht und landete in einer schlammigen Pfütze. Eine Fontäne aus braunem Dreck spritzte auf. Sogar Gerald bekam eine Ladung ab.

»Habe ich nicht gesagt, dass dich sogar ein totes Häschen

umbringt?« Seitse lächelte selbstgefällig und wischte die blutige Pfeilspitze am Fell ihres Mantels ab.

Hannah und ich eilten zu Brandon und halfen ihm auf die Beine. Das braune Schlickwasser lief ihm aus der Nase und verklebte sein Haar. Einzig die kleinen Augen hinter den besprenkelten Brillengläsern waren sauber geblieben.

Wenn Blicke töten könnten, wäre dies das Ende von Seitse gewesen. Brandons Hände ballten sich zu Fäusten. Von den Knöcheln tropfte Schlamm. Er atmete schwer und seine Lippen bebten vor Wut.

»Seitse, was sollte das?«, rief Kuus aufgebracht. Selbst Gerald machte eine entrüstete Miene. »Brandon hätte sich den Kopf stoßen können!«

»Damit hätte ich uns einen Gefallen getan.« Seitse hob den Hasen auf, holte ein Seil aus der Tasche und schlang es um eine Pfote. »Er stinkt zehn Kilometer gegen den Wind nach Angstschweiß und schafft keine fünf Meter, ohne im Morast zu versinken. Sogar ein toter Hase schickt ihn auf sein Hinterteil.« Seitse verknotete den Strick und warf den toten Leib über ihre Schulter. »Ohne ihn wären wir längst am Ziel. Stattdessen schleichen wir nachts durch ein Moor, in dem grausige Wesen gierig darauf warten, uns zu zerfleischen und in Stücke zu reißen.«

Hannah stellte sich schützend vor Brandon. »Nicht jeder von uns ist von Kindesbeinen an dazu erzogen worden, ein solches Leben zu führen.«

»Oh, na sieh mal einer an, sie kann sprechen.« Seitse baute sich vor Hannah auf und drückte ihr den Zeigefinger auf die Brust. »Jetzt erklär ich dir mal was, Kleine. Ein Monster juckt Brandons Lebenslauf nicht die Bohne. Es spaltet diesem Nichtskönner den Schädel genauso wie dem fähigsten

Jäger, wenn sich ihm die Chance dazu bietet.« Seitse bohrte den Finger noch fester in Hannahs Brust. »Kommt das unter deiner Kapuze an?«

Hannah schob Seitses Finger weg. »Brandon hat Padraig und mir das Leben gerettet. Er hat sich gegen das Aufwachsen in einer behüteten Familie entschieden, um Monster zu jagen und die Welt in einen besseren Ort zu verwandeln. Allein mit dieser Entscheidung hat er mehr Mut bewiesen, als du jemals aufbringen wirst.« Hannahs Augen verengten sich. Die nächsten Worte sprach sie mit schneidender Stimme, aber frei von Wut und Abscheu. »Ich weiß, wie viel Angst und Unsicherheit in dir schlummern, welche Sehnsüchte dich plagen. Also hör auf, Brandon so mies zu behandeln!«

Seitses Augenlider flackerten. Sie sah aus, als würde sie Hannah jeden Moment den Kopf abreißen. Eine pulsierende Ader, dick wie ein Strohhalm, trat zwischen den struppigen Haaren hervor. Sie biss sich auf die Unterlippe, die sich weiß verfärbte. Hannah hingegen vermittelte mit den Händen in den Taschen den Eindruck, als warte sie auf den Bus.

Kuus schrie auf, als Seitse gerade den Mund aufsperrte. Alle drehten sich zu ihm um. Verwirrt folgte ich seinen schreckgeweiteten Augen, die auf seinen Schuh mit dem herausstehenden Zeh gerichtet waren. Dann begriff ich, warum er schrie.

Um sein Fußgelenk schloss sich eine kohlrabenschwarze Hand, ledrig und verschrumpelt wie von einer Mumie. Sie versuchte mit ruckhaften Bewegungen, seinen Fuß unter die Erde zu ziehen. Die dürren Finger waren seltsam verformt, der Daumen hing ausgekugelt und nutzlos herab. Die Hand ging in einen knochigen Unterarm über, der aus dem Morast ragte. Sehnen und verkümmerte Muskelreste zogen sich über die Knochen.

»Monsterscheiße!«, fluchte Brandon, der Kuus am nächsten stand. Ohne weitere Worte holte er wie ein Fußballer aus, zielte auf die Hand – und rutschte auf einer Moosflechte aus. Er stand einen Wimpernschlag lang waagrecht in der Luft, dann donnerte er unsanft auf den Rücken und gab einen erstickten Laut von sich. Kaum berührte sein Hintern den Boden, schossen weitere Hände aus der aufgeweichten Erde. Sie packten ihn an Armen und Beinen. Jetzt stimmte Brandon in das Kreischen mit ein.

Seitse, Hannah und ich reagierten wie auf Knopfdruck. Seitse packte ihren Bruder unter den Achseln und zerrte mit aller Kraft an ihm, Hannah und ich zückten unsere Waffen. Mit gezielten Hieben durchtrennten wir die verfaulten Arme, die sich um Brandons Glieder schlangen. Sie fielen zuckend zu Boden und wanden sich wie dicke Würmer. Brandon rappelte sich hoch. Ein Schaudern durchfuhr seinen Körper. Er schüttelte sich wie ein nasser Hund, um die abgehackten Hände loszuwerden.

Neben uns zog Seitse so heftig an ihrem Bruder, dass der schwärzliche Arm an seinem Fuß mit einem unschönen Knacken entzweibrach. Durch den Rückstoß stolperten die Zwillinge auf den Tümpel zu. Das Licht von Kuus' Taschenlampe zuckte nervös hin und her und riss Sträucher, Schilfrohre und Steine aus der Schwärze.

Seitse versetzte ihrem Bruder im Fallen einen Stoß, der ihn auf die Beine wuchtete. Dann verlor sie endgültig das Gleichgewicht, fiel über einen Stein und stürzte wie ein umgekipptes Brett in den Teich. Das Platschen erstickte ihren Schrei im Keim.

Für einen angespannten Moment wartete ich darauf, dass die Prometheus-Granate hochging. Aber offensichtlich war Seitse weich genug gelandet, um das zu verhindern.

»Seitse!«, rief Kuus. Die Verzweiflung in seiner Stimme schnürte mir die Kehle zu. Er hastete ans Ufer und leuchtete über den blubbernden Schlamm. »Seitse, wo bist du?«

Das scharrende Geräusch schwoll an. Hannah, Brandon und ich zückten unsere Taschenlampen. Uns offenbarte sich ein grauenhaftes Bild. Der Sumpf erwachte zum Leben. Überall sprossen mumifizierte Arme wie verrottete Pflanzenstiele aus dem Morast. Die Erde brach auf und ledrige Köpfe stießen daraus hervor. Sie saßen auf abgemagerten, in sich verdrehten Körpern mit mattschwarzer Haut.

»Verdammt!«, fluchte ich und löste mich aus der Starre. Mit Hannah und Brandon im Schlepptau sprintete ich zum Tümpel.

Die ersten Körper entkamen ihren feuchten Gräbern und renkten die verschobenen Glieder ein. Die Jahrzehnte, in denen das Gewicht des Moors auf ihnen gelastet hatte, hatten ihre Körper zusammengedrückt und verformt. Ich sah gebrochene Arme, eingedrückte Schädel und Oberkörper, die verkehrt herum auf den Hüften saßen. An den Handgelenken mehrerer Leichen rasselten Handschellen. Eine Gestalt ging gebückt und hielt einen verrotteten Stab in der Hand. In ihrer Nähe buddelten sich gedrungene Körper aus dem Morast. Verklebte Fellreste hafteten an ihrer Haut. Wahrscheinlich waren es ein Hirte und seine Schafherde, die in die Fänge des Sumpfs gelangt waren.

»Ich glaube, das sind Cadaveras«, sagte Brandon zitternd. Er löste eine Ampulle mit violettem Rauch vom Gürtel.

Ich umklammerte den Degen. »Cada-was?«

»Cadaveras«, wiederholte Brandon ungeduldig. »Eine seltene Monsterart, die sich in Leichen einnistet und die Kontrolle über die toten Körper übernimmt.« Wie zum Beweis trotteten die ersten Leichen auf uns zu. Der Hirte richtete den Stock auf uns. Die Zombie-Schafe gehorchten seinem stummen Befehl und schlurften in unsere Richtung.

»Wir besitzen einen Vorteil«, sagte Brandon mit einem Hauch Hoffnung in der Stimme. »Cadaveras sind ziemlich langsam, weil ihre Knochen morsch und die Muskeln verfault sind.«

»Das passt hervorragend zu Regel Nummer fünfundzwanzig«, fiel mir auf. »Sie lautet: *Am Ende des Tages überleben nicht unbedingt immer die stärksten Agenten, sondern die, die im Notfall am schnellsten wegrennen können*.«

»Ich hasse rennen!«, jammerte Brandon.

»Tja, dann war es mir eine Ehre, dich gekannt zu haben, mein unsportlicher Freund.«

Trotzig schleuderte Brandon die Ampulle auf die Zombie-Horde. Zu meiner Überraschung zersprang das Glas zielgenau vor dem ersten Monsterschaf. Eine violette Rauchwolke stob auf und verbreitete einen bestialischen Geruch wie von verfaulten Eiern. Innerhalb von Sekunden verwesten die schrumpeligen Leichname und verwandelten sich in Fleischklumpen. Dem Hirten glitt vor Schreck der Kopf vom Hals.

»Habt ihr diesen Wurf gesehen?« Brandon strahlte trotz der Todesgefahr und ballte die Faust. »Das Verdauungsgas des N'Galogians hat es diesen Zombie-Schafen gezeigt!«

In unserem Rücken ertönte ein matschendes Geräusch, als würde jemand aus einem Schlammbad auftauchen.

»Seitse!«, rief Kuus erleichtert. »Mann, du siehst aus wie ein Zombie!«

Hannah kam mit dem Seil und dem toten Hasen angerannt, den Seitse im Eifer des Gefechts verloren hatte. Sie schlang den Strick ein paar Mal ums Handgelenk und warf den Hasen hinaus auf den Teich. Mit einem Platschen landete er wie eine Rettungsboje vor Seitse.

Kuus packte mit an und zog gemeinsam mit Hannah am Seil. Das Moor gab sein Opfer nur widerwillig her und hielt die Beine von Seitse mit lang gezogenen Schlammarmen fest.

»Padraig, pass auf!«

Brandons Warnruf kam keine Sekunde zu früh. Vor mir stand ein Cadaveras, der seine Handschellen um meinen Hals schlingen wollte. Ich duckte mich und säbelte ihm mit dem Degen die Beine durch. Die Leiche sackte ab und blieb einen Augenblick auf den Stummeln stehen, ehe der Oberkörper mit dem Gesicht voran auf meine Füße kippte. Zur Sicherheit trat ich mit den Stiefeln kräftig auf den Hinterkopf. Der Schädel verschwand bis zu den Ohren im Schlamm.

Brandon hatte eine der Ampullen mit grünlichem Rauch in die Wellen aus geschwärzten Körpern geworfen, die wie in Zeitlupe auf uns zugewankt kamen. Dummerweise stellte sich das einschläfernde Gas des Tibetischen Traumfressers als wirkungslos heraus.

Kurzerhand griff ich nach dem Glas an meinem Gürtel, in dem eine bläuliche Flamme schwebte, und sah mich um.

Brandon warf die zweite Ladung des fauligen Gases in die Zombies. In einem Umkreis von zehn Metern um die violette Rauchwolke war es, als alterten die Moorleichen mit jedem Wimpernschlag um ein Jahrzehnt. Sie schrumpelten auf einen Bruchteil ihrer Größe zusammen, wanden sich unter stummen Schreien und blieben regungslos liegen.

Kuus stieß einen Freudenschrei aus. Offenbar war es ihm und Hannah gelungen, seine Schwester zu befreien.

»Geh ein Stück zurück!«, wies ich Brandon an und hielt das Feuer des Prometheus vor mein Gesicht. »Schnapp dir die anderen und rennt zum Gefängnis.«

»Alles klar«, meinte Brandon. »Aber ich spiele nicht den Helden, verstanden?«

Ich grinste. »Man muss nichts spielen, was man tatsächlich ist.«

Brandon rang sich ein Lächeln ab und eilte zum Teich.

Die Cadaveras wateten auf mich zu. Es waren zu viele, um sie zu zählen. Das Feuer des Prometheus würde nicht alle töten. Aber vielleicht genug, um die anderen zurück unter die Erde zu zwingen. Das Glas in meiner Hand fühlte sich glatt und kühl an. Alles in mir sträubte sich dagegen, auch nur eine Sekunde länger stehen zu bleiben. Aber je näher die Monster kamen, desto mehr von ihnen konnte ich auslöschen.

Eine Hand legte sich auf meine Schulter. Ruckartig drehte ich mich um und hob abwehrbereit den Degen.

Es war Hannah.

»Ich dachte, du könntest Gesellschaft vertragen.« Aus der Kapuze spähten ihre wachsamen Augen.

Ich betrachtete sie schweigend. Auch die Cadaveras gaben keine Töne von sich, da sie weder Zungen noch Stimmbänder besaßen. Einzig das Aneinanderreiben ihrer Körper und das Schlurfen der Beine war zu hören.

Ich wusste, dass Hannah nicht gehen würde, selbst wenn ich es ihr befahl. Die ersten Cadaveras waren keine fünf

Meter mehr von uns entfernt. Für Diskussionen blieb keine Zeit.

»Halte dich bereit«, sagte ich und wedelte mit dem Glas.

Bevor Hannah antworten konnte, warf ich es in die Horde aus Moorleichen. Dann packte ich Hannah am Handgelenk und zerrte sie mit mir. Vor uns entdeckte ich drei Gestalten, die durch die Nacht auf das Gefängnis zuhetzten.

Hinter uns gab es einen lauten Knall. Eine Druckwelle aus stickiger Luft schob uns noch schneller über die sumpfige Wiese. Ein Gemisch aus Feuer und Rauch stieg zum Himmel empor und verdeckte die Sterne. Die Flammen züngelten gierig nach den Moorleichen. Die Cadaveras zerfielen in Sekunden zu Staub. Den Untoten blieb nicht einmal die Zeit, zurück in ihre Löcher zu kriechen. In der höllischen Hitze lief ihre Haut wie flüssiger Teer an den Knochen herab. Die Flammen ließen nichts als Skelette zurück, die klappernd zusammenfielen.

Der Gestank nach verbranntem Fleisch holte uns ein. Mit dem flammenden Inferno im Rücken rannten wir durch die Nacht. Und auch wenn Cadaveras keine Stimmbänder besaßen, bildete ich mir ein, ihre Schreie zu hören.

14

Brandon

Die sieben Kinder

Eine Nacht in einem alten Gefängnis zu verbringen, gehörte zu den Dingen, auf die ich hätte verzichten können. Ich meinte, eine drückende Last zu spüren, die wie ein Geist durch die steinernen Räume schwebte. Es fühlte sich an, als wären die Erinnerungen an all die grauenvollen Taten, die die Insassen des Gefängnisses begangen hatten, noch da. Sie waberten durch die Gänge und streiften mich immer dann mit ihren kalten Klauen, wenn der Schlaf meine Sinne vernebelte.

Die anderen schienen diese Geister nicht zu plagen. Padraig war nach zwei Minuten eingeschlafen. Für ihn endete ein Tag wie jeder andere. Kuus putzte Geralds beschmutztes Fell mit seinem befeuchteten Daumen. Seitse lehnte in einer Ecke an der Steinwand und hypnotisierte die Granate des Prometheus. Der vor Schlamm triefende Mantel lag neben ihr und strömte einen ekligen Geruch aus. Hannah saß im Schneidersitz unter der Sigille des Lichts, die ich gezogen hatte, damit wir nicht im Dunkeln hockten.

Es dauerte eine Stunde, bis alle außer mir schliefen. Ich lag auf dem Boden des Vorraums, an den sich der Zellentrakt mit seinen Stahltüren anschloss. Mit wachsender Ungeduld suchte ich nach einer Stellung, die mich in den Schlaf gleiten ließ. Aber mein Puls war zu hoch, der nackte Steinboden zu hart und meine Gedanken zu aufgewühlt. Es fiel mir schwer, nach der Jagd zurück zur inneren Gelassenheit zu finden. Schäfchen zählen war mir nach der Sache im Moor vergangen. Also sortierte ich in Gedanken meine Lieblingscomics und dachte an meinen Blog *Creepy Chronicles*, den ich in den letzten Monaten etwas vernachlässigt hatte.

Ich erwischte mich dabei, wie ich mich fragte, was Prim gerade tat. Bestimmt lag sie in einem bequemen Bett, das sommersprossige Gesicht auf ein weiches Kissen gebettet. Es war immer noch merkwürdig, mit einem Mädchen zu reden, das nicht Hannah oder Penelope hieß. Im Gegensatz zu ihnen war Prim das, was ich *normal* nannte – wenn man mal davon absah, dass sie von Monstern wusste und magische Symbole zog. Sie war weder nervig wie meine Schwester noch so verschlossen und unnahbar wie Hannah. Es fühlte sich natürlich an, sich mit ihr zu unterhalten. Und obwohl ich Prim erst seit einer Woche kannte, kam es mir vor, als wären wir schon jahrelang befreundet.

Ich seufzte, holte im schwachen Schein der Sigille das Bestiarium hervor und blätterte zu den Cadaveras. Ihr Eintrag war einer der wenigen ohne eine Zeichnung von James O'Sullivan. Offenbar hatte Padraigs Vater nie welche gesehen. Kurzerhand zückte ich den Bleistift, den ich immer bei mir trug, und begann zu zeichnen.

Cadaveras

Art: parasitäres Monster

Vorkommen:

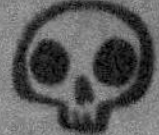

an Orten, wo viele Menschen den Tod* finden; z. B. auf Schlachtfeldern oder nach Naturkatastrophen (Pompeji gilt als legendäres Cadaveras-Fiasko → hat die italienischen Agenten jahrelang beschäftigt)

Nahrung:

überleben ohne Nahrung, bis ihr Wirtskörper verwest; töten nur, um sich einen frischen Körper zu beschaffen

Besonderheiten:

auch von Tieren

nisten sich in Leichen ein; niemand hat einen blassen Schimmer, wie ein Cadaveras aussieht → Emmerett geht davon aus, dass sie eine Art lebendes Gehirn sind

Töten:

sind langsam und nicht besonders stark; alle gängigen Waffen wirken; Gefahr einzig bei großen Horden (PS: Nicht-Agenten halten sie für Zombies)

*u.a. deshalb lassen sich verstorbene Agenten nicht begraben

Zufrieden betrachtete ich den Zombie-Hirten mit seiner toten Schafherde. Ich hoffte, Padraig war mir nicht böse, wenn ich das Werk seines Dads ungefragt fortführte.

Da an Schlaf nicht zu denken war, beschloss ich, mich ein wenig im Gefängnis umzusehen. Früher hätte mich nicht mal die Aussicht auf eine Portion Chicken Wings dazu gebracht, allein in einem verlassenen Gebäude herumzustreifen. Aber meine ersten Monate als BEAST-Agent hatten mich verändert. Mit meinen Monsterwaffen fühlte ich mich sicherer. Und ein altes Gefängnis zu erkunden, war bedeutend spannender, als die Decke anzustarren.

Ich schnappte mir die Taschenlampe und steckte zu meinem eigenen Wohl die Ampulle mit dem ätzenden violetten Gas des N'Galogians ein.

Der Zellentrakt war ein trostloser Gang. Die angelaufenen Stahltüren warfen das Licht matt zurück und unterschieden sich farblich kaum von den grauen Steinwänden. Ich spähte durch die Gitterstäbe. Die Zellen waren leer. Durch eine Scharte in der Außenwand sah man das immer gleiche Stück des Himmels. In einer Zelle stand ein verrostetes Bettgestell, dem ein Bein fehlte, in der nächsten beschien das fahle Mondlicht einen einzelnen Stuhl. An den Wänden hingen die Überreste von zerbrochenen Waschbecken.

Am Ende des Trakts wartete das schmucklose Wärterhäuschen, das mit seinen vergitterten Fenstern auch als Zelle durchgegangen wäre. Daneben hing eine Stahltür in den Angeln. Dahinter verloren sich Stufen in einem finsteren Abgang. Trotz eines mulmigen Gefühls in meinem Magen stieg ich kurzerhand hinab. Unten angekommen, empfing mich ein weiterer lang gestreckter Flur.

Der Geruch von Feuchtigkeit und Moder verstärkte sich.

Die Luft schien im Raum zu stehen wie geschlagenes Eiweiß. Ich trat zu der ersten Tür – und stutzte.

»Was haben wir denn da?«, flüsterte ich überrascht und strich über das Metall. Jeder freie Zentimeter war mit verblassten Sigillen versehen. Über der Tür war eine gläserne Halbkugel angebracht, die erstaunlicherweise unversehrt war. Darin quoll ein farbloses Gas – ein Periculum!

Warum war eine Zellentür mitten im Nirgendwo mit Sigillen versehen? Und weshalb hing darüber ein Monster-Frühwarnsystem?

Die Tür war nicht verschlossen. Dahinter schälte sich ein kläglicher Raum aus den Schatten, der einen noch tristeren Eindruck hinterließ als die Zellen im oberen Stockwerk. Hier hatte sich niemand die Mühe gemacht, mit einem Waschbecken, einem Bett oder einem Stuhl einen Hauch von Wohnlichkeit vorzutäuschen. Nicht einmal Farchie wäre in dieses Loch gezogen. In der hintersten Ecke lagen die verschimmelten Reste einer Matratze, aus einer Wand hingen Eisenketten wie leblose Tausendfüßer.

Was zum Teufel war das hier unten?

»Das sieht ja interessant aus!«, sagte jemand hinter mir.

Erschrocken fuhr ich herum und schlug mit der Faust in die Richtung, aus der die Stimme kam. Eine Hand schloss sich um meine geballten Finger und fing den Schlag ab.

Padraig grinste mich an. »Mann, die letzten Wochen haben einen echten Kämpfer aus dir gemacht.« Er ließ meine Faust los. »Nicht schlecht!«

»Monsterscheiße!« Ich drückte gegen mein Herz, damit es nicht aus der Brust sprang. »Spinnst du, mich in diesem gottverlassenen Keller so zu erschrecken? Und warum schleichst du ohne Taschenlampe herum?«

»Ich bin aufgewacht und du lagst nicht an deinem Platz. Da wollte ich nachsehen.« Padraig zwängte sich an mir vorbei und spähte in das Verlies. »Eine Lampe brauche ich nicht. Als BEAST-Agent sehe ich im Dunkeln wie eine Katze. Was sind das für Räume?«

Mein Herzschlag beruhigte sich. »Keine Ahnung. Hier«, ich zog Padraig aus dem Türrahmen und zeigte ihm die Sigillen und das Periculum, »schau dir das mal an.«

»Bannsigillen … und ein Periculum.« Padraig fuhr mit dem Stock die magischen Zeichen nach. »Scheint wohl doch kein normales Gefängnis zu sein. Vielleicht hat OMEGA es sich unter den Nagel gerissen, um Monster festzuhalten.«

Ich nickte in die Zelle. »Und warum liegt dann da eine Matratze? Ich wüsste von keinem Monster, das in einem Bett schläft. Außer vielleicht Farchie, aber wer weiß schon, was der in seinem Keller treibt.«

»Kein schlechtes Argument«, murmelte Padraig.

»Für mich sieht es viel eher danach aus, als hätten sie … Menschen eingesperrt«, erläuterte ich meinen Verdacht.

Padraig trat zur nächsten Tür. »Dann ergibt das Periculum keinen Sinn. Hier muss etwas eingesperrt gewesen sein, das gefährlicher war als ein Mensch.«

Wir überprüften die weiteren Türen. Jede war mit Sigillen gesichert und mit einem Periculum versehen.

»Nimm du die.« Ich drückte Padraig die Taschenlampe in die Hand und zückte mein Handy, um eine zweite Lichtquelle zu erzeugen.

Das Licht schälte eine eiserne Pforte am Ende des Trakts aus dem Dunkel hervor. Sie war torbogenförmig in die Wand eingelassen und mit einem Vorhängeschloss gesichert. »Lass uns nachsehen, was dahinter ist«, schlug Padraig vor.

»Und wie willst du das Schloss aufbringen?«, fragte ich und rüttelte daran. »Es ist komplett eingerostet.«

Padraig wies mit der Stockspitze auf mich. »Ich habe die Ampullen oben gezählt. Abzüglich derer, die du gegen die Cadaveras benutzt hast, fehlte eine mit diesem ätzenden Verdauungsgas.«

Sein Auge für Details war beeindruckend. Aber das hätte ich niemals zugegeben, sonst wäre Padraigs Selbstvertrauen in ungesunde Sphären abgehoben. Es war also als Zeichen meiner Fürsorge und Menschlichkeit zu verstehen, dass ich sagte: »Hör auf, mir nachzuspionieren, du Spinner!«

»Ich weiß, dass Beleidigungen deine Art sind, mir deine Bewunderung auszudrücken.« Padraigs Mundwinkel wanderten nach oben. Seine Zähne strahlten perlweiß wie in einer Zahnpasta-Werbung. »Ich nehme dein Kompliment für meine Beobachtungsgabe dankend an.«

Ich holte die Ampulle hervor. »Dann weißt du dank deiner einzigartigen Beobachtungsgabe bestimmt auch, dass ich dir dieses Ding gleich ins Gesicht pfeffere, oder?«

»Das ist die eine Option.« Padraig legte den Kopf schief. »Die andere – und die bevorzuge ich – wäre, das Schloss mit dem Gas zu knacken. Da dein Wurf, mit dem du vorhin die Zombie-Schafe ausgeschaltet hast, vermutlich ein reiner Glückstreffer war, würdest du mich wahrscheinlich verfehlen. Dann wäre ich immer noch unter den Lebenden, die Tür nach wie vor verschlossen und du wärst todunglücklich.«

Ich streckte Padraig die Ampulle mit dem violetten Rauch hin. »Bitte hör einfach mit dem Gelaber auf!«

Er hakte den Stockdegen in die Schlaufe seines Gürtels ein und nahm das Glas. »Mach besser ein paar Schritte weg von der Tür. Und halt dir schon mal die Nase zu.«

»Wehe, du triffst das Schloss nicht«, mahnte ich. »Ich habe nur noch zwei dieser Ampullen auf Lager, und die würde ich gerne für den Ventrios aufsparen.«

Padraig zog den Kragen des Pullovers hoch und stülpte ihn über die Nase. »Ich mach das schon, keine Sorge«, kam es mit gedämpfter Stimme. »Kannst du mir leuchten?«

»Ich dachte, du siehst im Dunkeln wie eine Katze?«

Er gab mir die Lampe zurück. »Tu ich auch. Aber hast du schon einmal eine Katze mit einer Taschenlampe in der Hand gesehen, die eine Ampulle wirft?«

»Nein.«

»Siehst du.«

Widerwillig beschien ich die Tür aus zwei Lichtquellen wie mit den Scheinwerfern eines Autos. »Ist es dem Herrn so genehm?«

»Wunderbar, vielen Dank.«

Padraig legte so viel Distanz wie möglich zwischen sich und das Schloss. Zur Warnung hob er die Hand – und zimmerte das Glas auf die Tür. Es zersprang klirrend und das freigesetzte Gas fraß sich durch das rostige Eisen. Sofort kroch mir der Gestank nach faulen Eiern in die Nase. Eine Rauchwolke stieg aus dem Schloss, Sekunden später fiel es scheppernd zu Boden.

Padraig fächerte die übel riechende Luft weg und trat zur Tür. »Ich muss sagen, diese Gase und Flüssigkeiten von dir und Emmerett wären mir bei der einen oder anderen Jagd sehr nützlich gewesen.«

Ich würgte ein paar Mal, bis sich der Gestank verzogen hatte. »Tja, nun bin eben ich der Kerl mit den coolen Monsterwaffen. Du hast ja den Degen, das Weihwasser und diesen altmodischen Kram.«

»Dafür beherrsche ich meine Waffen und schicke nicht aus Versehen meine Freunde ins Reich der Träume«, sagte Padraig augenzwinkernd.

Ich drückte ihm seufzend die Taschenlampe in die Hand. »Wie lange muss ich mir das noch anhören? Ich habe es nicht absichtlich getan und Hannah hat es überlebt!«

Padraig öffnete die Tür und knipste die Taschenlampe an. »Man sieht die Beule, die du ihr verpasst hast, noch, wenn man genau hinschaut.«

Ich trat hinter Padraig. »Dank dieser Feldstudie wissen wir immerhin, wie hoch die Dosierung sein muss.«

Die Kammer war nicht größer als mein Dachzimmer in Port Willow. Allerdings klebten keine Poster und Plakate von Werwölfen, Zombies, Vampiren und anderen Monstern an den Wänden. Stattdessen gab es haufenweise Aktenschränke, an denen der Staub aus Jahrzehnten haftete. Schubladen hingen heraus wie vorstehende Unterkiefer. Umgeworfene Tische, deren Beine wie Stalagmiten emporwuchsen, versperrten den Weg. Dicke Kakerlaken flohen vor dem Lichtkegel und drückten sich durch schmale Ritzen in den Wänden.

»Scheint eine Art Büro gewesen zu sein.« Padraig stieg über einen Tisch auf die Aktenschränke zu.

»Vielleicht entdecken wir in den Akten irgendwelche Hinweise darauf, was hier unten abgelaufen ist.«

Er zog eine Schublade heraus. Eine Staubwolke wirbelte auf. »Die Chance, dass – wer auch immer – wichtige Akten zurückgelassen hat, würde ich als nicht besonders hoch einschätzen. Aber einen Versuch ist es wert.« Mit den Fingern strich er über die Register und zog eine Mappe heraus. Nach einem kurzen Blick verzog er das Gesicht. »Es könnte allerdings kompliziert werden. Scheint alles in kyrillischer Schrift verfasst zu sein.«

»Na toll«, murmelte ich und verzog das Gesicht. »Aber wir sollten die Akten dennoch durchsehen.«

Die nächsten Minuten verbrachten wir damit, Unterlagen in einer fremden Sprache zu sichten und wie Kinder darauf zu hoffen, spannende Bildchen zu finden.

»Monsterscheiße, überall diese Viecher!«, fluchte ich, als eine besonders hässliche Kakerlake über meine Schuhe krabbelte. Bei ihrem Anblick erfasste mich ein Schaudern.

Padraig tauchte die Nasenspitze in eine aufgeschlagene Aktenmappe. »Die fressen dich schon nicht auf.«

Mit dem Schein der Lampe folgte ich dem glänzenden Panzer der schwarzen Schabe. Auf ihrem Weg über den Boden schlossen sich ihr zwei Kumpane an. Gemeinsam kraxelten sie die Wand hoch – und verschwanden in einer Ritze.

Als ich die Stelle genauer betrachtete, verwandelte sich meine Kopfhaut in einen kribbelnden Ameisenhaufen. Ich kniff die Augen zusammen und hielt den Blick auf den Spalt gerichtet. Ohne meinen Beinen den Befehl erteilt zu haben, stieg ich über einen Stuhl und trat an die Wand.

»Ist es jetzt so weit und du hast endgültig den Verstand verloren, oder warum stierst du die Wand so an?«, fragte Padraig belustigt.

Ich warf die Unterlagen achtlos zu Boden. Der Stein, hinter dem die Kakerlaken verschwunden waren, ragte ein Stück aus der Wand. Ich wollte ihn mit den Fingerspitzen herausziehen – aber er bewegte sich keinen Millimeter. Genervt drehte ich mich um. »Kann ich mir deinen Degen ausleihen?«

Padraig hob eine Augenbraue. Nach kurzem Abwägen

streckte er mir den Stock hin. »Willst du damit eine unschuldige Kakerlaken-Familie auslöschen?«

»Das siehst du gleich.«

Ich nahm den Stock und zog die Klinge sirrend heraus. Es war das erste Mal seit unserer ersten Begegnung in meinem Schlafzimmer, dass mir Padraig das Erbstück seiner Familie anvertraute. Fein gearbeitete Muster verzierten den Griff, der sich wie eine natürliche Verlängerung des Arms anfühlte. Der Degen lag perfekt ausbalanciert in der Hand und war federleicht. Die Klinge war nicht dicker als mein Zeigefinger, verlieh mir aber das Gefühl, selbst ein Stahlrohr mühelos in zwei Hälften schneiden zu können.

Vorsichtig, als würde ich die Rinde von einer Toastscheibe abtrennen, fuhr ich mit der Klinge einmal um den Stein herum. Klümpchen und Dreck lösten sich aus den Ritzen. Ich wiederholte den Vorgang, bis der Stein wie ein loser Zahn wackelte. Mit einem Kribbeln im Bauch lehnte ich den Degen an die Wand – und zog den Ziegel heraus.

Als ich die hunderte von Kakerlaken erblickte, die das dunkle Loch in der Wand zum Leben erweckten, plumpste mir der Stein vor Schreck auf den Fuß. Aufgescheucht durch das grelle Licht, formten sie ein dichtes Gewirr aus haarigen Beinen und dünnen Fühlern, die sich ineinander verhakten. Schwarze Körper krabbelten über andere hinweg und ergossen sich aus dem Loch, als würde sich die Wand übergeben.

»Mann, ein Geheimfach!«, frohlockte Padraig. Er kam näher und schlug mir auf den Rücken. »Wir sollten uns bei den Kakerlaken bedanken! Meinst du, wir können ihnen den toten Hasen vorbeibringen, den Seitse als Nachtessen eingeplant hatte?«

Ich stand wie festgefroren vor der Wand. »Warum«, presste

ich langsam hervor und schüttelte den Ekel ab, »sollten wir diesen elenden Dingern den Hasen servieren?«

Padraig sah mich fragend an. »Na, weil sie uns zu dem Versteck geführt haben?«

»*Uns*?«, echote ich. »Wir haben es allein mir zu verdanken, dass wir den losen Stein entdeckt haben! Ampullen abzählen kann jeder, aber die Fährten von Tieren lesen – das ist eine wahre Kunst!«

»Umso erstaunlicher, dass du sie beherrschst.« Padraig nahm seinen Degen von der Wand und schnippte eine Kakerlake vom Griff. »Vor allem wenn man bedenkt, dass deine Freizeit bis zu unserem Kennenlernen daraus bestand, irgendwelche kruden Monster-Theorien auf deinem Blog zu verbreiten. Wie hieß er noch gleich? *Crappy Chronicles*?«

»*Creepy* Chronicles«, korrigierte ich. »Und das waren keine kruden Theorien. Am Ende hatte ich recht, sonst wären wir jetzt nicht hier, um ein Viech mit unzerstörbarem Fell zu jagen!«

Ich schluckte den Ekel hinunter und steckte meinen Arm in das Loch. Meine Hand streifte eine der Schaben und schloss sich um eine glatte Oberfläche. Hastig zog ich den Arm zurück.

»Eine zusammengerollte Mappe«, erkannte Padraig. Er sah sie so erwartungsvoll an, als wäre sie eine Auszeichnung für den BEAST-Agenten des Jahres. »Da muss echt wichtiges Zeugs drinstehen, wenn sie da drin versteckt war.«

Vorsichtig öffnete ich die Akte.

»Toll«, sagte ich enttäuscht. »Schon wieder alles auf Kyrillisch.«

Jede Seite war von der ersten bis zur letzten Zeile mit handgeschriebenen Notizen in winziger Schrift gefüllt. Ungeduldig blätterte Padraig den Stapel durch – bis wir plötzlich in die wässrigen Augen eines Gesichts starrten. Es war das Schwarz-Weiß-Bild eines kahl geschorenen Jungen. In der Hand hielt er ein Schild mit einem Namen und einem Datum.

»8. September 1965«, las Padraig. »Wenn das sein Geburtstag ist, ist er mittlerweile älter als unsere Väter.«

»Es sieht aus wie das Bild eines Häftlings, dabei war er kaum älter als wir. Ob er hier festgehalten wurde?«

Padraig kratzte sich am Kopf. »Aber warum sperrt jemand mitten im Sumpf einen Jungen ein? Und warum wurde er von einem Periculum überwacht?«

»Vielleicht war der Junge kein gewöhnlicher Junge«, sagte ich zögernd. »Wir wissen doch, für welche Art von Wesen ein Periculum eingesetzt wird …«

Padraig schnaufte und hielt das Foto hoch. »Sieht der Kerl etwa aus wie ein Monster?«

»Nein.«

»Also.« Padraig ließ den Zettel sinken. »Obwohl es schon ein wenig seltsam ist, das gebe ich zu. Wie ärgerlich, dass wir die Schrift nicht entziffern können. Da steht bestimmt, warum sie ihn festgehalten haben.«

»Da kann uns Kuus sicher weiterhelfen«, sagte ich. »Lass uns die restlichen Papiere durchsehen. Vielleicht sind noch mehr Aufnahmen dabei.«

Am Ende lagen sieben Bilder auf einem Stapel. Auf jedem war ein Kind zu sehen, das ein Schild mit Namen und Datum in die Kamera hielt. Alle, auch die drei Mädchen, hatten kahl geschorene Köpfe. Das Alter der abgebildeten Personen lag schätzungsweise zwischen acht und sechzehn Jahren. Die Gesichter wirkten selbst auf den Schwarz-Weiß-Aufnahmen blass.

Padraig betrachtete nachdenklich die letzte Aufnahme. Sie zeigte ein kleines Mädchen mit markanten Zügen. Es schaute direkt in die Kamera, als würde es uns durch die vielen Jahrzehnte hinweg anstarren. Sie war das jüngste der sieben Kinder, trotzdem lag keine Angst in ihrem Blick. Stattdessen war da ein böses und selbstsicheres Funkeln in ihren Augen.

»Das ist seltsam«, grummelte Padraig. Er sah aus, als brüte er über einer kniffeligen Rechenaufgabe.

»Was ist seltsam?«

»Das Mädchen … Ich werde das dumpfe Gefühl nicht los, sie zu kennen. Du weißt schon, wie jemanden, den man ewig nicht mehr gesehen hat und dann im Bus trifft.« Padraig verfiel in Schweigen und strich sich eine Strähne aus der Stirn. Nach einer Weile legte sich ein merkwürdiger Ausdruck auf sein Gesicht. »Wenn man hier tatsächlich Kinder festgehalten hat, in einem dunklen Verlies an einem geheimen Ort, bewacht von einem Periculum«, er sah mich an, »erinnert dich das nicht an jemanden?«

Es fiel mir wie Schuppen von den Augen. »Hannah!«

Padraig nickte. »Die Geschichte passt zu dem, was wir von ihr wissen. Sie wurde von einem Mann mit weißer Maske in einem Verlies gefangen gehalten und besitzt Kräfte, die nicht menschlich sind.« Er breitete die sieben Bilder aus, von denen uns die jungen Gesichter aus der Vergangenheit anblickten. »Was ist, wenn jedes dieser Kinder solche Kräfte besaß? Wenn jemand sie hier unten eingesperrt und erforscht hat? Es gäbe bestimmt schlechtere Verstecke als ein längst vergessenes Gefängnis in einem einsamen Sumpf.«

Mit kaltem Schweiß im Nacken sah ich mich in dem Raum mit seinen umgestürzten Tischen und Stühlen um. »Glaubst du, man hat Hannah hier festgehalten?«

Padraig schüttelte den Kopf. »Dann hätte sie das Gefängnis wahrscheinlich wiedererkannt – oder die Spuren, die an den alten Wänden haften.«

Die körnigen Aufnahmen kamen mir plötzlich bedrohlich und unheimlich vor. »Dann glaubst du, es gibt mehrere Orte wie diesen? Orte, an denen an solchen Kindern geforscht wird?«

Padraig presste seine Lippen zusammen wie beim Gedanken an eine unschöne Erinnerung. »Ich halte es für möglich«, sagte er knapp, sammelte die Aufnahmen ein und steckte sie in die Mappe. »Aber solange wir die Akten nicht übersetzt haben, können wir nur spekulieren.«

»Einer von uns könnte morgen Hannah ablenken, damit der andere Kuus um eine Übersetzung bitten kann«, schlug ich vor. »Oder sollen wir ihr davon erzählen?«

»Nein«, sagte Padraig sofort. »Wir wissen nicht, wie sie auf eine solche Entdeckung reagieren würde. »Hier«, er gab mir die Mappe, »ich lenke Hannah morgen ab, du redest mit Kuus.«

»Einverstanden«, sagte ich und griff nach den Akten.

»Oh, einen Moment noch«, bat Padraig und zog die Mappe zurück. Er nestelte das Bild des kleinen Mädchens heraus. »Das behalte ich. Vielleicht fällt mir ein, warum sie mir so bekannt vorkommt.«

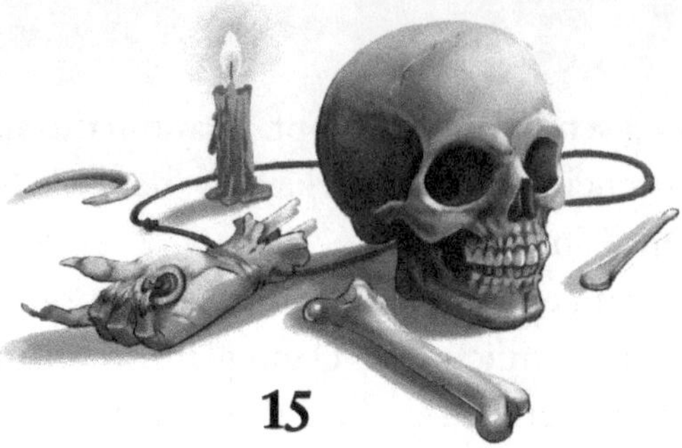

15

Padraig

Eingemauert

Ich träumte nie, worüber ich eigentlich ganz froh war. Die meisten Leute, die mir von ihren Träumen berichteten, erzählten sinnlose und verwirrende Dinge. In dieser Nacht wurde ich ausnahmsweise von einem Traum heimgesucht – und er war ebenso sinnlos und verwirrend.

Da hing ich, an die Wand eines muffigen Kerkers gekettet. Ein aus Einzelteilen zusammengenähtes Monster im reinweißen Kittel schnitt mir bei lebendigem Leib die Schädeldecke mit einem messerscharfen Fingernagel auf. Dann riss es sich die Brust auf und legte sein schrumpeliges Herz auf den Boden. Das Herz erblühte wie eine Blume und formte sich zu Hannah, der Teufelshörner aus dem Kopf wuchsen. Sie wankte auf mich zu, kramte in meinem Kopf herum und hielt plötzlich mein Hirn in der Hand. Hannah betrachtete es interessiert, nur um es dann durch den gefliesten Raum zu werfen – mitten in die Hände meines Vaters. Er grinste, legte mein Hirn auf den Boden und holte mit seinen klobigen Stiefeln aus.

Es gab einen ohrenbetäubenden Knall und ich schreckte

aus dem Traum hoch. Für einen Augenblick wusste ich nicht, wo ich war. Ein Klirren dröhnte in meinen Ohren und hallte in den Steinmauern nach. Beim Anblick der Wände dämmerte mir, dass ich in dem alten Gefängnis war. Neben mir schoss ein Kopf hoch. Das zerzauste Haar konnte nur Brandon gehören.

»Sorry!« Kuus streckte sich nach seinem Hammer, den er am Abend zuvor an die Mauer gelehnt hatte. »Mein Hammer muss umgefallen sein«, entschuldigte er sich. »Hab ihn wohl im Schlaf berührt. Aber wenn wir das Labyrinth des Ventrios vor Sonnenuntergang erreichen wollen, sollten wir ohnehin aufbrechen. Es wartet ein weiter Marsch auf uns.«

Brandons Seufzen war unüberhörbar.

Während wir unsere Sachen zusammenpackten und Seitse in ihren stinkenden Pelzmantel schlüpfte, warf mir Brandon immer wieder vielsagende Blicke zu. Er tat es so auffällig, dass ich ihm meinerseits mit Blicken zu verstehen geben wollte, mich nicht so offensichtlich anzustarren.

»Alles klar mit euch?« Hannah stand zwischen uns, die unbändigen Locken in die Kapuze gezwängt und die Hände in den Taschen vergraben. »Warum stiert ihr euch ständig an?«

»Alles in bester Ordnung«, versicherte Brandon ein wenig zu schnell. »Wie kommst du darauf, es könnte etwas nicht klar sein?« Er lachte hysterisch auf. »Es ist alles klar. Klarer als klar! Ich würde sogar so weit gehen und behaupten, es ist alles *superklar*!«

Hannah wandte sich von Brandon ab und sah mich fragend an.

»Wir haben nicht viel geschlafen«, sagte ich und zuckte mit den Schultern.

Zum Glück gab sich Hannah mit dieser Antwort zufrieden und trottete davon. Bevor sie heimlich die Augen schließen und unsere Spuren lesen konnte, verwickelte Kuus sie zum Glück in ein ausuferndes Gespräch über Geralds morgendliche Fellpflege.

Draußen empfing uns die Morgendämmerung. Kühle Luft strömte durch meine Nase, breitete sich bis in die Fingerspitzen aus und verdrängte die letzten Schwaden der Müdigkeit. Hinter dem Teich, der gemächlich vor sich hin blubberte, war die Wiese versengt und jede Pflanze im Radius von zwanzig Metern zu Asche zerfallen. Von den Cadaveras fehlte jede Spur.

»Wir müssen da lang.« Seitse steckte die Karte ein und wies nach Norden. Es waren ihre ersten Worte, seit das Moor sie fast verschluckt hatte. »Das Labyrinth befindet sich fernab jeglicher Zivilisation, Hunderte von Kilometern weit weg vom nächsten Dorf. Nach der Hälfte des Weges legen wir eine Rast ein.«

»Habe ich das Dankeschön für ihre Rettung überhört oder war da keines?«, zischte mir Brandon zu.

»Da war keines«, bestätigte ich und umfasste den Stock. »Aber sie klingt sanftmütiger als gestern.«

Brandon zurrte Rucksack und Waffengürtel fest. »Offenbar hörst du Dinge, die normalen Ohren verborgen bleiben.«

Wir stapften los und ließen das Gefängnis mit seinen hohen Mauern hinter uns.

Die Sonne wanderte über den Himmel. Von Zeit zu Zeit verschwand sie hinter den Wolken, als spielte sie Verstecken mit uns. Wir wateten den ganzen Morgen durch knöcheltiefe Bäche, umrundeten glatte Seen und streiften durch lebendige Wälder. Seitse blieb hin und wieder stehen, zückte die Karte und marschierte stumm weiter. Brandon tat uns netterweise den Gefallen und versank nicht mehr alle fünfzig Meter in einem Sumpfloch.

Um die Mittagszeit legten wir die versprochene Rast unter einer knorrigen Eiche ein. Sie stand einsam auf einem Hügel wie ein einzelnes borstiges Haar auf einer Glatze. Brandon setzte sich neben Kuus in den Schatten der Äste. Ich nickte ihm unauffällig zu und verwickelte Hannah in ein Gespräch. Wobei es mehr einem Vortrag meinerseits glich, da Hannah kaum ein Wort sprach. Aber es erfüllte seinen Zweck.

»Kuus hat mir die wichtigsten Stellen übersetzt. Er hat nicht mal nachgefragt, was das für eine Akte ist und woher ich sie habe«, flüsterte mir Brandon zwanzig Minuten später zu, als wir unseren Weg durch die Sümpfe fortsetzten. Sein Ausdruck verriet, dass gleich ein fettes Aber kam. »Aber«, fuhr er fort, »die Texte drücken sich sehr vage aus. Es wird nur von Kindern berichtet, die *›nicht der Norm‹* entsprechen.«

»Das war zu erwarten«, meinte ich. Wir erreichten ein Feld mit Gräsern so hoch wie Bambus. Zwischen den Halmen stand das Wasser einen Fingerbreit und matschte unter den Füßen. »Wer auch immer dort unten geheimen Forschungen oder Geschäften nachging, musste darauf vorbereitet sein, irgendwann entdeckt zu werden. Da ergibt es Sinn, die Dinge nicht beim Namen zu nennen.«

Brandon klatschte sich die Hand auf den Hals. Er sah auf seine Handfläche, verzog angeekelt das Gesicht und strich die tote Mücke an der Hose ab. »Es gibt nicht den kleinsten Einblick, was *genau* mit den Kindern angestellt wurde. Am handfestesten waren da noch die Informationen zur Herkunft der Mädchen und Jungen.«

Vor uns sank Kuus mit dem Bein im Matsch ein. Hannah

half ihm heraus. Irgendwo rechts von uns quakten zwei Frösche um die Wette.

»Und was waren das für Informationen?« Ich verscheuchte ein Insekt von meiner Nase.

»Alle Kinder stammten aus Osteuropa – von Warschau über Riga bis Sibirien. Kuus hat mir die Namen buchstabiert. Ich habe sie alle notiert.«

»Sehr gut«, lobte ich. »Dann können wir Nachforschungen anstellen. Vielleicht erfahren wir doch noch, was es mit den Kindern auf sich hat. Und vielleicht finden wir sogar etwas über Hannah und den Mann mit der weißen Maske heraus.«

»Nach einer weißen Maske habe ich Kuus explizit gefragt.« Brandon wich einer blubbernden Pfütze aus, über der grün schimmernde Fliegen kreisten. »Er und Gerald haben mich ganz schön merkwürdig angeschaut, als ich das gefragt habe. Aber in den Unterlagen wird keine Maske erwähnt. Dafür ist Kuus ein anderer Begriff ins Auge gestochen, der mehrfach erwähnt wird. Er hatte allerdings keine Ahnung, was er bedeutet.«

Beinahe wäre ich auf eine Kröte getreten. Erst in letzter Sekunde bemerkte ich ihre aufgeblasenen Backen, machte einen Ausfallschritt und stieg über sie hinweg. Sie dankte es mir mit einem röhrenden Quaken. »Achtung, Kröte«, sagte ich zu Brandon und zeigte auf den lebenden Warzenhaufen. »Und wie lautet dieser Begriff?«

Brandon trat auf den Zehenspitzen über die Kröte. »An mehreren Stellen war von *Dimiden* die Rede. Sagt dir das was? Kuus meint, der Begriff bezeichnet die sieben Kinder.«

»Nein, nie gehört.« Ich kämpfte mich durch das Grasgestrüpp – und war plötzlich draußen.

Neben mir stolperte Brandon aus dem Gras. Feine blutende Schnittwunden schmückten seine Haut im Gesicht.

»Geschafft!«, sagte er erleichtert. »Schlimmer als diese messerscharfen Gräser kann es nicht mehr kommen.« Als er seine Augen über die Landschaft streifen ließ, rutschten seine Mundwinkel nach unten. Er sah flehend zum Himmel. »Monsterscheiße! Womit habe ich das verdient?«

Vor uns erstreckte sich bis zum Horizont ein Sumpfgebiet, dessen modriger Geruch mich beinahe rückwärts zurück ins hohe Gras drängte. Der Boden war schwarz wie Teer und von Wurzeln durchzogen, die wie Messerspitzen aus dem weichen Untergrund ragten. Insektenschwärme schwirrten als lebendige Wolken über das Moor.

»Dimiden«, murmelte ich das Wort vor mich hin, während wir zu Hannah, Kuus und Seitse aufschlossen. Sie warteten an der Stelle, an der die letzten Gräser im tiefen Morast versanken.

»Wir behalten das für uns«, flüsterte ich Brandon kurz vor den anderen zu. »Wenn wir die Sache mit dem Toten Dreierlei hinter uns und die Welt vor dem Monstrukt bewahrt haben, kümmern wir uns darum.«

»In Ordnung.« Brandon schnupperte an seinen Achseln und zuckte erschrocken zurück. »Ich habe Kuus sowieso gebeten, die Sache mit den Akten weder Seitse noch Hannah gegenüber zu erwähnen.«

»Und was hat er gesagt?«

Brandon hob die Augenbrauen. »Er hat gegrinst und gemeint, er sei so verschwiegen wie Gerald.«

Der Weg durch den Sumpf mit den spitzen Wurzeln stellte sich als beschwerlich heraus. Irgendwann war ich überzeugt, dass wir im Kreis gingen, weil die Landschaft immer gleich aussah. Jeder von uns blieb schätzungsweise sechsundzwanzig Mal im Moor stecken und trug doppelt so viele Mückenstiche davon. Dass es Herbst und somit Zeit zum Sterben war, schien die Biester nicht zu interessieren. Mein Trenchcoat war längst nicht mehr dunkelblau, sondern glich dem Tarnanzug eines Soldaten.

Es war später Nachmittag, als wir in der Ferne die ersten Bäume entdeckten. Mit jedem Meter wuchsen mehr Stämme aus dem Boden, bis sich schließlich ein dichter Wald über das ganze Blickfeld ausbreitete.

»Das Labyrinth ist in dem Wald.« Seitse faltete die verdreckte Karte zusammen, die mittlerweile auch als Taschentuch eines erkälteten Piraten durchgegangen wäre. »Wenn wir das Tempo erhöhen, erreichen wir es in sechzig Minuten. Dann bleiben zwei, vielleicht drei Stunden, bis die Nacht hereinbricht. Das sollte genügen, um den Bauchfresser zu töten und die Eier zu stehlen.«

Der schattige Wald war eine willkommene Abwechslung. Die Bäume waren höher und dünner als in Schottland. Nur wenige Sonnenstrahlen brachen durch das dichte Blätterdach.

Je tiefer wir in den Wald eintauchten, desto dunkler wurde es. Auch die Vegetation veränderte sich. Die Bäume wuchsen dichter aneinander, ihre Rinde wies Risse und nasenartige Knubbel auf. Bald ging ich mit meinem Degen voraus, um uns eine Schneise durch die Wildnis zu schlagen. Kuus schwang neben mir den Hammer und zerschlug heruntergefallene Äste, die uns den Weg versperrten.

Die erste Mauer des Labyrinths ragte so unvermittelt vor uns auf, dass Kuus mit dem Hammer fast dagegengeschlagen hätte. Schlingpflanzen kletterten an den Steinen empor und junge Triebe drückten sich durch die Ritzen.

»Das ist das Labyrinth«, sagte Seitse, als wären wir anderen blind. »Lasst uns der Mauer folgen. Früher oder später stoßen wir auf den Eingang.«

»D-da sind Tiere e-eingemauert«, stotterte Brandon. Er hielt sich die Nase zu und wies mit zitterndem Finger auf einen verwesten Fuchs, der eingequetscht zwischen zwei massigen Steinen lag und einen üblen Geruch ausstieß, der Schmeißfliegen und andere Insekten anzog.

Seitse marschierte vorneweg. »Ein Ventrios nimmt, was ihm in die Klauen fällt, um seine Brutstätte zu bauen. Wenn wir das nicht überleben sollten«, sie sah kurz zu Brandon, der immer noch schockiert den Fuchs anstarrte, »enden auch wir als Mauerwerk.«

Wir hielten uns dicht an der Steinwand des Labyrinths. Ich fragte mich, wie viele Monate der Ventrios benötigt hatte, um ein solches Ungetüm zu errichten. Dieses Viech musste ein verflucht kräftiges Monster sein, um all diese Steine und Baumstämme zu einer meterhohen Mauer aufzustapeln.

Mit jedem eingemauerten Tier, das wir passierten, wurde Brandon bleicher und bleicher. Bald bekam ich Angst, er könnte durchsichtig werden. Hannah ließ sich zu ihm zurückfallen. Die beiden wechselten ein paar Worte, die ich nicht verstand, und ein wenig Farbe kehrte in Brandons Gesicht zurück.

Der Wald hielt gespannt den Atem an. Nur das Knacken der Zweige unter unseren Stiefeln war zu hören. Es gab keine pfeifenden Vögel, keinen Wind, der durch die Blätter rauschte, keine knarzenden Äste. Die Bäume wichen vor dem Labyrinth zurück, als würde es ihnen die Äste ausreißen, wenn sie ihm zu nahe kamen.

Wir stiegen über Steine und Wurzeln, bis ein länglicher Eingang die Mauer wie eine Hasenscharte aufspaltete. Ein kalter Luftzug entwich daraus, als erwachte das Labyrinth in dieser Sekunde zum Leben. Schweigend verharrten wir vor dem Spalt und spähten in die Dunkelheit dahinter.

Seitse holte die Granate des Prometheus hervor. Die Waffe sah harmlos aus – wie eine Schneekugel, in die jemand eine rote und eine durchsichtige Flüssigkeit geleert hatte.

»Den ersten Teil unserer Abmachung mit Monsieur D'Amaurey haben wir erfüllt«, sagte sie. »Wir haben euch und die Granate sicher zum Labyrinth geführt.«

»*Sicher?*«, wiederholte Brandon, der noch ein wenig blass um die Nase wirkte. »Hast du vergessen, dass wir letzte Nacht fast auf dem Speiseplan von Moorleichen gestanden hätten?«

»Ein einziger Zwischenfall auf einer zwei Tage langen Reise würde jeder anständige Monsterjäger als Erfolg bezeichnen«, zischte Seitse.

»Ist das so?« Brandon verschränkte die Arme und sah mich auffordernd an.

»Hätte schlimmer sein können«, gab ich nach kurzem Abwägen zu. »Wir Monsterjäger ziehen Ärger magisch an. Dad meinte immer, die Kreaturen riechen, dass wir keine Angst vor ihnen haben. Das unterscheidet uns von normalen Menschen und macht uns umso interessanter.«

»Wenn dein Vater recht hatte, ist es ein Wunder, dass uns die Cadaveras trotz *ihm* angegriffen haben.« Seitse nickte unter ihrer Fellmütze abschätzig zu Brandon. »Der stinkt mehrere Kilometer gegen den Wind nach Angst.«

»Jetzt mach mal halblang!« Brandon trat einen Schritt auf

sie zu und löste eine Ampulle mit rotem Glibber von seinem Gürtel. Es war die eingekochte Toxidusa, das hochgiftige Quallenmonster. »Während du dir gestern ein Schönheitsbad im Schlamm gegönnt hast, habe ich einen Zombie-Hirten mit seinen Zombie-Schafen in die Zombie-Hölle zurückbefördert! Und wenn du jetzt nicht sofort die Klappe hältst, stopfe ich dir das hier«, Brandon hielt Seitse drohend die Ampulle vor die Nase, »höchstpersönlich in den Rachen!«

Seitse zwang sich zu einem herablassenden Lächeln, aber es wirkte unsicher. Sie blickte unruhig zwischen der Ampulle und Kuus hin und her. Ihr Bruder stand gleichgültig da und machte keine Anstalten, ihr zu helfen.

»Nimm dieses Ding aus meinem Gesicht«, sagte Seitse. »Mag sein, dass du dich gestern Nacht nicht so dumm angestellt hast, wie ich es erwartet habe. Aber das macht dich noch lange nicht zu einem Monsterjäger!«

In diesem Moment drang ein grässliches Zischen und Fauchen aus den Tiefen des Labyrinths, das einem die Nackenhaare zu Berge stehen ließ.

16

Brandon

Der Unterschied zwischen Mathematikern und Monstern

Um eines gleich klarzustellen: Die Tatsache, dass wir in einem Höllentempo durch den Sumpf gerannt waren, um noch bei Tageslicht nach dem Ventrios zu suchen, erwies sich rückblickend als völlig unnötig. Das bisschen Licht, das sich durch das Blätterdach drückte, verirrte sich nach zwei Abzweigungen im Labyrinth und war auf Nimmerwiedersehen verschwunden. Das Ergebnis waren finstere Gänge und schlechte Laune meinerseits. Dass ich trotzdem die Größe besaß, den anderen zu erklären, wie man die Mitte eines Labyrinths findet, sprach für mich und meinen starken Charakter.

»Es ist ganz einfach«, sagte ich. »Wir berühren mit der rechten oder linken Hand die Wand und laufen so durch das Labyrinth. Mit dieser wissenschaftlich fundierten Methode erreichen wir früher oder später den Mittelpunkt und finden auch wieder hinaus.«

Die Gänge erwiesen sich als breit genug für jeweils zwei von uns. Padraig und Hannah gingen voraus, Seitse lief mit der Granate des Prometheus in der Mitte und Kuus und ich bildeten die Nachhut. So war die Waffe von beiden Seiten geschützt, womit ich zum ersten Mal in meinem Leben neidisch auf eine Granate war.

Mein Zeitgefühl hatte entschieden, vor dem Labyrinth zu warten. Geschätzt schritten wir seit einer Viertelstunde schweigend und geduckt durch die Gänge. Kuus hielt seinen schweren Eisenhammer in der Hand, was eine durchaus beruhigende Wirkung hatte. Gerald hielt derweil Ausschau nach dem Ventrios.

Vorne sah ich, wie sich Hannah zu Padraig bückte und ihm etwas zuflüsterte. Das Wissen um ihre Fähigkeiten verlieh mir ein Stück Optimismus. Falls der Ventrios durch die Gänge schlich, würde sie ihn spüren. Das erhöhte unsere Chancen, ihm auszuweichen und unversehrt zur Mitte des Labyrinths zu gelangen.

Wie sehr wir auf Hannah vertrauen mussten, zeigte sich zwei Abzweigungen später. Plötzlich blieb sie stehen und hob ruckartig den Kopf. Dann machte sie kehrt und drängte uns zurück.

»Was ist los?«, zischte Seitse, als wir uns hinter der nächsten Ecke an die Mauer drückten.

Hannah funkelte sie böse an und hielt den Finger an die Lippen.

Angestrengt lauschte ich in die Stille. Zuerst war da nichts außer dem Pochen meiner Halsschlagader – doch dann hörte ich es. Etwas schälte sich aus dem beharrlichen Schweigen des Labyrinths. Ein träges Schlurfen, als würde jemand einen Baumstamm über den Boden ziehen. Es kam näher und mischte sich mit einem zweiten Geräusch, das wie der letzte Atemzug eines Greises klang. Es war lang gezogen und kam aus tiefster Kehle. Vor meinem geistigen Auge sah ich *Darth Vader* durch das Labyrinth laufen.

Dass es die anderen ebenfalls hörten, verrieten mir ihre Gesichter. Kuus drückte Gerald die Schnauze zu, Padraig zückte geräuschlos den Degen und Seitse spannte ihren Bogen. Natürlich würden weder die Klinge noch der Pfeil etwas nützen, da das Ventriosfell unzerstörbar war. Trotzdem fühlte ich mich sicherer, wenn wir mit erhobenen Waffen dastanden. Also nahm ich eine meiner Ampullen zur Hand. Leider fiel mir erst jetzt auf, dass ich am nächsten an der Ecke stand. Einmal mehr war es offensichtlich meine Wenigkeit gewesen, die sich am langsamsten in Sicherheit gebracht hatte. Dafür konnte ich um die Ecke spitzen.

Vor uns lag ein schmaler Korridor, der sich weiter vorne in zwei Gänge spaltete. Ich kniff die Augen zusammen und lauschte. Das schleifende Geräusch kam aus dem rechten Gang. Ich hielt den Atem an. Jeden Moment müsst–

Mir blieb die Spucke im Halse stecken. Aus dem Gang schob sich eine massige Gestalt. Sie war über drei Meter groß und glich in ihrer Statur einem aufgerichteten Sarg – kantig, in die Länge gezogen und mit breiten Schultern. Auf diesen Schultern saß weder ein Hals noch ein Kopf, was meinem Hirn irgendwie unlogisch vorkam. Die Arme und Beine des Wesens waren dick wie die Äste der Eiche, unter der wir am Mittag Rast eingelegt hatten. Das Fell war verfilzt und zottelig wie bei einem Hochlandrind. Mit schweren Schritten lief der Ventrios durch sein Labyrinth und schleifte ein erlegtes Tier mit Geweih hinter sich her.

Das Ganze dauerte wenige Sekunden, dann war der Ventrios im linken Gang verschwunden. Eine Weile hörte man noch das Schleifen des Kadavers, danach stülpte sich die

Stille wieder wie eine Glocke über das Labyrinth. Mit weichen Knien zog ich den Kopf zurück und presste mich an die Wand.

Nach drei Minuten hielt Kuus es nicht mehr aus. »Was war das?«, fragte er mich zischend. »War es der Ventrios?« Gerald saß kerzengerade auf seinem Kopf, als hätte er die Kreatur eigennäsig gewittert.

Jetzt lösten sich auch die anderen von der Mauer und bildeten einen Knäuel um mich.

»Ja, er war es«, bestätigte ich und beschrieb das Monster in knappen Sätzen. »Und er hatte einen Hirsch oder so bei sich. Hat ihn über den Boden geschleift, als wäre es ein Kuscheltier.«

»Immerhin haben wir jetzt Gewissheit, dass die Herrin des Hauses nicht ausgeflogen ist«, meinte Padraig.

»Lasst uns weitergehen.« Hannah nickte in den Korridor. »Da wir immer rechts abbiegen, sollten wir dem Monster nicht in die Arme laufen.«

Seitse gab ein Schmatzen von sich, um die Aufmerksamkeit auf sich zu lenken. »Sollten wir nicht hinterher? Früher oder später müssen wir das Ding eh töten. Wer weiß, ob wir es noch einmal finden.«

Padraig trat um die Ecke. »Wenn wir die Eier erst einmal entdeckt und kräftig auf eines draufgehauen haben, kommt die Monster-Mama bestimmt, um nach ihrem Nachwuchs zu sehen.«

Diese Begründung leuchtete allen ein. Padraig streckte wieder seine rechte Hand aus und berührte die Wand. Mit diesem Trick würden wir die Mitte des Labyrinths finden – außer der Ventrios war ein Mathematiker, dann ließ sich diese Gesetzmäßigkeit mit einer ausgeklügelten Bauweise außer Kraft setzen. Aber die meisten Mathematiker, die ich kannte, hatten weniger Rückenhaare als der Ventrios. Zudem besaßen sie einen Kopf und schleiften keine toten Tiere durch ein Labyrinth – zumindest ging ich davon aus.

Wir kämpften uns weiter durch die Gänge, Korridore und Sackgassen. Es kam mir vor, als würde uns das Labyrinth bei lebendigem Leib seine Speiseröhre hinunterwürgen. Vor jeder Ecke hielten Padraig und Hannah kurz an und prüften, ob die Luft rein war.

Ich war so weit davon entfernt, in Panik zu verfallen, wie man es als Durchschnitts-Brandon in einer solchen Situation sein konnte. Was bedeutete, dass es ein ständiger Kampf war, die Angst zu unterdrücken. Und auch wenn ich es nicht zugeben wollte, machten sich mit zunehmender Dauer die ersten Zweifel in mir breit. Hatte der Ventrios das Nest doch so konstruiert, dass er den Trick mit der Hand umgehen konnte? Wer wusste schon, wie intelligent ein Monster war? Vielleicht konnte ein Ventrios die Zahl Pi bis auf hundert Nachkommastellen aufzählen …

Noch bevor ich die möglichen Forschungsfelder durchgehen konnte, in denen sich der Ventrios betätigen könnte, waren wir plötzlich da. Die Steinmauern führten nicht mehr stur geradeaus, sondern formten einen runden Raum. Über uns wippte ein Blättermeer sanft in der Brise und legte sich wie eine schützende Hand über die Mitte des Labyrinths. Rechts entdeckte ich einen Berg aus Knochen, daneben einen Teppich aus Moos. Und dann war da noch der Steinkreis. Er bildete den wahren Mittelpunkt des Labyrinths. Die Steine waren zu einer Art Nest geschichtet, in das fünf goldene Eier gebettet waren. Sie waren groß wie Schädel und hätten zweifellos in jedem Museum einen Ehrenplatz erhalten.

»Wir haben es tatsächlich geschafft!« Kuus betrachtete die Eier ehrfürchtig und lächelte. Er ließ seinen Hammer sinken und schlug mir so kräftig auf den Rücken, dass ich beinahe in das Nest gestolpert wäre. »Dein Trick hat uns durch das Labyrinth geführt! Ich fasse es nicht! Ich dachte, das funktioniert nie im Leben. Aber Gerald war der Meinung, jeder hätte eine Chance verdient!«

»Vielen Dank für dein Vertrauen, Gerald«, sagte ich und zwinkerte dem Hirsch zu, was mir noch im selben Augenblick dämlich vorkam.

»Auf Brandon ist Verlass«, meinte Padraig. Er steckte den Degen ein und stupste mit der eisernen Stockspitze eines der Eier an. Es gab ein klares, helles Klirren wie beim Zusammenstoßen zweier Weingläser. »Die goldenen Eier hätten wir also. Es sind genau fünf. Sobald das Monster erledigt ist, schnappt sich jeder eins und wir machen uns aus dem Staub.«

Seitse ging in die Knie und fuhr mit dem Finger über die goldene Schale. Mit ihrem Pelzmantel hätte sie die Eier problemlos ausbrüten können. »Monsieur D'Amaurey hat uns eines davon versprochen«, erklärte sie. »Wir nehmen das größte, nur dass das klar ist.«

»In Ordnung«, sagte Padraig. »Dann müssen wir weniger tragen – was gleichbedeutend ist mit weniger Gejammer von Brandon.«

»Hey!«, entfuhr es mir. »Ich jammere doch kaum!«

»Na ja«, machte Padraig skeptisch. »Erinnerst du dich an die Hügel in der Schweiz?«

»Die waren auch verdammt hügelig!«

»Oder den Sumpf?«

»Der war auch verdammt sumpfig!«

»Oder die B–«

»Okay, okay! Ich hab's verstanden.«

Kuus und Gerald blickten zwischen Padraig und mir hin und her. »Ihr seid echt merkwürdig.«

Das von einem Jungen im Pelzmantel mit Hirsch auf dem Kopf zu hören, war deprimierend.

»Er kommt.«

Vier Köpfe drehten sich gleichzeitig zu Hannah um. Sie stand vor dem Durchgang zum Labyrinth.

»Wer kommt?«

»Na, wer wohl?«, fuhr mich Seitse an und holte die gläserne Granate aus ihrer Jackentasche. »Der Weihnachtsmann wird es kaum sein, oder?«

Padraig zückte den Degen und warf den Trenchcoat zurück. Darunter kam sein Waffengurt mit dem Weihwasser, den Salzkugeln und dem Glas mit der schwebenden Flamme zum Vorschein.

»Haben wir einen Plan?« Kuus schnürte Gerald fest und umklammerte den Griff des Hammers mit beiden Händen wie eine Axt. »Oder hauen wir einfach drauf und hoffen das Beste?«

»Draufhauen und hoffen gefällt mir«, sagte Padraig und zerteilte mit dem Degen die Luft.

»Ähm«, machte ich und zählte meine Ampullen durch. »Ich will ja kein Spielverderber sein, aber habt ihr vergessen, dass unsere Waffen das Fell des Ventrios nicht durchdringen können?«

»Natürlich nicht!« Seitse umklammerte die Granate. »Aber ein Schlag auf den Hinterkopf mit einem Hammer bleibt ein Schlag auf den Hinterkopf mit einem Hammer!«

»Hey, das hat Dad auch immer gesagt!« Obwohl einmal

mehr der Tod vor der Tür stand, grinste Padraig. »Das ist Regel Nummer siebenunddreißig!«

Hannah trat zu uns. »Das Weibchen ist gleich da. Es ist wütend und weiß, dass wir hier sind.« Sie zog die Hände aus den Taschen. In der rechten Faust hielt sie Padraigs alten Dolch. »Ich glaube, sie hat das Klirren gehört, als Padraig das Ei mit der Stockspitze berührt hat.«

»Aber das Klirren war doch kaum lauter als das Piepsen einer Maus«, warf ich ein.

»Eine Mutter erwacht auch, wenn ihr Baby einen leisen Pups von sich gibt.« Seitse zog ihren Mantel aus. Offenbar ließen sich damit nicht gut Granaten in Monstermäuler werfen. »In unserem Fall handelt es sich bei der Mutter nur um ein Monster, das uns in kleine Fetzen reißen will.«

Ich spürte, wie sich ein Schleier aus Angst über mich legte. Ein Tarnumhang wie bei *Harry Potter* wäre mir lieber gewesen! Ich vermerkte tief hinten in meinem Hirn, dass ich Grovel darauf ansprechen musste. Wenn es Monster gab, die sich unsichtbar machen konnten, konnte er mir aus der Haut bestimmt einen solchen Umhang nähen …

Ein gurgelndes Fauchen erklang, das alle meine Gedanken an einen Tarnumhang verscheuchte. Es drang aus dem Gang wie ein nahendes Gewitter und mischte sich mit Schritten – schnellen Schritten.

»Macht euch bereit«, sagte Padraig. Er sprach mit seiner gewohnten Gelassenheit, die mich einerseits beruhigte und gleichzeitig auf die Palme brachte, weil er nie Angst zeigte. »Seitse, wir anderen lenken den Ventrios ab und bringen ihn dazu, sein Maul aufzureißen.«

»Und wie stellen wir das an?«, fragte Kuus.

»Werft ihm doch einfach Brandon hin«, schlug Seitse vor.

»Um den in einem Happen zu schlucken, müsste sich das Vieh den Kiefer ausrenken.«

»Bevor ich ihn opfere, werfe ich lieber dich in sein Maul«, erwiderte Padraig, bevor mir eine schlagfertige Antwort in den Sinn kam. »Konzentriere dich auf deine Aufgabe, wir haben nur diesen einen Versuch.«

Seitse brummte etwas Unverständliches und ging leicht in die Knie.

Die Schritte kamen näher. Sie hallten von den Wänden wider, was den Eindruck erweckte, als preschte eine Bullenherde durch das Labyrinth.

Und dann rutschte mir das Herz in die Hose.

Da stand nicht ein Ventrios vor uns – sondern zwei.

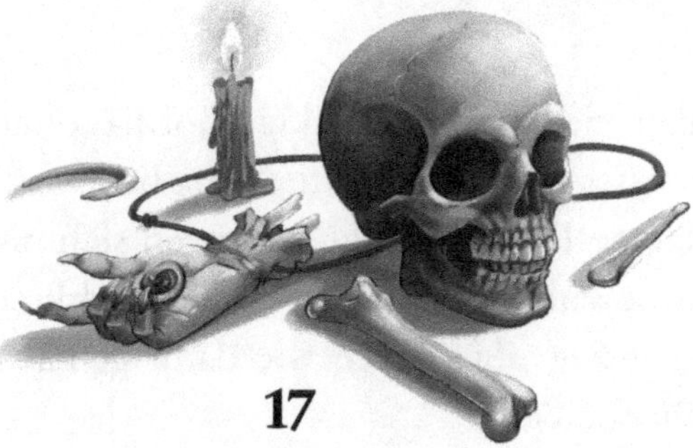

17

Padraig

Wie man ein Monster auf die Bretter schickt

»Monsterscheiße, es sind zwei!«, fluchte Brandon neben mir und bewies damit einmal mehr, dass er der Beste darin war, die offensichtlichsten Dinge auszusprechen.

»Ach, was du nicht sagst«, blaffte Seitse. Die Flüssigkeit in der Granate des Prometheus gluckste, als sie die Waffe einsteckte und zum Bogen griff.

»Wir haben nicht zufällig eine zweite Granate dabei?«, fragte Kuus.

»*Du* warst für die Waffen zuständig!« Seitse zischte wie eine Schlange. Es war zu hören, wie die Wut in ihr kochte.

»Tja, dann haben wir nur eine.«

Ich suchte Hannahs Blick, aber sie hatte ihre Augen starr auf die haarigen Gestalten gerichtet. Der Schock war ihr ins Gesicht gemeißelt. Warum hatte sie das zweite Wesen nicht bemerkt?

Die Ventrios fauchten. Obwohl das Blätterdach die Dämmerung verschluckte, waren die Kreaturen im Restlicht gut auszumachen. Mit dem zotteligen Fell und ihren langen Armen sahen sie aus wie viereckige Gorillas ohne Köpfe. Dort, wo eigentlich der Bauch hätte sein sollen, klaffte ein riesiges Maul. Lange Fäden aus Spucke zogen sich bis zum Boden. Die Zähne säumten den kreisrunden Schlund wie die Zacken einer Säge. Sie waren wie dafür gemacht, Menschenköpfe abzubeißen.

Brandon, der am nächsten beim Nest stand, strauchelte mit entsetztem Ausdruck einen Schritt zurück. Dummerweise stieß er an eines der Eier. Erneut gab es diesen hellen Klang – und mit ihm brach das blanke Chaos aus.

Einer der Ventrios stürmte auf Brandon, Hannah und Kuus zu, der andere auf Seitse und mich.

Seitse reagierte blitzschnell und spannte den Bogen. Der erste Pfeil sirrte durch die Luft, kaum hatte sich der Ventrios in Bewegung gesetzt. Hätten wir es mit einem normalen Monster zu tun gehabt, wäre es mit einem Pfeil zwischen den Augen tot zu Boden gesackt. Aber beim Ventrios prallte der Pfeil einfach ab und hinterließ nicht mal einen Kratzer.

Das Monster kreischte wutverzerrt, ging in die Knie und setzte zum Sprung an. In der Luft legte der Ventrios seine Hände zu einer massigen Faust zusammen und schwang sie wie einen fleischigen Vorschlaghammer. Seitse schrie auf und hechtete zur Seite. Die Faust donnerte mit solcher Kraft auf die Stelle, an der sie zuvor gestanden hatte, dass die Wände des Labyrinths erzitterten.

Bevor sich der Ventrios erneut auf Seitse stürzen konnte, holte ich mit dem Degen aus. Ich stieß ihm die Klinge von hinten in die Seite, genau dort, wo bei einem Menschen die Nieren saßen. Doch der Degen schabte wie eine Rasierklinge über das Fell.

»Du sollst dem Monster keinen neuen Haarschnitt verpassen, sondern es töten!«, stieß Seitse keuchend hervor, während sie sich aufrappelte.

»Ich dachte, ich schere es, damit du dir aus dem Fell einen neuen Mantel häkeln kannst«, rief ich zurück.

Die Aufmerksamkeit des Ventrios hatte ich nach meiner Attacke sicher. Er drehte sich zu mir, strich mäßig begeistert über die kahle Stelle und sperrte das Maul auf. Das Kreischen war ohrenbetäubend. Das Monster schlug seine Fäuste wie ein wütender Affe auf den Boden und schoss blitzschnell auf mich zu.

Unter dem ersten Arm duckte ich mich hindurch, der zweite traf mich in den Bauch. Die schiere Wucht drückte mir die Luft aus den Lungen und hob mich von den Füßen. Für einen Augenblick mischte sich der Schmerz mit dem Gefühl, wie ein Vogel zu fliegen. Diese Leichtigkeit verschwand abrupt, als ich in den Berg aufgeschichteter Tierknochen eintauchte. Überall knackte und splitterte es und für bange Sekunden wusste ich nicht, ob ich das Brechen meiner eigenen Knochen hörte.

Stöhnend befreite ich mich aus dem knöchernen Trümmerfeld, tastete meine Rippen ab und prüfte die Beweglichkeit meiner Finger. Mit Ausnahme des Steißbeins, das sich mit einem schmerzenden Pochen bemerkbar machte, schien alles heil geblieben zu sein.

Seitse lenkte den Ventrios ab, indem sie ihn mit Pfeilen beschoss. Sie hatte ihre Lektion gelernt und zielte jetzt auf die Augen. Aber das Monster hielt seine gewaltige Pranke vor das Gesicht, wehrte die Pfeile ab und drängte Seitse auf die Steinmauer zu.

Auf der anderen Seite des Raums zahlte sich die Überzahl zu unseren Gunsten aus. Der Ventrios bäumte sich auf und sprang auf Hannah zu, doch Kuus war mit seinem Hammer zur Stelle. Er erschien wie aus dem Nichts, traf das Monster im Rücken und holte es unsanft aus der Luft. Die haarige Kreatur knallte mit einem erstickten Röcheln auf den Bauch. Hannah sprintete nach vorne und versuchte, ihren Dolch zwischen die Schultern des Monsters zu rammen, aber die Klinge rutschte einfach ab. Brandon baute sich mit einer seiner Ampullen vor dem heulenden Ventrios auf und machte sich bereit zum Wurf.

»Padraig! Hilf mir endlich!«

Der Schrei von Seitse erinnerte mich daran, dass wir es mit zwei Ventrios zu tun hatten. Ich steckte meinen Degen ein, rollte die Eisenkette ab und schlang sie mir ums Handgelenk.

Nur wenige Meter trennten Seitse und den Ventrios. Sie schoss einen letzten Pfeil ab, den das Monster mit den Zähnen abfing und in Holzspäne verwandelte. Es gab ein triumphierendes Geschrei von sich und holte mit der Faust aus.

Das war meine Chance. Ich schwang die Eisenkette wie ein Lasso über den Kopf und warf sie um den felligen Arm. Mit ganzer Kraft zerrte ich an der Kette und stemmte meine Füße in den Boden. Der Schwung des Hiebs zog mich ruckartig nach vorne, aber ich schaffte es, den Schlag des Ventrios abzubremsen. Seitse duckte sich und die Faust schrammte knapp an ihr vorbei.

Jetzt erst bemerkte das Monster die Kette. Es wandte sich um und spie mir einen ekligen Geruch aus den Tiefen seines Magens entgegen. Dann packte es die Eisenkette und drehte sich schwungvoll im Halbkreis. Ich hob ab wie auf einem Kettenkarussell – und flog geradewegs auf die Wand zu. Instinktiv brachte ich die Schulter nach vorne und verhinderte damit in allerletzter Sekunde, dass ein besonders fies aussehender Stein mein ansehnliches Gesicht zu Brei zermatschte. Für einen Moment klebte ich an der Mauer, ehe es abwärts ging. Ich landete so hart auf meinem gescholtenen Steißbein, dass es mir den Kiefer nach oben schlug und ich mir auf die Zunge biss. Warmes Blut rann über mein Kinn.

Ein Brüllen verscheuchte die Sternchen, die um meinen Kopf tanzten. Vor mir trommelte sich der Ventrios auf die Brust und bleckte die Zähne. Er griff mit einer seiner riesigen Hände nach mir, als ein Hammer seinen ausgestreckten Arm erwischte und auf die Erde tackerte.

»Padraig, hau ab!«, rief Kuus, holte erneut aus und pfefferte den Hammer ins Gesicht des Monsters.

Der Ventrios taumelte zurück und stolperte über sein Nest. Er stieß ein überraschtes Geräusch aus, kippte nach hinten und schlug auf der festgetretenen Erde auf.

Seitse erschien in meinem Blickfeld und streckte mir ihre Hand hin. »Schnell, steh auf! Zum Glück ist unsere Granate nicht zerbrochen!«

Ich packte die Hand und sie zog mich hoch. Die Eisenkette an meinem Arm klirrte. Kaum stand ich auf den Beinen, sah ich, wie sich der Ventrios hinter dem Nest aufrappelte. Er riss seinen gezahnten Schlund auf und schrie seine Wut so kraftvoll heraus, dass uns ein feiner Schauer aus Monsterspucke einhüllte.

Mitten im Gebrüll knallte ein Glas gegen das Monster und brachte es zum Verstummen. Violettes Gas breitete sich aus und verströmte einen bestialischen Gestank, der mir Tränen in die Augen trieb. Dummerweise machten dem Ventrios nicht einmal die ätzenden Flatulenzen des N'Galogians etwas aus.

»Monsterscheiße!«, fluchte Brandon, als sich der Ventrios ihm zuwandte. »Das habe ich jetzt davon, dass ich alle drei Ampullen mit dem Betäubungsgas für den anderen Ventrios aufgebraucht habe …«

Ich spähte an Brandon vorbei. Tatsächlich lag der zweite Ventrios regungslos auf dem Boden. Aus seinem geöffneten Schlund qualmte grünstichiger Rauch.

Bevor sich der putzmuntere Ventrios auf Brandon stürzen konnte, klatschte ihm Kuus den Hammer auf den Fuß. Das Monster fuhr mit einer wischenden Bewegung herum und schlug Kuus die Waffe aus der Hand.

Der Zwilling brachte noch ein knappes »Oh« heraus, ehe ihn die Faust wie ein Rammbock traf. Als würde ihn ein Wagen an einem Seil ruckartig nach hinten ziehen, rutschte er aufrecht durch den Raum. Mit einem dumpfen Geräusch krachte Kuus gegen die Mauer und brach zusammen. Gerald rutschte ihm vom Kopf, kullerte ein Stück über den Boden und blieb mit aufgerissenen Augen liegen.

»Kuus!«, rief Seitse und ihre Stimme brach. Mit verzerrtem Gesicht funkelte sie das Monster an. »Das wirst du büßen, du Drecksvieh!«

Hannah rannte zu Kuus und bückte sich über ihn. »Er ist bewusstlos, aber er lebt!«

Brandon tauchte neben mir auf. Seine Brille saß schief und das Haar stand in alle Richtungen ab. »Was machen wir denn jetzt?«, fragte er panisch, während der Ventrios auf uns zuwankte. »Das Betäubungsgas des Tibetischen Traumfressers ist alle!«

Ich blickte auf die Eisenkette, die schlaff an meinem Arm hing – da ging mir ein Licht auf. »Hier, halt das Ende der Kette fest!«

Brandon schaute mich verdattert an. »Was hast du vor?«

Ich warf ihm die Kette zu. »Schling sie dir um den Unterarm. Ja, genau so. Und jetzt rennen wir los. Du nimmst die rechte Seite, ich die linke. Verstanden?«

»Nein, verdammt!«

»Wir schnüren seine Beine zusammen und bringen ihn aus dem Gleichgewicht«, erklärte ich. »Dann kann Seitse die Granate in sein Maul werfen. Schnell!«

Wir sprinteten auf den Ventrios zu. Das Wesen griff mit den Händen nach uns, aber wir wichen aus. Brandon stürmte rechtsherum, ich links. Wir kreuzten uns und drehten eine weitere Runde. Ich spürte, wie sich die Kette spannte, und zerrte daran. Leider fiel der Ventrios nicht um, sondern hielt mit rudernden Armen die Balance.

Da stürmte Seitse mit lautem Gekreische auf das Monster zu. In den Händen hielt sie den Hammer ihres Bruders. Sie holte Schwung wie mit einem Baseballschläger. Der Eisenkopf traf den Ventrios über dem Maul, genau zwischen den bierdeckelgroßen Augen. Stöhnend strauchelte der kopflose Riesengorilla nach hinten. Noch bevor er umkippte, warf Seitse den Hammer beiseite und holte die Granate aus der Tasche. Kaum lag der Ventrios auf dem Rücken, schleuderte sie die Granate in seinen schwarzen Schlund.

Eigentlich hatte ich einen stattlichen Knall, einen glühenden Feuerball und herabregnende Körperteile erwartet. Aber es gab lediglich ein dumpfes *Puff!* wie bei einem feuchten Tischfeuerwerk, das nicht mehr richtig zündete. Der Bauch des Ventrios wölbte sich ein wenig, dann wich das Leben aus seinen Augen.

Jetzt waren nur noch das keuchende Atmen der anderen und das Schnarchen des zweiten Ventrios zu hören. Und irgendwo, ganz weit weg, pfiff ein Vogel eine fröhliche Melodie.

Mit fünf goldenen Eiern erwies sich der Rückweg durch den Sumpf als noch anstrengender. Dazu kam das Ventriosfell, das erstaunlich schwer war. Wir trugen es abwechselnd auf unseren Schultern. Nur Kuus verschonten wir. Ihm wuchs eine große Beule aus dem Hinterkopf, und zudem stand er ziemlich wackelig auf den Beinen.

Nachdem er zu sich gekommen war, konnte er sich nicht mehr an alles erinnern. Aber er strahlte über das ganze Gesicht, weil Gerald die Sache überlebt hatte. Ein kleines Stück des Geweihs war abgebrochen, aber ein Opfer musste wohl jeder bringen.

Im Labyrinth hatten wir uns beeilt, dem Ventrios das Fell vom Leib zu ziehen, bevor das zweite Monster zu Bewusstsein kam. Ich hatte Brandon das Kommando überlassen, weil er ständig irgendetwas von halten und ziehen laberte. Die Häutung war keine schöne Sache und ich gab mir seither größte Mühe, die Bilder zu verdrängen.

Warum zwei Monster im Labyrinth auf uns gewartet hatten, konnte ich mir nur damit erklären, dass es sich um ein zeitgemäßes Ventrios-Pärchen handelte. Ihr wisst schon, eines, bei dem das Männchen nicht verschwindet, sobald der Fortpflanzungsakt abgeschlossen ist. Tja, und nun würde es neben seinem gehäuteten Weibchen aufwachen. Nicht sehr nett von uns, aber als BEAST-Agent konnte ich mir über solche Dinge keine Gedanken machen.

Wir schliefen unter der einsamen Eiche auf dem Hügel. Seitse machte ein Feuer und wir wechselten uns mit der Nachtwache ab. Am nächsten Tag erreichten wir um die

Mittagszeit das einzige Dorf weit und breit. Die Pforte zum Raum der tausend Türen befand sich in einem heruntergekommenen Waschsalon.

»So, das war's wohl.« Kuus schaute uns traurig an, kaum standen wir im Hauptquartier von OMEGA. »Hier trennen sich unsere Wege. Ich muss dringend auf die Krankenstation, mein Schädel brummt heftiger als jeder Bienenstock.«

»Ihr wart gute Führer«, sagte ich an die Zwillinge gerichtet. »Ohne euch hätten wir das Labyrinth nie gefunden. Zudem hätte es verdammt schlecht um unsere Chancen gegen zwei Ventrios gestanden.«

»Da waren zwei von den Dingern?« Kuus kratzte sich unter der Fellmütze an der Stirn.

»Ich weiß nicht, ob du wirklich auf die Krankenstation musst.« Seitse legte ihrem Bruder eine Hand auf die Schulter. Die beiden waren von der langen Reise gezeichnet. Aber sogar erschöpft glichen sie sich wie ein Ei dem anderen. »Du scheinst mir nicht verwirrter zu sein als sonst auch.«

»Wer bist du noch gleich?«, fragte Kuus mit schielenden Augen. »So wie du aussiehst, könntest du eine der vielen Schwestern meiner Mutter sein.«

Er konnte sich ein Lachen nicht verkneifen. Und zu meiner Überraschung verirrte sich auch ein flüchtiges Grinsen auf Seitses Lippen. Sie schüttelte amüsiert den Kopf. Dann sah sie Brandon an.

»Dir schulde ich eine Entschuldigung«, begann sie. »Ich habe dich unterschätzt, Brandon. Du und deine Gläser, ihr habt ganz schön was auf dem Kasten. Ich habe noch nie einen Jäger gesehen, der die Kreaturen der Schattenwelt mit ihren eigenen Waffen bekämpft. Den einen oder anderen Trick werde ich mir abschauen.«

Brandon errötete. Er wusste nicht so recht, was er mit seinen Armen anstellen sollte. Schließlich entschied er sich dafür, sie zu verschränken.

»Kein Ding«, sagte er, um einen lockeren Ton bemüht. »Die meisten Agenten unterschätzen mich, wenn sie mich das erste Mal sehen. Aber ich sorge dafür, dass ihnen dieser Fehler kein zweites Mal unterläuft.«

Hannahs Blick traf mich. Sie lächelte ihr rares Lächeln und sah Brandon mit so etwas wie Stolz an.

Ich grinste zurück und verdrehte theatralisch die Augen. Natürlich übertrieb Brandon maßlos, aber er hatte tapfer gekämpft und sich das Lob mehr als verdient.

»Wenn ihr mal wieder in der Gegend zu tun habt«, sagte Kuus, »meldet euch bei uns. Gerald würde sich freuen, euch wiederzusehen!«

18

Brandon

Ich esse wütend einen Topf Nudeln

»Ihr habt einen Ventrios getötet?« Prims tiefblaue Augen sahen mich bewundernd an. »Wie habt ihr das angestellt? Und wieso wart ihr überhaupt in einem Sumpf in Osteuropa unterwegs?«

»Ach, wir brauchen das Fell des Monsters für einen Handel«, erklärte ich beiläufig.

Nachdem wir das Fell des Ventrios und die vier goldenen Eier in der Paloma Street abgeladen hatten, nahmen wir uns den Rest des Tages frei. Morgen sollte es erneut nach Paris gehen, um den Schachspieler mit dem mechanischen Hirn bei Gawain einzutauschen. Ich nutzte die freien Stunden, um im BEAST-Hauptquartier meine Vorräte aufzufüllen. Dass ich Prim getroffen hatte, war ein willkommener Zufall.

»Mach es nicht immer so spannend!« Sie grinste mich an. Die schulterlangen Haare rahmten ihr Gesicht ein wie ein Gemälde. »Was ist das für ein Handel?«

Wir streiften ziellos durchs BEAST-Hauptquartier. Ich vergaß meine schmerzenden Beine und war überzeugt, einen Marathon laufen zu können.

»Dieser Handel ist *topsecret*«, sagte ich verschwörerisch, als zwei Shepards mit ihren Helmen und dreizackigen Speeren an uns vorbeischritten. »Wir müssen morgen nach Paris.«

»Was wollt ihr in Paris?«, hakte Prim nach.

»Ist nicht so wichtig.«

»Komm schon, Brandon!« Prim rempelte mich mit ihrer Hüfte an. »Du erlebst so tolle Abenteuer, während ich zu Hause rumsitzen muss! Erzähl mir wenigstens, was da draußen in der Welt der Monsterjäger vor sich geht.«

Ich spürte, wie ich rot anlief. Zur Sicherheit drehte ich den Kopf weg und blickte über das Geländer nach unten auf den Innenhof. Es klang beinahe so, als hielte sie mich für einen Draufgänger.

»Weißt du«, versuchte ich einen Themenwechsel, »wir reden viel zu viel von mir. Warum erzählst du mir nicht ein wenig aus deinem Leben? Ich weiß kaum etwas über dich.«

Prim steuerte die Wendeltreppe zu den unteren Etagen an. »Hm«, machte sie und strich sich eine Strähne hinter das Ohr. »Da gibt es nicht viel zu erzählen. Ich wohne mit Dad auf einem Landsitz außerhalb von Edinburgh. Du weißt schon, so ein Haus mit riesiger Gartenanlage, perfekt getrimmten Hecken und anderen langweiligen Dingen. Meine Familie lebt schon seit Generationen dort.«

»So ein Landsitz klingt cool«, fand ich und dachte an das Haus meiner Familie neben dem doofen Kirchturm, der ständig läutete. »Was arbeiten deine Eltern?«

»Meine Mum war Agentin, aber bei einer anderen Behörde.« Prim zögerte. »Sie lebt leider nicht mehr.« Jemand wischte das Lächeln, das sie immer auf den Lippen trug, aus ihrem Gesicht. »Sie ist bei einem Einsatz ums Leben gekommen. Ich war noch klein, als es passiert ist.«

»Oh«, machte ich unbeholfen. Ein Schuldgefühl breitete sich in meiner Brust aus, weil Prim wegen meiner Frage traurig war. »Das tut mir leid.«

»Schon gut«, sagte sie und ihre Mundwinkel zuckten nach oben in ihre gewohnte Position. »Du konntest es ja nicht wissen. Mein Vater hat sich nach ihrem Tod so gut um mich gekümmert, wie er konnte. Dafür fällt es ihm jetzt schwer, mich allein aus dem Haus zu lassen. Er hat Angst, dass mir etwas geschieht. Ein Wunder, dass ich den Unterricht bei Mrs Chandra besuchen darf.«

Wir passierten einen Laden, aus dem dichte Schwaden in den verschiedensten Farben waberten. Es roch gleichzeitig süß, scharf, beißend und faulig, als wäre gerade ein Piratenschiff mit gestohlener Ware aus dem Orient explodiert. Das Geschäft gehörte zu den merkwürdigsten des Hauptquartiers. Die Besitzerin, eine korpulente Frau mit riesigen runden Ohrringen und bunten Tüchern, schwor auf Räucherstäbchen zur Bekämpfung von Monstern. Angeblich konnten ihre Superstäbchen selbst die bösartigsten Kreaturen vertreiben, betäuben, töten und – keine Ahnung wozu *das* gut sein sollte – aphrodisieren.

»Dein Dad würde sich gut mit meiner Mum verstehen.« Meine Stimme klang gedämpft, weil ich eine Hand vor Mund und Nase hielt. »Sie lässt meine Schwester auch kaum aus den Augen. Nicht ganz zu Unrecht«, warf ich nach kurzem Zögern hinterher.

Prim sog die frische Luft ein, als sich die Duftwolke lichtete. »Magst du deine Schwester?«

»Nein.«

»Warum nicht?«

»Wenn du sie kennen würdest, würdest du mir diese Frage nicht stellen.«

Prim lachte und streifte meinen Arm, was mich auf dem falschen Fuß erwischte. Instinktiv zog ich ihn zurück.

»Ist dein Vater der Mann, den du in deinem Buch gezeichnet hast?« Mein Blick war auf Prims zitronengelbes Notizbuch gefallen und hatte mich an die Skizze des männlichen Gesichts erinnert, das ich darin gesehen hatte.

Prim drehte sich erschrocken zu mir. »Woher weißt du von der Skizze?«

Ich hob entschuldigend die Hände. »Keine Angst, ich habe nicht heimlich in dein Notizbuch geschaut oder so. Sie ist mir aufgefallen, als du am ersten Tag bei Mrs Chandra auf der Suche nach einer leeren Seite durch das Buch geblättert hast.«

»Ja, das ist Dad.« Prim sah auf das Buch hinab und blickte flüchtig auf ihre Uhr. »Oh, es ist schon spät. Ich muss los. In einer Stunde gibt es Abendessen, und von der Pforte ist es ein weiter Weg zu mir nach Hause. Wir sehen uns, in Ordnung?«

»O-okay.«

Sie schenkte mir ein fröhliches Lächeln, das meinen Bauch seltsam kribbeln ließ, und winkte zum Abschied. Trotzdem wurde ich das Gefühl nicht los, etwas Falsches gesagt zu haben. Warum sonst hatte sie es plötzlich so eilig?

Als sie hinter der nächsten Ecke verschwunden war, holte ich den Zettel mit den Namen der sieben Kinder, die in den Unterlagen aus dem alten Gefängnis erwähnt wurden, aus der Tasche und machte mich auf den Weg ins Archiv. Doch leider blieb die Suche trotz der tatkräftigen Hilfe von

Mrs Love-Wobbley erfolglos. Niedergeschlagen schaute ich auf dem Heimweg kurz bei Emmerett vorbei, um endlich meine Vorräte an Ampullen aufzustocken.

Kurze Zeit später warf der Raum der tausend Türen mich bei der Hintertür eines ranzigen Jazzclubs raus, der in der Nähe der Paloma Street stand.

»Brandon, bist du's?«, kam es aus der Küche, als ich die Tür zu Padraigs Zuhause aufstieß.

»Nein, ein brutaler Serienmörder, der auf der Suche nach seinem nächsten Opfer auf gut Glück Türen öffnet«, gab ich zurück.

»Ach, die schauen öfters vorbei«, kam es von oben. »Ich werfe deinen abgesäbelten Kopf einfach zu den anderen.«

Ich schluckte, fuhr mir über den Hals und betrat die knarzende Holztreppe, unter der sich der Eingang zu Farchies Keller befand.

Hannah und Padraig saßen am Küchentisch vor leeren Tellern. Erst jetzt fiel mir auf, dass ich den ganzen Tag nichts gegessen hatte. Auch mein Magen bemerkte es und begann wütend zu grummeln.

Zu meiner Erleichterung war der Topf auf dem Herd mit Nudeln gut gefüllt. Ich schnappte ihn mir und setzte mich damit an den Tisch. Teller waren meiner Meinung nach überbewertet.

»Wie war's mit Prim?« Padraig hatte den goldenen Zylinder mit den sieben drehbaren Walzen vor sich, den sein Vater Farchie anvertraut hatte. »Hast du von deinen Heldentaten erzählt?«

Da ich bereits den Mund voll hatte, schüttelte ich den Kopf und winkte ab.

»Musst du Brandon immer mit Prim aufziehen?«, fragte

Hannah. Auch Mr Hide fauchte Padraig an. Das brachte ihm direkt einen Pluspunkt bei mir ein.

»Ich ziehe ihn nicht auf.« Padraig stellte ein weiteres Passwort ein, zog an den Enden des Zylinders und atmete enttäuscht aus, als sie sich keinen Millimeter bewegten. »Wenn ich das täte, würde ich kindische Liedchen singen, in denen die beiden Händchen halten.«

Wieder spürte ich, wie sich meine Gesichtsfarbe der Tomatensauce im Kochtopf anpasste. »Ich habe Prim nur zufällig getroffen. Eigentlich wollte ich bei Emmerett meine Ampullen aufstocken.«

»Natürlich, ihr habt euch rein *zufällig* getroffen.« Padraig zwinkerte mir verschwörerisch zu und legte den Zylinder weg.

»Es war wirklich zufällig!«

»Aber klar doch.«

Langsam wurde ich wütend.

»Brandon wird wütend«, sagte Hannah prompt. »Wir sollten über etwas anderes reden.«

»Ich werde nicht wütend!«, sagte ich wütend und stopfte so viele Nudeln in meinen Mund, dass ich wütend darauf herumkauen konnte.

»Lasst uns besprechen, wie wir morgen bei Gawain vorgehen«, schlug Padraig vor. »Wir können den Automaten schlecht durch die Katakomben tragen.«

»Warum nehmen wir nicht nur das Gehirn mit und lassen den Automaten dort?« Hannah kraulte Mr Hide hinter den Ohren.

Mit den Nudeln schluckte ich meinen Ärger hinunter. »Ist es nicht ein wenig zu auffällig, wenn wir nur mit dem Hirn verduften?«

Padraig spitzte die Lippen. »Manchmal sind die auffälligen Dinge nur so auffällig, weil man glaubt, sie wären auffällig. Dabei sind sie ganz unauffällig.«

Ich ließ mir die Worte durch den Kopf gehen. »Entweder ist das völliger Blödsinn, was du gerade gesagt hast, oder du hast recht.«

»Meistens habe ich recht. Und ich sehe nicht ein, warum es ausgerechnet dieses Mal anders sein sollte.«

Ich wollte etwas sagen, entschied mich aber, meine Kraft lieber in das Verputzen des Essens zu investieren.

»Gut, da dieser Tatsache niemand widerspricht, bauen wir morgen das Hirn aus und machen uns aus dem Staub«, beschloss Padraig.

Ich legte die Gabel auf den Tisch und schob den leeren Topf zur Seite. »Ein Problem gibt es immer noch: Wir haben keine Ahnung, wo der Schattenschlüssel steckt. Ich meine, wir haben Frankensteins Herz gefunden und wissen, wo das mechanische Gehirn ist. Das Monstrukt ist irgendwo auf den Orkneyinseln versteckt. Aber wo ist der Schlüssel, mit dem sie das Wesen zum Leben erwecken wollten?«

Padraig tippte mit dem Finger gegen das Glas. Plötzlich wirkte er nachdenklich. »Darüber habe ich mir auch schon Gedanken gemacht. Meine Hoffnung ist, dass wir den Schlüssel bei einem der drei Elemente finden. Beim Herz war er nicht, und wenn er nicht unter dem dämlichen Filzhut des Automaten steckt, ist er wahrscheinlich auch nicht bei dem mechanischen Hirn.«

»Dann muss er beim Monstrukt sein«, kombinierte Hannah.

»Oder Antoine hat den Schlüssel zerstört. Oder ihn an einem anderen Ort versteckt«, zählte Padraig auf und fuhr sich über das Kinn.

»Das Problem an der Sache ist«, begann ich, »dass sich das Ziel unserer Mission verändert hat. Zuerst dachten wir, wir könnten in Ruhe nach dem Schlüssel suchen. Nun wissen wir aber, dass noch jemand hinter dem Monstrukt her ist.«

Padraig nickte. »Sir Cassius und Genova Schmidt. Ihretwegen spielt es eigentlich keine Rolle mehr, ob wir den Schlüssel finden. Wenn sie in den Besitz des Toten Dreierleis kommen, steht die Welt nämlich vor einem echten Problem.«

»Wir müssen also in erster Linie eine Katastrophe verhindern und finden dabei mit etwas Glück den Schlüssel«, fasste ich zusammen.

»Ihr vergesst ein paar Dinge«, meinte Hannah. Mr Hide sprang von ihrem Schoß und huschte davon. »Cassius mag uns das Herz abgenommen haben. Aber er weiß nicht, wo sich das Hirn befindet. Und niemand – weder er noch wir – hat eine Ahnung, wo genau das Monstrukt ist. Solange niemand dieses letzte Versteck findet, besteht keine Gefahr.«

Padraig zuckte mit den Schultern. »Und trotzdem müssen wir das Monstrukt finden.«

Hannah verschränkte die Arme. »Warum?«

Padraig sah hoch und blickte sie an. »Weil es sein kann, dass der zweite Schattenschlüssel in dieser Kiste ist. Und solange diese Möglichkeit besteht, werde ich nach der Kiste und dem Monstrukt suchen. Sonst steckt mein Dad für immer in der Schattenwelt fest.«

Eine bleierne Stille legte sich über die Küche. Hannah und Padraig hatten beide recht mit dem, was sie sagten. Solange das Monstrukt unentdeckt blieb, bestand keine akute Gefahr. Aber gleichzeitig würde Padraig nicht ruhen, bevor er nicht einen Blick in die Kiste geworfen hatte.

»Wir sollten eines nach dem anderen angehen«, brach ich das Schweigen. »Zuerst nehmen wir den Schachspieler unter die Lupe und sacken das Hirn ein. Damit schlagen wir zwei Fliegen mit einer Klappe. Zum einen verhindern wir, dass Cassius den zweiten Teil des Dreierleis in seine Finger bekommt. Und zum anderen finden wir vielleicht den zweiten Schattenschlüssel.«

Hannah warf einen düsteren Blick unter ihrer Kapuze hervor. »Und wenn der Schlüssel nicht dort ist?«

Da mein Magen immer noch protestierte, stand ich auf und holte einen Pudding aus dem Kühlschrank. »Dann suchen wir das Monstrukt. Solange wir das Gehirn haben, besteht ja keine Gefahr. Zudem halte ich es für sehr wahrscheinlich, dass der Schlüssel in der Kiste ist.«

Padraig nestelte an seinem Rollkragen herum. »Wie kommst du darauf?«

»Aus einem ganz einfachen Grund.« Ich zog den Deckel des Puddings ab und setzte ein optimistisches Grinsen auf. »Ich bezweifle, dass sich ein Schattenschlüssel zerstören lässt. Wenn die Legenden wahr sind, hat sie eine höhere Macht geschaffen. Da genügt bestimmt kein Hammerschlag, um einen zu vernichten.«

Hannah vergrub die Hände in den Taschen. »Worauf willst du hinaus?«

Jetzt war mein Lächeln nicht mehr aufgesetzt, sondern echt. »Wenn ich einen unzerstörbaren Schlüssel habe, von dem ich nicht will, dass er gefunden wird, gibt es kein besseres Versteck als eine verscharrte Kiste, von der niemand weiß, wo sie ist.«

»Klingt sinnvoll«, warf Padraig ein. »Aber leider wissen wir nicht, wo Favre das Monstrukt versteckt hat. Zudem ist die Kiste unzerstörbar. Wenn ich mich nicht täusche«, er zeigte auf mich, »du korrigierst mich bitte, wenn ich falschliege, bedeutet dieses Wort, dass sich die Kiste nicht öffnen lässt.«

»Eins nach dem anderen«, mahnte ich. »Ich habe eine Idee, wie wir in Erfahrung bringen können, wo das Monstrukt versteckt ist. Wie wir die Kiste öffnen, überlegen wir uns zu gegebener Zeit.«

Padraig musterte mich skeptisch. »Und wie sieht diese Idee aus?«

»Erinnert ihr euch an das, was der Automat in der Hütte auf die Tischplatte geritzt hat?«

»Einen eingekreisten Namen.« Padraig sah aus, als würde er versuchen, sich an eine mathematische Formel zu erinnern. »Emilia? Emma? Wie lautete er doch gleich?«

»Erica«, sagte Hannah.

»Genau.« Ich zeigte mit dem Löffel auf Hannah. »Dem Kreis und dem Namen haben wir bisher keine Beachtung geschenkt. Aber wäre es nicht möglich, dass es ein Hinweis auf das Versteck ist?«

Padraig rollte den Zylinder von der einen in die andere Hand. »Ein eingekreister Name kann alles Mögliche bedeuten. Warum sollte er mit dem Versteck zusammenhängen?«

»Nun ja«, sprang Hannah ein. »Der Automat im Museum wies uns den Weg zum Herz. Vielleicht ist es logisch, wenn der Automat in der Hütte einen Hinweis auf das nächste Teil des Toten Dreierleis liefert.«

Ich sah Padraig an, dass er nicht viel von dieser Theorie hielt. Aber Hannah sprach das aus, was ich dachte. Selbst wenn Favre die Gefahr ihrer Schöpfung erkannt hatte, war das Monstrukt der Beweis für die Kraft des Schlüssels. In den richtigen Händen war er fähig, Menschenleben zu retten. Vielleicht hatte Antoine gehofft, dass jemand den Schattenschlüssel fand und besser zu nutzen wusste als er und Frankenstein.

»Ich halte das alles für gewagt«, meinte Padraig. »Da ich aber keinen besseren Anhaltspunkt habe, bin ich offen für Vorschläge, wie wir dieses Rätsel knacken können.«

Ich räusperte mich. »Vielleicht könnten wir andere für uns nachdenken lassen. *Viele* andere …«

»Wie willst du das denn anstellen?«, fragte Hannah.

Ich lächelte. »Zufällig habt ihr Brandon MacHelsing vor euch, den Gründer und Betreiber von *Creepy Chronicles*, dem bekannten Blog rund um Fragen zu Monstern und anderen Kreaturen!«

»Ach, diesen Blog gibt es immer noch?« Padraig stellte den Zylinder hochkant auf. »Jetzt, wo du von den Monstern weißt, sollten sich deine Fantasien rund um Werwölfe und Co. eigentlich erledigt haben.«

»Leider fehlt mir ein wenig die Zeit, um den Blog zu betreiben«, gestand ich. »Ich bin seit ein paar Monaten erstaunlich oft damit beschäftigt, nicht gefressen, aufgeschlitzt oder auseinandergerissen zu werden. Aber in diesem Fall bin ich überzeugt, dass uns meine Creeps helfen können!«

Brandon MacHelsing braucht eure Hilfe!

Hòigh Creeps,

Monsterscheiße, es ist so weit – ich benötige mal wieder die Unterstützung der monstermäßigsten Monster-Community des Planeten! Ich bin da an einer echt heißen Sache dran, über die ich leider nicht sprechen kann. Aber glaubt mir, wenn ich sage, dass die Welt bald von einem Monster heimgesucht werden könnte, das bösartiger ist als alles, was uns bisher begegnet ist! Dieses Ding würde Frankensteins Monster zum Frühstück verputzen ...

Aber MacHelsing, fragt ihr, was genau willst du von uns? Also, die Sache ist ganz einfach. Auf meinen Recherchen zu diesem Monster bin ich auf einen kruden Hinweis gestoßen, an dem ich mir die Zähne ausbeiße: der Name Erica, der von einem Kreis umgeben ist. Ich habe keinen Schimmer, wofür diese beiden Dinge stehen. Persönlich halte ich einen Ort für wahrscheinlich, aber vielleicht handelt es sich um eine Person, ein Buch oder sonst was.

Mit eurer Hilfe gelingt es uns bestimmt, dem Geheimnis um diese Bestie einen Schritt näher zu kommen. Schreibt die Ergebnisse eurer Nachforschungen oder eure Ideen in die Kommentare!

Lasst euch nicht erschrecken!

Euer Brandon MacHelsing

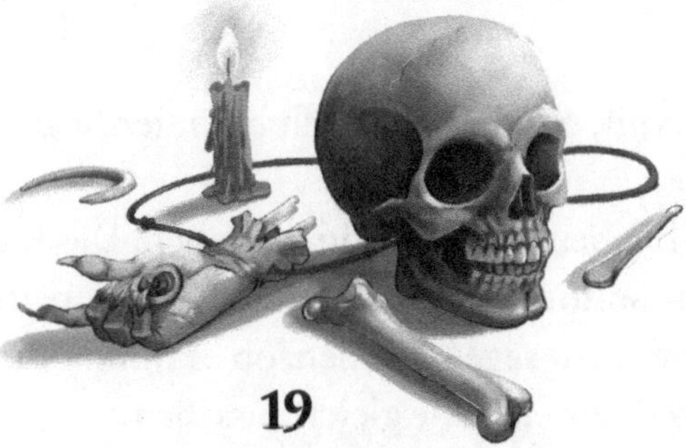

19

Padraig

Brandon schießt mich über den Haufen

»*Mes jeunes chasseurs de monstres.*« Gawain D'Amaurey hockte wie immer breitbeinig auf seinem knöchernen Thron. »Wie ich sehe, habt ihr eure kleine Reise durch den Sumpf überlebt.«

»Bonjour, Monsieur«, grüßte ich das Walross mit gespielter Freundlichkeit. Das Fell des Ventrios trug ich über meiner Schulter. »Selbstverständlich haben wir überlebt. Sie haben doch nicht heimlich dem Ventrios die Daumen gedrückt und gehofft, dass er uns in Stücke reißt?«

Gawain lachte so laut, dass der Kronleuchter über unseren Köpfen schaukelte und die Gläser der Vitrinen erzitterten.

Selbst als das Lachen verebbt war, schwabbelte sein Doppelkinn gut gelaunt weiter. »*C'est très amusant*, dass ihr denkt, ich könnte euch tot sehen wollen. Das wäre schlecht für mein Geschäft.« D'Amaurey wies ausladend in den Raum mit den Vitrinen. Offenbar hatte er kürzlich Kundschaft, denn eine davon war leer. »Wenn alle Monsterjäger sterben würden, die wundervolle Schätze für mich besorgen, wäre ich ein armer Mann!«

Wir blieben vor dem Thron stehen. Die Kleiderschränke mit den Sonnenbrillen zu beiden Seiten regten sich nicht. Ich hätte nicht sagen können, ob es immer dieselben waren oder ob sie einfach alle gleich aussahen.

»Habt ihr, was ich von euch verlangt habe?«

»Selbstverständlich!« Ich warf das Fell des Ventrios vor meine Füße, Hannah und Brandon öffneten die Rucksäcke. Die goldenen Eierschalen glänzten im Licht des Kronleuchters. »Ein Fell, vier goldene Eier. Eins haben wir den Zwillingen überlassen. Sie haben uns versichert, dass Sie ihnen diese Bezahlung zugesichert hatten.«

Gawain leckte sich über die spröden Lippen. Sein Gesicht wirkte fahl und verschwitzt. »Ihre Familie gehört seit Jahren zu meinen treusten Artefaktjägern. Eines der Eier genügt kaum, um die vielen Mäuler länger als eine Woche zu stopfen!«

Ich stupste das Fell mit der Schuhspitze an. »Kuus und Seitse haben sehr gute Arbeit geleistet. Ich würde über eine Lohnerhöhung nachdenken. Oder wie wäre es mit einem kleinen Grillabend in den Katakomben als Bonus? Das hätte was, oder?«

»Du redest zu viel, *jeune chausseur des monstres*.« Gawain lehnte sich zurück und faltete die Hände über seinem Bauch. »Wir sind hier, um einen Handel abzuschließen, nicht um über meine Anstellungsbedingungen zu diskutieren.«

Er schnippte mit den Fingern. Die Wachmänner zückten ihre Waffen und richteten sie auf uns.

»Hey, was soll das?« Brandon hob wie bei unserem ersten Besuch als Einziger die Hände.

»Wir werden das Fell des Ventrios prüfen«, erklärte Gawain. »Wird es seinem Ruf gerecht, erhaltet ihr den Automaten. Die Goldeier sind echt, das erkenne ich von hier. Wenn einer von euch also so nett wäre, das Fell überzuziehen, *s'il vous plaît.*«

»Moment«, sagte Brandon verunsichert. »Warum soll einer von uns das Fell anziehen?«

Gawain rieb sich die Hände. »Natürlich überprüfen wir das Fell an einem lebenden Objekt. Meine Handlanger kommen leider nicht als Testperson infrage. Ihr ahnt nicht, wie schwierig es ist, heutzutage zuverlässiges Personal zu finden. Also«, Gawain grinste und zeigte sein gelbes Gebiss mit dem Goldzahn, »Freiwillige vor.«

»Sie schießen auf uns?!« Brandon klang fassungslos. Nervös schob er seine Brille auf den Nasenrücken, bis er bemerkte, dass er nicht mehr beide Hände in die Höhe streckte. Sofort schnellten sie wieder hoch. »Das können Sie nicht machen! Was ist, wenn das Fell einen Riss hat oder Ihre Männer nicht richtig zielen?«

Gawain genoss es sichtlich, dass wenigstens einer von uns auf seine Spielchen einstieg. Er sog scharf die Luft ein. »Meine Männer treffen schon, keine Sorge. Sollte das Fell die Kugel durchlassen, seid ihr einer weniger und unser kleiner Tausch kommt nicht zustande.«

Brandons Stimme nahm einen flehenden Ton an, der mir ein wenig zu weinerlich war. »Warum hängen wir das Fell nicht einfach auf und schießen darauf?«

Gawain gähnte übertrieben. »Das klingt furchtbar langweilig.«

Brandon sah mich verzweifelt an. »Komm schon, Padraig, sag doch auch mal was!«

»Dein Freund«, ging Gawain dazwischen, »weiß, dass hier unten alles nach meinen Regeln abläuft. Entweder einer von euch zieht sich jetzt sofort das Fell über – oder ich lasse euch erschießen.«

»Der spinnt!«, zischte Brandon. »Als ob sich einer von uns freiwillig meldet ...«

»Ich mach es«, sagten Hannah und ich wie aus einem Mund.

»Was?« Brandons Gesicht zog sich in die Länge wie ein ausgerollter Teig. »Habt ihr einen Knall?«

Ich wandte mich Hannah zu. »Ich übernehme das. Das Fell ist unzerstörbar, das mussten wir im Labyrinth am eigenen Leib erfahren.«

Sie zuckte mit den Schultern. »Ich weiß, deshalb würde ich es auch machen.«

»Das weiß ich zu schätzen, aber für die gefährlichen Sachen bin ich zuständig.«

Hannah sah mich regungslos an. »Traust du mir das etwa nicht zu?«

»Doch«, sagte ich rasch. »Aber jemand muss auf Brandon aufpassen, falls die Sache unerwartet schiefgeht. Und darauf habe ich echt keine Lust.« Ich zwinkerte ihr zu, hob das Fell auf und trat zu Gawain. »Ich stelle mich für Ihre Qualitätsprüfung zur Verfügung.«

»*Superbe! Très bien!*« Der Sammler klatschte in die Hände. »Wenn mein junger Freund so nett wäre, sich mit dem Fell dort hinzustellen.« Gawain wies auf eine Stelle vor dem Becken des Wasserfalls. »Sollte das Fell seinen Dienst versagen, verteilen sich die Innereien nicht über den Fußboden, sondern landen im Becken.«

Brandon gab einen erstickten Laut von sich.

Ich zog das Fell wie einen Umhang über. Der Pelz fühlte sich grob und zottelig an, schmiegte sich aber wie eine zweite Haut an meinen Körper.

Gawain und seine beiden Handlanger stellten sich ein paar Meter von mir entfernt auf. Während Hannah dieselbe Ruhe ausstrahlte wie ich, war Brandon kreidebleich. Er sah aus, als würde er sich jederzeit übergeben. Wenigstens hatte er endlich die Hände runtergenommen – das hatte ziemlich albern ausgesehen.

»*Alors*«, sprach Gawain mit erhobener Stimme gegen das Rauschen des Wassers an. »Dann wollen wir mal sehen, ob das wirklich das Fell eines Ventrios ist.«

»Monsterscheiße, natürlich ist es das!« Brandon kam auf wackeligen Beinen näher. »Wer garantiert uns, dass Ihre Männer Padraig nicht einfach in den Kopf schießen?«

Gawain lachte auf. »Warum sollten sie das tun?«

»Ich weiß nicht.« Brandon stand jetzt nicht mehr weit von D'Amaurey entfernt. »Vielleicht, weil Sie ein berüchtigter Monstersammler sind? Ich kenne zwar nur Sie, kann mir aber vorstellen, dass es andere mit derselben Berufsbezeichnung nicht so genau nehmen, was das Erschießen von unliebsamen Gästen betrifft.«

Gawain musterte Brandon aus seinen schwarzen Augen. Eine hässliche Grimasse schlich sich auf sein gedrungenes Gesicht, die ich als Grinsen identifizierte.

»Ich habe einen Vorschlag.« Gawain wandte sich einem der Kleiderschränke zu und streckte die Hand aus. »Gib mir die Pistole.«

Der Kleiderschrank reichte ihm die Waffe.

Brandons Ausdruck gefror und seine Hände schossen wieder in die Luft. »W-was h-haben Sie vor?«

»Wie war noch gleich dein Name?« Gawain entsicherte die Waffe. »Brandon, nicht wahr?«

Brandon nickte.

Der Händler winkte ihn mit der Pistole zu sich. »Komm mal her, Brandon. Keine Angst, ich beiße nicht. Das wäre nicht mein Stil.«

Brandon wankte vorsichtig auf den kugelrunden Mann mit den kleinen Beinen zu. »Ist Erschießen Ihr Stil?«

Gawain legte einen Arm um Brandon. »Oh, aber nein, mein junger Freund. Ich riskiere doch nicht, dass mein Anzug einen Blutspritzer abbekommt.« Er lachte, aber niemand lachte mit. »Hör zu«, Gawain hielt ihm die Waffe hin, »du nimmst jetzt dieses gute Stück und feuerst eine Kugel auf deinen Freund ab, *d'accord*?«

Brandon wich das letzte bisschen Farbe aus dem Gesicht. Gawain musste ihn fast stützen, damit er nicht an Ort und Stelle zusammensackte.

»W-warum?«, stotterte Brandon. Er starrte die Pistole an, als würde sie ihn gleich auffressen.

Gawain klopfte ihm auf die Schulter. »Du vertraust mir und meinen Leuten nicht. Da dachte ich mir, ich komme dir entgegen und lasse ich dich selbst auf deinen Freund schießen. Und jetzt nimm diese verdammte Waffe, ich habe nicht den ganzen Tag Zeit!«

Die letzten Worte schrie Gawain so laut, dass Brandon zusammenzuckte. Mit zitternden Händen griff er nach der Pistole.

»So ist's fein«, säuselte Gawain. Mit einer sanften Bewegung packte er Brandons Schultern und richtete ihn in meine Richtung aus. »Wie ich sehe, hast du noch nie eine Waffe in der Hand gehalten. Aber es ist ganz einfach, jedes

Kind könnte es. Du zielst auf deinen Freund, ziehst am Abzug und schießt – *tout simple*.«

Es wäre mir lieber gewesen, einer der Kleiderschränke hätte auf mich geschossen. Diese Männer verstanden ihr Handwerk, daran gab es keinen Zweifel. Wenn ich mir hingegen Brandons zitternde Hand anschaute, breitete sich eine leichte Unruhe in meiner Brust aus.

»Brandon, du schaffst das.« Hannah öffnete die Augen. Ihre Stimme klang warm und ruhig. »Ich weiß, dass du Angst hast, das ist okay. Konzentriere dich darauf, die Waffe gerade zu halten. Und drück erst ab, wenn du tief Luft holst.«

Gawain lachte und trat einen Schritt hinter Brandon, um alles im Blick zu haben. »Offenbar hat sie mehr Erfahrung im Umgang mit Waffen als du.«

Brandon starrte ungläubig auf die Pistole in seinen Händen.

»Komm schon, Brandon, du kannst das«, sprach ich ihm Mut zu. »Du schießt bestimmt besser als diese Pappnasen. Ich meine, klar, du wirfst wie die größte Pfeife in ganz Schottland. Aber hey, vielleicht ist das Schießen voll dein Ding! Du könntest nach dieser Sache hier ein erfolgreicher Pistolenschütze werden. Oder wie heißt diese Sportart, bei der sie diese roten Scheiben in die Luft werfen, die man abknallen muss?«

»Tontaubenschießen«, kam es von einem der Kleiderschränke in brüchigem Englisch.

Ich stutzte. Es war das erste Mal, dass einer von ihnen ein Wort gesprochen hatte. »Genau, das war's. Vielen Dank.«

Der Kleiderschrank nickte kaum merklich.

»Genug geredet!«, brauste Gawain auf. »Ich zähle jetzt bis drei. Wenn du bis dahin nicht abgezogen hast, Brandon, sind diese Zahlen das Letzte, das du in deinem Leben gehört hast. Eins…«

Brandon nahm die Pistole in seine rechte Hand. Er zitterte so stark, dass der Lauf hin und her schwankte.

»… zwei …«

Brandons Blick traf mich. Er legte seinen Finger um den Abzug. Ich nickte ihm aufmunternd zu und zwang ein Grinsen auf mein Gesicht. Gleichzeitig zog ich das Fell ein weniger enger.

»… dre–«

Ein lauter Knall spaltete das Rauschen des Wassers. Kaum drang der Schall durch mein Trommelfell, spürte ich einen schmerzhaften Druck wie von einem Faustschlag. Die Wucht riss mich von den Füßen. Ich kippte nach hinten und das Wasser brach über mir zusammen.

Tja, was soll ich sagen … Brandon hatte mich über den Haufen geschossen. Und ehrlich gesagt war ich verdammt stolz auf ihn!

Hände packten mich und zogen mich aus dem Wasser, kaum hatte ich die Oberfläche durchschlagen.

»Padraig? Er ist ohnmächtig!« Brandon schüttelte mich und verpasste mir eine kräftige Ohrfeige.

»Hey!«, rief ich und spuckte Wasser aus. »Was soll das? Ich bin nicht ohnmächtig.«

»Oh, tut mir leid.« Brandon ließ mich los. Sein Gesicht glich einer Geisterfratze. »Mann, ich dachte schon, ich hätte dich erschossen.«

Ich wischte mir das Wasser aus den Augen, schnäuzte die Nase und klatschte die nassen Haare zurück. »Wenn du mich erschossen hättest, wäre ich nicht ohnmächtig, sondern tot.«

Hannah stand hinter Brandon und klopfte ihm anerkennend auf den Rücken. »Gut gemacht.«

»Gut gemacht?«, wiederholte Brandon. »Ich habe Padraig beinahe getötet!«

»Na ja, jetzt mach mal halblang.« Ich setzte mich auf den Beckenrand und besah das Fell. »Dafür braucht es mehr als eine Kugel.«

»Bravo, bravo.« Gawain klatschte langsam in die Hände und kam näher. »Eine großartige Vorstellung, *absolument unique*! Als ich die zittrigen Hände deines Freundes gesehen habe, war ich überzeugt, dass es kein gutes Ende für dich nimmt, junger Monsterjäger.« Gawain ging zu Brandon und streckte die Hand aus. »Die Waffe bitte.«

Brandon funkelte Gawain finster an. Er zögerte, als würde er ernsthaft in Erwägung ziehen, das Walross zu erschießen. Er biss sich auf die Lippen und gab Gawain die Pistole zurück.

»*Merci beaucoup*.« D'Amaurey nahm sie und reichte sie dem Kleiderschrank. Dann wandte er sich um und nickte mir zu. »Gib mir das Fell. Ihr könnt den Automaten haben und verschwinden. Ich gebe euch fünf Minuten, danach hetze ich alles und jeden mit einer Waffe oder scharfen Zähnen auf euch. Verstanden?«

Ich schälte mich aus dem Fellmantel und übergab ihn Gawain. »Es war mir eine Freude, mit Ihnen Geschäft zu machen, Monsieur D'Amaurey.«

Gawain nestelte einen Schlüssel aus seiner Hosentasche. Er reichte ihn mir im Gegenzug für das Fell. »Damit lässt sich die Vitrine öffnen. Meine Männer leeren in der Zwischenzeit eure Rucksäcke mit den goldenen Eiern.«

Ich nahm den Schlüssel und setzte mein nettestes Lächeln

auf. »Das klingt vernünftig.« Ich stieß mich vom Beckenrand ab und winkte Brandon und Hannah zu mir. »Kommt, wir sehen uns den Schachspieler mal aus der Nähe an.«

»*Cinq minutes!*«, mahnte Gawain. »Fünf Minuten!« Er nahm das Fell und drückte es einem Kleiderschrank in die Hand, der damit verschwand.

Die Tür der Vitrine mit dem osmanischen Schachspieler befand sich auf der Rückseite. Ich steckte den Schlüssel in das Schloss. Eine eingeritzte Sigille glühte kurz auf und erlosch. Wahrscheinlich eine Sicherheitsmaßnahme, um die Schätze vor diebischen Monstern zu schützen.

»Cool«, hauchte Brandon und knipste mit seinem Smartphone ein Foto des magischen Zeichens.

Ich öffnete die Glastür.

»Sag mal«, meinte Hannah zögerlich, »hat Brandon das letzte Mal nicht behauptet, dass man das mechanische Hirn bereits durch die Vitrine sieht? Ich kann nichts erkennen außer einem leeren Loch unter dem Filzhut.«

Ich hielt inne, die Tür halb aufgezogen. Sie hatte recht! Brandon hatte das Hirn bei unserem letzten Besuch gesehen. Mit einem unguten Gefühl zog ich die Tür auf und nahm dem Schachspieler den Filzhut ab.

»Monsterscheiße!« Brandon stand auf Zehenspitzen neben mir und spähte in den leeren Kopf des Schachspielers. »Wo ist das verfluchte Hirn?«

»Ähm«, ich trat hinter der Vitrine hervor, »entschuldigen Sie, Monsieur D'Amaurey, aber hatte dieser Automat nicht mal eine Art Gehirn?«

Gawain saß in seinem Knochenthron und blickte auf eine silberne Armbanduhr an seinem Handgelenk. »Doch, aber das habe ich gestern verkauft.« Er lächelte hämisch und hielt drei Finger in die Höhe. »Übrigens bleiben euch noch *trois minutes*.«

»Verkauft?« Brandon ließ vor Schreck den Filzhut fallen, den ich ihm eben in die Hand gedrückt hatte. »Wie genau meinen Sie das, *verkauft*?«

Gawain legte die Finger ineinander und ließ sie mit einer ruckartigen Bewegung knacken. »Gestern spät am Abend kam ein Mann in Begleitung einer jungen Frau. Er hat mir einen hohen Preis dafür geboten, die Mechanik des Schachspielers zu erwerben. Das konnte ich nicht ablehnen.« Gawain strich sich über das Kinn. »Zumal ich mich nicht erinnern kann, dass das Innenleben des Automaten Teil unserer Abmachung war. Ihr wolltet den Schachspieler, ihr bekommt den Schachspieler. *Deux minutes*.«

Hannah trat zu mir. »Gawain sagt die Wahrheit. Das Hirn ist weg.«

Brandon stampfte wütend auf den Filzhut. »Wollen Sie damit sagen, dass Sie uns nach Strich und Faden hintergangen haben?«

Gawain lehnte sich zurück. »Nein, damit will ich sagen, dass ich ein ausgezeichneter Geschäftsmann bin, der penibel darauf achtet, was er seinen Kunden verspricht.« Auf seinem Gesicht lag der blanke Hohn. Es war ihm anzusehen, dass er auf diesen Moment gewartet hatte. »Ich habe euch den Schachspieler versprochen, also erhalten meine jungen Freunde den Schachspieler. Ich bin ein Mann, der sein Wort hält. Von diesem Schraubenhaufen war nie die Rede.« Er beugte sich nach vorne und verzog seine Lippen zu einem boshaften Lächeln. »Oder täusche ich mich da, *jeune chasseur des monstres? Une minute …*«

Ich zückte den Degen. Brandon öffnete seine Jacke und

umfasste eine der vielen Ampullen. Hannah verschränkte die Arme und stellte sich neben mich.

Gawains Gelächter hallte durch den Raum. »Oha, wie Angst einflößend – die Kinderbande macht ernst.« Das Walross schnippte, die Kleiderschränke zogen die Waffen aus den Holstern. »Wenn ihr auf dumme Gedanken kommt, muss einer meiner Mitarbeiter gleich den Fußboden hinter euch aufwischen.«

Meine Finger bohrten sich in den Griff des Degens, bis sie schmerzten. Emmerett hatte mich davor gewarnt, mich auf ein Geschäft mit Gawain einzulassen. Jetzt wusste ich, weshalb. Er war ein durchtriebener Lump und ein Halsabschneider, der jeden aufs Kreuz legte, der ihm zu nahe kam.

Zähneknirschend steckte ich den Degen ein. »Sagen Sie mir einfach, wer der Käufer war. Danach gehen wir und holen den Schachspieler ein anderes Mal ab.«

Gawain sah mich lange an, weil er den Augenblick auskosten wollte. Schließlich sagte er: »Der Mann stellte sich als Sir Cassius und seine rothaarige Begleitung als Genova Schmidt vor.«

20

Brandon

Ein kleines Mädchen knackt das Rätsel

Port Willow tauchte am Ende der holperigen Straße auf, die sich in weiten Schlenkern auf die halbkreisförmige Bucht zuschlängelte. Die Häuser drängten sich um den Hafen, als wären sie kreischende Teenager beim Konzert eines Typen mit katastrophalem Haarschnitt. Die Holzhäuser in der ersten Reihe hatten sich die Mühe gemacht, ihre buntesten Kleider anzuziehen. Die farbenfrohe Häuserzeile war das Wahrzeichen des Küstenstädtchens, in dem ich mein altes Leben verbracht hatte.

Wenn der Hafen das schlagende Herz von Port Willow war, waren die engen Gässchen dahinter seine Blutbahnen. Sie durchzogen das Dorf und verbanden die lebenswichtigen Organe miteinander. Dazu gehörten in erster Linie die Metzgerei, das Hafenpub *Shrunken Heads* und der Kiosk mit seinen Lottoscheinen. Mit Essen, Alkohol und der Hoffnung auf ein besseres Leben war der Alltag der Menschen hier perfekt zusammengefasst.

Ich bog in eine Gasse ein und schritt auf die Kirche zu.

Nach den gestrigen Ereignissen in den Katakomben wollte ich meine Familie besuchen, um auf andere Gedanken zu kommen. Das Gotteshaus war keines dieser prunkvollen Wahrzeichen mit Stuckaturen und Wasserspeiern, sondern ein zweckdienliches Gebäude aus grauem Stein. Neben der Kirche und dem angrenzenden Friedhof stand das Pfarrhaus in einem kleinen, gepflegten Garten. Neben dem Haus wuchs eine knorrige Buche, die einen Ast nach dem Fenster unter dem Dach ausstrecke. Dahinter wartete mein Zimmer mit seinen vielen Postern und Plakaten auf mich.

Meine Familie glaubte seit vier Monaten, dass mich eine renommierte Schule in Edinburgh aufgenommen hätte. Padraig und Emmerett hatten sich nach der Sache mit der Riesenspinne im Waisenhaus dafür eingesetzt, dass ich ein Teil ihrer Welt werde. Es bedurfte einiger Gespräche, um Glynnes Hazle-Finch davon zu überzeugen. Aber schließlich hatte die BEAST-Leiterin eingewilligt und ich war zu Padraig und Hannah nach Edinburgh gezogen.

Ich klingelte an der Tür. Natürlich hatte ich einen Hausschlüssel, aber ich wollte nicht unangekündigt hineinplatzen. Aus dem Innern des Hauses erklangen hastige Schritte, dann riss jemand die Tür auf.

»Na sieh mal einer an, Nerdon MacLoser.« Meine Schwester Penelope musterte mich so gelangweilt, als wäre ich der Milchmann. »Was machst du denn schon wieder hier? Haben sie die Schule für Super-Nerds dichtgemacht, weil du die Kantine leer gefuttert hast? Oder bist du im Sportunterricht auf deinen Hintern geplumpst und hast ein Erdbeben ausgelöst?«

Ich schob meine Brille zurück auf den Nasenrücken. »Nein, sie haben mir aufgetragen, Experimente über die Intelligenz von Schafen durchzuführen. Da dachte ich mir, du hättest vielleicht Zeit …«

Penelope verschränkte die Arme. »Seit deinem letzten Besuch, als du zwei Tage lang ein altes Buch in deinem Zimmer gelesen hast, habe ich ganz vergessen, wie lustig du bist.«

Ich zwängte mich an Penelope vorbei in den Flur. Der Eingangsbereich trug Mums Handschrift. Jedes Familienmitglied hatte eine Ablage für seine Schuhe und eine festgelegte Anzahl an Kleiderhaken, an denen Jacken, Mäntel, Hüte und Taschen hingen. Auf dem Fußboden und den Kommoden gab es keine Anzeichen von Staub und es roch nach Reinigungsmittel. Früher war mir dieser Duft nie aufgefallen. Jetzt kam es mir bei jedem Besuch vor, als würde ich ein fremdes Haus betreten und zum ersten Mal den Geruch der Menschen wahrnehmen, die darin wohnten.

»Penelope, wer ist da?«, fragte eine warme Stimme aus dem Wohnzimmer.

»Hey, Dad«, rief ich zurück, streifte die Schuhe ab und stellte sie auf meine Ablage.

»Brandon?« Dad klang überrascht und erfreut zugleich. »Du besuchst uns schon wieder? Aber bis zu den Weihnachtsferien sind es doch noch sechs Wochen!«

»Vielleicht ist er wegen Halloween hier.« Penelope schloss die Tür und warf mir im Vorbeigehen einen abweisenden Blick zu. »Die hässliche Maske hat er schon aufgesetzt. Ach nein, warte, das ist ja sein Gesicht.«

»Haha«, machte ich und folgte ihr ins Wohnzimmer.

Vor der altmodischen Wohnwand, die vor Büchern, Porzellan und alten Bilderrahmen überquoll, erhob sich Dad aus seinem Ohrensessel. Mein Vater war der Pfarrer in Port Willow – und so sah er auch aus. Er war groß und hager und die wenigen Haare saßen wie ein Lorbeerkranz auf seinem Kopf. Wie fast immer trug er einen schwarzen Rollkragenpullover.

»Brandon, was für eine schöne Überraschung.« Dad kam strahlend auf mich zu und umarmte mich herzlich. »Bist du wegen Halloween morgen hier? Oder musst du wieder in Ruhe ein Buch für die Schule lesen?«

Ich löste mich aus der Umarmung. »Ähm«, mein Hirn ratterte eine Liste an Ausreden durch, »wir haben langes Wochenende, weil wir nächste Woche gleich drei Prüfungen haben. Genau, so ist es. Dass Halloween vor der Tür steht, habe ich ganz vergessen.«

Penelope umfasste das Geländer der Treppe, die in den oberen Stock führte. »Merkwürdig«, sie drückte den Zeigefinger an die Wange, »Halloween war immer genau dein Ding mit all diesen kindischen Monstern. Der Tag im Jahr, an dem die Straßen voller Vampire, Werwölfe, Mumien und dem ganzen Kram sind, den du toll findest. Unter all diesen Freaks fällst du kaum auf.«

»Penelope, sei nicht gleich wieder so barsch zu deinem Bruder«, forderte Dad. »Kein Wunder, dass er so selten zu Besuch kommt.«

»Das ist das zweite Mal diese Woche!« Penelope sah mich mit stechenden Augen an, dann drehte sie sich mit wehendem Haar um und stolzierte die Stufen hoch.

Dad sah mich gutmütig an. »Deine Schwester vermisst dich, weißt du?«

»Natürlich«, erwiderte ich knapp und holte ein Glas aus einem Küchenschrank. »Ich schaue nur so bedröppelt drein, weil ich enttäuscht bin, dass sie nicht vor Freude geweint hat.«

Während ich den Kühlschrank öffnete, setzte Dad sich an

die Kopfseite des Esstisches. An der Wand hinter ihm hing eine hölzerne Figur von Jesus, die wie immer verdammt traurig aussah.

»Ich glaube, sie vermisst eine Person in diesem Haus, die in ihrem Alter ist«, meinte Dad. Er saß kerzengerade im Stuhl, die Hände in den Schoß gebettet. »Sie würde es nie zugeben, aber ihr ist langweilig ohne dich.«

Ich setzte mich mit dem Glas an meinen alten Platz. »Ihr ist höchstens langweilig, weil sie niemanden hat, den sie beleidigen kann. Übrigens, wo ist Mum?«

Dad sah zu, wie ich Limonade trank. Er hatte die nervige Angewohnheit, stumm dazusitzen und einen zu beobachten. Ich war mir nicht mal sicher, ob er überhaupt blinzelte.

»Deine Mutter ist mit dem Bibelclub unterwegs.« Dad spähte an mir vorbei zur Küchenuhr. »Sie dürfte in der nächsten Stunde zurückkommen. Schläfst du bei uns?«

Nach den Ereignissen am Morgen in Paris tat es mir gut, mich ein wenig mit Dad zu unterhalten. Noch immer fing meine Hand an zu zittern, wenn ich an die Pistole dachte.

»Ja, ich bleibe bis morgen«, sagte ich. »Danach muss ich wieder zurück. Ich habe mich mit Freunden verabredet, um für die Prüfungen zu lernen.«

Lachfalten zogen sich um Dads Augen. »Es freut mich, dass du so schnell Freunde gefunden hast. Mir kam das alles ein wenig überstürzt vor, als im Frühjahr dieses Angebot kam.« Er fuhr sich durch das lichte Haar. »Eigentlich habe ich bis heute nicht verstanden, wie diese Privatschule auf dich aufmerksam geworden ist.«

Ich nippte an der Limonade. »Sie prüfen Testergebnisse und Schulnoten und suchen sich die Besten aus.«

Es fühlte sich nicht gut an, seine Familie zu belügen. Okay, bei Mum und Penelope machte es mir nicht viel aus. Sie hatten ohnehin vergessen, dass ich mein Leben für sie riskiert hatte. Aber Dad war immer derjenige gewesen, der mich unterstützt hatte. Ihm war es egal, wenn ich seinen Predigten fernblieb oder die Geschichten der Bibel für Märchen hielt. Er war der Einzige, der meinen Blog las und mich und meine Eigenheiten akzeptierte. Wäre es nach Mum gegangen, hätten sie mich längst auf eine katholische Schule geschickt. Dad hingegen wollte einfach, dass ich glücklich bin.

»Diese Schulleiterin, die uns in einem Brief erklärt hat, warum sie dich aufnehmen wollen«, Dad legte die Stirn in Falten, »wie hieß sie noch gleich?«

»Glynnes Hazle-Finch.«

»Genau.« Dad legte den Kopf schräg. »Behandelt sie dich und die anderen Schüler gut?«

»Warum fragst du das?«

»Weil ich schon anhand ihrer Wortwahl in dem Schreiben erkannt habe, dass sie keinen Spaß versteht.«

Ich sah Dad fragend an. »Woher weißt du, wie jemand Briefe schreibt, der keinen Spaß versteht?«

»Brandon, Brandon.« Wieder lächelte er milde. »Wie lange bin ich schon mit deiner Mutter verheiratet?«

Ich genoss es, die Stunde mit Dad zu verbringen. Zum Glück gelang es mir, das Thema Schule zu umschiffen. Stattdessen philosophierten wir über die Frage, ob eine Katze auf den Beinen landen würde, wenn man ihren Rücken mit Butter einschmierte.

Irgendwann kam Mum nach Hause. Kaum trat sie durch die Tür, fühlte sich das Haus kälter an als zuvor. Natürlich mochte ich Mum, keine Frage, aber sie strömte nicht dieselbe Wärme aus wie Dad. Sie trug eine bis oben zugeknöpfte Bluse und hatte die langen Haare zu einem strengen Pferdeschwanz zusammengebunden. Sie nahm mich in den Arm, wenn auch nur kurz, und machte sich mit Dads Hilfe an die Zubereitung des Abendessens.

Direkt nach dem Essen ging ich auf mein Zimmer und knipste das Licht an. Die Monster und Wesen auf den unzähligen Plakaten begrüßten mich mit geweiteten Augen, gefletschten Zähnen und gespreizten Krallen. Ich ließ mich auf das Bett plumpsen. Kaum schloss ich für einen Moment die Augen, kamen die Bilder der letzten Stunden wieder hoch.

Die Pistole.

Padraig.

Der Schuss.

Zur Ablenkung zückte ich mein Handy und scrollte durch die Kommentare von *Creepy Chronicles*.

Meine Follower hatten die abstrusesten Ideen, was es mit dem Kreis und dem Namen Erica auf sich haben könnte. Jemand behauptete, es handele sich um einen Voodoo-Zauber und der Kreis symbolisiere das Tor zur Hölle. Wieder andere waren überzeugt, es sei ein Symbol zur Beschwörung einer Hexe namens Erica.

Als ich die Hoffnung schon aufgeben wollte, fiel mein Blick auf einen Kommentar, der mich stutzen ließ.

»Hey, du Pappnase. Ich glaube, ich weiß, zu welchem Ort dieses Rätsel führt. Hättest du auch selbst draufkommen können. Es war voll leicht. Aber ich poste die Lösung bestimmt nicht in die Kommentare, sonst sehen sie ja all die Pfeifen hier. Du weißt, wo du mich findest.«

Metalhead_0302

Der Weg zum kleinen Heimatmuseum von Port Willow führte über gepflasterte Straßen. Mittlerweile waren die Straßenlaternen auf den Gehwegen aufgeflammt. Ein zügiger Wind wehte vom Meer durch die Gassen und der Geruch von nahendem Regen erfüllte die Luft. Außer mir war keine Menschenseele auf der Straße – was mir recht war, da mich die meisten Leute aus schierer Gewohnheit merkwürdig anstarrten.

Das Museum befand sich eingeklemmt zwischen der Metzgerei und einem Spielwarengeschäft. Wie immer begrüßte dieses Viertel seine Besucher mit dezentem Schinkengeruch. Ein roter Holzrahmen fasste die Museumstür ein. Daneben war ein Schild mit der Aufschrift *PORT WILLOW LOCAL HISTORY MUSEUM* angebracht. Um diese Uhrzeit hatte das Museum geschlossen, aber in den Wohnräumen der oberen Stockwerke brannte Licht. Bereits bei der Sache mit der Riesenspinne hatten Hannah, Padraig und ich auf der Suche nach Informationen vor diesem Museum gestanden.

Ich seufzte, gab mir einen Ruck und betätigte die Klingel. Irgendwo über mir erklang ein gedämpftes Schrillen. Kurz darauf öffnete sich eines der beleuchteten Fenster und der Kopf eines Mannes erschien.

»Das Museum hat geschlossen«, rief er gegen den Wind. »Morgen ab neun Uhr haben wir wieder geöffnet. Es gibt eine Sonderausstellung zu Halloween. Schwerpunkt ist die Geschichte von Viktor Frankenstein.«

»Entschuldigen Sie die Störung, Mr Tarnbelt.« Ich legte den Kopf in den Nacken und starrte durch die klumpige Dunkelheit zu ihm hoch. »Aber ich bin nicht wegen des Museums hier, auch wenn sich die Ausstellung spannend anhört.« Beim Gedanken an Viktor und seine Gräueltaten zogen sich meine Eingeweide zusammen. »Ist Ihre Tochter zu Hause?«

Der Tonfall von Mr Tarnbelt veränderte sich. »Was willst du von ihr? Ich dachte, mir bleiben noch ein paar friedliche Jahre, bevor ältere Jungs abends an der Tür klingeln und nach Alicia fragen.«

Ich wedelte mit den Armen. »Nein, nein, Sie verstehen das falsch. Ich bin hier, weil mir Ihre Tochter bei einer … Recherche helfen kann. Ich führe einen Blog, wissen Sie.«

»Ach, bist du dieser Brandon MacHelsing?«

»Genau.«

Mr Tarnbelt drehte sich um. »Alicia!«, rief er durch das Haus. »Unten wartet Besuch auf dich.« Es kam eine Antwort, die in dem heulenden Wind unterging und er schaute wieder aus dem Fenster. »Sie kommt gleich. Und ich behalte dich im Auge, nur dass das klar ist!«

Unten öffnete sich die Haustür. Heraus stolzierte ein vielleicht sieben- oder achtjähriges Mädchen mit zwei abstehenden Zöpfen. Sie steckte in einem viel zu großen pechschwarzen Shirt, auf dem die Karikatur eines Mannes mit langem Bart und Sonnenbrille zu sehen war. Darüber prangte der Name einer alten Rockband. Die Hose des Mädchens wies mehr Löcher als Stoff auf und war mit silbernen Ketten behangen.

»Hey, du Pappnase!« Alicia Tarnbelt stemmte die Hände in die Hüften und blies einen pinken Kaugummi zu einer Blase auf, die mit einem lauten *Plopp!* platzte. »Bist du wegen dem öden Rätsel hier?«

»Wegen *des Rätsels*«, korrigierte ich sie. »Die Präposition *wegen* erfordert grundsätzlich den Genitiv.« Ich lächelte sie überlegen an. »Aber wahrscheinlich lernt man das im Kindergarten noch nicht.«

Alicia stapfte auf mich zu und blieb so dicht vor mir stehen, dass ich unfreiwillig zurückwich. Sie verschränkte die Arme und sämtliche Freundschaftsbändchen rutschten wie ein zusammenfallender Regenbogen nach hinten.

»Erstens«, begann sie, »gehe ich in die dritte Klasse. Zweitens, ohne deine zwei coolen Freunde nehme ich es locker mit dir auf. Und drittens kann ich die Lösung *des Rätsels*«, sie betonte die Worte ganz besonders, »einfach für mich behalten. Wer so oberschlau ist, dass er mir den Genitiv erklärt, kann es bestimmt selbst lösen.«

»Ich könnte das Rätsel lösen, wenn ich mehr Zeit hätte«, erwiderte ich trotzig.

»Natürlich«, sagte sie und verdrehte die Augen.

Wir starteten unaufgefordert einen Wettbewerb, wer sein Gegenüber fieser anstarrte. Dann wurde mir klar, dass ich ein kleines Mädchen vor mir hatte. Meine Züge entspannten sich ein wenig.

»Hast du eine Freundin?«

»Ich?«

»Nein, dein unsichtbarer Freund.«

»Ich habe keinen unsichtbaren Freund.« Ich dachte kurz an Prim. »Und auch keine Freundin.«

»Also hast du genug Zeit, um Rätsel zu lösen.«

Ich unterdrückte den Drang, mich auf eine Diskussion über meine nicht vorhandene Zeit einzulassen. »Kannst du mir nicht einfach sagen, was es mit dem Kreis und diesem Namen auf sich hat?«

Eine weitere Kaugummiblase platzte. »Was springt für mich dabei heraus?«

»Meine Dankbarkeit.«

»Kann ich mir damit Süßigkeiten kaufen?«

»Nein.«

»Dann lass dir gefälligst was Besseres einfallen!«

»Eine nette Umarmung?«

»Ich hole gleich meinen Dad, der macht dich alle.«

Ich hob besänftigend die Hände. »Schon gut, schon gut. Wie wär's mit einer Familienpackung deines Lieblingskaugummis vom Kiosk?«

Alicia blies eine kleine Atemwolke aus. »Leg noch einen ausgefüllten Lottoschein für Dad drauf und wir sind im Geschäft, MacHelsing.«

Nach kurzem Nachdenken streckte ich ihr die Hand entgegen.

»Hast du die gewaschen?« Alicia sah von der Hand zu mir und wieder zurück. »Möchte ja nicht wissen, was du damit alles anstellst in deiner vielen Freizeit.«

»Ich habe nicht viel Freizeit, okay?!«

Das Mädchen legte den Kopf schief. »Also gut, abgemacht.« Sie packte meine Hand und drückte erstaunlich kräftig zu. »Die Kaugummis und den Lottoschein kannst du nach Halloween hier abliefern, klar?«

»In Ordnung.« Ich ließ die kleine Hand los. »Und jetzt rück endlich mit der Sprache raus.«

Alicia grinste mich an und fuhr über die Bändchen an ihrem Arm. Die Kälte schien ihr nichts auszumachen, obwohl sie nur ein T-Shirt trug. »Es war voll einfach. Und ich bin mir sicher, dass ich richtigliege. Zuerst habe ich überlegt, wofür *Erica* stehen könnte. Also eigentlich hat es das Internet überlegt«, gestand sie. »Man muss eigentlich nur *Erica* eingeben, dann findet man in einer Minute heraus, dass es nicht nur ein Name für Menschen ist, sondern auch für eine Pflanzenart.«

Ich dachte an das Monstrukt, erkannte aber keinen plausiblen Zusammenhang zwischen Pflanzen und einem Monster aus Leichenteilen. »Und welche Pflanzenart heißt *Erica*?«, fragte ich skeptisch.

»Heidekräuter«, sagte Alicia und die nächste pinke Kaugummiblase verdeckte ihr Gesicht. »Das war der erste Teil der Lösung. Für den habe ich nicht mal eine Minute gebraucht.«

»Willst du einen Orden?«

»Hast du einen dabei?«

»Nein.«

Alicia zog eine enttäuschte Schnute. »Nachdem die Sache mit dem Namen erledigt war, habe ich überlegt, was der Kreis bedeuten könnte. Wahrscheinlich, so dachte ich mir, ist es ein Ort, an dem Heidekraut wächst.«

»Klingt logisch«, meinte ich.

»Aber die Lösung war kein Kreis«, meinte Alicia, »sondern ein Ring.«

»Ein Ring?«

Das Mädchen sah mich triumphierend an. »Kennst du den Ring von Brodgar?«

»Kommt mir bekannt vor.«

»Du hast keine Ahnung, oder?«

»Nein.«

»Das ist ein Steinkreis«, erklärte Alicia. »Du weißt schon, so ein Kreis aus Steinen wie Stonehenge.«

»Ich weiß, was ein Steinkreis ist«, sagte ich knapp. Die ersten Regentropfen klatschten auf meinen Kopf. »Aber was hat dieses Heidekraut damit zu tun?«

»Auch das ist einfach.« Alicia trat die wenigen Stufen zur

Tür hoch, um sich vor dem Regen in Sicherheit zu bringen. »In der Mitte des Steinkreises von Brodgar wächst ein Feld voller Heidekraut.«

Vom Ende der Straße bewegte sich eine weiße Nebelwand auf uns zu. Sekunden später hüllte sie mich ein und legte ihren nassen Schleier über meine Regenjacke. Der eiskalte Wind gewann an Kraft und warf die Tropfen wie kleine Speere in mein Gesicht.

Ich zog die Kapuze enger und stemmte mich dem Wind entgegen. »Und wo ist dieser Ring von Brodgar?«

Wenn bisher noch Zweifel an der Theorie von Alicia alias *Metalhead_0302* bestanden hatten, waren diese nach ihrem nächsten Satz wie weggeblasen.

»Der Steinkreis befindet sich auf Mainland.« Das Mädchen öffnete die Tür und schob sich in den erleuchteten Flur. Wohlige Wärme strömte daraus hervor. »Mainland ist die Hauptinsel der Orkneys.«

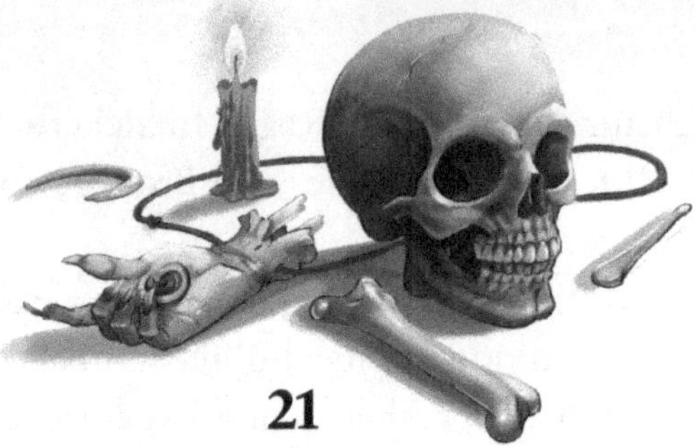

21

Padraig

Besser gut improvisiert als schlecht geplant

»Es passt alles zusammen!« Brandon lief mit einem Kübel Vanilleeis durch die Küche in der Paloma Street. Dicke Regentropfen klatschten gegen die Fensterscheiben – das perfekte Wetter für den Halloween-Abend. »Viktor und Antoine haben das Monstrukt auf einer der Orkneyinseln zusammengesetzt. Das wissen wir aus Favres Tagebuch.« Er wies mit dem Löffel auf das Buch im braunen Ledereinband, das auf dem Tisch lag. »Nach Frankensteins Selbstmord hat Favre das Monstrukt dort verscharrt und einen Hinweis auf das Versteck hinterlassen.«

»Den ein kleines Mädchen vor dir entschlüsselt hat«, fügte ich an und konnte mir trotz der ernsten Lage ein Lächeln nicht verkneifen.

»Der Weg zum Ziel interessiert am Ende niemanden.« Brandon steckte den Löffel ins Eis und kratzte eine stattliche Kugel zusammen. »Monsterscheiße, wir wissen jetzt, wo das Monstrukt versteckt ist!«

»Das ist eine gefährliche Information.« Hannah beobachtete Mr Hide, der zwischen den Tischbeinen mit einer Kugel aus Alufolie spielte. »In den falschen Händen könnte sie die Welt bedrohen.«

Ich saß verkehrt herum auf dem Stuhl und hielt die Arme auf der Lehne verschränkt. »Die einzigen falschen Hände sind jene von Sir Cassius und Genova. Und die besitzen mit Frankensteins Herz und dem mechanischen Hirn bereits zwei Teile des Toten Dreierleis.«

Brandon zog schmatzend den Löffel aus dem Mund. »Aber sie haben keine Ahnung, wo das Monstrukt ist. Und wenn sie es doch wissen, ahnen sie nichts von der unzerstörbaren Kiste, in dem es steckt.«

»Richtig«, bestätigte ich. »Antoine hat die Kiste erst nach Frankensteins Tod konstruiert. Somit kann kein Wort darüber in Viktors Tagebuch stehen.«

»Die Frage ist, wie wir weiter vorgehen. Ich finde, wir sollten BEAST informieren.« Brandon stopfte das Eis zurück ins Gefrierfach und setzte sich auf den Stuhl gegenüber von mir. »Wenn Cassius und Genova vom Versteck erfahren, steht uns eine Menge Ärger bevor. Vor allem wenn sie diese Kiste irgendwie aufbringen. Wer weiß, was sie mit dem Monstrukt anstellen.«

Ich legte das Kinn auf meinen Händen ab und ließ mir Brandons Vorschlag durch den Kopf gehen. Er ergab Sinn, keine Frage. Wenn es Cassius gelang, die Kiste zu öffnen, besaß er das mächtigste Monster der Welt. Andererseits würde das Hinzuziehen von BEAST bedeuten, dass wir Mrs Hazle-Finch in die Sache einweihen mussten …

»Sagt mal«, begann ich langsam und hob den Kopf, »woher wussten Sir Cassius und Genova überhaupt, dass wir mit Gawain verhandeln?«

Hannah zog ein Bein an die Brust. »Das kann tausend Gründe haben.«

»Zum Beispiel?«

Sie zuckte mit den Schultern. »Wir reden hier von Gawain. Er könnte seinen Kunden erzählt haben, dass wir uns für den Schachspieler interessieren, um einen höheren Preis rauszuschlagen. Wenn einer davon Sir Cassius war …«

»Nein.« Ich schüttelte den Kopf. »So wie es Gawain erzählt hat, hat Cassius ihn gezielt aufgesucht.« Eine plötzliche Unruhe trieb mich aus dem Stuhl. »Woher wusste er also, dass wir bei Gawain waren?«

»Vielleicht lässt er uns beschatten.« Brandon sah sich in der Küche um, als wäre einer der Stühle ein Geheimagent in Tarnkleidung. »Jemand verfolgt uns seit Tagen, ohne dass wir es bemerken.« Er stand auf, zog sich mit beiden Händen am Küchenfenster hoch und spitzelte hinunter in die Sackgasse.

»Leidest du unter Verfolgungswahn?«

»Da ist niemand.« Brandon trat vom Fenster zurück und strich seinen Pullover glatt. »Aber das hat nichts zu bedeuten. Unser Verfolger wäre ein schlechter Verfolger, wenn wir ihn auf den ersten Blick entdecken würden.« Er spähte über den Rand seiner Brille zur Decke. »Vielleicht ist er ja ein Ninja …«

»Einen Ninja würde ich ausschließen«, sagte Hannah ohne eine Spur von Ironie. »Aber Cassius wird Mittel und Wege haben, um an Informationen zu kommen. Wir hätten besser aufpassen müssen.«

Ich lehnte mich gegen den Rahmen der Tür. »Wir sollten uns den Ring von Brodgar allein ansehen – ohne BEAST. Im Moment sehe ich keinen Vorteil, die Behörde hinzuzuziehen.«

»Der Vorteil liegt doch auf der Hand.« Brandon befeuchtete die Fingerspitze, um einen Vanillefleck von seinem Pullover zu wischen. »Mit deinem Plan gehen wir allein nach Mainland, statt eine Armee von Shepards vorzuschicken. Warum lassen wir nicht sie den Boden des Steinkreises umpflügen und die Kiste für uns bergen?«

»Weil wir dann nicht an den Schlüssel kommen«, sagte ich bestimmt. »Mrs Hazle-Finch lädt uns kaum zu einem Ausflug auf die Orkneyinseln ein, um uns in einer Zeremonie mit Cocktails und Häppchen den Schlüssel zu überreichen.« Ich trat aus dem Türrahmen und stützte die Arme breit auf dem Tisch ab. »Entweder zerstört BEAST den Schlüssel oder Mrs Hazle-Finch sorgt dafür, dass er weggesperrt wird.«

Brandon sah von seinem Fleck auf. »Vielleicht borgt sie ihn dir.«

Ich ließ den Kopf zwischen die abgestützten Arme sinken. »Klar, ich gehe einfach hin und sage: *Hey Glynnes, altes Haus, entschuldige die Störung. Ich brauche mal eben den Schlüssel von Frankenstein, um das Tor zur Schattenwelt zu öffnen. Kann ich ihn dir morgen in den Briefkasten werfen?*«

Brandons Miene verfinsterte sich. »War ja nur eine Idee. Möge der werte Herr mir verzeihen, dass ich nach Lösungen suche.«

Das Kügelchen von Mr Hide prallte gegen meinen Fuß. »Ich will nur kurz nachsehen, ob die Kiste dort ist – nicht mehr und nicht weniger.«

Brandon legte den Kopf in den Nacken und stöhnte. »Das sagst du immer. Und am Ende stecken wir bis zum Hals in Schwierigkeiten.«

»Blödsinn«, widersprach ich, obwohl ein Funken Wahrheit in seinen Worten lag. »Wenn wir diesen zusammengenähten Leichenhaufen entdecken, überlegen wir uns, ob wir BEAST informieren.« Ich knipste mein gewinnendes Lächeln an. »Sind alle einverstanden?«

»Nein.«

Brandon und ich sahen überrascht zu Hannah. Sie zwängte ein Lockenbüschel zurück unter die Kapuze und legte ihre Hände gefaltet auf den Tisch.

»Padraig«, sagte sie eindringlich, »wir können es nicht riskieren, das Leben vieler Menschen aufs Spiel zu setzen, nur weil du zu stolz bist, BEAST um Hilfe zu bitten.« Mr Hide sprang auf den Tisch und flanierte um Hannahs Hände. »Wenn uns Cassius beschatten lässt, was er offensichtlich irgendwie tut, führen wir ihn auf demselben Weg zum letzten Teil des Toten Dreierleis, wie wir ihn zu Herz und Gehirn geführt haben. Wir dürfen diesen Fehler nicht ein drittes Mal machen.«

»Aber es kann nichts Gefährliches geschehen!«, hielt ich dagegen. »Wir gehen hin, vergewissern uns, ob die Kiste unter dem Steinkreis vergraben ist, und entscheiden, was wir machen.«

Hannah faltete die Hände auseinander und streichelte Mr Hide. »Haben wir nicht schon zwei Mal gedacht, dass alles kein Problem wird? Beim Herz wollten wir in Ruhe eine Berghütte durchsuchen, beim Hirn einen Tausch abwickeln. Jetzt stehen wir mit leeren Händen da, sind zweimal knapp mit dem Leben davongekommen und Cassius steht kurz davor, das Monstrukt in die Finger zu bekommen.«

»Da hat sie nicht unrecht«, meinte Brandon.

Der Regen trommelte gegen die Fenster, als freute er sich auf das, was sich in der Küche zusammenbraute.

»Wir hatten einfach Pech, okay?«, behauptete ich. »Wir könnten genauso gut mit dem Hirn und dem Herz hier am Tisch sitzen.«

»Tun wir aber nicht.« Hannah sprach kontrolliert, doch ihre Stimme klang energischer als zuvor. »Die Wahrheit mag dir nicht gefallen, Padraig, aber Cassius hat uns für seine Zwecke benutzt. Dank uns ist er näher dran als alle anderen je zuvor, das Tote Dreierlei zu besitzen. Das Einzige, was ihn davon trennt, ist das Versteck. Wir wissen nicht, ob er einen Weg kennt, die Kiste zu öffnen. Deshalb können wir es nicht riskieren, ihn zum Versteck zu führen.«

»Hannah hat recht.« Brandon spielte nervös am Saum seines Pullovers herum. »Sir Cassius mag keinen Spitzel oder Ninja vor unserer Haustür abgestellt haben. Aber er weiß, was wir vorhaben. Wenn wir ihn zum Monstrukt führen, könnte das richtig in die Hose gehen.«

Der Regen peitschte noch heftiger gegen das Fensterglas. Die Wolken schluckten das Licht, als wäre es nicht früher Nachmittag, sondern dämmriger Abend.

»Ihr wisst, dass der zweite Schlüssel dann für immer verloren sein könnte – und mit ihm die Hoffnung, meine Eltern wiederzufinden.«

Hannah atmete hörbar aus. »Das wissen wir. Und glaub mir, es fällt uns genauso schwer wie dir. Aber wir können das Leben vieler Menschen nicht höher gewichten als …« Sie brach mitten im Satz ab.

»Als das Leben meiner Eltern«, vollendete ich. Meine Fingernägel gruben sich in das Holz. »Das wolltest du sagen, nicht wahr?«

Der Wind heulte lachend auf und drückte gegen die Wände. Die alten Dielen knarzten und ächzten. Mr Hide fauchte, stellte den Schwanz auf und schnappte mit seinen Pfoten nach einem unsichtbaren Gegner.

»Wenn Sir Cassius das Monstrukt beherrscht, weiß kein Agent der Welt, wie wir es aufhalten können.« Hannah wich den Katzenpfoten aus und scheuchte den Kater aus der Küche. »Willst du das wirklich riskieren?«

Ich schwieg, spürte aber die Blicke von Hannah und Brandon auf mir. Was erwarteten sie von mir? Dass ich sagte, das Leben meiner Eltern sei mir egal?

»Ich weiß, wie du dich fühlst.« Hannah stand auf und trat zu mir. Sie legte eine Hand auf meine Schulter. Erst jetzt bemerkte ich, wie schwer ich atmete. »Niemand verlangt von dir, dass du die Hoffnung aufgibst. Aber wir können das Geheimnis des Verstecks nicht für uns behalten.«

Ich wandte mich ab und Hannahs Hand glitt von meiner Schulter. »Und wie kommen wir an den Schattenschlüssel?«

Brandon räusperte sich. »Ich habe eine Idee.« Da niemand etwas sagte, fuhr er fort. »Wir erzählen Mrs Hazle-Finch die Wahrheit, halten aber hin und wieder ein paar Details zurück.«

Hannah steckte die Hände in die Tasche ihres Hoodies. »Wie meinst du das?«

»Wir beichten, dass wir nach dem Diebstahl des Tagebuchs weitergeforscht haben.« Brandon verschränkte die Arme wie ein dozierender Professor hinter dem Rücken und lief vor der Küchenzeile auf und ab. »Das ist wahr, denn mit der Akte von DAEMON hat die Sache erst Fahrt aufgenommen.«

Die Verkrampfung in meinen Fingern löste sich. »Du willst der Leiterin nur von dem Toten Dreierlei berichten?«

Brandon richtete seine Brille. »Warum nicht? Wenn ihre

Leute zu dumm sind, die Akten aufzuspüren, springen eben wir ein.«

»Vielleicht formulierst du es ihr gegenüber ein wenig anders«, schlug ich vor.

Brandon machte auf dem Absatz kehrt und schritt denselben Weg zurück. »Wir sagen, Frankensteins Geschichte hätte uns fasziniert. Und während unserer Nachforschungen begegnete uns Sir Cassius, der nicht nur Viktors Tagebuch gestohlen, sondern auch zwei Teile des Toten Dreierleis in seinen Besitz gebracht hat.« Brandon blieb *rein zufällig* vor dem Kühlschrank stehen. »Daraufhin haben wir das Monstrukt ausfindig gemacht – und wollten diese geheime Information unverzüglich an BEAST weiterleiten, bevor sie in falsche Hände gerät.« Brandon öffnete den Kühlschrank, kramte einen Schokoriegel hervor und packte ihn aus. »Dass wir bei der Suche nach dem Toten Dreierlei auf einen Schattenschlüssel stoßen wollten, verschweigen wir einfach.« Er verharrte mit dem Riegel vor dem Mund. »Und die Sache mit der Hütte, dem Sumpf und Gawain behalten wir besser auch für uns.«

»So weit kann ich dir folgen. Aber wie kommen wir vor Mrs Hazle-Finch an den Schlüssel?« Ich sah zu, wie Brandon den halben Schokoriegel abbiss.

»Zuerst muss der Schlüssel überhaupt in der Kiste sein.« Brandon warf die Verpackung des Riegels in den Müll. »Wenn er das ist, fällt uns bestimmt was ein. Wir improvisieren einfach, das funktioniert meistens ganz gut.«

»Dieser Teil des Plans gefällt mir nicht«, gestand ich.

»Ach was.« Brandon schluckte den Rest des Schokoriegels hinunter. »Wenn das Monstrukt erst einmal bei BEAST ist, finden wir eine Möglichkeit, an den Schlüssel zu kommen.«

Ich rang mit mir. Auf die Insel gehen, Kiste ausbuddeln, Kiste öffnen, mit dem Schlüssel verschwinden – das wäre mein Weg gewesen. Aber Hannah und Brandon hatten recht, wir konnten das Risiko nicht eingehen, Cassius zum Monstrukt zu führen. Er machte mir nicht den Eindruck, als wollte er sich damit für den Weltfrieden einsetzen.

»In Ordnung, wir informieren BEAST.« Ich ging zur Tür, die in den Flur führte. »Wir machen uns in zehn Minuten auf den Weg und tischen der Leiterin genau die Geschichte auf, die du vorgeschlagen hast.«

Brandon ballte die Faust. »Schön, wir sind uns einig! Ich bin sicher, wenn die Kiste geöffnet und das Monstrukt tot ist, kommen wir auch irgendwie an den Schlüssel!«

22

Brandon

Eine Alarmanlage auf Monsterjägerart

»Bei Jägers Hieb, warum meldet ihr das erst jetzt?«

Glynnes Hazle-Finch schoss wie eine aufgescheuchte Krähe aus dem Bürostuhl. Ihre Hakennase, das schmale Gesicht und ihr graues, zurückgebundenes Haar verstärkte den Eindruck, dass sie eigentlich ein riesiger Vogel war. Die Leiterin musterte uns über die Ränder ihrer winzigen Brillengläser hinweg, den Mund zu einer feinen Linie verengt.

»Weil wir eben erst herausgefunden haben, wo das Monstrukt versteckt ist.« Padraig saß mit überkreuzten Beinen in dem braunen Ledersessel vor dem Schreibtisch der Leiterin.

Eine pulsierende Ader trat auf die Stirn der älteren Frau. Das Licht des Kronleuchters, der von der Decke ihres Büros hing, warf dunkle Schatten auf ihr Gesicht. Sie stemmte die Hände in Erwartung einer Erklärung auf den Tisch.

»Streng genommen besteht keine akute Gefahr«, fuhr Padraig fort. »Das Monstrukt ist in einer Kiste vergraben, die aus gehärtetem Stahl besteht und mit einer Diamantschicht überzogen ist. Die lässt sich nicht einfach mit einem Brecheisen aufstemmen.«

»*Streng genommen*«, zischte die Leiterin, »müsste ich euch auf der Stelle rauswerfen!« Ihre langen Finger trommelten auf den Tisch. »Ihr drei habt hinter meinem Rücken an Dingen geforscht, die euch nichts angehen! Wir haben Spezialisten eingesetzt, die sich um den Diebstahl des Buchs kümmern und ihn fachgerecht aufarbeiten.«

»Nichts für ungut, Mrs Hazle-Finch, aber wir haben in zwei Wochen mehr herausgefunden als Ihre *Spezialisten* in fünf Monaten.« Während Mrs Hazle-Finch scharf die Luft einsog, lehnte sich Padraig im Stuhl angriffslustig nach vorne. »Wir wissen, dass Cassius zwei Teile des Toten Dreierleis besitzt – Frankensteins Herz und das mechanische Hirn. Um Schlimmeres zu verhindern, haben wir nach dem Versteck des Monstrukts gesucht. Sie können uns nicht rauswerfen, weil wir einen besseren Job gemacht haben als Ihre Leute!«

Die ältere Frau rang um Fassung. Sie war es nicht gewohnt, dass BEAST-Agenten so mit ihr sprachen – schon gar keine halben Portionen wie Padraig. Eine silberne Strähne löste sich aus ihrem zurückgebundenen Haar und fiel ihr in die Stirn. Mrs Hazle-Finch straffte den Rücken, strich die Strähne energisch zurück und setzte ihre entglittenen Gesichtszüge wieder zu der Vogelfratze zusammen.

»Cassius und Genova sind also im Besitz zweier Teile des Toten Dreierleis«, fuhr sie mit leicht bebender Stimme fort. »Und wenn sie an das Monstrukt kommen, erwecken sie es zum Leben.« Sie setzte sich wieder in den Stuhl. »Und das alles wisst ihr, weil ihr Favres Tagebuch entdeckt habt?«

Padraig lächelte freundlich. »Wir sind rein zufällig auf das gute Stück gestoßen und haben von dem Toten Dreierlei erfahren. Die logische Schlussfolgerung war, dass Cassius an das Monstrukt gelangen will. Aus diesem Grund hat er Genova das Tagebuch von Frankenstein stehlen lassen.«

Mrs Hazle-Finch öffnete eine Schublade des Tischs und holte ein besticktes Tuch heraus. »Frankenstein war ein intelligenter Mann und seiner Zeit weit voraus. Dasselbe gilt für Favre. Daher halte ich es durchaus für möglich, dass die beiden ein solches Wesen geschaffen haben.« Die Leiterin wischte ihre Brillengläser mit dem Tuch sauber und hielt sie gegen das Licht des Kronleuchters. »Warum lassen wir die Kiste nicht, wo sie ist? Wenn niemand das Versteck kennt, sehe ich keinen Anlass, daran etwas zu ändern.«

Ich wollte mich räuspern, verschluckte mich aber an meiner eigenen Spucke. Hannah klopfte mir auf den Rücken, bis die Huster verebbten und ein kratziges Gefühl in meiner Kehle zurückblieb.

»Entschuldigen Sie«, bat ich mit heißem Kopf. »Aber wenn es Cassius gelungen ist, an das Herz und das mechanische Hirn zu kommen, wird er früher oder später auch das Monstrukt finden. Eine Kiste aus Stahl und Diamanten wird ihn kaum aufhalten.«

Mrs Hazle-Finch sah mich aus ihren grauen Augen an. Die Sekunden zogen sich in die Länge wie zäh herabtropfender Speichel aus einem Monstermaul.

»Ich werde heute Nacht eine Handvoll Shepards aussenden, die sich den Steinkreis anschauen sollen.« Mrs Hazle-Finch stand auf. »Wenn sie das Monstrukt entdecken, graben sie die Kiste aus und bringen sie hierher.«

»Wunderbar!« Padraig nickte zufrieden und zwinkerte mir zu. »Ich gehe davon aus, dass Sie uns über die aktuellen Entwicklungen informieren?«

Mrs Hazle-Finch glitt auf die Wand am anderen Ende ihres Büros zu. Daran hingen, ähnlich wie in der Paloma Street, allerhand seltsame Dinge. Es gab exotische Holzmasken mit aufgerissenen Mündern, fiepende Messgeräte aus beweglichen Metallteilchen, einen Helm mit einer eingeritzten Sigille auf der Stirn, asiatische Fächer und verzierte Porzellanschalen.

»Es passt mir nicht, dass ihr eure Finger im Spiel habt«, gab die Leiterin unumwunden zu. Sie nahm ein kleines Gerät aus Metall vom Regal. »Aber ihr habt aus der Sache in Port Willow gelernt und die Kiste nicht allein ausgegraben.«

Hazle-Finch setzte sich und hielt uns das seltsame Gerät entgegen. Es ähnelte einem Windrad, dessen Rotorblätter mit feinen Sigillen verziert waren. Erst jetzt fiel mir auf, dass auf dem Tisch ein fast identisches Stück stand.

»Wisst ihr, was das ist?«

»Wenn ich mich nicht täusche«, Padraig beugte sich nach vorne und musterte das Gerät, »ist es ein Ağlamak.«

»Ein was?«

»Ein Ağlamak«, wiederholte Mrs Hazle-Finch. »Die Erfindung eines türkischen Sigillisten.«

Padraig blickte zur Leiterin hoch. »Ich nehme an, dieses Ağlamak ist für uns und das auf dem Tisch für Sie?«

Mrs Hazle-Finch nickte, gab ihm das Windrad und zog das Gegenstück zu sich. Ihr Ağlamak besaß eine Kurbel, die durch winzige Zahnräder mit den Rotorblättern verbunden war. »Damit werde ich euch wissen lassen, wenn es Neues zu berichten gibt.«

»Bitte nochmals für die Begriffsstutzigen in diesem Raum«, bat ich. »Was tut dieses türkische Windrad?«

Padraig wies mit der Hand auf das Exemplar auf dem Tisch. »Wollen Sie es demonstrieren?«

Die Leiterin betätigte mit ihren dürren Fingern die Kurbel. Die Zahnrädchen klackten und die Windrose begann sich zu drehen.

Wie auf Knopfdruck glommen die eingeritzten Sigillen in Padraigs Ağlamak auf und die Rotorblätter setzten sich in Bewegung. Bald drehte sich das Rad so schnell, dass ein hohes Sirren das Büro erfüllte. Das Geräusch schwoll immer weiter an und wurde bald so unangenehm, dass ich mir die Ohren zuhalten musste.

Mrs Hazle-Finch ließ ihr Rad ausdrehen. Gleichzeitig verlangsamte sich das Gegenstück von Padraig. Das Heulen verklang, das Leuchten der Sigillen wurde kraftloser und erlosch schließlich.

»Monsterscheiße!«, rutschte es mir heraus. Das Schrillen hallte in meinem Schädel nach. »Das Ding heult ja lauter als die Sirene eines Krankenwagens!«

»Das ist sein Zweck.« Mrs Hazle-Finch stellte ihr Gerät ab. »Die Räder sind durch Sigillen miteinander verbunden. Vor Jahrhunderten, als die Monsterjäger vor den Stadttoren herumschlichen und Ausschau nach Monstern hielten, konnten sie damit Alarm schlagen, ohne den ganzen Weg bis in die Stadt zurückzulegen.«

Padraig verstaute das Ağlamak (später erzählte er, dass die Übersetzung aus dem Türkischen so viel wie *schreien* bedeutete) in der Tasche seines Trenchcoats. »Wir hören also von Ihnen, wenn sich etwas tut?«

Glynnes Hazle-Finch nickte knapp.

»Im wahrsten Sinne des Wortes«, murmelte ich und dachte an den Höllenlärm von vorhin.

Ein langer Gang führte vom Büro in die Galerie des vierten Stocks. An den Wänden hingen Porträts der Vorgänger von Mrs Hazle-Finch. Kleine Messingschilder zeigten den Namen und die Amtsdauer der abgebildeten Personen. Abschätzige Blicke verfolgten uns aus hochnäsigen Gesichtern, als wären wir zerlumpte Waisenkinder, die durch eine edle Einkaufsstraße streiften.

»Hi, Brandon«, erklang eine Stimme, kaum waren wir aus dem Gang getreten.

Prim stand vor einem Geschäft für Sigillistenbedarf. Sie steckte in einem senfgelben Pullover in Übergröße, der ihr fast bis zu den Knien reichte.

»Hey, Hannah und Padraig«, fügte sie an und lächelte verlegen.

»Prim«, sagte ich überrascht und spürte, wie ich rot anlief. »Wie geht's, wie steht's?«

Padraig stieß mir unauffällig den Ellbogen in die Rippen – wahrscheinlich, weil *»wie geht's, wie steht's?«* so ziemlich das Bescheuertste war, das man zu einem Mädchen sagen konnte.

Prim hob die Tasche mit ihren Einkäufen. »Ich musste das eine oder andere für die nächste Unterrichtsstunde bei Mrs Chandra besorgen. Ich bekomme die Sigille des Lichts immer noch nicht auf die Reihe.« Ein enttäuschter Ausdruck legte sich auf ihr sommersprossiges Gesicht. »Ich möchte heute Abend zu Hause ein wenig üben.«

»Heute ist doch Halloween«, stellte ich fest. »Gehst du nicht mit deinen Freunden auf eine Party?«

Prim senkte den Kopf. »Nein, ich habe mein Leben lang Privatunterricht bekommen. Da lernt man nicht unbedingt viele Freundinnen kennen. Und ich lasse mich ziemlich leicht erschrecken. Das ist an Halloween nicht sehr hilfreich.«

»Nein, ist es nicht«, stimmte ich zu.

»Kommt ihr aus dem Büro der Leiterin?« Prim nickte in den Gang. »Steckt ihr wieder in einem Abenteuer?«

»Wir? In ein Abenteuer verwickelt?« Ich sah hilfesuchend zu Padraig, der interessiert die gläserne Kuppel musterte, als wäre sie die Decke der Sixtinischen Kapelle. »Nun ja … Wir sind … ähm …«

»Wir dürfen nicht darüber sprechen«, sprang Hannah in die Bresche. »Es ist keine große Sache. Die Leiterin hat darauf bestanden, dass sich die Shepards darum kümmern.«

Prim sah mich mit großen Augen an und ich bildete mir ein, einen besorgten Blick zu erkennen. »Aber wenn sich Shepards darum kümmern, kann es nicht so harmlos sein, oder?«

»Ach«, ich winkte lässig ab, »die Shepards schauen sich auf Mainland einen Steinkreis an, das ist alles. Die alte Hazle-Finch informiert uns, wenn die Sache gelaufen ist.« Meine Brust schwoll ein wenig an. »Du brauchst dir keine Sorgen zu machen.«

»Die alte Hazle-Finch?«, wiederholte Padraig, dem das Interesse an der Kuppel ausgerechnet in diesem Moment abhandengekommen war. »Seit wann redest du denn so draufgängerisch?«

Meine stolze Haltung fiel in sich zusammen. »Ich … rede immer so. Keine Ahnung, was du meinst.«

Prim nestelte nervös an ihrem Rollkragen herum. »Ich muss leider los. Geht ihr auf eine Halloween-Party?«

»Ich denke nicht«, sagte ich. »Eigentlich mochte ich diese

Nacht immer, aber seit ich Monster jage, bin ich ganz froh, mal einen Abend keine zu sehen.«

»Wahrscheinlich würdest du aus Versehen einem verkleideten Kind eine deiner Stinkbomben an den Kopf werfen.« Padraig hob eine Augenbraue. »Obwohl, wenn ich an deine Wurfkünste denke, wäre das Kind am sichersten, wenn es direkt vor dir stünde.«

»Ach, halt die Klappe!«

Prim kicherte. »Ich mag eure Streitereien. Nur beste Freunde sprechen so miteinander.«

Zu meiner Freude war es jetzt Padraig, dessen Gesicht eine leicht rötliche Farbe annahm.

»Wir sehen uns!«, verabschiedete sich Prim. Sie schenkte uns ein breites Lächeln und ging davon.

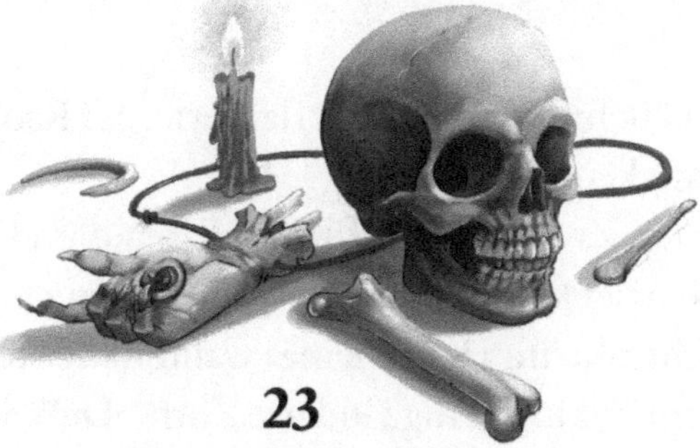

23

Padraig

Die Geheimzutat für die Weltherrschaft

Das ohrenbetäubende Schrillen katapultierte mich aus dem Bett. Im Schlafanzug trat ich auf den Flur.

Der Alarm hallte durch das ganze Haus. Hannah hastete vom Dachboden herunter, die Locken zerzaust und eine Bettdecke um sich gewickelt. Mr Hide schlängelte sich an ihren Beinen vorbei und sperrte das Maul auf, aber sein Fauchen ging in dem Getöse unter.

Gemeinsam rasten wir die Treppe hinunter. In der Küche angekommen, wusste ich nicht, was mich mehr irritierte: Farchie, der mit einem Nudelholz bewaffnet über dem blau leuchtenden Ağlamak stand, oder Brandon, der nichts als eine Unterhose mit kleinen Fledermäusen darauf trug.

Hannah gelang es schneller, den Blick von Brandons Unterhose zu lösen. In letzter Sekunde riss sie Farchie das Holz aus der Hand, was dieser mit einer abfälligen Geste und einem Fluch in seiner grunzenden Sprache quittierte.

»Offenbar«, rief Brandon, »haben die Shepards die Kiste bereits gefunden und ausgegraben.«

Das Leuchten der Sigillen flackerte, das Rad verlor an Geschwindigkeit.

»Elende Zweibeiner!«, fluchte Farchie und fuchtelte mit seiner einzigen Hand herum. »Was fällt euch Gesindel ein, die Nachtruhe im Haus meines wahren Meisters zu stören?« In seinem Zyklopenauge loderte Zorn. »Du!«, wandte er sich an Hannah. »Reiche mir unverzüglich den drehenden Holzprügel! Damit werde ich die Maschine des Lärms für alle Monde zum Schweigen bringen.«

»Nein!«, sagte Hannah entschieden und hielt das Nudelholz in die Höhe.

Farchie zischte wütend und sprang an ihr hoch wie ein kleines Kind, dem man seinen Lieblingsball weggenommen hatte. Der Warzentreiber hörte erst auf, als Mr Hide auf ihn zuschoss. Der Anblick der tödlichen Katzenpfötchen inspirierte Farchie zu einem spontanen Schreianfall, der dem Ağlamak Konkurrenz machte.

»Ruhe!«, rief ich so laut, dass alle in ihren Bewegungen erstarrten. »Jetzt ist Schluss mit dem Theater! Farchie«, ich wies energisch zur Tür, »danke für deine Fürsorge, was die Nachtruhe angeht. Du kannst dich wieder in deinen Keller verziehen.«

Das Auge verengte sich. Die gelblichen Haarsträhnen hingen Farchie wie Lametta ins Kartoffelgesicht. Er drehte uns den Rücken voller Warzen und geplatzten Eiterblasen zu, machte einen großen Bogen um den Kater und knallte die Tür ins Schloss.

Hannah legte das Nudelholz auf den Tisch und zog die Decke enger. »Glaubt ihr, sie haben das Monstrukt gefunden?«

»Davon gehe ich aus«, meinte ich. »Offensichtlich haben

die Shepards eine interessante Entdeckung gemacht, die nicht bis morgen warten kann.«

Brandon kratzte sich am nackten Bauch. »Wir sollten ins Hauptquartier gehen. Vielleicht können wir die Kiste in Augenschein nehmen. Und mit ein wenig Glück finden wir den Schattenschlüssel.«

Die Küchenuhr zeigte halb drei an. Aber die Aussicht auf den nächsten Schlüssel vertrieb meine Müdigkeit.

»Wir brechen in fünf Minuten auf. Brandon«, ich verzog den Mund, »zieh dir gefälligst etwas an.«

Brandon sah an sich herab, danach betrachtete er mich von Kopf bis Fuß. »Wenigstens trage ich keinen Schlafanzug wie ein dreiundneunzigjähriger Großvater.«

»Dieser Großvater verpasst dir gleich einen Tritt in den Allerwertesten, wenn du nicht in vier Minuten und dreißig Sekunden mit einer Hose hier stehst.«

»Cassius hat das Monstrukt.« Mrs Hazle-Finch trug einen ledernen Brustpanzer, der mit schweren Schnallen zugeschnürt war. »Die Shepards haben ein Notsignal gesendet.«

»Cassius hat *was*?« Ein kalter Schauer lief mir über den Rücken. Meine Hand schloss sich um den Degenknauf.

»Er hat unsere Truppen überrumpelt, kaum hatten sie die Kiste geborgen.« Mrs Hazle-Finch trat vor die Wand mit den Artefakten und nahm die beiden asiatischen Fächer ab. Sie faltete sie zusammen und steckte sie in Vorrichtungen an ihrem Brustpanzer.

»Monsterscheiße.« Brandon war käseweiß. Damit bildete er einen starken Kontrast zu Hannah, die in ihrem schwarzen Pullover neben ihm stand. »Wie kann ein einzelner Mann mehrere Shepards außer Gefecht setzen?«

»Er war nicht allein.« Die Leiterin trat zu einem Globus, der in der Ecke stand. Sie drehte ihn und drückte mit dem Daumen auf eines der Länder. Die obere Hälfte des Erdballs schnappte auf und ein Hohlraum öffnete sich. Ein brauner Lederhelm kam darin zum Vorschein. »Offenbar sind Genova, fünf Dutzend bewaffnete Handlanger in roten Gewändern und eine Handvoll Monster aufgetaucht.« Mrs Hazle-Finch nahm den Helm unter den Arm und klappte den Globus zu. »Unsere Truppen hatten keine Chance.«

»Sie haben Monster dabei?« Brandon rutschte die Brille nach vorne, glitzernder Schweiß trat ihm auf die Stirn.

Hazle-Finch ging zur Tür und gab uns mit Handzeichen zu verstehen, ihr zu folgen. »Es gibt durchaus Wesen, die sich für die eigenen Zwecke einspannen lassen.«

Wir umrundeten die Galerie und steuerten die Wendeltreppe an. Jetzt, mitten in der Nacht, waren die meisten Geschäfte geschlossen. Die Türen waren zugesperrt, die Schaufenster unbeleuchtet. Nur wenige BEAST-Agenten streunten durch die Galerien.

Bereits von der Wendeltreppe aus entdeckte ich die Reihen von Shepards, die regungslos vor dem Springbrunnen im Innenhof verharrten. Ich schätzte sie auf dreißig Mann, vielleicht vierzig.

»Aber, Mrs Hazle-Finch«, stieß Brandon zwischen keuchenden Atemzügen hervor, »selbst wenn Cassius die Kiste gefunden hat, kann er sie nicht öffnen, oder?«

»Das dachte ich nach eurem Bericht auch.« Die Leiterin nahm die letzte Stufe und schritt zielstrebig auf die Shepards zu. »Aber er hat sie geöffnet.«

Ich stolperte fast die Treppe hinunter. »Das ist unmöglich!«

»Ist es nicht.« Mrs Hazle-Finch passierte den Brunnen in Form eines geflügelten Pferdes. »Erinnert ihr euch an den Granitschwänzler, der vor knapp fünf Monaten an die Küste der Nordsee gespült wurde?«

»Die Schwanzspitze!« Brandon klatschte sich die Hand auf die Stirn. »Sie gilt als härtestes Material der Welt – härter als die Schicht aus Diamanten, mit der Antoine Favre die Kiste verstärkt hat!«

Auch mir dämmerte etwas, das meine Eingeweide zusammenzog. Bei unserem letzten Besuch in Paris war neben der Vitrine des Schachspielers ein weiterer Schaukasten leer gewesen. Plötzlich war ich mir sicher, dass darin die Schwanzspitze gelegen hatte …

Mrs Hazle-Finch blieb vor den Shepards stehen. »Wir gehen davon aus, dass Sir Cassius den Granitschwänzler umgebracht oder die Schwanzspitze bei einem Händler erworben hat.«

»Sie sollten bei Gawain D'Amaurey nachfragen«, schlug ich beiläufig vor.

»Der Halsabschneider steht zuoberst auf meiner Liste«, versicherte Mrs Hazle-Finch. Sie löste den Haarknoten und schüttelte den Kopf. Die grauen Fäden legten sich wie ein silberner Wasserfall über ihre Schultern. »Shepards!«, rief sie mit fester Stimme und stülpte den Lederhelm über den Kopf. »Unser Feind ist im Besitz einer Kreatur, die eure Albträume wie einen Kindergeburtstag aussehen lässt.« Die Leiterin schritt vor den Truppen auf und ab. »Solange unser Feind sie nicht zum Leben erweckt hat, können wir die Gefahr mit einem gezielten Schlag im Keim ersticken.«

Mit diesen Worten drehte sie sich zu uns um. Ihre grauen Augen spähten wachsam unter dem Helm hervor. »Das ist eine Angelegenheit für Shepards, nicht für Agenten. Ihr habt euren Teil getan.«

»Schon zu spät«, sagte ich und wirbelte den Degen herum. »Wir wollten Cassius von Anfang an einen Strich durch die Rechnung machen. Eine bessere Gelegenheit werden wir nicht bekommen.«

Mrs Hazle-Finch sah Hannah und Brandon an. »Spricht er auch für euch?«

Hannah schwieg, nickte aber. Mit den Händen in den Taschen ihres Pullovers machte sie keinen sehr kampfbereiten Eindruck. Doch ich war froh, sie auf meiner Seite zu haben. Wenn sie sich in dieses gehörnte Wesen verwandelte, war sie vielleicht in der Lage, das Monstrukt zu besiegen …

»Und was ist mit dir?« Die Augen von Hazle-Finch ruhten auf Brandon, der nervös und hibbelig wirkte. »Mir wurde zugetragen, du hättest ein paar gute Tricks auf Lager.«

Brandon senkte den Kopf und strich nachdenklich über die Ampullen an seinem Gurt. Zu meiner Überraschung grinste er, als er aufsah. »Heute habe ich meine Klassiker anzubieten: einschläferndes Gas, ätzendes Gas und tödliches Gas.«

Der Helm rahmte das schmale Gesicht der Leiterin ein. Es sah aus, als steckte ein Vogel in einem zu kleinen Käfig. »Die Shepards und ich werden vorausgehen«, bestimmte sie. »Ihr drei haltet euch im Hintergrund. Wir wissen nicht, was beim Ring von Brodgar auf uns wartet. Aber mit euch haben wir ein Ass im Ärmel, von dem der Feind nichts ahnt.«

Es behagte mir nicht, in die zweite Reihe gedrängt zu werden. Aber wenn ich nicht kämpfen musste, bot sich mir möglicherweise eine Gelegenheit, den Schattenschlüssel ungesehen in die Finger zu bekommen.

»Wir halten uns zurück«, willigte ich ein. »Wir greifen ein oder holen Hilfe, wenn die Situation außer Kontrolle gerät.«

Die Leiterin nickte zufrieden. »Lasst uns aufbrechen und hoffen, dass es nicht zu spät ist.«

Es war ein seltsames Bild, wie drei Dutzend Gestalten in grauen Gewändern, angeführt von einer Frau mit Lederhelm, aus einer Scheune traten. Der Raum der tausend Türen hatte uns zu einem windschiefen Stall geführt. Unter uns schmiegte sich ein kleines Dorf an die Küste. Es war zwischen Wiese und Meer eingeklemmt wie eine Scheibe Rindfleisch in einem Hamburger. Ein Vorhang aus Regen lag über dem Ausblick und der Wind heulte beinahe so laut wie ein Ağlamak.

Brandon führte uns mithilfe der Karte auf seinem Handy zu einer einsamen Landstraße, die sich durch die grüne Ebene pflügte.

Obwohl der Stall die nächste Pforte zum Steinkreis war, dauerte der Weg über eine Stunde. Die Shepards bewegten sich als Einheit, fließend und gleichmäßig wie eine gut geölte Maschine.

Die Stimmung war angespannt, jeder war auf das fokussiert, was uns bevorstand. Niemand sprach ein Wort – mit Ausnahme von Brandon. Dass er den Weg zu Fuß zurücklegen musste, veranlasste ihn zu einem Vortrag über die Vorteile der Teleportation. Zu meinem Leidwesen sprach er nach einer Schelte der alten Hazle-Finch so leise, dass nur ich ihn hören konnte …

Nach wenigen Minuten war ich nass bis auf die Knochen. Aus den Haaren rannen kleine Tropfen über mein Gesicht und der eisige Wind verwandelte meine Kleidung in eine zweite, viel zu kalte Haut.

Auf halber Strecke passierten wir einen ersten Steinkreis. Es bedurfte in meinen Augen einiges an Fantasie und gutem Willen, um die drei Steine als *Kreis* zu bezeichnen. Aber *Steinkreis* hörte sich in den Broschüren für die Touristen nun mal besser an als *Stein-unregelmäßiges-Dreieck*.

»In zehn Minuten müssten wir beim Ring sein.« Das Licht des Bildschirms spiegelte sich in Brandons Brillengläsern, was ihn echt nerdig aussehen ließ. »Der Steinkreis befindet sich auf einer Landzunge, die einen See in zwei Hälften teilt. Die beiden Hälften heißen Lo–«

»Das interessiert keinen!«, bellte Mrs Hazle-Finch.

Kurz darauf erreichten wir besagte Landzunge. Sie kroch über die schwarze Fläche des Sees wie eine riesige Raupe. Der Regen prallte auf das Wasser und erzeugte ein Rasseln, als würden Tausende Finger ungeduldig auf eine Tischplatte trommeln. Felsen, Büsche und dichtes Gestrüpp überzogen den Landstreifen. Weiter vorne erkannte ich einen Lichtfleck zwischen hohen Steinen.

»Das Licht befindet sich genau beim Steinkreis.« Brandon überprüfte ein letztes Mal die Karte, wischte die Regentropfen vom Bildschirm und steckte das Smartphone in seine Hosentasche.

Mrs Hazle-Finch führte uns hinter eine Ansammlung großer Felsen und hob die Hand. Die Shepards blieben stehen, als hätte jemand den Stecker gezogen, und verschmolzen mit der Dunkelheit.

»Wir teilen uns auf«, befahl die Leiterin. »Zehn Shepards folgen mir. Wir verschaffen uns einen Überblick, suchen den Kontakt zu Cassius und verhandeln, falls es die Situation ergibt. In unseren Kerkern sitzt genug Gesindel, an dem er Interesse haben könnte.« Sie prüfte ihre Fächer und spähte zum Steinkreis. »Es sieht so aus, als hätten sie das Monstrukt noch nicht zum Leben erweckt.«

Brandon sah sich unheilvoll um. »Vielleicht lauert es in der Dunkelheit auf seine ersten Opfer.«

»Wenn es Hunger hat, bist du hoffnungslos verloren«, sagte ich.

Brandon hakte seine Daumen im Gürtel ein und streckte den stattlichen Bauch raus. »Aber wenn ich auf das Monstrukt falle, bin ich der Held des Abends.«

Die Leiterin zog die Schnallen ihres Brustpanzers enger. »Ihr wartet bei den Shepards. Wenn sich beim Steinkreis etwas regt, schickt ihr sie in den Kampf.« Das Gesicht der Leiterin wirkte entschlossen. Sie baute sich vor uns auf. »Keine Dummheiten und Heldentaten, verstanden?«

»Wieso gucken Sie mich an?«, fragte ich.

Für einen flüchtigen Augenblick verirrte sich so etwas wie ein Lächeln auf ihre Lippen. »Weil der Apfel nicht weit vom Stamm fällt, Padraig O'Sullivan.«

Mit diesen Worten trat sie in die Nacht hinaus. Die erste Reihe der Shepards folgte ihr wie ein Schatten, die anderen blieben regungslos zurück, die dreizackigen Speere an ihre Körper gepresst.

Wir drückten uns an den nassen Felsen und beobachteten, wie sich die Shepards und ihre hagere Anführerin dem Licht näherten, das aus dem Zentrum des Steinkreises strahlte.

Als sie weit genug weg waren, löste ich mich vom kalten Stein. »Ich gehe hinterher«, flüsterte ich Hannah und Brandon zu.

»Monsterscheiße, Padraig!«, fuhr Brandon auf. »Kannst du

nicht einmal das tun, was dir aufgetragen wird, und die Füße stillhalten?«

»Das könnte ich«, sagte ich. »Aber das wäre ja langweilig. Vielleicht erwische ich den richtigen Zeitpunkt, um einen Blick in die Kiste zu werfen. Vor einer großen Schlacht werden immer ein paar Worte gewechselt. Ihr wisst schon«, ich wippte hin und her, »Bösewicht und Held erzählen sich von ihren hinterhältigen Plänen, man hält eine flammende Rede vor seiner Truppe, blablabla.«

»Das mag sein«, sagte Brandon angefressen. »Aber es ist leichtfertig, wenn du glaubst, du könntest dich mitten in diesem Getümmel umsehen, ohne bemerkt zu werden.«

Ich schwang den Stockdegen im Kreis. Wassertropfen lösten sich von der Spitze und flogen durch die Luft in Brandons Gesicht. »Die einfachen Pläne sind oft die besten.«

Brandon wischte sich das Wasser von den Wangen. Dabei sah er alles andere als begeistert aus. Genervt wandte er sich Hannah zu. »Sag doch auch mal was!«

Hannahs Lippen kräuselten sich, als würde sie über etwas nachdenken. »Ich begleite Padraig.«

»Was?!«

»Ich begleite ihn.«

»Das habe ich verstanden!«

»Warum fragst du dann?«

Brandon riss der Geduldsfaden. »Ihr habt einen Sprung in der Schüssel! Bei ihm«, er zeigte auf mich, »begreife ich ja, dass alle Hoffnung verloren ist. Als Monsterjäger wächst man wohl so auf. Aber von *dir* hätte ich echt mehr erwartet!«

»Es tut mir leid, wenn ich dich enttäusche.« Wieder lag nicht der Hauch von Ironie in Hannahs Stimme. »Aber wir dürfen keine Zeit verlieren. Hazle-Finch und die Shepards sind gleich beim Steinkreis.«

»Meine Worte«, sagte ich.

Brandon ließ frustriert die Hände fallen und verschaffte seinem Ärger mit einem lauten Schnaufen Luft.

»Brandon, du hältst die Stellung und schickst die Shepards los, wenn etwas schiefgeht.« Ich nestelte meine Kette unter dem Rollkragenpullover hervor. »Und wenn es hart auf hart kommt, informierst du Emmerett mit der Hand des Hoia-Wisperers.«

Brandon stand mit verschränkten Armen vor mir. Der Regen peitschte ihm in das erstarrte Gesicht. Widerwillig streckte er die Hand aus. »Ihr habt völlig den Verstand verloren, wisst ihr das?«

»Was ich weiß, ist, dass wir mit ein wenig Glück bald den zweiten Schattenschlüssel haben.« Ich reichte Brandon die Kette.

»Beeilt euch gefälligst!«, raunte er und versteckte die schrumpelige Hand unter seinem Pullover. »Ich habe keine Lust, hier allein im Dunkeln zu sitzen und euch das Leben zu retten. Das hatten wir schon unter dem Waisenhaus von Port Willow.«

»Du bist nicht allein«, bemerkte Hannah. Sie zeigte nach hinten zu den Shepards. »Vielleicht interessieren sie sich für Teleportation.«

Brandon sah die Gestalten mit den Speeren an. »Das bezweifle ich.«

»Halt die Ohren steif, klar?« Ohne seine Antwort abzuwarten, zog ich Hannah mit mir.

Wir hielten uns am rechten Uferrand. Die aufgeweichte Erde gab matschende Geräusche von sich und der Wind drängte uns auf das Wasser zu. Die Nässe drückte sich in die kleinsten Ritzen zwischen Kleidung und Haut und ich fragte mich, warum Hannah in dem läppischen Pullover nicht fror.

Wir gelangten unentdeckt zum Steinkreis und suchten Schutz hinter einem der Felsbrocken. Die Steine standen im Abstand von ein paar Metern zueinander. Fackeln flackerten nervös im Regen und beleuchteten den Kreis, in dem das violett-braune Heidekraut wucherte. Ich schätzte den Durchmesser auf sechzig Meter.

Viel spannender als die alten Steine und das Unkraut war aber das ausgehobene Loch. Darin lag ein riesiger hohler Metallwürfel, der gräulich schimmerte. Eine seiner sechs Seiten war herausgelöst worden.

»Wir werden nicht verhandeln«, hallte eine Stimme durch Wind und Regen.

Sir Cassius stand neben zwei Metallbahren. Der hagere Mann trug einen Frack und rieb die Hände aneinander, was ihm das Aussehen einer Gottesanbeterin verlieh.

»Das Werk steht kurz vor der Vollendung«, fuhr er fort und wies mit einer ausladenden Geste auf den massigen Körper, der auf der Bahre zu seiner Linken unter einem dreckigen Laken lag.

Hazle-Finch und die Shepards standen ein Stück von ihm und seinen Handlangern, die allesamt rote Roben trugen, entfernt. Zu allem Überfluss zählte ich fünf Kleingehörnte Schrumpler. Mit diesen Kolossen war nicht zu spaßen …

»Das Herz und das mechanische Hirn sind bereits in das Monstrukt eingesetzt. Und wie Sie sehen, werte Mrs Hazle-Finch«, Sir Cassius' Stimme nahm einen Bösewicht-Ton an,

»fließt meine Geheimzutat in dieser Sekunde durch die Adern von Frankensteins Schöpfung.«

Da war es also, das übliche Gelaber vor der Schlacht. Ich musterte den Körper, der auf der anderen Bahre lag. Als ich erkannte, wer es war, klappte mir der Mund auf. Das lange Haar fiel über die Bahre und schimmerte selbst durch den Regen feuerrot …

»Was haben Sie mit dem Mädchen vor, Cassius?«, fragte Mrs Hazle-Finch. Die Leiterin stand vor den Shepards. »Warum leiten Sie ihr Blut in das Monstrukt?«

Ein hämisches Lachen schallte über die Ebene. »Genova ist kein gewöhnliches *Mädchen*, wie sie sie nennen. Glauben Sie mir, Genova ist älter, als sie aussieht.«

»Wenn dem so ist, muss ich mich dringend mit ihr über ihre Anti-Faltencreme unterhalten«, erwiderte die Leiterin.

Sir Cassius trat hinter die Bahre. »Sarkasmus hat noch nie jemanden vor dem Tod bewahrt. Er führt höchstens dazu, dass die Geduld des Peinigers schneller verebbt.«

Die Hände von Hazle-Finch ruhten über den Fächern. »Sie klingen wie ein Geisteskranker, Cassius.«

»So wurde dereinst auch Frankenstein bezeichnet.« Sir Cassius strich der bewusstlosen Genova über den Arm. »Und dennoch hat er eine Kreatur erschaffen, die mächtiger ist als alles, was die Welt jemals erblickt hat.« Er prüfte den Schlauch, durch den Genovas Blut in das Monstrukt sickerte. »Und ich mache dieses Wesen noch mächtiger.«

»Indem Sie es mit dem Blut eines unschuldigen Mädchens vollpumpen?«

»*Unschuldig*?« Cassius schritt zur anderen Bahre und blieb hinter dem Monstrukt stehen. »Sie sollten besser zuhören, Glynnes. Genova ist weder *unschuldig* noch ein *Mädchen*.

Sie ist … etwas ganz Besonderes.« Der dürre Mann sah von dem weißen Laken auf. »Sagen Sie, meine Teuerste, haben Sie schon mal von den *Dimiden* gehört?«

Ich riss die Augen auf und ignorierte den Regen, der auf meine Augäpfel klatschte. In den Aufzeichnungen aus dem Gefängnis im Sumpf wurden die sieben Kinder als Dimiden bezeichnet. Und eines dieser sieben war mir bekannt vorgekommen …

»Alles in Ordnung, Padraig?«, flüsterte Hannah.

»Ja, alles klar«, log ich und verscheuchte das Schwarz-Weiß-Bild des Mädchens. Jetzt gab es keinen Zweifel mehr, wer sie war. Aber warum war sie nach all den Jahren kaum älter als ich?

Auch Glynnes Hazle-Finch schien in eine Starre verfallen zu sein, aus der sie sich nur langsam löste. »Das Mädchen ist eine Dimidin?«

Cassius klatschte langsam in die Hände. »Bravo, Glynnes!«

»Woher haben Sie sie?« Der ruhige Ton war aus der Stimme der Leiterin gewichen, ihre stolze Haltung ging in eine angriffslustige Stellung über. »Welche Fähigkeiten hat sie?«

Die Handlanger von Sir Cassius zogen ihre Klingen, als Mrs Hazle-Finch einen Schritt nach vorne machte.

»Nun«, Sir Cassius strich sich durch den Backenbart, »Sie haben bestimmt Verständnis, Glynnes, dass ich Ihnen nicht verrate, woher ich Genova kenne. Aber ihre Fähigkeiten sind wahrhaftig erstaunlich.« Er blieb zwischen den zwei Bahren stehen, gekrümmt wie ein abgestorbener Baum. »Zum einen verlangsamt sich ihr Alterungsprozess mit zunehmender Lebensdauer. Je älter sie wird, desto langsamer altert sie.«

Hazle-Finch presste ihre Lippen zusammen und blickte kurz zur Seite, wandte sich aber gleich wieder Sir Cassius zu.

Ich versuchte auszumachen, wonach sie Ausschau gehalten hatte – und packte Hannah geschockt am Ärmel. Wortlos wies ich zum Rand des Steinkreises.

Fünf Shepards lagen auf einem Haufen – tot. Mir zog sich der Magen zusammen.

»Aber wirklich interessant«, setzte Cassius an, »ist Genovas zweite Fähigkeit. Sie wird das Monstrukt zu einer unaufhaltsamen Bestie machen!«

»Und diese Fähigkeit wäre?«, fragte Mrs Hazle-Finch.

»Wenn Sie mir eine Demonstration erlauben.« Cassius zückte einen Dolch und beugte sich über Genova.

»Was tun Sie da?«

Die Leiterin machte einen weiteren Schritt nach vorne. Die Handlanger in ihren roten Roben zogen ihre Schwerter und die Kleingehörnten Schrumpler stießen ein tiefes Brüllen aus.

»Nur keine Sorge«, erwiderte der backenbärtige Mann. »Ihr geschieht nichts.« Er setzte die Klinge an und schnitt die Haut von Genova über die Länge des Unterarms auf. Das Blut tropfte aus der Wunde, vermischte sich mit dem Regen und floss als roter Strom über die Bahre.

Mrs Hazle-Finch sperrte den Mund auf, aber Cassius brachte sie mit einem Handzeichen zum Verstummen. »Haben Sie einen Moment Geduld, meine Liebe.«

Selbst von unserer Position aus war zu sehen, wie das Blut von der Bahre auf das Heidekraut hinabtropfte. Doch nach wenigen Sekunden versiegte der Blutstrom und die Wunde war kaum mehr als ein Kratzer. Zwei Wimpernschläge später sah der Arm aus, als hätte ihn nie eine Klinge berührt.

Cassius holte ein Stofftuch aus dem Revers und wischte die Klinge sauber. »Einfach erstaunlich, nicht wahr?«

Ich dachte an Brandon, der mir nach der Sache in den Bergen von Genovas unnatürlich schnell verheilter Wunde erzählt hatte. Damals hatte ich seine Kurzsichtigkeit für diese merkwürdige Beobachtung im Verdacht.

»Das Monstrukt war Ihnen nicht genug«, stellte Hazle-Finch fest. »Sie wollten es unverwundbar machen. Was wollen Sie damit erreichen, Cassius?«

»Eine berechtigte Frage.« Ein gequältes Lächeln erschien zwischen den wuchernden Backenbärten. »Nun, ich war einst mit einer Agentin verheiratet. Wir ha–«

»Schütten Sie mir jetzt Ihr Herz aus?« Hazle-Finch klang amüsiert. »Glauben Sie, Sie können Ihre Taten mit einer rührseligen Geschichte rechtfertigen?«

»Hören Sie zu und sparen Sie sich Ihren Hohn!«, kläffte Sir Cassius. Für einen Moment sah er verärgert aus, bevor sein überlegenes Lächeln zurückkehrte. »Meine Frau hat nicht für Ihre Monsterbehörde gearbeitet. Sie dürfen meine Rache also nicht persönlich nehmen. Und keine Sorge, ich erzähle Ihnen die Kurzfassung.«

»Für alles andere fehlt mir sowohl die Lust als auch die Zeit«, erwiderte Mrs Hazle-Finch.

Cassius zog den Schlauch aus Genovas Arm und zerrte daran, bis das andere Ende unter dem Laken hervorglitt. »Sie haben meine Frau eines Tages auf eine Jagd geschickt. Ich hielt es für töricht, eine einzelne Jägerin auf einen Kristalltroll anzusetzen. Aber meine Frau war bereit, ihren Kopf für ein paar unbedeutende Menschenleben zu riskieren.« Sir Cassius trat zum Monstrukt und schob seine Hände unter das Tuch. »Ich habe versucht, den Leiter davon abzubringen. Aber er war überzeugt, dass meine Frau mit dem Wesen fertig würde.« Zum ersten Mal vernahm ich ein Zittern in seiner Stimme. »Drei Stunden später überbrachte man mir die Nachricht ihres Todes. Unsere Tochter musste ohne ihre Mutter aufwachsen. Und warum? Weil Dummköpfe wie *Sie*«, Cassius spie das letzte Worte aus, »die Leben Ihrer Leute leichtfertig riskieren!«

»Hören Sie, Cassius«, sagte Mrs Hazle-Finch mit einer Sanftheit, die mir fremd war. »Ihre Frau wurde in das Leben einer Jägerin hineingeboren. Sie wusste um das Risiko, hat sich aber für diesen Weg entschieden. Unsere Organisationen sind da, um die Menschen vor Monstern zu schützen. Es ist nicht im Interesse von uns Leitern, unsere besten Leute zu verlieren. Der Tod Ihrer Frau war ein tragischer Unfall, an dem niemand eine Schuld trägt.« Die Leiterin sprach jetzt so leise, dass ich sie durch den Regen kaum verstand. »Dass Ihre Tochter ohne Mutter aufwachsen musste, tut mir leid. Aber nehmen Sie Ihre Wut nicht als Antrieb, um etwas zu tun, das Sie später bereuen. Ihre Frau kehrt nicht zurück, wenn Sie Blut vergießen. Und keine Tochter möchte einen Mörder als Vater.«

»Da irren Sie sich.« Zwischen den Rotgewändern trat eine feine Gestalt hervor. »Ich warte schon viele Jahre darauf, meine Mutter zu rächen.«

Als der Schatten ins Licht trat, rutschte mir das Herz in die Hose.

Es war Prim.

24

Brandon

Die Horror-Show beginnt

Die Shepards interessierten sich nicht für Teleportation. Was nicht weiter tragisch war, da sie sich offenbar für gar nichts interessierten. Um mich von meiner Panik abzulenken, hatte ich versucht, eine Konversation mit ihnen zu starten. Es fühlte sich merkwürdig an, vor einer Horde Kriegern zu stehen und in einem Selbstgespräch über die Frage nach dem stärksten *Avenger* zu sinnieren. Als auch nach meinem Lieblingswitz nichts als das Prasseln des Regens zu hören war, gab ich auf.

Gerade als ich überlegte, es doch noch mal mit einem Witz zu versuchen, hallte der erste Schrei über die Ebene. Es war keiner dieser motivierten *Auf-in-die-Schlacht*-Schreie, sondern einer der panischen Art, der einem Angst einflößte.

»Ähm, nun ja.« Ich räusperte mich, drehte mich unsicher zu den Shepards und schob die Brille auf den Nasenrücken. Zwei Dutzend graue Gestalten mit Dreizacken standen vor mir. Ich wollte etwas Cooles sagen, aber mir fiel nichts ein. Also schrie ich: »Auf in den Kampf!«

Die Shepards zogen auf den ersten Metern mühelos an

mir vorbei. Zu allem Überfluss war meine Hose drauf und dran, nach unten zu rutschen, weshalb ich mit beiden Händen am Gürtel durch die Gegend rannte.

Am Steinkreis stürzten sich Gestalten in roten Gewändern mit Schwertern und Dolchen auf die grauen Shepards. Einer der BEAST-Krieger senkte im Sprint seinen Dreizack, trieb ihn mühelos durch einen Rotmantel und zog ihn mit einem Ruck aus dem Körper. Im selben Atemzug säbelte jemand dem Shepard das Bein unterhalb des Knies durch. Er kippte zur Seite und stützte sich auf dem Dreizack ab. Dummerweise benötigte er beide Hände, um sich aufrecht zu halten. Noch dümmer war, dass eine massige Gestalt mit zwei Hörnern auf ihn zutrat. Die Haut des Wesens zog sich um den Mund zusammen, als wäre es ein Staubsaugerrohr. Das Monster streckte die Hand aus, an der eine ungesunde Anzahl Finger wuchs, und riss dem Shepard den Kopf vom Rumpf.

Ich hinderte den Inhalt meines Magens an einem Gastspiel an der frischen Luft, musterte das Wesen und versuchte, mich an den Eintrag im Bestiarium zu erinnern. Was in Anbetracht der Umstände nicht leicht war. Zumal mein Hirn meinen Augen unnötigerweise den Befehl gab, der Flugbahn des kopflosen Körpers zu folgen, den das Monster in dieser Sekunde über den Steinkreis schleuderte. Als der Torso in der Nacht verschwand und das gehörnte Wesen ein dumpfes Grollen ausstieß, fiel mir schlagartig ein, was das für ein Ding war:

Kleingehörnter Schrumpler

Art: humanoides Monster

Vorkommen:

in Berghöhlen oder in Tunneln unter der Erde, selten in Kanalisationen; lebt in Stämmen zehn bis zwanzig Monster

Nahrung:

fressen ausschließlich Fleisch, bevorzugt von Menschen (z. B. verirrte Wanderer); bei Hungersnot im Stamm lösen sie Lawinen, Schlammrutsche oder Steinschläge aus und fressen die Leichen, bevor sie geborgen werden können

Besonderheiten:

hervorragende Kämpfer; empfindliche Haut, da sie Höhlen selten verlassen; Männchen sind an den Hörnern zu erkennen, mit denen sie um die Gunst der Weibchen kämpfen. Haut der Monster schrumpelt mit zunehmendem Alter; alle zehn Jahre wächst ein weiterer Zeh oder Finger (Stammesmitglied mit den meisten Gliedern ist das Oberhaupt)

Warum kämpfen wir Männer immer?

Töten:

aufgrund der empfindlichen Haut wirken die gängigen Mittel, am besten jedoch Feuer, da sie kein Sonnenlicht vertragen;

!!! Geheimtipp Emmerett: Schrumpler bei Tag aus ihrer Höhle locken idiotischer Tipp!

Der Schrumpler klaubte den Helm wie eine Nussschale vom Kopf des Shepards, zerrte ein Ohr samt Hautfetzen ab und stopfte es sich ins Maul. Er hielt mitten im Kauen inne, als ihm Mrs Hazle-Finch den Weg versperrte. Sie nahm die Haltung einer asiatischen Kampfsportlerin ein und klappte ihre Fächer auf. Ich fragte mich, ob sie der Bestie so lange Luft zufächeln wollte, bis ihr Kopf wie ein Ballon platzte.

Der Schrumpler fauchte, neigte die beiden Hörner wie ein Stier nach vorne und rannte los. Kurz vor dem Zusammenprall sprang die Leiterin aus dem Stand über das heranrauschende Monster. Sie drehte sich um die eigene Achse und glitt über den Angreifer hinweg. In der Luft schwang sie die Fächer, ehe sie hinter dem Monster landete.

Das gehörnte Wesen verharrte, versuchte, sich umzudrehen – da rutschte ihm der Kopf vom Hals. Mit einem *Pflotsch!* blieb er im Schlamm stecken. Offenbar waren die Fächer nicht so harmlos, wie sie aussahen …

Ich löste den Blick von Mrs Hazle-Finch, die sich mit glühenden Wangen in den nächsten Kampf stürzte. Hastig verdrängte ich die Bilder des abgeschlagenen Kopfs und versuchte, mir einen Überblick zu verschaffen. Ich hielt nach Hannah und Padraig Ausschau, musste mich aber mit herumfliegenden Speeren, gewetzten Klingen und spritzendem Blut zufriedengeben.

Da sah ich es.

Das Monstrukt erhob sich von einer metallenen Bahre. Es überragte alle anderen um mindestens das Doppelte und war in schmutzige Mullbinden gehüllt. Getrocknetes Blut und nicht näher zu definierende Körperflüssigkeiten klebten an dem Verband. Dort, wo die Stoffbahnen schlaff herabhingen, kam faulige Haut zum Vorschein. Es stemmte sich auf seine dicken Beine und riss sich die Binden vom Leib. Fäden so dick wie Regenwürmer verknüpften die einzelnen Körperteile. Ein Arm glich einem Eichenstamm – knorrig, breit und pechschwarz. Daran war eine Hand mit gebogenen Krallen genäht. Ich sah einen Pferdefuß, ein haariges Bein, aus dem Dornen wuchsen, und eine von Fell überwucherte Brust. Der Rücken glich einem Schildkrötenpanzer voller Stacheln, darunter bewegte sich ein riesiger Echsenschwanz.

Als das Monstrukt den Kopf aus den Binden wickelte, blieb mir der Mund offen stehen. Er war das Grässlichste, das mir je untergekommen war – dicht gefolgt vom Rosenkohlauflauf meiner verstorbenen Großtante Meredith.

Das Gesicht bestand aus zusammengenähten Hautlappen, die wie eine Halloween-Maske über den Schädel gezogen waren. Die Gesichtszüge waren merkwürdig verformt und hingen von den Knochen, als wäre die Maske zwei Nummern zu groß. Über dem Kiefer klaffte ein Maul mit hervorstehenden Eckzähnen. Speichelfäden tropften zu Boden und zerfraßen das Heidekraut. Aus dem Gesicht glotzten Augen, die nicht unterschiedlicher hätten sein können. Eins war klein, milchig und pupillenlos, das andere groß wie ein Tassenuntersetzer und pechschwarz. Das kleine Auge zuckte nervös in seiner Höhle, das große starrte geradeaus. Am Hinterkopf fehlte ein Stück des Schädels und gab den Blick auf das mechanische Hirn frei. Das Gewusel aus Zahnrädern, Gewinden und Federn bewegte sich wie ein Uhrwerk. Der Schlüssel zum Aufziehen der Mechanik rotierte langsam um seine eigene Achse. Er bestand aus grauem Metall und sein Kopf hatte die Form eines Totenschädels. Ob das der zweite Schattenschlüssel war?

Ein Shepard rannte auf das Monstrukt zu. Er rammte seinen Dreizack in den Boden, stieß sich mit beiden Beinen ab und segelte auf die Kreatur zu. Das Monstrukt streckte den Arm aus, der einer mit rötlich schimmernden Schuppen überzogenen Kanone glich. Dort, wo die Hand hätte sein sollen, klaffte ein Loch, aus dem eine blutrote Flüssigkeit schoss. Sie hüllte den Shepard ein – und zersetzte ihn im Flug. Ein Gemisch aus Stofffetzen und matschigem Fleisch klatschte dem Monstrukt ins Gesicht. Der Wind trug einen beißenden Geruch herüber. Das Monstrukt heulte auf und zerquetschte den Helm des Shepards mit seinem Pferdefuß.

»Monstrukt!«, erhob sich eine Stimme. Der hagere Leib von Sir Cassius baute sich vor dem Monstrum auf. »Ich habe dir das Leben geschenkt und vollendet, was deine Schöpfer vor zweihundert Jahren begonnen haben. Und nicht nur das, ich habe dich unverwundbar gemacht.« Sir Cassius wies auf eine zweite Bahre, auf der eine bewusstlose Gestalt lag. »Von nun an gehorchst du mir, verstanden?«

Das Monstrukt stand wie ein Albtraum aus Fleisch und Blut vor Sir Cassius – groß wie ein Bergtroll und breit wie ein Kleinwagen. Wie aus dem Nichts schoss sein Krallenarm auf Sir Cassius zu. Der kreischte jämmerlich auf und schlug die Hände über dem Kopf zusammen. Die Klauen verfehlten seinen Zylinder – und schlitzten einen Shepard auf, der sich von hinten an ihn herangeschlichen hatte.

Sir Cassius stand der Schock ins Gesicht geschrieben. Er erhob sich mit wackeligen Beinen und tastete nach seinem Zylinder. Als er den toten Shepard erblickte, setzte er seine vor Arroganz triefende Miene wieder auf.

»Wie ich sehe«, er stupste die Leiche mit der Schuhspitze an, »beschützt du deinen Meister.« Seine Lippen verzogen sich zu einem widerlichen Grinsen. »Los, vernichte die Krieger in den grauen Gewändern! Ich dulde keine Überlebenden!«

Das Monstrukt stieß ein tiefes Grunzen aus, schlurfte an Cassius vorbei und hinterließ eine Schneise im Heidekraut.

Drei Shepards griffen es furchtlos an, was beeindruckend und dumm zugleich war. Es sollte der Beginn einer Horror-Show werden.

Den ersten Shepard pflückte das Monstrukt aus der Luft. Es hielt ihn in der geschlossenen Faust und musterte ihn kurz, dann drückte es zu. Jeder einzelne Knochen brach mit einem hässlichen Geräusch in tausend Stücke.

Der zweite Shepard zielte mit dem Speer auf die Brust, da öffnete sich ein Schlitz im Bauch des Monstrukts. Gezackte Zähne säumten das aufgerissene Maul, aus dem eine armdicke Zunge schoss. Wie bei einem Chamäleon blieb sie am Shepard kleben. Die Zunge schnellte zurück und der Krieger verschwand im Schlund. Das alles geschah so schnell, dass mein Hirn das Ausmaß der Brutalität nicht begriff.

Der letzte Shepard rammte seinen Speer in den Oberschenkel der Kreatur. Er steckte in dem verdorbenen Fleisch wie ein Zahnstocher in einem viel zu großen Häppchen. Das Monstrukt betrachtete den Dreizack mit fast kindlicher Neugier und zog ihn heraus. Aus den Einstichen floss kein einziger Blutstropfen. Trotzdem brüllte das Monstrukt wutentbrannt auf und schleuderte den Speer mit solcher Wucht, dass er durch den Brustkorb des Shepards glitt. Der aufgespießte Krieger segelte durch die Luft, bis sich der Dreizack in einen der Steine bohrte. Der Shepard sackte leblos zusammen.

»Hey, Glubschauge!«, hallte eine bekannte Stimme über

die Lichtung. »Wie wär's, wenn du dich mit jemandem in deiner Gewichtsklasse anlegst?«

Padraig kam hinter einem glänzenden Metallwürfel hervor. In seinem Trenchcoat und mit den Strähnen im Gesicht sah er unverschämt angeberisch aus. Aber wenn er einen Plan aus dem Hut zauberte und uns alle rettete, gönnte ich ihm den Moment im Rampenlicht gerne.

Ein Rotgewand hetzte auf Padraig zu. Bevor ich ihn warnen konnte, trat er lässig einen Schritt zur Seite und stellte seinem Angreifer das Bein. Der knallte der Länge nach in den Schlamm und bekam von Padraig eins über die Rübe gezogen.

»Entschuldige«, bat Padraig. Er kratzte sich verlegen am Hinterkopf und lächelte das Monstrukt an. »Jetzt habe ich den Faden verloren. Wo war ich gleich stehen geblieben? Ach ja«, das Lächeln erlosch und er richtete den Stock auf das Ungeheuer, »warum nimmst du es nicht mit einem Gegner auf, der dir gewachsen ist?«

Offenbar war das Hannahs Stichwort, denn sie trat hinter dem Würfel hervor. Im Gegensatz zu Padraig wirkte sie, als wäre sie von ihrem Lehrer gezwungen worden, im Schultheater mitzuspielen. Mit den Händen in den Taschen stellte sie sich neben Padraig.

Während Padraig mit seiner Rede fortfuhr, huschte ich von Stein zu Stein. Die Schlacht war in vollem Gange. Shepards umzingelten einen Gehörnten Schrumpler, Hazle-Finch blockte mit einem Fächer das Schwert eines Rotgewands, mit dem anderen schnitt sie ihm den Umhang auf.

Ich erreichte den hinteren Teil des Steinkreises, nahm meinen ganzen Mut zusammen – und hetzte zu Hannah und Padraig hinüber.

»… wirst du dir wünschen, wieder in deine Einzelteile zu zerfallen, du verunglückter Baukasten!«, kam Padraig zum Schluss seiner Rede. Er sah mich überrascht an, als ich schwer atmend neben ihm zum Stehen kam. »Oh, hey, Brandon. Du kommst gerade richtig.«

»Richtig wofür?«, fragte ich keuchend.

»Na, um zu klatschen«, erwiderte Padraig irritiert. »Ich habe gerade meine bisher beste Rede gehalten!« Er wandte sich Hannah zu. »Sie war wunderschön, inspirierend und beleidigend zugleich, nicht wahr?«

»Entschuldige, was hast du gesagt?« Hannah schielte aus ihrer Kapuze.

»Ich war abgelenkt von dieser grässlichen Kreatur.«

»Es ist unhöflich, wenn du so von Brandon sprichst, wenn er dich hören kann«, sagte Padraig entrüstet. »Hat man dir keine Manieren beigebracht?«

»*Ihn* meine ich nicht.« Hannah zeigte auf das Monstrukt. »Sondern *das* da.«

Padraig straffte sich und zückte die Klinge. »Tja, kommen wir zum Tagesgeschäft.«

Das Monstrukt schien genug gehört zu haben und richtete den Kanonenarm auf uns.

»Ähm«, machte ich unsicher und wich zurück. »Ihr habt bestimmt einen ausgefeilten Plan, oder?«

Zu allem Überfluss sperrte das Monstrukt das Maul im Bauch auf. Es stammte zweifelsfrei von einem Ventrios. Die Zunge hingegen war neu. Sie reichte bis zum Boden und schlängelte sich durch das Heidekraut wie eine Kobra.

»Wir improvisieren.« Padraig folgte den Bewegungen der Zunge mit dem Degen. »Ich greife an und bringe mich in Gefahr. Wir hoffen, dass sich Hannah in Angesicht meiner

Notlage in dieses gehörnte Ding verwandelt und dem Monstrukt in den Allerwertesten tritt.«

Ich fühlte mich wie kalt geduscht. »Hast du den Verstand verloren? Das ist der bescheuertste Plan, den ich je gehört habe.«

»Es ist kein Plan«, verteidigte sich Padraig. »Ich sehe es mehr als eine Art Grundgerüst, auf dem wir aufbauen.«

Ich sah hilfesuchend zu Hannah. Sie hielt die Augen auf das Monstrukt gerichtet und schien nicht zugehört zu haben. Direkt neben ihr stand die zweite Bahre, die meinen Blick anzog.

»Was zum Teufel?«, platzte es aus mir heraus. »Warum liegt da Genova Schmidt?«

Bevor Padraig antworten konnte, schnellte die Zunge auf uns zu. Ich schrie auf und warf mich zur Seite. Padraig duckte sich mit einer Rolle unter dem fleischigen Strang hindurch. In der Bewegung hieb er mit dem Degen nach der Zunge, verfehlte sie aber. Kaum hatte er sich abgerollt und aufgerichtet, schlang sie sich um sein Bein und brachte ihn mit einem Ruck zu Fall. Er fluchte und landete unsanft im Heidekraut. Die Zunge schleifte ihn über die Erde, als wäre er ein Fisch an einer Angel. Glücklicherweise bekam Padraig nach wenigen Metern den Degen zu fassen und schnitt den Knoten um sein Fußgelenk durch. Die Spannung in der Zunge erschlaffte und sie schnellte zurück in den Schlund.

Diese Reaktion des Monstrukts legte die Vermutung nahe, dass das mechanische Hirn über ausreichend Rechenleistung verfügte, um eine abgetrennte Zunge als unerfreulich einzustufen.

»Padraig!« Ich eilte zu ihm. »Alles in Ordnung?«

»Um auf deine Frage nach Genova zurückzukommen«,

sagte er gelassen, als wäre er nicht gerade von einer Monsterzunge beinahe in ein Monstermaul gezerrt worden. »Sir Cassius hat ihr Blut in das Monstrukt geleitet. Du hattest wahrscheinlich recht mit ihren selbstheilenden Kräften.«

»Ich wusste es!«, sagte ich triumphierend, während sich das Maul des Ventrios schloss.

»Und es kommt noch dicker.« Padraig stand auf und wischte sich Schlamm vom Ärmel. »Sir Cassius hat behauptet, Genova sei eine *Dimidin*.« Er sprach leise, damit Hannah nichts mitbekam. »Mrs Hazle-Finch hat nicht den Eindruck gemacht, als hörte sie zum ersten Mal von solchen Menschen mit besonderen Fähigkeiten.«

Unser Gespräch wurde unterbrochen, als das Monstrukt auf uns feuerte. Ich stolperte zurück – gerade rechtzeitig. Die Säure klatschte zu Boden und verwandelte das Heidekraut in einen violetten Matschhaufen.

Padraig ging zum Gegenangriff über. Das hünenhafte Monster reagierte erstaunlich flink und schwang die bekrallte Hand. Padraig warf sich auf den Rücken und rutschte mit den Füßen voran über die nasse Erde. Er glitt unter den Klauen hindurch – und rammte die Degenklinge in den Schritt des Monstrukts.

Aua, dachte ich.

Aber das Monstrukt verzog keine Miene. Es wandte sich zu Padraig um, zog den Degen aus der empfindlichen Stelle und schnippte ihn weg. Offensichtlich hatten seine Schöpfer der Fortpflanzung keine Beachtung geschenkt.

Padraig löste zwei Salzbomben vom Gürtel und zielte auf das Maul. Mit einer schnellen Drehung wandte das Monstrukt ihm den gepanzerten Rücken zu. Die Kugeln prallten ab und zerbröselten wirkungslos. Während Padraig die Eisenkette ausrollte, kam das Monstrukt rückwärts auf ihn zu und holte mit dem Echsenschwanz aus. Padraig hüpfte darüber, als wäre es ein Springseil. Aber der beschuppte Schwanz schnellte zurück wie eine Peitsche und erwischte ihn mit voller Wucht. Er flog durch die Luft – und blieb liegen.

Ich nahm die Beine in die Hand und sprintete über das Feld, die Ampulle mit dem Gas des Traumfressers in den klammen Fingern. Das Monstrukt war ein so großes Ziel, dass ich einigermaßen zuversichtlich war, es zu treffen. Unterwegs hob ich Padraigs Degen auf.

Ich rannte an dem Koloss vorbei, stellte mich schützend vor den aufstöhnenden Padraig und warf das Glas. Es zerschellte knapp unterhalb des Halses und hüllte den grässlichen Kopf in eine grüne Wolke ein.

Das Monstrukt blieb stehen und ich dachte schon, das Gas zeigte Wirkung. Aber dann sog es die giftgrüne Wolke durch die zwei Löcher über dem Maul ein, die mit viel Fantasie eine Nase darstellten.

»Nicht gut«, murmelte ich, half Padraig auf die Beine und drückte ihm den Degen in die Hand. »Steh gefälligst auf, wir haben hier gleich ein riesiges Problem!«

Die Bestie brüllte so laut, dass es mir fast die Haare vom Kopf fegte. Der Mundgeruch hauchte Padraig Leben ein. Sein Gesicht war durch den Schlag arg in Mitleidenschaft gezogen worden. Ein Auge schwoll zu und ein Bluterguss zeichnete sich an seiner Wange ab.

»Jetzt komm endlich!«, schrie ich und zerrte ihn mit. Das Monstrukt richtete seinen Arm auf uns. Verzweifelt riss ich die Ampullen aus den Halterungen und warf sie blind nach hinten.

Ich war mir sicher, dass sich jede Sekunde die rote Flüssigkeit über mich ergießen und mich in dampfenden Brandon-Matsch auflösen würde.

Doch jemand drückte auf die Stopptaste.

Die Kämpfe verebbten, als wären alle zu Stein erstarrt. Padraig wurde langsamer und folgte den Blicken der anderen. Ich tat es ihm gleich.

Hannah schwebte hinter dem Monstrukt. Mit ausgebreiteten Armen stieg sie immer höher in den Nachthimmel, die Augen weit aufgesperrt und tiefschwarz wie Brunnenlöcher. Aus ihrem Kopf wuchsen Hörner, groß und in sich verdreht. Sie stießen durch die Kapuze und ragten wie Blitzableiter aus ihrem Schädel.

Das Monstrukt hatte sich von uns abgewandt und den Kopf nach oben gereckt. Es stieß einen ohrenbetäubenden Schrei aus und scharrte mit dem Pferdehuf.

Hannah streckte die Hand aus.

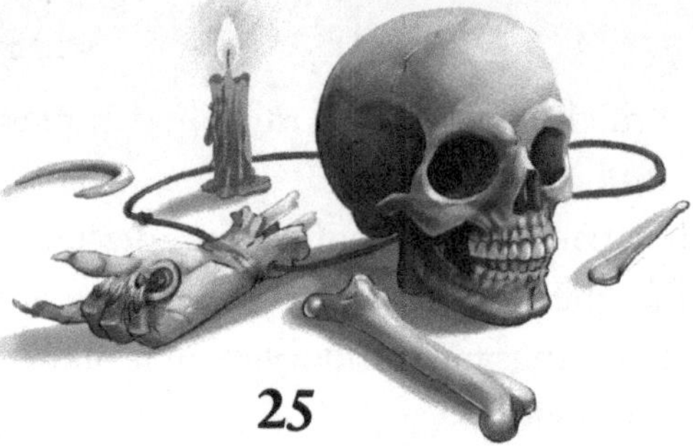

25

Padraig

Der Himmelssturz

Eigentlich hatte ich erwartet, dass sich das Monstrukt Frankensteins Herz aus der Brust reißen und es zerquetschen würde. Oder seinen hässlichen Schädel so lange gegen einen Stein schlug, bis das mechanische Hirn zu einem Haufen Zahnräder zerfiel. Brandon hatte erzählt, wie das Monster von Port Willow fast seinen Verstand verloren hatte, als Hannahs Hörner auf diese Größe angewachsen waren.

Aber nichts davon geschah.

»Warum fällt das Ding nicht um?« Ich sah zu Brandon, der mit offenem Mund ungewohnt dümmlich aussah.

Das Monstrukt richtete seinen Kanonenarm auf Hannah und feuerte einen Strahl nach dem anderen ab. Hannah schlug Haken über den Nachthimmel. Nach jedem Ausweichmanöver streckte sie die Hand aus, aber ihre Kräfte bewirkten nichts.

»Ich glaube«, sagte Brandon zögerlich und schluckte, »es liegt am mechanischen Hirn.«

»Wie meinst du das?«

»Gefühle sind nichts anderes als Hormone, die von unserem Hirn ausgeschüttet und im Körper verteilt werden«, erklärte Brandon, der Hannah mit glasigem Blick folgte.

Die Erkenntnis traf mich wie ein Schlag. »Aber wenn das Monstrukt kein richtiges Hirn besitzt …«

»Empfindet es keine Gefühle.« Brandon senkte den Kopf. »Weder Angst noch Panik oder sonst etwas, das es in die Knie zwingen könnte.«

Hannah wechselte die Taktik und stach ihre Hörner in den Hals des Monstrukts. Doch die Wunden waren verheilt, bevor sie den nächsten Angriff ausführte.

»In anderen Worten«, fügte ich an und beobachtete Hannahs nächste Attacke, »wir haben ein verdammtes Problem!«

»Shepards!«, hallte eine messerscharfe Frauenstimme durch den Regen. Ich drehte mich um und erkannte Mrs Hazle-Finch. Schrammen zierten ihr Gesicht und ihre Hakennase war noch krummer als zuvor. »Hindert das Monstrukt daran, Hannah zu töten!«

Mit diesen Worten flammten die Kämpfe wieder auf. Die verbliebenen Shepards wollten sich zu Hannah und dem Monstrukt durchkämpfen, aber die Rotmäntel und die Gehörnten Schrumpler versperrten ihnen den Weg.

»Komm!«, sagte ich zu Brandon und zerrte ihn mit. »Wir müssen Hannah helfen!«

»Aber wir haben keine Chance«, stieß Brandon hervor. »Ohne Gehirn keine Gefühle. Und ohne Gefühle keine Schmer–« Er brach ab und blieb stehen. »Es sei denn, wir verteilen die Gefühle auf andere Weise im Körper des Monstrukts!« Brandon sah mich aus großen Augen an und tastete nach der Hand des Hoia-Wisperers, die ich ihm gegeben hatte. »Ich bin gleich wieder da!«, sagte er hastig. »Tu mir den Gefallen und stirb nicht, ja?«

Mit diesen Worten rannte er davon.

Hannahs Schrei riss meinen Kopf nach vorne. Das Monstrukt schlug sie mit dem Echsenschwanz aus der Luft und rammte sie mit solcher Kraft auf den Boden, dass die Erde bebte.

»Padraig, schlag gefälligst keine Wurzeln!«

Hazle-Finch und vier Shepards kamen angerannt. Die Umhänge der Krieger waren zerfetzt, die BEAST-Leiterin glich einem gerupften Vogel und zog das linke Bein nach. Aber in ihren grauen Augen funkelte Entschlossenheit.

»Haltet dieses elende Ding auf, bevor es Hannah erreicht«, wiederholte Mrs Hazle-Finch ihren Befehl und die Shepards huschten an ihr vorbei. »Und wir gehen hinterher. Oder wie lange dauert deine Verschnaufpause?«

Statt ihr zu antworten, hetzte ich den Shepards nach.

Das Monstrukt schlurfte auf Hannah zu und öffnete den Schlund in seinem Bauch. Die Zunge schlängelte sich auf sie zu. Kurz bevor sie sich um Hannahs Bein schlingen konnte, trieb ein Shepard seinen Dreizack durch das fahle Fleisch und heftete die Zunge fest.

Die anderen Shepards nutzten die Chance. Zwei flankierten die Seiten, einer spurtete geradewegs auf das Monstrum zu. Er berührte eine Sigille an seinem Helm. Sie leuchtete auf und ein gleißender Strahl brach wie reinstes Sonnenlicht daraus hervor. Geblendet wandte sich das Monstrukt ab. Ein zweiter Shepard schwang sich am Kanonenarm hoch und schlang die Füße um den mächtigen Hals. Zwei weitere BEAST-Krieger wichen dem Echsenschwanz aus und rammten ihn mit ihren Speeren so tief in den Boden, dass er sich nicht mehr rührte.

Der Shepard mit dem leuchtenden Helm deaktivierte seinen Lichtstrahl und drückte eine andere Sigille. Sein Dreizack glomm blau auf und er schleuderte ihn von sich. Der Speer zog einen blauen Schweif hinter sich her. Die Klinge bohrte sich in den Monsterarm und leuchtete auf. Ein Zucken durchfuhr den Arm, dann hing er lahm und nutzlos am Körper herab.

»Hannah, steh auf!« Ich erreichte sie mit Mrs Hazle-Finch im Schlepptau.

»Wenn wir das hier überstehen«, sagte die Leiterin und zog ein spritzenähnliches Metallröhrchen unter dem Brustpanzer hervor, »erwarte ich eine Erklärung, Padraig! Das ist dir hoffentlich bewusst!«

»Ich habe keine Ahnung, was Hannah ist. Das kann ich Ihnen auch hier und jetzt sagen!«

Mrs Hazle-Finch warf mir einen schwer zu deutenden Blick zu und rammte die Spitze des Röhrchens in Hannahs Hals.

»Was tun Sie da?«

Die Leiterin schleuderte das Röhrchen weg. »Ich fülle Hannahs Energiereserven auf. Über alles andere unterhalten wir uns zu gegebe–«

Der ohrenbetäubende Knall und die Druckwelle brachten mein Trommelfell beinahe zum Bersten. Instinktiv drehte ich mich weg und schlug die Hände vors Gesicht. Zwischen den Fingern spähte ich zum Monstrukt, das von der Brust aufwärts von einer schwarzen Rauchwolke eingehüllt wurde. Die Shepards waren von der Wucht der Explosion in alle Richtungen geschleudert worden.

Mrs Hazle-Finch hatte sich schützend über Hannah gebeugt. Als sie sich wieder aufrichtete, sah sie für einen kurzen Augenblick aus wie die alte Frau, die sie in Wirklichkeit war.

Ich füllte meine Lungen mit Luft. Alles um mich herum fühlte sich an wie in Watte gepackt. »Was war das?«, hauchte ich.

Die Shepards rappelten sich hoch und rückten ihre Helme zurecht. Das Monstrukt stand regungslos da, während sich die dunklen Rauchschwaden langsam verflüchtigten.

»Das«, presste Hazle-Finch hervor, »war der letzte Angriff eines Shepards. Sie haben eine selbstzerstörerische Sigille an ihrem Helm.«

In meinem Ohr sirrte es, als wäre ein Ağlamak in meinen Gehörgängen versteckt. Dazu gesellte sich der Stich, als ich die Worte der Leiterin richtig einordnete.

»Der Shepard ... hat sich in die Luft gesprengt?«

Mrs Hazle-Finch sagte nichts. Der Wind trug die letzten Rauchfetzen weg – und mein Herz machte einen Sprung. Der Schädel der Kreatur glich einem Trümmerfeld. Brandflecken überzogen sein Gesicht, das Glubschauge hing aus seiner Höhle wie eine leere Ballonhülle, zwei Reißzähne waren abgebrochen und in der rechten Wange klaffte ein Loch, dessen ausgefranster Rand glühte.

»Uns bleibt nicht viel Zeit.« Hazle-Finch packte Hannah unter den Achseln. »Das Monstrukt heilt sich selbst, der Prozess hat sich schon in Gang gesetzt.«

Tatsächlich verschloss sich das Loch in der Wange bereits wieder.

»Wenn wir es aufhalten wollen«, Mrs Hazle-Finch zerrte Hannah auf die Beine, »dann jetzt.«

Ich packte Hannah und blickte in ihre schwarzen Augen. »Alles in Ordnung?«

Hannah atmete schwer. Aber mit jeder Sekunde wirkte sie kräftiger. Was auch immer Mrs Hazle-Finch ihr gespritzt hatte – es zeigte Wirkung. Plötzlich stieß Hannah mich weg und hob ab. Sie schwebte in die Luft und auf das Monstrukt zu. Seine Wunde hatte sich geschlossen, das Auge zog sich in die Höhle zurück.

»Nicht so schnell, meine Liebe«, rief eine Stimme. »Sonst rutscht meiner Tochter die Hand aus. Das wäre schlecht für euren Freund.«

Hannah blieb in der Luft stehen und drehte sich um. Die schwer gezeichnete Mrs Hazle-Finch und ich taten es ihr gleich.

Sir Cassius und Prim kamen angeschlendert. In ihrer Mitte schleppten sie Brandon. Prim hielt ihm ein Messer an die Kehle. Zwei Schrumpler begleiteten sie. Eines der Monster knabberte an etwas, das verdächtig wie der Arm eines Shepards aussah.

»Cassius!« Hazle-Finch sog die Luft ein. »Lassen Sie den Jungen da raus. Er hat Ihnen nichts getan.«

»Glynnes, Glynnes. Sehen Sie es ein, die Situation ist Ihnen entglitten.« Sir Cassius hob die Hand und sein Trupp blieb stehen. Brandons Augen waren weit aufgerissen, sein Gesicht kreidebleich. »Bitte entschuldigen Sie, wenn ich in Anbetracht Ihrer misslichen Lage mit Brandon verfahre, wie es mir behagt.«

»Hey, Brandon«, rief ich. Er sah mich angstvoll an. »Was ich dir noch sagen wollte: Prim gehört zu den Bösen.«

»Ach, was du nicht sagst«, presste er hervor. »Ich dachte schon, wir hätten ein abgefahrenes Date.«

Sir Cassius lachte auf. Er packte Brandon an den Haaren, riss seinen Kopf zurück und beugte sich zu ihm hinunter. »Als ob sich meine Tochter mit einem wie dir verabreden würde.«

Prim schwieg. Ihre Hand mit dem Messer an Brandons Kehle zitterte.

Das Monstrukt gab ein Grunzen von sich. Die Halswirbel knackten, als sie sich wieder einrenkten. Es war fast vollständig geheilt.

Hazle-Finch trat einen Schritt vor. »Lassen Sie die Kinder gehen, Cassius. Sie tragen keine Schuld am Tod Ihrer Frau.«

Bei diesen Worten drückte Prim die Lippen aufeinander. Der Schmerz über den Verlust ihrer Mutter war ihr ins Gesicht gemeißelt. Ihre Hand bebte und Brandon wich vor der Klinge zurück, die über seinen Hals kratzte.

»Zuerst, Glynnes, pfeifen Sie Ihre Krieger zurück.« Sir Cassius wies zu den Kämpfen, die nach wie vor zwischen Grau und Rot tobten. »Es gefällt mir nicht, wie sie meine Leute abschlachten.«

Die Leiterin zögerte einen Moment. Dann stieß sie einen gellenden Pfiff aus. Die Shepards erstarrten sofort und zogen die Dreizacke dicht an die Körper. Die Rotgewänder nutzten die günstige Gelegenheit und richteten ihre Klingen auf die Brust der BEAST-Krieger.

»Eine falsche Bewegung«, sagte Sir Cassius, ohne sich umzudrehen, »und Ihre Leute sind tot. Haben Sie das verstanden?« Er zupfte seinen reinweißen Kragen zurecht. »Ich interpretiere Ihren Verzicht auf eine schnippische Antwort als Zustimmung. Nun denn«, er klatschte in die Hände, »ich denke, es ist an der Zeit, die Sache zu beenden.«

Mit einem Ellbogenhieb schlug Brandon das Messer aus Prims Hand und sprintete zu uns, bevor ihn Sir Cassius zu fassen bekam.

»Nicht schlecht«, sagte ich anerkennend, als er prustend

neben mir auftauchte. Aus einem feinen Schnitt an seinem Hals sickerte Blut.

Cassius packte Prim schroff am Oberarm und riss sie so heftig herum, dass sie aufschrie. »Habe ich dir nicht gesagt, du sollst auf den Jungen aufpassen?!«

»E-es tut m-ir leid, Vater«, stotterte Prim. Ihre Locken waren durch den Regen kraus geworden.

»Sie war es, die Cassius informiert hat.« Brandon keuchte und presste einen Finger auf die Wunde. »Und ich war dumm genug, ihr immer wieder von unseren Fortschritten zu berichten. Ich bin mir sicher, eine Zeichnung von Sir Cassius in ihrem Notizbuch gesehen zu haben.« Brandon sah auf seine blutigen Fingerspitzen und wischte sie an der Hose ab. »Aber als sie ihn gezeichnet hat, trug er diesen bescheuerten Backenbart noch nicht.«

»Zum Glück«, Cassius ließ Prims Oberarm los, »spielt das keine Rolle mehr.« Er fuhr sich mit der Zunge über die Lippen. »Monstrukt«, fuhr er mit fester Stimme fort, »vernichte diesen jämmerlichen Hauf–«

Sir Cassius schrie auf und brach zusammen, als hätte er eine Stromleitung berührt. Er wand sich im schlammigen Boden, presste die Hände an den Schädel und hörte nicht auf zu schreien.

Prim wich kreischend einen Schritt zurück, geschockt vom Zusammenbruch ihres Vaters. Sie sah in den Himmel.

Hannah hatte die Hand ausgestreckt und krampfte die Finger zusammen. Je mehr sie zudrückte, desto lauter wurden die Schreie von Sir Cassius.

»Aufhören!«, kreischte Prim schluchzend und warf sich neben ihrem Vater auf die Knie. »Du tust ihm weh!«

Hannah streckte die zweite Hand aus. Prim klappte wie

vom Blitz getroffen zusammen. Im Gegensatz zu Cassius verließ kein einziger Laut ihren Mund. Sie zog die Knie an ihren Körper und wiegte sich auf dem Heidekraut hin und her wie eine Geisteskranke.

Das Monstrukt stand da, auf den unausgesprochenen Befehl seines Meisters wartend. Ein fleischgewordener Albtraum, der alles Böse auf dieser Welt in sich vereinte.

»Hannah, es reicht!« Brandon schaute in den Himmel. Sie schwebte über unseren Köpfen, die Arme ausgestreckt. »Hör auf, ihnen wehzutun!«

Hannah starrte ihn aus ihren schwarzen Augenflächen an. Plötzlich begann Brandon zu schwanken – und klatschte mit dem Gesicht voran zu Boden.

»Was tut sie da?«, rief Hazle-Finch und sah mich wütend an. »Was sind ihre Fähigkeiten, Padraig?«

»Wenn ihre Hörner wachsen, kann sie Gefühle auslösen und kontrollieren«, sagte ich knapp. »Aber bei dem Monstrukt wirkt es nicht, weil es ein mechanisches Hirn hat. Brandon meint …«

Weiter kam ich nicht.

Plötzlich stürzte Hannah wie ein gefallener Engel aus dem Himmel und knallte mit einem hässlichen Geräusch auf die Erde.

Die Schreie von Sir Cassius und das Schluchzen von Prim verebbten. Brandon gab ein dumpfes Stöhnen von sich.

»Hannah!«

Ich rannte zu ihr. Sie lag im Heidekraut, Arme und Beine von sich gestreckt, und bewegte sich nicht. Ihre Hörner schrumpften, bis sie in den Löchern der Kapuze verschwunden waren.

Kurz bevor ich sie erreichte, krächzte eine schwache Stimme hinter mir: »Monstrukt, töte sie alle!«

Der zusammengenähte Fleischhaufen verlor keine Sekunde und richtete den Kanonenarm auf mich. Ich sprang auf und hetzte davon, um das Monstrukt von Hannah wegzulocken. Dummerweise ließ auch die Wirkung der Sigille nach, die den Monsterarm mit den Krallen gelähmt hatte. Im letzten Augenblick warf ich mich auf den Bauch und die Klauen sausten über meinen Schopf hinweg. Ich federte mein Gewicht mit den Händen ab, drückte die Arme durch und schleuderte mich zurück auf die Füße. Aus den Augenwinkeln sah ich, wie Mrs Hazle-Finch zu Hannah schlich, während sich die drei Shepards um die Schrumpler kümmerten.

Brandon kam angerannt. Er löste eine gläserne Ampulle vom Gürtel und zimmerte sie auf das Monstrukt. Sie zerschellte mitten auf dem Bauch und der rote Glibber der hochgiftigen Toxidusa breitete sich über das Fell aus.

Tja, leider war es das Fell eines Ventrios. Und dieses war, wie wir aus eigener Erfahrung wussten, unzerstörbar. Selbst das Gift der Toxidusa drang nicht hindurch.

Das Monstrukt blickte auf seinen massigen Brustkorb hinab. Es sperrte sein Maul auf, fauchte laut wie eine Horde Löwen und versprühte eine gelbliche Wolke.

»Nicht einatmen!«, rief ich Brandon zu. »Das ist das Gas eines Würglings!«

Aber es war zu spät. Brandons Gesicht nahm bereits einen kränklichen Grünton an. Er hielt die Hand vor seinen Mund, hustete und würgte – bis er sich übergab. Er schlang die Arme um den Bauch und sank auf die Knie.

Hinter ihm schlurfte das Monstrukt mit schweren Schritten heran, aber Brandon war zu sehr damit beschäftigt, seinen Magen zu entleeren.

Ich löste sämtliche Waffen von meinem Gürtel. Salzbomben klatschten dem Monstrukt an den Kopf, Weihwasser spritzte über die zusammengenähten Glieder, die Eisenkette schlang sich um den Pferdefuß.

Aber nichts wirkte.

Unaufhaltsam beugte sich das Monstrukt über Brandon. Es holte mit seinen Klauen aus – und ließ sie auf ihn hinabsausen.

26

Brandon

Inferno

Monsterscheiße, wäre ich bloß nicht in diese gelbe Wolke gelaufen! Ich spürte, wie das Monstrukt näher kam, aber mein Magen wollte nicht aufhören, Gallensaft und letzte Reste des Abendessens auszuspeien. Durch die mangelnde Sauerstoffzufuhr war mein Hirn darauf bedacht, mich bei Bewusstsein zu halten. Zu meinem Ärger verschwendete es damit so viel Energie, dass ich unnütz wie ein nasser Kartoffelsack im Heidekraut kniete – unfähig, die durchaus angebrachte Flucht einzuleiten.

Jemand rief meinen Namen, aber es gestaltete sich in meiner aktuellen Verfassung als kompliziert, etwas zu erwidern. Ich spürte Hände unter meinen Armen, die mich auf die Beine rissen. Eine gehässige Stimme dicht an meinem Ohr stieß einen Fluch in einer fremden Sprache aus, während ich durch die Gegend stolperte.

Ich zwang mich hochzusehen. Mit ein wenig Fantasie konnte ich durch den Tränenfilm einen feuerroten Schopf erkennen. Kurz darauf schubste mich dieser Feuerkopf und ich landete in fremden Armen.

»Pass doch auf!«, sagte jemand genervt. Die Arme glitten weg und ich sackte erneut auf die Knie. »Sonst kotzt mich Brandon voll!«

»Du bist mir ein toller Freund«, erwiderte jemand. »Da rette ich deinen Busenfreund, und du lässt ihn fallen, kaum schlingt er sich um deinen Hals.«

»Es gibt Grenzen! Eine davon ist, wenn mein Trenchcoat mit Essen in Berührung kommt, das auf unappetitlichen Wegen den Körper verlässt.«

»Wir Frauen halten uns gegenseitig die Haare zurück, wenn wir uns übergeben müssen!«

»Das ist nur eines der Dinge auf meiner Liste, die ich an euch nicht verstehe.«

Langsam klarte meine Sicht auf. Mein Magen grummelte und blubberte. Ich blinzelte ein paarmal in schneller Abfolge und erkannte Padraig. Vor ihm stand Genova Schmidt.

»Warum hast du ihn gerettet?«, fragte Padraig. »Arbeitest du nicht mit Cassius zusammen?«

»Das habe ich«, gestand Genova. »Aber da wusste ich noch nicht, dass dieser *Mistkerl* mein Blut in dieses Monstrum pumpen wollte! Er hat mich niedergeknüppelt, kaum hatten wir den Shepards die Kiste abgenommen.«

Nicht weit entfernt hörte ich ein tiefes Fauchen.

»Verschieben wir den Austausch auf später«, schlug Padraig vor. »So wie es aussieht, könnte Hazle-Finch Unterstützung im Kampf gegen das Monstrukt benötigen. Du bist also auf unserer Seite?«

Anstelle einer Antwort trat mir Genova in die Rippen und ich kippte zur Seite. Die Flüssigkeit aus dem Kanonenarm landete einen Wimpernschlag später dort, wo ich gekniet hatte. Der beißende Gestank verstärkte kurzfristig meine

Übelkeit, aktivierte aber auch meinen Überlebensinstinkt. Das Ergebnis war ein Adrenalinstoß, der mich auf die Beine wuchtete.

»Na sieh mal einer an.« Padraig stand mit gezücktem Degen neben mir. »Lust auf ein Sandwich mit stinkendem Käse und ranzigem Schinken?«

»Halt die Klappe«, drohte ich Padraig. »Sonst sorge ich dafür, dass dein Trenchcoat selbst in einer chemischen Reinigung nicht mehr sauber wird!«

Padraig klopfte mir auf die Schulter. »Wie ich sehe, hast du dich in kürzester Zeit erholt.«

Ein Blick über den Steinkreis genügte, um das Ausmaß der Kämpfe zu erfassen. Leichen in roten und grauen Gewändern verteilten sich wie Farbtupfer über das Feld. Auf der Seite des Gegners war nur noch das Monstrukt übrig. Sir Cassius und Prim waren nicht mehr zu sehen.

Bei dem Gedanken an Prim spürte ich einen Stich in der Brust …

Die Shepards umzingelten das Monstrukt. Wir eilten zu Mrs Hazle-Finch und zückten unsere Waffen. Ich betete zu allen Göttern gleichzeitig, dass wir das Monstrukt so lange in Schach halten konnten, bis die Verstärkung eintraf, die ich mit der Hand des Hoia-Wisperers gerufen hatte, bevor mich Prim entdeckt hatte.

»Wo ist Hannah?«, fragte ich in die Runde, während sich das Monstrukt knurrend um die eigene Achse drehte.

»Ich habe sie hinter einen Stein gezerrt. Dort sollte sie in Sicherheit sein.« Mrs Hazle-Finch wischte sich Blut aus dem Gesicht. »Ein Shepard bewacht sie, falls sich Cassius, dieser elende Angsthase, aus seinem Versteck wagt und auf falsche Gedanken kommt.«

Die Shepards griffen an, ohne ein Wort zu sprechen. Drei Krieger traten vor und berührten eine der Sigillen an ihren Helmen. Lichtstrahlen schossen hervor und zielten auf die Augen des Monstrukts.

Zu unserem Leidwesen erwies sich das mechanische Hirn als lernfähig. Kaum brach das Licht zum zweiten Mal in dieser Nacht über dem Monstrukt zusammen, warf es sich auf den Boden und zog seinen Schädel wie eine Schildkröte in den Stachelpanzer. Im nächsten Moment drehte es sich ruckartig zur Seite und räumte mit seinem Echsenschwanz zwei Shepards von den Füßen.

Ich stieß einen Kriegsschrei aus, der mir sofort ein wenig peinlich war. Trotzdem schleuderte ich die Ampulle auf das Monstrukt. Sie zerschellte am Panzer und das ätzende Gas verpuffte wirkungslos.

»Das ist der Panzer eines Chitinstachlers«, rief Hazle-Finch. Blut tropfte aus ihrer Hakennase. »Da brauchen wir mehr als das Gas eines N'Galogians, um einen Kratzer zu hinterlassen.«

Wieder hieb das Monstrukt mit dem Schwanz nach uns. Die Leiterin wich zurück, zwei Shepards sprangen mit einem Salto darüber.

Genova rammte ihre Dolche in die schuppige Haut und wurde mitgerissen. Als sie abrutschte, wurde sie durch den Nachthimmel geschleudert. Ihr Schrei erstickte, als sie hart auf dem Boden aufschlug.

»Brandon!« Padraig streckte seine Hand aus. »Hast du ein Glas mit dem Feuer des Prometheus übrig?«

Ich klaubte ein Glas vom Gürtel und warf es ihm zu. Es landete zwei Meter vor ihm im Heidekraut …

Padraig hob es in der Sekunde auf, als der Schwanz auf

ihn herabsauste. Er rollte zur Seite und warf die Ampulle mit dem Feuer des Prometheus unter den Panzer.

Glühende Nadeln stachen in mein Gesicht, das von Kälte und Regen betäubt war. Die Flammen glommen unter dem Panzer auf und tasteten nach allem, was sie in Brand stecken konnten. Padraig warf sich flach auf den Bauch, als das Feuermeer über seinen Kopf schwappte und ich spürte, wie die Hitze an meinen Augenbrauen knabberte.

Das Monstrukt streckte den Kopf aus seinem Panzer und stemmte sich auf die baumstammdicken Beine. Brandherde fraßen glühende Löcher in sein fauliges Fleisch. Einzig das Fell des Ventrios bewahrte es davor, mit Haut und Haar geröstet zu werden.

Das Heidekraut hingegen brannte lichterloh und schloss das Monstrukt in einem Feuerwall ein. Die Bestie steckte eine Hand hindurch. Die Hitze fraß sich durch seine Haut und der Gestank von verbranntem Fleisch erfüllte die Nacht.

Padraig kam herübergewankt. Schweißperlen glitzerten in seinem rußgeschwärzten Gesicht. »Wenn wir Glück haben, verwandeln die Flammen das Herz von Frankenstein in ein Häufchen Asche!«

»Freu dich nicht zu früh«, mahnte Mrs Hazle-Finch. Sie wies mit dem Fächer auf das Inferno.

Dicker weißer Rauch quoll aus dem Feuer und ein Zischen mischte sich unter das Knistern der Flammen. Mit Schrecken bemerkte ich den Wasserstrahl, der sich aus dem Maul des Monstrukts ergoss.

»Monsterscheiße!«, entfuhr es mir. »Warum zum Teufel kann es Wasser spucken?«

»Wer von uns hat denn das Bestiarium auswendig gelernt?«, fragte Padraig ungeduldig.

Hastig ging ich im Kopf die Einträge aus dem Bestiarium durch. Es kam nur ein Monster infrage, das eine solche Wassermenge ausstoßen konnte.

»Das Monstrukt muss das Wasserorgan eines Ozeanischen Waituwhas besitzen«, rief ich Padraig zu. »Diese Wesen leben in den Flüssen und Seen Neuseelands. Sie gleichen riesigen Schlangen und speichern mehrere Hundert Liter Wasser in einem speziellen Organ. Die Ureinwohner der ozeanischen Insel haben diese Wesen bei Wa–«

»Brandon?«

»Was?«

»Das interessiert niemanden!«

»Oh.«

Das Monstrukt löschte die letzten Flammenherde. Eine neue Hautschicht wuchs über die verkohlten Stellen, die Blasen verschwanden. Das Monstrukt hatte das Inferno überlebt und nicht einen Kratzer davongetragen. Es bäumte sich auf, groß, hässlich und verdammt einschüchternd.

»Du meine Güte«, erklang eine Stimme neben mir. »Das sieht nicht gut aus. Gar nicht gut.«

Erschrocken drehte ich mich um – und stutzte. »Emmerett? Monsterscheiße, was ist das denn?«

Padraigs Onkel saß auf einem Vogelwesen, das einem Strauß ähnelte. Das Viech trug Zaumzeug wie ein Pferd. Emmerett hockte in einem Ledersattel, die Zügel in den Händen. Das vogelartige Wesen trippelte beim Anblick des Monstrukts unruhig auf seinen Beinen.

»Das hier«, Emmerett zerrte an den Zügeln, um die Kreatur zu beruhigen, »ist ein Emerogel. Es schien mir das beste Transportmittel zu sein. Auch wenn es nicht leicht war, das Kerlchen durch den Raum der tausend Türen zu manövrieren.« Er tätschelte den Hals des Monsters. »Er wollte ständig teleportieren, unser Kleiner.«

Ein Emerogel! Diese Monster waren mit den Ortswechslern verwandt. Während ein Ortswechsler über mehrere Kilometer teleportieren konnte, beschränkte sich die Distanz beim Emerogel jedoch auf maximal fünfzig Meter.

Das Monstrukt brüllte, als ein Shepard angestürmt kam. Der Emerogel kreischte wie ein Reiher, klapperte aufgeregt mit dem Schnabel – und verschwand.

Irritiert drehte ich mich im Kreis, aber Emmerett und der Emerogel hatten sich in Luft aufgelöst. Ich sah zu Padraig, der das Auftauchen seines Onkels nicht bemerkt hatte. Mit einem Ruck, der ein hässliches Splittern zur Folge hatte, zog er einen Dreizack aus dem Brustkorb eines Shepards. Schaudernd bemühte ich mich, meinen Blick auf den Kampf zu richten.

Mrs Hazle-Finch griff an der Seite eines weiteren BEAST-Kriegers an, wirbelte mit ihren Fächern durch die Luft und erwischte das Monstrukt am Hals. Kaum hatte sie den Sprung abgefedert, rammte ihr die Bestie ihren Pferdefuß in den Bauch. Hazle-Finch flog nach hinten und prallte gegen einen Stein. Bevor sie die Hände über den Kopf schlagen konnte, brach der Stein entzwei und begrub sie unter sich.

Verdammt, wo steckte Emmerett? Wenn er bei sich trug, worum ich ihn gebeten hatte, besaßen wir vielleicht eine Chance …

»Brandon!« Padraig hielt den Speer mit den blutgetränkten Klingen. »Wir müssen an den Schlüssel des Hirns kommen oder das Herz erwischen.«

»Ich weiß!«, rief ich Padraig zu. »Deswegen habe ich Emmerett mit der Hoia-Hand zur Hilfe gerufen. Er hat etwas dabei, das uns helfen kann.«

»Emmerett ist hier?« Padraig horchte auf. »Wo ist er? Und was hat er dabei?«

»Er ist auf einem Emero–«

Wie aus dem Nichts erschien Emmerett. Als der Emerogel das Monstrukt erblickte, plusterte er sein silbernes Gefieder auf und klapperte mit dem Schnabel.

Das Monstrukt riss einem Shepard den Kopf vom Rumpf und schleuderte ihn in den See.

»Ruhig, mein Kleiner.« Emmerett strich dem Vogel über die Kopffedern. »Nicht, dass du mir wieder teleportierst. Wir sind hier, um meinem Neffen aus der Klemme zu helfen.« Er straffte die Zügel und sah zum Monstrukt, das die Leiche des Shepards achtlos wegschleuderte. »Oder besser gesagt, um der *ganzen Welt* aus der Klemme zu helfen.«

»Emmerett!« Der Hauch eines Lächelns erschien auf Padraigs vom Kampf gezeichneten Gesicht. »Warum sitzt du auf einem Emerogel?«

Die kopflose Leiche knallte dem Emerogel vor die Füße. Neugierig legte er den Kopf schräg.

»Ohne Harold hätte es zu lange gedauert, von der Pforte hierherzugelangen. Dieses ungestüme Kerlchen«, Emmerett klopfte dem Vogelwesen die gefiederte Flanke, »haben wir im Hauptquartier großgezogen. Deshalb kann ich auf ihm reiten. Er ist zahm wie ein Hündchen.«

Der Emerogel näherte sich der geköpften Leiche – und grub seinen Schnabel in die triefende Wunde. Mit seinen spitzen Zähnen riss er ein Fleischstück heraus und würgte es in einem Happen hinunter.

»Zahm wie ein Hündchen, wie?«, wiederholte ich.

»Harold!« Emmerett zog ruckartig an den Zügeln. »Wie ist das mit Menschenfleisch? Was haben wir ausgemacht?«

Der Emerogel, der offenbar Harold hieß, klackerte und vergrub den blutverschmierten Schnabel beschämt unter den straußartigen Flügeln.

»Schon gut, Kleiner«, tröstete Emmerett ihn, während das Monstrukt einen Shepard mit der Kanone erwischte und zu Brei verwandelte. »Zu Hause bekommst du eine große Ladung Fisch!«

»Emmerett, hast du es dabei?«, fragte ich ungeduldig. Wir verloren wertvolle Zeit. Ein einziger Shepard stand noch zwischen uns und dem sicheren Tod.

»Selbstverständlich.« Emmerett löste einen Lederbeutel vom Sattel und warf ihn mir zu. »Und du denkst, damit können wir das Monstrukt aufhalten?« Er musterte die Bestie. Seine Augen glänzten wie die eines Kindes am Weihnachtsmorgen. »Ein faszinierendes Geschöpf!«

»Kann mir mal jemand sagen, was ihr vorhabt?« Padraig richtete seinen Kopf abwechselnd auf Emmerett, mich und das Monstrukt.

Ich öffnete den Beutel. Ein stechender Geruch nach Fisch schlug mir entgegen. Zwischen Daumen und Zeigefinger zog ich ein glitschiges Etwas hervor.

»Was ist das?« Padraig kniff die Augen zusammen. »Sieht aus wie ein gehäuteter und eingegangener Waschbär.«

»Gehäutet stimmt.« Ich schüttelte die durchschimmernde Haut wie ein Kissen auf und strich sie glatt. »Aber ein Waschbär ist es nicht.«

Als Padraig das froschartige Gesicht erkannte, stutzte er ungläubig. »Jetzt sag bloß, das ist der Schreckwandler aus dem botanischen Garten?«

»Nur sein Kopf«, korrigierte ich.

»Brandon meint, die Haut und das Gift«, Emmerett klaubte ein Fläschchen aus der Jackentasche, »sind unsere einzige Chance, um das Monstrukt zu besiegen.«

Die Erde bebte und ließ uns herumfahren. Das Monstrukt hob seinen massigen Pferdefuß. Blut und ein eingedellter Helm klebten daran – der letzte Shepard war tot.

Ich schluckte den Kloß im Hals herunter. Emmerett warf mir das Gift zu, das wir in seinem Labor aus den Drüsen im Maul des Schreckwandlers gewonnen hatten. Zu meiner Überraschung fing ich das Glas auf.

Das ungleiche Augenpaar des Monstrukts erfasste uns. Der Leichenberg wankte auf uns zu.

»Hört zu.« Ich versuchte, klar und ruhig zu sprechen. Was mit einem fünf Meter großen Monster vor Augen keine leichte Sache war. »Das Monstrukt ist nicht in der Lage, Gefühle zu empfinden. Die werden normalerweise in Form von Hormonen im Hirn produziert und über das Blut im Körper verteilt. Aber das mechanische Hirn stellt keine Hormone her.« Ich hielt das Glas mit dem Gift und den Hautfetzen hoch. »Aber im Monstrukt schlägt das Herz von Viktor Frankenstein. Wenn wir das Gif–«

»Wir spritzen das Gift direkt in sein Herz und sparen uns den Weg über das Gehirn!«, platzte es aus Padraig heraus. »Und mithilfe der Haut lösen wir eine Halluzination aus. Brandon, du bist ein Genie!«

Der Emerogel schien seine Kampflust entdeckt zu haben. Er teleportierte mit Emmerett auf dem Rücken und pickte auf das Monstrukt ein. Nach jedem Hieb löste sich Harold in Luft auf und tauchte wieder auf. Mit seinem Schnabel riss er ein Fleischstück nach dem anderen aus dem Monstrukt.

Padraig nutzte die Ablenkung. »Hast du einen Plan?«

Ich sah ihn ratlos an. »Den habe ich doch eben erklärt. Gift ins Herz und die Haut des Schreckwandlers anziehen.« Ich richtete meine Brille. »Den solltest sogar du verstehen.«

Padraig seufzte. »Ich meine einen Plan, wie wir das im Detail anstellen.«

Das Monstrukt brüllte und tobte, weil es Harold nicht zu fassen bekam. Der Emerogel riss eine Wunde in das Bein, löste sich auf, erschien neben dem Krallenarm, pickte ein Loch hinein, verschwand, manifestierte sich vor dem Bauch, schabte über das Fell des Ventrios, teleportierte.

»Ach was.« Ich neigte den Kopf, die Hände mit der Haut und dem Gift an die Hüften gepresst. »Plötzlich verlangt Herr *Wir-haben-keinen-Plan-und-improvisieren* einen ausgereiften Plan.«

»*Schätzchen*«, sagte jemand hinter uns. »Ihr verschwendet zu viel Zeit.« Genova schleppte sich über das Heidekraut auf uns zu. Ihr Gesicht war voller Schlamm. »Dabei ist die Sache ganz einfach. Padraig und ich tränken unsere Waffen mit dem Gift und rammen sie dem Monstrukt in das Herz.«

Padraig betrachtete Genova. »Du hast da was«, sagte er und tippte sich an die Wange.

»Oh«, erwiderte sie und wischte sich über die Stelle. Ein winziges Fleckchen bleiche Haut kam unter dem Schlamm zum Vorschein. »Besser?«

Padraig nickte zufrieden. »Wunderbar!«

Das Monstrukt schlug mit den Krallen um sich. Die Angriffe von Harold erfolgten bedachter, damit er nicht aufgespießt wurde.

»Beeilt euch!«, rief Emmerett, ehe er wieder verschwand

und fünf Meter weiter rechts auftauchte. »Harold ist bald erschöpft.«

»Los!« Ich entkorkte das Glas. Ganz vorsichtig, um nicht mit dem Gift des Schreckwandlers in Berührung zu kommen, leerte ich ein paar Tropfen der weißlichen Flüssigkeit auf Genovas Faustdolche. Danach hielt Padraig seinen Degen hin, gefolgt vom Dreizack.

»Und meine Wenigkeit«, ich warf das leere Glas weg und hielt die schlabberige Haut des Schreckwandlers vor mein Gesicht, »übernimmt den ekligen Teil.«

Harold kreischte, Emmerett fluchte. Das Monstrukt hatte den Emerogel mit einer Kralle erwischt. Blut sickerte aus einer Wunde und verfärbte sein silbernes Gefieder. Harold knickte ein.

»Emmerett!«, schrie Padraig.

Sein Onkel riss die Zügel hoch und trieb seine Stiefel wie Sporen in die Seiten des Emerogels. Harold bäumte sich auf, gackerte wie ein aufgescheuchtes Huhn – und verschwand. Die Krallen des Monstrukts schnitten ins Leere, gruben sich in die Erde und blieben stecken.

»Das ist unsere Chance!« Genova umfasste ihre Dolche und hetzte zeitgleich mit Padraig los.

»Schabt zuerst das Fell des Ventrios ab!«, rief ich ihnen nach. »Sonst geht keine Klinge hindurch!«

Das Monstrukt zerrte an den Klauen, die im aufgeweichten Boden stecken. Genova war da, bevor es sich befreit hatte. Sie schwang sich am Krallenarm hoch auf die Schultern und versetzte dem Kopf einen Tritt. Dann schlang sie ihre Beine um den Hals und baumelte wie eine Fledermaus nach unten. Sie befand sich auf Brusthöhe und holte mit ihren giftgetränkten Dolchen aus.

Da riss das Monstrukt den Kopf herum. Genova schwang nach rechts wie ein Uhrenpendel. Ihre Klingen sausten wie eine Sense über das Fell und hinterließen eine Schneise – der Weg zum Herz war frei. Sie nutzte den Schwung und schwang sich hinter den Kopf. Jetzt saß Genova auf den Schultern des Monstrukts.

»Reiß den Schlüssel aus dem Hirn!«, schrie Padraig, der wie ein Speerwerfer mit dem Dreizack angerannt kam. »Ich ziele auf das Herz!«

Genova griff nach dem Hinterkopf, als die Hand des Monstrukts sie packte. Sie wurde vom Hals gerissen und auf Padraig geschleudert, der dummerweise in dieser Sekunde den Speer warf. Der vergiftete Dreizack streifte Genovas Schulter und schlitzte ihren Lederanzug auf, bevor er sich in die haarlose Stelle über dem Herzen bohrte.

Genova knallte in Padraig und sie gingen in einem Gewusel aus Armen, Beinen und Flüchen zu Boden. Das Monstrukt richtete die Mündung seines Kanonenarms auf die beiden.

Ich nahm die Brille ab, steckte sie in meine Tasche und zog mir die Haut des Schreckwandlers über das Gesicht. Sie fühlte sich eng an und schnürte mir die Luft ab. Blind und mit zusammengekniffenen Augen versuchte ich, irgendetwas zu erkennen.

»Worauf wartest du?« Padraig klang ungehalten. »Verflucht, komm hierher! Ohne Haut ruft das Gift keine Halluzinationen hervor!«

Kurzsichtig wie ein Maulwurf hetzte ich über das Heidekraut. Der Fischgestank fraß sich durch meine Nasenschleimhäute und benebelte mein Gehirn.

»Nach rechts!«, wies mich Padraig an.

Ich torkelte nach rechts.

»Das andere rechts!«

Ich torkelte nach links.

»Jetzt geradeaus! Nein, jetzt läufst du schon wieder nach links!«

Das war mir zu blöd. Ich tastete nach meiner Brille und setzte sie über der Haut auf. Das sah wahrscheinlich bescheuert aus, aber immerhin verbesserte sich meine Sicht ein wenig. Plötzlich bohrte sich ein spitzer Gegenstand in meinen Rücken.

»Schön hiergeblieben«, flüsterte Prim. »Sonst muss ich dir meinen Dolch in den Rücken rammen.«

Ihre Stimme klang schneidend kalt. Ich blieb stehen und hob instinktiv die Hände. Der Gestank der Haut machte es schwer, einen klaren Gedanken zu fassen.

»So ist's brav«, säuselte Prim.

»Prim, bitte«, flehte ich. »Lass mich gehen. Wir müssen dieses Ding aufhalten. Es wird die ganze Welt zerstören, Menschen werden sterben.«

»Es wird die Welt nicht zerstören«, hörte ich die Stimme von Cassius in meinem Rücken. »Das Monstrukt sorgt einzig dafür, dass ich Rache für den Tod meiner Frau bekomme!« Er lachte heiser. »Mit deiner Annahme, dass Menschen sterben werden, liegst du hingegen richtig.«

»Und jetzt zieh diese Maske ab, bevor du dem Monstrukt zu nahe kommst.« Prim drückte die Klinge noch tiefer in meinen Rücken und kicherte. »Ist doch eine Schande für einen süßen Kerl wie dich, so verunstaltet durch die Gegend zu laufen.«

Aus ihrem unschuldigen Kichern wurde ein Lachen, das immer lauter und verrückter wurde – bis es abrupt verstummte.

»Nimm den Dolch runter!«, befahl eine Stimme.

»Sie!« Cassius klang fassungslos. »Lassen Sie sofort meine Tochter los, verstanden?«

Das Stechen in meinem Rücken verschwand und ich wirbelte herum. Emmerett saß auf dem Emerogel und hielt Prim die Schwanzspitze des Granitschwänzlers an den Hals. Er musste sie auf dem Schlachtfeld gefunden haben und unbemerkt hinter Prim und Cassius teleportiert sein.

»Keinen Schritt weiter!«, drohte Emmerett. »Sonst überlebt Ihre Tochter diese Nacht nicht.«

Ich zweifelte, dass Emmerett ihr etwas antun würde, obwohl er keine Skrupel besaß, einem Monster die Hand abzuhacken. Aber diese Zweifel behielt ich besser für mich.

»Worauf wartest du, Brandon?«, rief Emmerett. »Achte bitte darauf, dass das Monstrukt heil bleibt. Vielleicht kann ich es untersuchen …«

Das Monstrukt trieb Padraig vor sich her. Aus der linken Brust ragte der Speer. Padraig hatte es tatsächlich geschafft und das Herz getroffen!

Genova sah mich aus geweiteten Augen an. Sie kreischte vor Angst und warf sich wimmernd auf den Boden. Zuerst war ich irritiert, aber dann erinnerte ich mich, dass der vergiftete Dreizack sie berührt hatte. Offensichtlich wirkte das Gift!

Das Monstrukt stieß eine gelbe Wolke aus, die Padraig einhüllte. Sofort sackte er auf die Knie und gab würgende Geräusche von sich.

Die letzten Meter raste ich förmlich über das Heidekraut. Das Atmen unter der Haut fiel mir schwer. Sie klebte auf meinem Gesicht, als wollte sie mein neues Antlitz werden.

Das Monstrukt war keine drei Meter mehr von Padraig entfernt.

Ich rannte schneller. Jede Faser in meinem Körper wollte die muffige Hülle vom Kopf reißen, um wieder klar denken und sehen zu können. Aber noch mehr als das wollte ich meinen Freund retten.

Das Monstrukt richtete den Kanonenarm auf Padraig.

»Halt!«, schrie ich und stellte mich mit ausgebreiteten Armen vor die Mündung.

Ich war dem Monstrukt so nah, dass ich jede einzelne Naht erkannte, die seine ungleichen Körperteile zusammenhielt. Als ich in das ungleiche Augenpaar sah, flackerte darin die reine Angst.

Wie ein Wanderer, der in der Wildnis einen Bären verjagen wollte, machte ich mich so groß wie möglich und gab laute Geräusche von mir. Ich klatschte in die Hände, brüllte und fauchte. Hätte mich Penelope gesehen, wäre ich wochenlang ausgelacht worden.

Aber das Monstrukt wich zurück.

Ich hörte Padraig würgen. Irgendwo hinter einem der Steine lag Hannah, bewusstlos und bewacht vom letzten überlebenden Shepard. Ich dachte an Mrs Hazle-Finch, die unter einem Stein begraben lag. Ob sie noch lebte?

Und natürlich dachte ich an Prim. Sie hatte mich benutzt, um an Informationen zu kommen. Trotzdem tat sie mir leid. Ich verstand ihre Trauer und ihre Wut. Aber deswegen das mächtigste Monster der Welt aufzuwecken? Blut mit Blut zu vergelten, hielt ich in keiner Lebenslage für eine angebrachte Lösung.

Das Monstrukt erreichte das Ufer. Der See breitete sich wie ein schwarzes Loch in eine andere Dimension aus. Ich fuchtelte mit den Armen, schrie und grunzte.

Vor was Frankenstein wohl solche Angst hatte?

Seine Schöpfung watete rückwärts ins Wasser.

Das Monstrukt stand bis zur Hüfte im See, als meine Schuhe ins Wasser glitten. Bald reichte es mir bis zu den Knien. Die Kälte presste mir die Luft aus der Lunge, ich spürte meine Beine nicht mehr.

Bald ragte nur noch der Kopf des Monstrukts mit seinen herabhängenden Hautfetzen aus dem See. Das nervöse weiße Auge war starr auf mich gerichtet.

Das Wasser schwappte über meine Schultern, die Eiseskälte zerrte an meinen Organen.

Ich blieb stehen.

Ein Stück weiter vorne breiteten sich kreisförmige Wellen über den schwarzen Spiegel aus – das Monstrukt war unter Wasser. Ein paar Blasen blubberten an die Oberfläche. Jedes Lebewesen, selbst wenn es von den Toten auferstanden war, musste atmen.

Ich musste nur warten, bis das Wasser spiegelglatt war.

Also wartete ich. Und als ich beinahe erfroren war, glättete sich das Wasser.

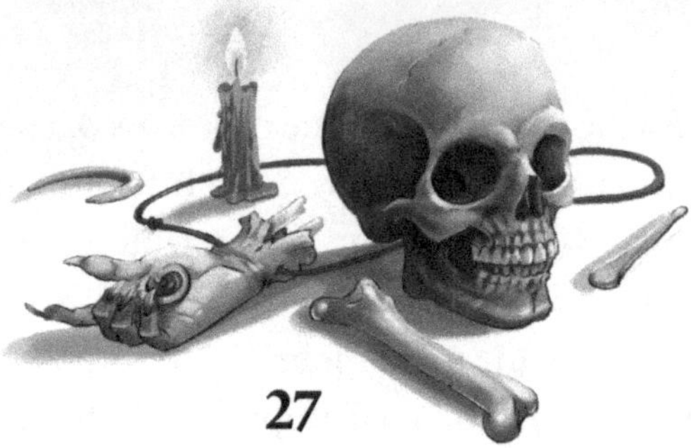

27

Padraig

Die Monsterstadt

»Hörst du endlich auf zu husten?« Der alte Ledersessel im Büro von Mrs Hazle-Finch gab ein pupsendes Geräusch von sich, als ich mich zu Brandon umdrehte. »Hast du den Tee nicht getrunken, den sie dir verschrieben haben?«

»Das ist kein Tee.« Brandon schnäuzte geräuschvoll in ein Taschentuch und wischte sich die Nase ab. »Das ist irgendwelches Grünzeug, das so schmeckt, als wäre es da, um mich auf eine Darmspiegelung vorzubereiten.«

Hannah saß neben mir und sah mit gerümpfter Nase zu, wie Brandon den Inhalt seines Taschentuchs begutachtete.

»Und außerdem«, Brandon plusterte seine Brust auf, »war *ich* es, der so lange im eiskalten See ausgeharrt hat, bis das Monstrukt ertrunken ist. Und das mit einer Froschhaut auf dem Kopf! Ohne mich wären wir alle tot – einmal mehr! Da sind die paar Huster das kleinere Übel.«

Eine Woche war seit der Sache im Steinkreis vergangen. Heute konnte Brandon das erste Mal das Bett verlassen. Was der Grund war, warum uns Mrs Hazle-Finch zur Klärung von letzten Fragen in ihr Büro gebeten hatte.

»Bei dieser Argumentation bist du sprachlos, was?« Brandon schob seine Brille an ihren angestammten Platz und zog die Nase hoch, was ihm böse Blicke von Hannah einbrachte.

»Padraig ist sprachlos?« Mrs Hazle-Finch stand in der Tür. »Bin ich zu spät, um dieses seltene Ereignis mit eigenen Augen und Ohren zu erleben?«

»Mrs Hazle-Finch.« Ich zuckte unwillkürlich zusammen, als ich die Leiterin erblickte. »Sie sehen … nun ja …«

»… furchtbar aus«, vollendete sie den Satz und schob die Tür mit einem Krückstock zu. Sie hielt eine kleine Schatulle in der unversehrten Hand. »In der Blüte meines Lebens wäre ich nach einem solchen Kampf ins Kino gegangen und hätte mich am nächsten Tag gefühlt wie neugeboren. Aber heute …«

»In der Blüte Ihres Lebens gab es Kinos?«, fragte ich überrascht. »Waren es Stummfilme?«

»Padraig!«, zischte Brandon.

Aus dem Gesicht mit der markanten Hakennase blitzte mich ein stechendes Augenpaar an. »Was glaubst du eigentlich, wie alt ich bin, Padraig O'Sullivan?«

Ich dachte ernsthaft über die Antwort nach, hörte aber auf die Stimme in meinem Kopf, die mich davor warnte, die Zahl laut auszusprechen. »Da ich keine der Zellen neben Cassius und Prim beziehen will, verzichte ich auf die Beantwortung dieser Frage«, gab ich mich diplomatisch.

»Eine gute Entscheidung«, erwiderte Mrs Hazle-Finch und humpelte um den Schreibtisch herum. »Du wärst ohne Umwege im Kerker gelandet.«

Aus der Nähe sah die Leiterin noch furchtbarer aus. Ihr linker Fuß steckte in einem klumpigen Schuh, drei Finger der rechten Hand waren einbandagiert und die grünstichigen Flecken in ihrem Gesicht erinnerten mich an eine schlecht geschminkte Halloween-Leiche. Ihr ergrautes Haar war nicht wie sonst zu einem Knoten gebunden, sondern hing strähnig vom Kopf.

»Ich komme gerade von Emmerett.« Mit einem leisen Stöhnen ließ sich Mrs Hazle-Finch in den Stuhl sinken. Sie legte die Krücke beiseite, stellte das schwarze Kästchen auf den Tisch und legte die Hände in den Schoß. »Die Obduktion des Monstrukts ist abgeschlossen. Die Mechanik des Gehirns ist unwiderruflich zerstört. Das Wasser ist ihm nicht gut bekommen.«

Brandon schniefte und kramte das nächste Taschentuch hervor. »Kann Emmerett es nicht reparieren?«

Mrs Hazle-Finch schüttelte den Kopf. »Dafür ist das Hirn zu komplex.«

»Was ist mit Frankensteins Herz?« Ich dachte an den pochenden Klumpen aus der Berghütte. »Es hat die Flammen überlebt, als Favre die Leiche seines Freundes einäschern wollte. Da halte ich es für möglich, dass ihm auch das Wasser nichts ausgemacht hat.«

Mrs Hazle-Finch öffnete wortlos das Kästchen, das vor ihr auf dem Tisch stand.

»Monsterscheiße!« Brandon rutschte an die Kante des Ledersessels. »Das Teil ist nicht kleinzukriegen!«

Das verschrumpelte Herz lag auf ein Samttuch gebettet. Es war ein gruseliger und zugleich hypnotischer Anblick, wie es sich immer wieder zusammenzog und entspannte. Ich hätte es am liebsten mit einem Stöckchen gepikst.

»Wir wissen nicht, weshalb es schlägt«, gestand Hazle-Finch. »Emmerett hat versucht, es zu töten. Aber nichts wirkt – zerquetschen, zerstechen, zerstampfen, ertränken, elektrisieren, verbrennen. Es hört nicht auf zu pochen.«

»Und was machen Sie jetzt damit?« Brandon hielt den Rahmen seiner Brille mit Daumen und Zeigefinger umklammert, um das Herz aus der Nähe zu betrachten.

»Wir verstecken es.« Mrs Hazle-Finch klappte das Kästchen vor Brandons Nase zu. »Niemand wird das Herz je wiederfinden.«

Brandon setzte sich aufrecht hin. »Und was ist mit dem Monstrukt und dem Hirn? Solange alle Elemente des Toten Dreierleis vorhanden sind, besteht die Gefahr, dass jemand das Monstrukt zum Leben erweckt.«

Mrs Hazle-Finch steckte das Kästchen in die Innentasche ihres violetten Umhangs, der einer reifen Pflaume ähnelte. »Da Emmerett das mechanische Hirn nicht mehr reparieren kann, werden wir es vernichten«, erklärte die Leiterin. »Dasselbe gilt für das Monstrukt. Es wird zerlegt und anschließend verbrannt.«

»Wunderbar«, sagte ich. »Und haben Sie schon eine Spur von Genova?«

Mrs Hazle-Finch seufzte. »Nein. Sie ist wie vom Erdboden verschluckt. Auch Cassius und Prim konnten uns keine Anhaltspunkte zu ihrem Aufenthaltsort liefern.«

»Immerhin hat sie sich in letzter Sekunde für unsere Seite entschieden«, hielt ihr Brandon zugute.

»Das mag sein«, brummte Mrs Hazle-Finch. »Aber sie wird sich für den Einbruch in die Bibliothek und den Diebstahl von Frankensteins Tagebuch verantworten müssen.«

»Dafür müssten Sie sie zuerst finden«, meinte ich.

»Das werden wir«, versicherte Mrs Hazle-Finch. »Aber genug vom Monstrukt. Kommen wir zum eigentlichen Grund, warum ihr hier seid.« Sie betrachtete uns nacheinander. »Ihr schuldet mir Antworten.«

Brandon und ich linsten aus den Augenwinkeln zu Hannah. Sie saß ungerührt auf ihrem Stuhl, die Kapuze tief ins Gesicht gezogen.

Die letzten Tage hatte sie nicht mehr mit uns gesprochen. In jener Nacht im Steinkreis waren ihre Kräfte gegen das Monstrukt nutzlos gewesen. Dafür hatte sie Cassius und Prim außer Gefecht gesetzt und Brandon zusammenklappen lassen. Er nahm es ihr nicht übel, aber ich wusste, dass es ihre größte Angst war, in dieser Gestalt die Kontrolle über sich selbst zu verlieren. Und als sie Brandon angegriffen hatte, war genau das geschehen.

»Was wollen Sie von uns hören?«, fragte ich, an Mrs Hazle-Finch gewandt.

»In erster Linie möchte ich wissen, wann ihr mir die Sache mit Hannahs … *Fähigkeiten* erzählen wolltet.« Die Leiterin durchbohrte Hannah mit ihren silbernen Augen.

Brandon sah mich auffordernd an, als wollte er mir mitteilen, dass es meine Aufgabe sei, eine plausible Antwort zu präsentieren.

Kurz überlegte ich, Mrs Hazle-Finch eine abenteuerliche Lüge aufzutischen. Aber wenn sie Hannah etwas hätte antun wollen, hätte sie das längst getan. Und im Steinkreis hatte sie keine Sekunde gezögert, an ihrer Seite zu kämpfen. Das rechnete ich ihr hoch an.

Ich nahm einen tiefen Atemzug – und erzählte, wie ich Hannah im Hangar begegnet war. Und wie sie mir versprochen hatte, bei der Suche nach Dad zu helfen. Ich sprach über ihre Fähigkeiten und wie es uns dank Hannah gelungen war, das Monster von Port Willow zu besiegen.

Hannah drehte abwesend die Kordeln der Kapuze um ihre Zeigefinger und ließ mich erzählen. Auch sie wusste, dass leugnen zwecklos war. Alle hatten gesehen, in was sie sich verwandeln konnte.

Als ich zum Ende gekommen war, breitete sich eine angespannte Stille aus.

Mrs Hazle-Finch hockte hinter ihrem schweren Schreibtisch aus Mahagoni und kaute nachdenklich auf einem Brillenbügel herum.

»Glauben Sie, Hannah ist eine Dimidin?« Brandon sprach jedes Wort zögerlich aus, als wollte er Hannah mit seiner Frage nicht verletzen.

Mrs Hazle-Finch legte die Brille hin und massierte sich die Schläfen mit der gesunden Hand. »Ich halte es für sehr wahrscheinlich. Anders lassen sich ihre Fähigkeiten kaum erklären.«

»Was genau hat es mit Dimiden auf sich?«, hakte ich nach. »Woher stammen sie? Und wie viele gibt es?«

Die Leiterin schloss die Augen. »Solche Menschen sind uns seit Hunderten von Jahren bekannt. Niemand weiß, wie viele von ihnen unter uns leben.«

»Erzählen Sie mehr darüber«, bat Brandon.

Mrs Hazle-Finch öffnete die Augen. Die Farbe der Pupillen glich ihrem silbernen Haar. »Im Mittelalter wurden die ersten Dimiden entdeckt. Die Leiter der Monsterbehörden setzten sich daraufhin zusammen und entschieden, sie zu verfolgen und auszurotten. Man sah in ihnen eine Gefahr, ähnlich wie in den Monstern. Man konnte es sich nicht erklären, woher sie kamen und warum sie existierten.« Die Leiterin betrachtete Hannah. »Und was sich der Mensch nicht erklären kann, fürchtet er.«

»Und seither ging man davon aus, dass sie ausgerottet waren?«, wollte ich wissen.

»Seit dem neunzehnten Jahrhundert gab es kaum Berichte über sie. Raedwulf Rhone, mein Vorgänger, weihte mich in das Geheimnis der Dimiden ein. Während seiner Amtszeit gab es keinen einzigen Fall dieser Art. Dass nun gleich zwei von ihnen auftauchen, ist eine wahre Rarität. Hannah und Genova sind die ersten Dimiden seit Jahrzehnten, die uns bekannt sind.«

»Es gibt viel mehr von uns«, flüsterte Hannah.

Wir drehten uns alle wie von unsichtbaren Fäden gezogen zu ihr um. Hannah hatte die Kordel losgelassen und den Kopf gehoben. Es waren ihre ersten Worte seit Tagen.

»Wie bitte?« Mrs Hazle-Finch beugte sich nach vorne. »Es gibt mehr? Woher weißt du das?«

»Weil ich sie gehört habe – und gespürt.« Hannahs Stimme klang brüchig und heiser. »Bevor mich Padraig gefunden hat, war ich an einem Ort mit Menschen, die anders waren. Wir wurden festgehalten von ... von diesem *Mann*.«

»Du meinst den Mann mit der weißen Maske, nicht wahr?«, fragte ich.

»Was für ein Mann mit weißer Maske?« Mrs Hazle-Finch saß kerzengerade in ihrem Sessel, als hätte jemand ein paar Schrauben in ihrer Wirbelsäule angezogen. »Wovon sprecht ihr da?«

Es dauerte einige Sekunden, bis Hannah fortfuhr. »Es gibt da diesen Ort. Es ist eine Höhle. Vielleicht befindet sie sich hoch in den Bergen, vielleicht tief unter der Erde.« Sie sprach monoton, als würde sie die Worte ablesen. »Die Zellen sind in den nackten Felsen gehauen. Es gibt Fackeln an den Wänden. Bewacht wurden wir von einem Mann, der eine weiße

Maske trug. Er hat gesagt, dass wir niemals fliehen könnten. In der Vergangenheit gab es mal einen anderen Ort wie diesen. Aber er wurde vor geraumer Zeit entdeckt. Die Kinder konnten entkommen. Deshalb war unser Verließ noch stärker gesichert und versteckt.«

Ich lauschte Hannah mit angehaltener Luft.

»Ich glaube«, sagte ich zögerlich. »Ich weiß, wo sich das entdeckte Versteck befand. Und wer eines der entkommenen Kinder war.«

Brandon nickte. »Das Gefängnis in den Masurischen Sümpfen.«

Mrs Hazle-Finch schlug so heftig auf den Tisch, dass das Ağlamak umkippte. »Ich habe euch herbestellt, um Antworten zu erhalten! Stattdessen werden es mit jedem Satz mehr Fragen!«

Brandon und ich tauschten einen Blick. Ich nickte, kramte einen Zettel aus der Hosentasche und entfaltete ihn. Es war das Schwarz-Weiß-Foto des Mädchens. Jetzt wusste ich, warum sie mir bekannt vorgekommen war.

»Das hier«, ich schob das Foto mit dem kyrillischen Text über den Schreibtisch, »ist Genova als junges Mädchen. Wir haben in einem alten Gefängnis in den Masurischen Sümpfen ein Geheimversteck entdeckt. Darin befand sich eine Akte mit Einträgen zu sieben Kindern. Das ist einer davon.«

»Warum habt ihr mir nichts davon erzählt?«, fragte Hannah tonlos. Sie schielte auf das Bild.

»Nun ja«, murmelte ich zögerlich. »Brandon und ich wollten dich nicht damit belasten.«

»Tut uns leid«, ergänzte Brandon.

Mrs Hazle-Finch drehte das Bild zu sich und betrachtete es eine Weile. Eine längliche Falte teilte ihre Stirn in zwei

Hälften. »Es könnte in der Tat Genova sein.« Sie tippte auf die Notizen. »Was bedeutet der Text?«

Brandon räusperte sich. »Der Text ist so formuliert, dass er nicht viel aussagt. Aber es wird von Kindern mit besonderen Fähigkeiten gesprochen.«

»Dimiden«, flüsterte Mrs Hazle-Finch.

»Es passt perfekt zusammen«, meinte Brandon. »In den Zellen lagen Matratzen, was für menschliche Bewohner spricht. Aber gleichzeitig hing über jeder Tür ein Periculum. Das hat uns irritiert, weil damit Monster überwacht werden. Aber bei Dimiden ergibt diese Sicherheitsmaßnahme durchaus Sinn.«

»Und nach der Flucht der Kinder haben sie sich ein neues Versteck gesucht, das sich in einer Höhle befindet.« Ich wandte mich Hannah zu. »Dort haben sie dich festgehalten.«

Mrs Hazle-Finch sah vom Bild auf. »Hannah, kannst du uns etwas über die anderen Kinder sagen, die gemeinsam mit dir eingesperrt waren?«

Hannah vergrub die Hände in den Taschen ihres Hoodies. »Ich war das erste Kind dort. Sie gaben mir den Namen Hannah.«

»Moment«, unterbrach Brandon überrascht. »Du heißt nicht wirklich Hannah?«

»Nein.«

Brandon schob verdutzt die Brille hoch. »Warum hast du uns nie deinen richtigen Namen verraten? Wie heißt du denn?«

»Lass mich die Geschichte erzählen«, bat Hannah. »Du wirst deine Antworten erhalten.«

Brandon brummte etwas, ließ sich aber zurück in den Sessel sinken.

»Ich war das erste Kind am neuen Ort, aber der Mann mit der Maske erzählte, dass es vor mir bereits andere gegeben hatte. Mein Name musste mit *H* beginnen, weil alle Kinder nach der Reihe des Alphabets benannt wurden.«

»Dann ist Genova vielleicht auch kein echter Name«, dachte ich laut nach.

»Genova tut im Moment nichts zur Sache.« Mrs Hazle-Finch machte eine auffordernde Handgeste. »Hannah, erzähl von den anderen Kindern.«

»Sie kamen in den nächsten Tagen.« Hannah sprach in einem Ton, der einem steten Summen glich. »Aber ich habe sie nie gesehen. Nur gehört und gespürt.«

»Was hat der Maskenmann mit euch gemacht?« Mrs Hazle-Finch zog einen Stift und einen Block aus einer Schublade.

Hannah sog die Luft ein und schloss die Augen. »Jeden Tag, zu einer bestimmten Uhrzeit, brachten sie einen von uns für eine Stunde in einen Raum. Bei mir war ein Hund in der Ecke festgekettet. Ich musste mich setzen, wurde festgeschnallt. Dann trat der Maskenmann mit einer Pistole ein.« Hannahs Lippen bebten, als wäre ihr eiskalt. »Er ging zum Hund und hielt sie ihm an den Kopf. Mir blieb jeden Tag diese eine Stunde, um mich zu verwandeln. Sonst erschoss er den Hund.« Hannah begann zu schluchzen. »Ich spürte die Angst der Tiere. Sie ahnten, dass ihnen der Tod bevorstand. Manchmal gelang es mir, einen Hund zu retten. Ich verwandelte mich und ließ den Mann all die Qualen leiden, die er verdient hatte.« Hannahs Hände ballten sich zu Fäusten. »In diesem Moment bereute ich nichts. Der Mann sollte für das büßen, was er mir jeden Tag antat!«

»Das ist schrecklich!« Brandon war bleich wie ein Geist.

Ich wartete nur darauf, dass er durch die Wand auf der anderen Seite des Büros schwebte.

»Wie bist du entkommen?« Mrs Hazle-Finch blätterte zur nächsten Seite ihres Notizblocks.

Hannah atmete tief ein. »Eines Tages weigerte ich mich, die Aufgabe zu versuchen. Da verlor der Mann mit der Maske die Kontrolle. Er schlug auf mich ein – immer und immer wieder. Ich zerrte an den Ketten, die mich festhielten. Es war zwecklos, und irgendwann verlor ich das Bewusstsein.«

In meiner Brust formte sich ein Kloß.

»Wie ging es weiter?« Brandon nestelte unruhig an einem Bonbonpapierchen herum.

»Als ich aufwachte, lag ich in dem Hangar, in dem Padraig mich gefunden hat.« Hannah strich über die Narben an ihren Handgelenken, die von den Fesseln zeugten. »Ich habe keine Ahnung, wie ich dorthin gekommen bin.«

Brandon legte einen Arm um ihre Schultern. »Hauptsache, du bist entkommen. Vielleicht finden wir die anderen Kinder und können sie retten!«

Eine Weile sprach niemand ein Wort. Der Kronleuchter unter der Decke stemmte sich mit seinem goldenen Licht gegen die bedrückte Stimmung.

Die Leiterin musterte Hannah über den Block hinweg wie ein Adler, der seine Beute kurz vor dem Sturzflug beobachtet. »Wie lautet dein richtiger Name?«

Hannah löste sich aus Brandons Arm. Zum ersten Mal blickte sie der Leiterin tief in die Augen. »Ich kann mich nicht an ihn erinnern.«

»Was?«, sagten Hazle-Finch, Brandon und ich wie aus einem Mund.

Der nächste Satz kostete Hannah sichtbar Überwindung.

»Der Maskenmann hat mir meine Erinnerungen genommen. Ich kann mich an nichts mehr vor der Zeit in der Höhle erinnern.«

»Das ist unmöglich!«, platzte es aus Brandon heraus. »Man vergisst nicht einfach sein ganzes Leben!«

»Es ist nicht unmöglich«, widersprach ich. »Denk an deine Schwester und deine Mum.«

Brandon grub die Finger in die Armlehne und lehnte sich nach vorne. »Du meinst, sie haben Hannah auch das Gift dieser Kröte verabreicht, das Erinnerungen löscht?«

»Ja.«

»Aber Mum und Penelope haben nur ein paar Tage vergessen. Bei Hannah sprechen wir von mehreren Jahren!«

»Das Gift des Memoria-Quäkers.« Mrs Hazle-Finch führte den Stift zum Mund. »Mit der Dosierung muss äußerst vorsichtig umgegangen werden. Theoretisch ist es möglich, sämtliche Erinnerungen auszulöschen.«

Mitfühlend sah ich Hannah an. »Du kannst dich an gar nichts erinnern?«

Hannah drückte die Lider zusammen, als suchte sie verzweifelt nach Erinnerungen in ihrem Kopf. »Da sind diese Bilder, von einer Frau und einem Mann. Ich glaube, es sind meine Eltern.«

»Das ist doch schon mal was«, sagte Brandon hoffnungsvoll. »Wenn du tiefer in deinen Kopf hineinschaust, findest du bestimmt mehr Erinnerungen.«

Eine ungute Vorahnung machte sich in mir breit. »Hannah, bei unserer ersten Begegnung hast du gesagt, deine Eltern seien tot.«

»Ich kann euch nicht sagen, warum, aber ich weiß einfach, dass sie tot sind.« Hannah raufte sich das Haar unter der Kapuze. »Es … es fühlt sich schrecklich an, mit Bildern dieser Menschen im Kopf herumzulaufen. Sie sind mir fremd und vertraut zugleich. Ich fühle diese Verbindung zu ihnen, wie man sie nur zu seinen Eltern spürt. Aber trotzdem ist es mir egal, dass sie tot sind, weil ich mich nicht an sie erinnern kann.« Hannah presste die Hände auf ihre Schläfen. »Die Bilder sollen verschwinden! Ich will sie nicht in mir tragen!«

»Hannah …«, wisperte Brandon.

»Wir bringen das alles in Ordnung.« Ich legte behutsam eine Hand auf ihren Oberschenkel. »Wir finden nicht nur meinen Dad, sondern auch deine Erinnerung und das Versteck des Maskenmanns, versprochen!«

Brandon rutschte unruhig hin und her. »Gibt es keine Möglichkeit, die Gedächtnislücken wiederherzustellen?«

Mrs Hazle-Finch legte Stift und Block beiseite und strich sich über das spitze Kinn. »Die gibt es. Aber es ist eine schwierige Angelegenheit.«

»Schwierig bedeutet nicht unmöglich.« Ich nahm meine Hand von Hannahs Bein. »Wie stellen wir ihre Erinnerung wieder her?«

Hazle-Finch stemmte sich mühsam aus dem Stuhl, nahm ihre Krücke und humpelte zu einem Bücherregal. Sie fuhr über die Buchrücken und zog einen klobigen Schinken heraus. »Es gibt einen Trank, der das Gift der Kröte neutralisiert. Aber um ihn herzustellen, benötigt man Zutaten, deren Beschaffung ziemlich gefährlich ist.«

»*Ziemlich gefährlich* ist genau unser Ding«, erwiderte ich. »Was sind das für Zutaten?«

Die Leiterin setzte sich und schlug das Buch auf. Eine dicke Staubschicht stob auf. Mrs Hazle-Finch blätterte durch die Seiten, bis sie fand, wonach sie suchte.

»Der Trank trägt den Namen *Mnemosynium*, benannt nach der griechischen Göttin der Erinnerung.« Mrs Hazle-Finch fuhr über die Zeilen.

»Und was gehört alles in diesen Trank?«, fragte ich.

»Die Zutaten reichen von Pflanzen über Monsterblut bis zu den Körperteilen seltener Wesen. Die elementare Ingredienz ist das Wasser aus dem Roten Fluss.«

»Der Rote Fluss?«, wiederholte Brandon.

Mrs Hazle-Finch nickte. »Es ist ein unterirdischer Fluss. Er entspringt unter Dublin und durchfließt das ganze Land, bis er kurz vor den Cliffs of Moher, den berühmten Klippen an der irischen Westküste, versickert.«

»Und warum lernen wir in der Schule nichts darüber?« Brandon sah skeptisch aus. »Ein Fluss, der unter ganz Irland durchfließt,müsste weltbekannt sein.«

Mrs Hazle-Finch tat seinen Einwand mit einer Geste ab. »Unsere Behörde ist ziemlich gut darin, Dinge geheim zu halten.«

»Mhh«, machte Brandon. »Und warum heißt er der ›Rote Fluss‹?«

Die BEAST-Leiterin wies mit ihrer gesunden Hand auf mich. »Erklärst du es ihm?«

»Der Fluss heißt so«, ich räusperte mich und legte eine dramatische Pause ein, »weil er rot ist!«

»Ach, was du nicht sagst«, brummte Brandon.

»Padraig.« Mrs Hazle-Finch klang ungeduldig.

»Na gut«, gab ich nach. »Er ist rot, weil er aus Blut besteht.«

»Was?« Brandon verschluckte sich und hustete so trocken, dass sogar meine Lunge schmerzte. »Wie kann das sein?«

»Das weiß niemand«, sagte ich. »Der Fluss war da, lange bevor es die ersten BEAST-Agenten gab. Er besteht aus Blut, das steht fest. Es sammelt sich in einem See und donnert als Wasserfall eine Klippe hinab, bevor es sich einen Weg durch das Erdreich bahnt.«

»Und der Fluss allein ist nicht alles«, gab Mrs Hazle-Finch zu bedenken.

»War ja klar«, seufzte Brandon. »Ein Fluss aus Blut reicht euch Monsterjägern nicht, was?«

»An dem Wasserfall liegt eine Stadt«, überhörte ihn die Leiterin. »Eine Monsterstadt. Wir nennen sie *Gruesome*.«

»Eine Monsterstadt, alles klar.« Brandon machte den Eindruck, als würde er gleich in Ohnmacht fallen.

»Gruesome ist eine der wenigen Monsterstädte, die uns bekannt sind«, klärte ich ihn auf.

»Das ist also euer Ernst?« Brandon hielt sich mit beiden Händen am Stuhl fest. »Das habt ihr nicht gerade erfunden, um mich auf den Arm zu nehmen?«

»Nein«, sagte ich. »Diese Stadt gibt es wirklich. Aber wir meiden sie, weil es dort – und jetzt halt dich fest – echt viele Monster gibt.«

»Der Begriff *Stadt* ist weit gefasst«, meinte Hazle-Finch. »Gruesome weist mehr Ähnlichkeit mit einem Tierbau auf. Es gleicht einer Sammlung unterirdischer Höhlen und einfacher Steinhäuser. Aber wer an den Fluss gelangen will, muss in diese Stadt.«

»Na toll.« Brandon rieb sich den Kopf. »Wir haben einen verschwundenen Vater, von einem Maskenmann entführte Kinder mit Superkräften, einen Haufen vergessene Erinnerungen und eine unterirdische Stadt voller Monster. Wo fangen wir da bloß an?«

»Ich würde vorschlagen, wir kümmern uns zuerst um Hannahs Gedächtnis«, schlug ich vor. »Vielleicht erinnert sie sich an etwas, das uns einen Hinweis auf den Maskenmann gibt. Die Suche nach meinem Dad läuft ja noch, richtig?«

»Richtig.« Mrs Hazle-Finch räusperte sich. »Aber wer sagt, dass ihr euch um irgendetwas kümmert? Und wer garantiert mir, dass sich Hannah nicht wieder verwandelt und Unheil anrichtet?«

»Niemand muss sich meinetwegen Sorgen machen«, versprach Hannah. »Ich habe mich unter Kontrolle und will einzig meine Erinnerungen zurück.«

»Dass du dich unter Kontrolle hast, haben wir am eigenen Leib erfahren«, meinte die Leiterin zynisch.

»Es kommt nicht wieder vor«, betonte Hannah mit Nachdruck. »Ich werde meine Emotionen im Griff haben.«

»Dann wäre das geklärt. Mrs Hazle-Finch«, ich knipste mein Lächeln an, »wären Sie so freundlich, uns einen Blick auf die Zutatenliste für den Trank werfen zu lassen?«

In der Küche in der Paloma Street herrschte wohlige Wärme. Der Geruch von Nudeln, Bohnen und Hühnchen waberte durch die Luft. Hannah und ich saßen am Tisch, während Brandon mit einem Holzlöffel im Topf rührte. Ich besah mir die Zutaten, die wir für das Mnemosynium benötigten, und Hannah drehte die beiden Schattenschlüssel in den Fingern.

Oh, hatte ich erwähnt, dass wir den zweiten Schlüssel gefunden hatten?

Nein?

Ups, mein Fehler.

Nun, Brandon war dem sinkenden Monstrukt hinterhergetaucht und konnte den Schlüssel des mechanischen Hirns gerade noch herausziehen, bevor der zusammengenähte Fleischklops in dem eiskalten See absoff. Und wie sich herausstellte, war es der zweite Schattenschlüssel! Cassius hatte ihn laut eigener Aussage in der Kiste gefunden. Und wie sich zeigte, passte er perfekt in eine Öffnung des mechanischen Hirns. Er bestand aus demselben gräulichen Metall wie der erste, allerdings besaß er einen längeren Bart und sein Griff formte einen Totenkopf. Um ihn zu testen, hatte ich einen toten Frosch wiederbelebt und dem kränkelnden Brandon unter die Decke geschmuggelt. Mann, hat der geschrien!

»Abendessen ist fertig.« Brandon holte drei Teller aus einem Küchenschrank und befüllte sie gewohnt großzügig. »Wer will geriebenen Käse auf die Nudeln?«

Hannah legte die Schattenschlüssel beiseite und stand auf, um drei Gläser aus der Spüle zu holen.

Kurz darauf erfüllten schmatzende Geräusche die Küche, die hin und wieder von einem Schnäuzen oder einem Hustenanfall unterbrochen wurden.

»Es tut mir leid«, brach Hannah das Schweigen. Sie tupfte den Mund an einer Serviette ab. »Ich hätte euch von meinem verlorenen Gedächtnis erzählen sollen. Das war der Grund, warum ich nie über meine Vergangenheit geredet habe.«

»Du hast dich gar nicht daran erinnert«, sagte ich.

Hannah nickte und wandte sich Brandon zu. »Und es tut mir leid, Brandon. Ich wollte dir in meiner anderen Gestalt nicht wehtun.«

Brandon sagte etwas mit vollem Mund, das niemand verstand. Zu allem Überfluss verteilte er einen feinen Sprühregen aus Essensresten über den Tisch.

»Was Brandon damit sagen wollte«, übernahm ich und legte die Gabel neben den Teller. »Du schuldest niemandem eine Entschuldigung. Wenn sich jemand entschuldigen muss, dann er.«

Brandon schluckte die Nudeln hinunter. »Was? Warum?«

»Du hast dich in eine Spionin verliebt!«

»Blödsinn!« Brandon lief rot an. »Ich habe mich nicht in Prim verliebt!«

»Hast du doch.«

Brandon winkte ab und stopfte eine Gabel voller Bohnen in sich hinein.

Ich zwinkerte ihm zu und wandte mich mit ernstem Ausdruck wieder zu Hannah. »Ich muss mich auch entschuldigen. Ich habe darauf bestanden, dass wir dir nichts von den geheimen Akten erzählen. Das war ein Fehler.«

Hannah schüttelte den Kopf. »Ist schon okay.«

Brandon nahm sein Glas. »Leider ist uns Genova entwischt. Sonst hätten wir sie über ihre Zeit in dem alten Gefängnis ausfragen können. Vielleicht hätten wir das eine oder andere erfahren, das uns weiterhilft.«

Ich nahm die Gabel und drehte die Nudeln auf. »Ich bin mir sicher, dass uns Genova nicht zum letzten Mal über den Weg gelaufen ist. Zudem haben wir genug Anhaltspunkte, denen wir nachgehen können.«

»Und wo fangen wir an?« Brandon hielt mit dem Glas an den Lippen inne.

»Ich weiß nicht, wie es bei euch aussieht.« Ich lächelte Hannah und Brandon an. »Aber ich hätte Lust, mal in einer Monsterstadt vorbeizuschauen! Wer weiß, ob sich dort nicht auch ein Schattenschlüssel verbirgt …«

»Na dann.« Brandon erhob das Glas. »Auf nach Gruesome!«

Von Sergio Dudli ist bei dtv außerdem lieferbar:
Creepy Chronicles – Bloß nicht den Kopf verlieren!